AMANDA MICHALOPOULOU

WARUM ICH MEINE BESTE FREUNDIN TÖTETE

Aus dem Griechischen
von Michaela Prinzinger

BAHOE BOOKS

Die Übersetzerin dankt dem Deutschen Übersetzerfonds für die Förderung des vorliegenden Textes im Rahmen des Programms NEUSTART KULTUR aus Mitteln der Beauftragten der deutschen Bundesregierung für Kultur und Medien.

Amanda Michalopoulou
Warum ich meine beste Freundin tötete

Originaltitel: Γιατί σκότωσα την καλύτερή μου φίλη
Erschienen bei: Kastaniotis Editions S.A., 2003

Aus dem Griechischen von Michaela Prinzinger

Coverillustration: Deborah Sengl
(Acryl auf Leinwand, 2021)

Erste Auflage
ISBN 978-3-903290-78-5

bahoe books
Fischerstiege 4–8/2/3
1010 Wien
Österreich

bahoebooks.net

Ich möchte, dass meine Bücher Skalpelle, Molotow-cocktails oder Minengürtel sind und dass sie nach Gebrauch wie ein Feuerwerk zu Asche zerfallen.

Aus: *Auf dem Präsentierteller* von Michel Foucault

Have we become what we intended to avoid?

Aus dem Song *Absent Minded Friends* von Moloko

Eins

Mitten im Unterricht stürmte plötzlich ein wildes Wesen in die Klasse. Es ritt auf dem Rücken eines imaginären Pferdes, das schnaubend und um sich beißend über die Zeichenblätter stampfte. Bevor ich wusste, wie mir geschah, hatte es mich schon zu Boden gerissen. Das Letzte was ich erkennen konnte, war ein Auge, das mich durch blonde Haarsträhnen anblickte.

«Grrr!», rief es. «Ich bin ein Tiger! Ich reiße dich in Stücke!»

Wir saßen mit den Erstklässlern im Kreis und zeichneten wie jeden Nachmittag. Gerade war es mir gelungen, Ruhe herzustellen. Mein Lohn war das trockene, eintönige Schleifen der Stifte über das Papier. Natascha, ein schüchternes Mädchen aus der 2a, begann zu kreischen, als sie mich rücklings auf dem Boden liegen sah. Panos formte mit der Hand einen Revolver und stieß unartikulierte Schreie aus, die wie Maschinengewehrfeuer oder auch wie Spuckgeräusche klangen. Der Tiger stürzte sich auf ihn und schlug die Zähne in den Lauf des Revolvers. Als sich der Junge von dem Schreck erholt hatte, war der Tiger unter neuerlichem Fauchen schon auf mich zugesprungen. In der offenen Tür stand Frau Saroglou, die Leiterin des Kunstunterrichts. Sie fasste sich mit der Hand ans Herz.

«Herr im Himmel! Ich konnte sie nicht bändigen, Maria!»

Ich hielt das Kind an den Handgelenken fest. Wie man ein Kind an den Handgelenken packt, wusste ich ziemlich genau. «Was ist los? Es ging alles so schnell.»

«So etwas kommt mir zum ersten Mal unter! Was für ein ungezogener Wildfang!»

«Was hat sie hier zu suchen?»

«Sie ist ein Neuzugang, Dafni Malouchou. Die ganze Familie ist aus Paris hergezogen. Ihre Eltern haben viel zu tun und haben angefragt, ob wir sie in der Zeichenklasse aufnehmen könnten. Meinst du, du schaffst das?»

Die Kleine schlug immer noch wie besessen um sich. Während ich sie an den Händen festhielt, strampelte sie mit den Beinen. Ihre Schuhsohlen zerfetzten das Zeichenblatt von Natascha, die untröstlich zu schluchzen begann. Alle Kinder heulten mittlerweile. Um die Gemüter zu beruhigen, bat ich Frau Saroglou hinauszugehen und die Tür hinter sich zu schließen. Den Kindern schlug ich eine Dschungelreise vor, auf der wir uns gemeinsam in wilde Tiere verwandeln und – ganz wie Dafni – unsere Krallen zeigen sollten. Alle brachen in Löwengebrüll aus, ließen so Dampf ab und verloren langsam ihre Angst vor der Neuen. Um das Spiel noch mitreißender zu gestalten, trommelte ich mit den Fingerspitzen auf den Fußboden. Ungewollt kamen mir Bilder aus Afrika in den Sinn: Suya-Grillspieße mit Pistazien am Strand, gefälschtes Coca-Cola, Versteckspiel mit Unto Punto hinter dem Badmintonfeld.

Dafni galoppierte wie von Sinnen, sie war halb Pferd, halb Tiger. Auf ihrem Triumphzug durch die Klasse setzte sie die Ellenbogen gegen die anderen Kinder ein, doch das eigentliche Ziel war ich, die Tierbändigerin. Sie stürzte sich auf mich und umklammerte meine Hüften mit eisernem Griff. Wie stark sie war! Dann hob sie den Kopf und blickte mich durchdringend an. Mir lief es kalt über den Rücken: das gleiche Grübchen am Kinn, der gleiche Blick, der gleiche Trotz. Wenn sie jetzt noch die helle Stelle an der Augenbraue hätte …

«Bist du jetzt ein braves Mädchen?»

«Pff!»

«Dafni, das sage ich nicht zum Spaß!»

«Ich auch nicht», meinte sie und kniff mich ins Bein.

Mich überzeugte nicht so sehr der Aufruhr, den sie im Vorübergehen anstachelte, nicht die Fakten wie das Grübchen, die Herkunft aus Frankreich, das blonde Haar oder die ganze äußerliche Ähnlichkeit, mich überzeugte der blaue Fleck an meinem Bein.

«Wie heißt deine Mama?», fragte ich.

«Pff, sag ich nicht!»

«Deine Mama heißt Anna.»

Die Kleine fuhr herum.

«Du bist ja eine Hexe!»

«Genau! Und wenn du dich nicht benimmst, dann bleibst du für immer ein Tiger.»

Sie riss den Mund auf und schnappte nach Luft. Dabei erinnerte sie mich an unsere Goldfische – damals, in Ikeja.

Zwei

Ich sitze im Schneidersitz auf dem Rasen unter den Dattelpalmen vor unserem Haus in Ikeja. Ich esse etwas grünes Knuspriges und nehme beide Hände dafür, denn Gwendolyn sagt immer: «Mit einem Finger kann man keine Läuse knacken.» Gegenüber liegt der steinerne Springbrunnen mit den Goldfischen, der mittlerweile leer ist. Wir können nicht mit den Goldfischen nach Athen umziehen. Wo kommen Fische hin, wenn Leute umziehen? Ich hoffe, dass sie durch ein Leitungsrohr bis zum Meer schwimmen, ihre verlorene Familie wiederfinden und zur Begrüßung die Schuppen aneinanderreiben; sie können sich ja nicht umarmen. Die Goldfische ziehen ohne Tränen um und auch ohne Gepäck. Wir hingegen brauchen Mamas bestickte Taschentücher mit dem Monogramm zum Heulen und die Container zum Umziehen. Unto Punto bringt alle Sachen aus dem Haus, selbst meine Rollschuhe. Nur Papas Sachen nicht, Papa bleibt zusammen mit den Goldfischen in Nigeria.

Es ist Sommer und der Monsun hat begonnen, aber wir müssen abreisen, bevor die Schule anfängt, damit ich mich an das «griechische Schulsystem» anpasse. In Griechenland kann man die Schultafel nicht aufklappen und alle Kinder sind im gleichen Alter. In Ikeja waren wir viele Kinder aus jeder Altersstufe. Ich werde nicht um halb sechs Uhr morgens zur Schule aufbrechen, sagt Mama. Im griechischen Schulsystem liegen die Schulen nahe beim Zuhause. Und um welche Uhrzeit gehe ich los? Erst nach halb acht. Aber dann komme ich in die große Hitze, Mama, und bin ganz durchgeschwitzt. Dummerchen, in Griechenland ist es nicht so heiß. Im Winter trägt man Pullover und dicke Kleider. Man geht ins Kino und ins Theater.

Griechenland ist unsere echte Heimat, Afrika die falsche. In Ikeja gibt es ab und zu politische Unruhen. Wenn dann Ausdrücke wie «State of Emergency», «Igbo», «Hausa» oder «General Ojuku» fallen, dann geht man nicht zur Schule. In Griechenland gibt es seit zwei Jahren ständig Demokratie, da fallen keine Schulstunden aus. Warum soll ich jeden Tag bei kaltem Wetter in die Schule gehen? Was soll ich mit Kino und Theater? Mir reicht der Squash-Club und das Marine House mit den US-amerikanischen Marineinfanteristen, die mir auf den Freitagspartys echtes Coca-Cola spendieren. Ich möchte Gwendolyn und Unto Punto nicht verlieren und in keinem «Apartment» leben, wie es Mama nennt, wenn sie mit Tante Amalia am Telefon flüstert. Ich möchte im Haus zwischen den Säulen mit den Fahrrad Slalom fahren und dabei Klingeling mit der Fahrradglocke machen. «Verrücktes Mädchen! Wieder bin ich reingefallen und dachte, es ist jemand an der Haustür!», gackert Gwendolyn dann und hält sich den Bauch vor Lachen.

Mama nähert sich lautlos, packt mich an den Haaren und versetzt mir zwei Ohrfeigen. Sie zwängt mir die Zähne mit den Fingern auseinander.

«Kind, was machst du wieder für schreckliche Sachen? Spuck sofort aus!»

Ein grüner Brei rinnt aus meinem Mund, zusammen mit Rotz und Tränen.

«Haben wir nicht gesagt, dass du nie, aber auch nie wieder Heuschrecken isst?»

Ich esse Heuschrecken, weil Afrika meine echte Heimat ist und Griechenland die falsche.

Ich sitze auf dem Balkon des Apartments und weine und weine. Mein Kopf ist zwischen zwei Gitterstäben eingeklemmt und ich bekomme ihn nicht mehr heraus. Ich habe es nur zum Spaß gemacht, die Wangen eingesogen, die Luft angehalten und mich, upps, zwischen die Gitterstäbe gezwängt, die so heiß waren wie der Sand in Badagri oder in Tarkwa Bay. An Ort und Stelle wuchsen die geblümten Liegestühle, die Bananendampfer und die Bar mit den Suya-Grillspießen aus dem Boden. «Suya für zwei Naira, please. Mit Zwiebeln!» Jetzt glühen meine Ohren wie der Suya-Grill.

Der Exarchia-Platz ist der hässlichste Ort der Welt. Wir wohnen in dem blauen Wohnhaus, im Erdgeschoß liegt die Konditorei «Floral», in der viele alte und nur wenige junge Leute sitzen. Die Autos geben andauernd Gas und hupen, abends kann ich vom Gekreische der Bremsen nicht schlafen. Das Apartment heißt Vier-Zimmer-Wohnung und die Eingangstür hat ein Fenster, rund wie ein Bullauge. Es ist so groß wie ein einziges Zimmer in unserem Haus in Ikeja, nur in kleinere Räume unterteilt. Wir haben zwei Schlafzimmer, nicht fünf, und ein Badezimmer, nicht drei. Wir haben keinen Vorratsraum und kein Billardzimmer, nur ein Küchenkämmerchen. Radfahren im Haus ist auch nicht erlaubt, denn darunter wohnen «Leute». Aber wie soll man in einer Vier-Zimmer-Wohnung radfahren, auch wenn es erlaubt wäre? Es gibt keine Säulen, um Slalom zu fahren. Zum

Radfahren gehe ich mit Mama und ihrer Cousine, Tante Amalia, in den Ares-Park. Tante Amalia ist eine alte Jungfer, so wie Gwendolyn. Aber darüber hinaus sind sie sich überhaupt nicht ähnlich, Tante Amalia ist spindeldürr und so bleich, als wäre sie krank. Sie kennt alle Kinostars, nur leider lacht sie mit geschlossenem Mund. Wie sehr mir Gwendolyn fehlt mit ihrem Hahaha und ihren Sprichwörtern! Was für ein Sprichwort würde sie jetzt wohl sagen, um mich zu trösten? «Geht auch die Welt zugrunde, Salz wird nicht wurmig.» Gwendolyn ist gleich gute Laune. Gute Laune ist gleich Afrika. Also heule ich aus mehreren Gründen und nicht nur, weil mein Kopf zwischen den Gitterstäben steckt.

Mama tritt in die Wohnung. Ihre Schritte hallen im Vorzimmer.

«Maria! Mariiiia!»

Als sie mich erblickt, schreit sie auf.

«Maria, warum tust du mir das an? Du bist doch schon eine junge Frau, komm zur Vernunft! Du bist ganze neun Jahre alt!»

Ein Mann sägt ein Loch in die Gitterstäbe und befreit mich. Währenddessen sagt er: «Du bist ein Trotzkopf, was?» Mama läuft im Vorzimmer auf und ab. Sie ist böse, das hört man am Klappern ihrer Absätze. Sobald ich vor ihr auftauche, packt sie beide Hände und schüttelt mich, während sie meine Gelenke fixiert. Nein, ich werde nicht weinen. Ich bin doch ganze neun Jahre alt und schon eine junge Frau.

Ich warte, bis Mama ihren Mittagsschlaf hält, und schließe mich in meinem Zimmer ein. Ich ziehe die alten Sachen aus und die weiße Uniform an, die ich abends immer zum Besuch der griechischen Gemeindeschule anzog, damit die Stewardessen erkennen, dass ich eine Schülerin aus Ikeja bin, und mich ins Flugzeug steigen lassen. In meiner Tasche habe ich eine Menge Naira. Wie viel kann ein Kinderfahrschein nach Afrika kosten? Fünf Naira? Sechs?

Aber was ist, wenn sie kein Mitleid mit mir haben und mich auf den Plantagen schuften lassen, bis ich Schwielen an den Fußsohlen habe? Ich packe ein Kleid, das mir Mama und Gwendolyn genäht haben, in den karierten englischen Koffer, zwei Taschentücher mit meinem Monogramm und alle meine Buntstifte. Zeichenpapier kann ich nicht finden, das bekomme ich bestimmt im Flugzeug. Aus der Küche hole ich Nounou-Dosenmilch, Alsa-Schokoladenmousse, Miranda-Kekse und zwei Eier. Wenn wir spät in Lagos landen und ich am Atlantischen Ozean übernachten muss, dann brate ich die Eier im Sand. Bananen pflücke ich vom Baum, nehme zur Sicherheit aber noch welche aus der Obstschale mit für unterwegs. Meine Rollschuhe wickle ich in ein Handtuch, damit sie keinen Lärm machen. Dann schreibe ich eine Notiz: «Liebe Mama, ich fahre für ein paar Tage zu Gwendolyn und Papa. Komm nach, sobald du kannst! Bring auch das Fahrrad mit. Alles Liebe, Maria.» Darunter male ich den steinernen Springbrunnen von Ikeja mit den Goldfischen, die im Wasser zappeln. Wenn sie schon kein Mitleid mit mir hat, dann wenigstens mit den Goldfischen.

Über den Platz fahren viele Busse. Ich nehme den, in den die meisten Fahrgäste einsteigen. Die Eier hüpfen auf und ab. Ich hoffe, sie zerbrechen nicht.

«Einen Fahrschein zum Flughafen, bitte. Kann ich Sie mit Naira bezahlen?»

Der Schaffner lächelt. Er sieht Unto Punto ähnlich, nur weißer. Er hat auch nicht mehr viele Zähne. «Wovor bist du denn ausgerissen?»

«Was?» Ausgerissen sagt mir nichts. Mein Griechisch muss ziemlich mittelmäßig sein.

«Wo bist du zu Hause, mein Fräulein?»

«In Exarchia, aber jetzt fahre ich nach Nigeria, denn dort sind Gwendolyn und mein Papa.»

«Nach Nigeria? Dort werden dich die Schwarzen fressen!»

«Die Schwarzen fressen niemanden!»

«Aber ja, und wie!»

«Nein, sie essen Yam, Amala oder Moyin-Moyin und keine Menschen!»

«Aber du bist klein und knusprig, da machen sie den Mund auf und ‹Ham!› bist du verschluckt, weil sie dort großen Hunger haben. Hast du davon noch nichts gehört?»

Wovon soll ich gehört haben? Gibt es vielleicht wieder Unruhen? «State of Emergency»? Oder ist General Ojuku wieder zurück? Ich fürchte, dass er recht hat. Wird mich Gwendolyn anstelle einer Umarmung vielleicht beißen und sagen: «Aus Angst vor der Zukunft trägt die Schnecke ihr Haus auf dem Rücken»? Wie kann sich die Welt in zwei Wochen so verändern? Und wer sagt mir, dass Salz nicht doch wurmig wird? Bei der nächsten Station steige ich mit Tränen in den Augen aus. Nein, ich werde nicht weinen. Ich bin ganze neun Jahre alt und schon eine junge Frau.

Ich sitze auf dem Koffer, kaue ganz langsam meine Banane und befühle mit der Zungenspitze fortwährend meinen abgebrochenen Zahn. Der Zahn muss mir bei einer meiner letzten gewagten Unternehmungen abgebrochen sein. Ich bin eine Märchenheldin, die verschiedene Prüfungen bestehen muss. Ich kneife die Augen zusammen und tue so, als hätte ich sie alle bestanden, und würde auf der überdachten Veranda von Ikeja, unter der Bougainvillea sitzen. Ich esse Vanilleeis, mmmmh, meine Lieblingssorte. Gwendolyn bügelt im Schatten und erzählt mir meine Lieblingsgeschichte von den beiden Freundinnen Dola und Bambi. Dola hat einen kleinen Nussbaum, aber die Tiere fressen ihm die Blätter ab. Bambi schenkt ihr einen großen, löchrigen Kochtopf zum Einpflanzen, damit er geschützt ist vor den Tieren. Als Dola durch den Verkauf der Nüsse zu Geld kommt, wird Bambi neidisch und verlangt den löchrigen Kochtopf zurück. Doch dann geht der Baum, der darin gewurzelt hat, kaputt. Bambi lässt sich nichts sagen. Sie will ihren Kochtopf zurück! Der Dorfrichter sagt, Bambi müsse ihren Kochtopf zurückbekommen, so solle es sein. Und der arme Nussbaum geht kaputt. Im nächsten Jahr schenkt Dola Bambi eine goldene Halskette zum Geburtstag. Zehn Jahre später verlangt sie ihr Geschenk zurück. Aber das geht nicht. Um die Kette vom Hals zu lösen, muss Bambi die Kehle durchgeschnitten werden. Wiederum gehen sie zum Richter und er sagt, wenn Dola darauf bestehe, dann müsse Bambi die Kehle durchgeschnitten werden, Punktum. Da weint Bambi einen Fluss von Tränen, Dola bekommt Mitleid mit ihr und zum Schluss wird sie gerettet. Keiner ist mehr auf irgendjemanden neidisch, denn Neid ist das schlimmste aller Übel.

Am frühen Abend tauchen zwei Polizisten auf. Sie sagen mir, dass sie mich im Streifenwagen nach Hause bringen und ob ich denn gar kein Mitleid mit meiner Mama hätte. Aber ich habe doch Mitleid mit ihr, großes sogar. Wir sind unglücklich in diesem Land und müssen schnell zurück, solange Gwendolyn noch unsere Freundin ist, sich um uns kümmert und es nicht übers Herz bringt, uns zu essen.

Mama hat viel geweint, ihre Augen sind geschwollen. Weder schüttelt sie mich noch fixiert sie meine Handgelenke, sie fährt mir nur mit den Fingern durchs Haar.

«Ich habe Angst, dass die Eier im Koffer zerbrochen sind», sage ich. «Über zerbrochene Eier weint man nicht», entgegnet Mama. Ein treffender Ausdruck, ganz wie Gwendolyns Sprichwörter. Sie zieht mich an sich, ihre Umarmung riecht nach Wärme wie früher, nach Afrika.

Ich trage einen blauen Schulkittel, das Modell «Laura» der Textilfirma Peiraiki-Patraiki, den wir im Mignon-Warenhaus gekauft haben. Er hat zwei Bänder an den Seiten, die – ganz wie Gwendolyns Schürzen – hinten zu einer Schleife gebunden werden. Die rote Schultasche trage ich auf dem Rücken, damit ich keinen Buckel bekomme. Mein Pferdeschwanz wippt auf und ab und der Luftzug kühlt meinen Nacken. Ich gehe an Mamas Hand die Themistokleous-Straße hinunter. Am Anfang bringt sie mich zur Schule und holt mich auch wieder ab. Aber ich muss den Schulweg gut lernen, sie kann ja auch einmal krank sein. «Wenn du krank wirst, bleibe ich zu Hause und reibe dich mit Alkohol ein», sage ich. Mama lacht übers ganz Gesicht, denn sie trägt das Kleid mit den großen gelben Margeriten und dem gerafften Ausschnitt. Darin lacht sie, selbst wenn sie nicht lacht.

Sie liefert mich am Eingang der 5. Volksschule ab und ich winke ihr durch die Gitterstäbe zu, wie ein gefangener Tiger. Als wir uns aufstellen sollen, reihe ich mich bei den Viertklässlern ein, um den priesterlichen Segen zu empfangen, die Nationalhymne zu singen und zu beten. Danach üben wir Hab-Acht-Stehen und gehen in die Klassen. Meine Klasse ist die 3d, sie ist bis zur Mitte grün und ab dann bis zur Decke weiß, mit einer Weltkarte, die an einem Haken an der Schultafel hängt. Wenn wir Aufgaben an die Tafel schreiben sollen, rollen wir die Weltkarte ein. Meine Lehrerin heißt Frau Afroditi Dikeakou und sieht zum Glück ein bisschen wie eine Afrikanerin aus. Ihr krauses Haar ist sehr kurz und ihr Teint ist dunkel. Ich setze mich in die letzte Bank, neben Angeliki Kotaki, ein Mädchen mit Zöpfen. Sie hat ein großes Muttermal an der Augenbraue, das aussieht wie ein Kotfleck. Sie tut mir mit ihrem Muttermal leid und ich beschließe, sie zu beschützen. Ich will ihre beste Freundin sein und wenn einer wagt, sich über sie lustig zu machen, bekommt er es mit mir zu tun.

«Du, Neue, aufstehen!»

Frau Afroditi meint mich.

«Wo kommst du her?»

«Aus Afrika.»

«Warum nicht gleich vom Mond?»

Die Kinder lachen. Ein kleiner Kerl aus der ersten Bank schneidet wilde Tiergrimassen. Ich nehme meinen ganzen Mut zusammen.

«Ich komme aus Nigeria! Aus Afrika!»

«Schon gut, schrei nicht so. Komm ganz nach vorne, dann habe ich dich besser im Blick.»

Ich sitze ganz allein in der ersten Reihe. Meine Schulbank ist so grün wie die Seife der Marke Papoutsani und übersät mit Zeichnungen und Gravuren. Da stehen Namen, ganz oft *love forever*, *Olympiakos*, *Panathinaikos*, *Fick dich* und *Leck mich am Arsch*. In unserer Klasse werden auch Abendschüler unterrichtet. Jemand hat geschrieben: Ich bin Apostolos. Und wie heißt du? Mit schönen runden Buchstaben schreibe ich die beiden Wörter, die ich auf Griechisch fehlerfrei schreiben kann: Maria Papamavrou.

Frau Afroditi erklärt uns, was wir alles in der vierten Grundschulklasse lernen und warum es ein schwieriges Schuljahr ist. Wir werden uns in Arithmetik, Grammatik, Schönschrift und Geografie gehörig anstrengen müssen. Dann schreiben wir einen Rechtschreibtest: «Die Kinder essen ihr Frühstück und gehen zur Schule. Sie sind fleißige Schüler. Die Mutter kocht das Mittagessen. Der Vater arbeitet hart. Zu Mittag essen alle gemeinsam und ruhen sich danach aus. Am Nachmittag gehen sie im Park spazieren.» Das ist nur fast richtig, denn wir essen nicht mehr alle gemeinsam. Mama und ich essen auf dem Balkon mit den zersägten Gitterstäben. Jetzt, da ihn keiner sieht, isst Papa bestimmt auf der überdachten Veranda in Ikeja mit gelockerter Krawatte und ungewaschenen Händen. Und Gwendolyn steht in der Küche und Mama seufzt: «Igitt, wie eine Zicke!»

Die Pause ist der schlimmste Teil des Tages. Die Kinder umringen mich und fragen, ob ich deshalb Papamavrou heiße, weil mein Papa ein schwarzer Priester ist. Jemand bemerkt, dass mein kleiner Finger verstümmelt ist und ruft: «Schaut her! Ein Löwe hat ihr den Finger abgebissen!» Petros, der mich mit seinen Grimassen einschüchtern wollte, fragt, ob wir auch unsere Negerhütte mitgebracht haben. Angeliki, die ich für meine Freundin gehalten habe, sagt, dass die Afrikaner im Dschungel scheißen und sich mit den Baumblättern den Hintern abwischen, weil sie kein Klopapier haben.

«Nein!», sage ich und stampfe mit dem Fuß auf den gepflasterten Schulhof. «Wir haben drei Bäder in Ikeja und rosa Klopapier!»

«Lügnerin! Es gibt kein rosa Klopapier! Und auch keine Häuser mit drei Bädern!», sagt Angeliki.

Als ich sie an den Haaren ziehe, um sie zum Schweigen zu bringen, beginnt sie zu winseln. Ich mache ein Wortspiel mit ihrem Namen. «Kotaki, dummes Huhn!», rufe ich und strecke ihr die Zunge entgegen.

Ich renne zur Kantine am anderen Ende des Schulhofs. Eigentlich müsste ich mich hinten anstellen, aber ich bin wütend und drängle mich vor. Es gibt Sesamringe, Salzkekse mit Sternzeichen darauf, Ivi-Orangeade und ... Raketeneis! Nur eine halbe Drachme! Zwei Drachmen am Tag ergeben vier Stück Raketeneis! Ich kaufe mir das Eis, aber meine Zähne graben sich in etwas Zuckrig-Warmes. Was aussieht wie Eis, ist nur eine altbackene Süßigkeit. Ich werfe sie in den Abfalleimer und würde am liebsten losheulen, zum hundertsten Mal, seit wir nach Athen gekommen sind.

Zurück in der Klasse packt mich Frau Afroditi am Ohr und zerrt mich zur Schultafel.

«Warum hast du die Kotaki in der Pause geschlagen? Warum hast du ihr das Schürzenband abgerissen?»

«Ich habe ihr Schürzenband nicht abgerissen. Ich habe sie nur ein bisschen an den Haaren gezogen.»

«Nein. Du hast mir ein Büschel Haare ausgerissen, mich am Ohr gezogen und mir den Schulkittel zerrissen!»

«Lügnerin! Lügnerin! Der war schon vorher zerrissen!»

«Hör zu, Papamavrou. Du hast die meisten Rechtschreibfehler von allen, von der Betragensnote ganz zu schweigen. Ich weiß nicht, was ihr in Afrika in der Schule gemacht habt, aber das hier ist ein zivilisiertes Land. Zur Strafe stehst du bis zum Ende der Stunde in der Ecke. Und wehe, das kommt noch einmal vor!»

Ich stehe an der Tafel, mit dem Gesicht zur Weltkarte. Das ist der schönste Augenblick des Tages. Ich kann stundenlang Nigeria betrachten, das so gelb ist wie Mamas Kleid und wie die Bananendampfer. In der Mitte liegt die gestreifte Flagge, zwei grüne Streifen für die Landwirtschaft, ein weißer für Einheit und Frieden. Ich weiß nicht, was hinter meinem Rücken passiert, es ist mir auch egal. Ich will die schlechteste Schülerin an der Schule sein und den ganzen Tag lang vor der Landkarte Afrikas stehen.

«Tante Amalia, was heißt *Leck mich am Arsch*?»

«Jesus Maria!»

Tante Amalia schlägt die Hand vor den Mund, als fürchtete sie, es könnte etwas Böses herausdringen. Auf dem Parkweg mit den Statuen verharrt sie reglos vor der Büste der griechischen Freiheitsheldin Manto Mavrogenous. Sie geht mit mir im Ares-Park Radfahren, da Mama etwas erledigen muss. Etwas erledigen heißt, sie schließt sich in ihr Zimmer ein, weint und streicht sich seufzend über den Bauch. Danach wirft sie, wenn's hochkommt, einen Blick auf die Biftekia, die faschierten Laibchen, in der Pfanne und legt sich auf die Couch.

Tante Amalia trägt einen Dutt mit Haarnetz und den Kamelhaarmantel mit hochgestelltem Kragen. Ich mag keine Mäntel, sondern trage auch bei gutem Wetter die gelbe Regenjacke und Gummistiefel. «Der Vogel verliert sein Gefieder nicht, wenn es Winter wird», sagt Gwendolyn.

«Wo hast du diesen Ausdruck her, mein Kind?»

«Das steht auf meiner Schulbank. Seit September.»

«Das sind sehr schlimme Wörter, Maria! Nur Herumtreiber sagen so etwas. Tu mir den Gefallen, mach ein Loch in deinem Köpfchen, tu sie dort rein und vergiss sie! Radiere diese Wörter einfach aus, hörst du?»

Tante Amalia ähnelt den Schauspielerinnen, die in den griechischen Filmen die alten Jungfern spielen. Aber sie ist eine moderne alte Jungfer: Sie geht allein ins Kino, zieht mitten auf der Straße ihren Schuh aus und kratzt sich mit dem Stöckel die Fußsohle und pfeift alte Schlager wie «Lass dein Haar fliegen im Wind» oder «Am Morgen weckst du mich mit Küssen». Als sie jung war, hatte sie eine fixe Idee. Sie wollte Konstantin, den Ex-König heiraten und sonst keinen. Als Konstantin Anna-Maria heiratete, sagte Amalia zu ihren Eltern, sie würde für immer auf die Ehe verzichten, ein Loch in ihrem Kopf machen und dort Brautkleider und Hochzeitssträuße vergraben. Immer wenn etwas Schlimmes geschieht, macht sie ein Loch in ihrem Kopf und tut es dort rein. Und jetzt rät sie mir, dasselbe zu tun.

Wir gehen zum See, um die Schwäne zu füttern.

Tante Amalia kauft immer zwei Sesamringe, einen für mich, einen für sich. Ihren zerkrümelt sie und verfüttert ihn an die Schwäne. «Psst, psst!», ruft sie, als seien es Katzen, aber diese Schwäne verstehen sie und kommen her. Danach schwimmen sie wieder zu ihrem Holzhaus, falten die Schwingen und dösen.

«Tante Amalia, wenn man ein Loch in seinem Kopf macht, wie viele Dinge kann man dann reintun?»

«Viele, sehr viele …»

Ich stelle mir ein Loch vor, nicht zu groß und nicht zu klein, so wie das Holzhäuschen der Schwäne. Dort sollte Platz sein für ganz Afrika, für den Springbrunnen mit den Goldfischen, das Badmintonfeld, den Karneval, der nicht wirklich Karneval ist, und für die Puff-Puffs bei Mrs. Fatoba. Dazu kommen noch die Vier-Zimmer-Wohnung, Frau Afroditi, das Eis, das nicht wirklich Eis ist, Angeliki, Petros und die griechischen Rechtschreibübungen.

Dann erinnere ich mich an nichts mehr.

Frau Afroditi gibt uns zum ersten Mal Unterricht in Schönschrift. Wir schreiben den altgriechischen Satz «Das Grab hervorragender Männer ist jedes Land» mit vielen Schnörkeln ins linierte Arbeitsheft. Ich verstehe nur die beiden Wörter «Grab» und «Land». Viel lieber würde ich schreiben: «Ich hasse Angeliki, weil sie eine dumme Kuh ist.» Aber damit setze ich mich in die Nesseln. So breche ich meine Schönschreibübung ab und antworte Apostolos, dem Abendschüler, der in meiner Bank sitzt. Er ist mein einziger griechischer Freund. Jeden Montag radieren wir die Korrespondenz der letzten Woche aus und beginnen neu. Ich habe ihm erzählt, dass ich in die sechste Klasse gehe, weil Apostolos schon in die dritte Klasse der Oberschule geht und bestimmt nicht mit Grünschnäbeln korrespondieren will.

Zum letzten Mal lese ich unseren Briefwechsel von letzter Woche durch:

Ich: *Ich weiß nicht. Ich hoffe, wir fahren wenigstens zu Weihnachten nach Ikeja.*

Apostolos: *Aber warum gefällt dir Griechenland nicht?*

Ich: *1) Es ist kalt. 2) Zu Hause Radfahren ist verboten. 3) Wir haben jeden Tag Schule. 4) Es gibt viele Autos. 5) Unsere Lehrerin ist streng und hat keinen Papagei.*

Apostolos: *Hatte deine Lehrerin in Nigeria einen Papagei?*

Ich: *Ja, unsere Englischlehrerin Mrs. Fatoba hatte einen sprechenden Papagei! Und sie hat Puff-Puffs für uns gemacht, das sind Krapfen mit Staubzucker.*

Apostolos: *Warum sagst du deiner Mama nicht, dass sie dir Krapfen machen soll?*

Ich: *Mama ist unglücklich, sie näht nicht mehr und kochen tut sie auch nicht mehr viel. Nur Biftekia aus der Tiefkühltruhe und Linsen, weil sie eisenhaltig sind.*

Apostolos: *Kommst du am 17. November zum Polytechnikum?*

Ich: *Ich weiß nicht, und du?*

Apostolos: *Auf jeden Fall! Übergebt die Junta dem Volk!!!*

Obwohl ich noch nicht weiß, was ich als Nächstes fragen will, beginne ich schon mit dem Ausradieren. Frau Afroditi packt mich an den Handgelenken wie Mama, nur fester. Der Radiergummi fällt mir aus der Hand.

«Was soll das, Papamavrou?»

Sie beugt sich über meinen Kopf und liest unsere Korrespondenz.

«Los, zur Strafe an die Tafel! Und morgen kommst du mit deiner Mutter.»

Mama und Frau Afroditi stehen im Schulhof und reden. Mama trägt den fein gestreiften Drillich-Rock, in dem sie noch riesiger wirkt. Frau Afroditi ist eine halbe Portion, aber sie gestikuliert, als hätte sie das Sagen, und Mama lässt den Kopf hängen. Eines von Gwendolyns Sprichwörtern fällt mir ein: «Elefant und Tiger jagen nicht am selben Ort.» Mama ist der Elefant. Seit wir in Athen sind, wird sie immer dicker.

«Was hat sie gesagt?», frage ich.

Sie hat gesagt, dass ich mich mit einem siebzehnjährigen Abendschüler, einem Installateur «eingelassen» hätte. Und, dass ich mich in meinem Alter nicht mit Politik befassen sollte. Um mich wichtig zu machen erzähle ich, was ich von Apostolos gehört habe.

«Aber Mama, die Diktatoren haben die Studenten getötet, verstehst du? Sie haben sie mit den Panzern niedergewalzt!»

«Das ist nichts für dich.»

Angeliki kommt auf uns zu und schmeichelt sich bei Mama ein. Wenn wir allein sind, mache ich ein Wortspiel mit ihrem Namen Angeliki, «die Engelsgleiche», und nenne sie «Diavoliki», die Teufelin. Sie hingegen nennt mich seit meinem ersten Schultag «Kleenex», als es um das Klopapier im Dschungel ging. Wie kann sie so etwas sagen, wenn an ihrer Augenbraue ständig ein Kotfleck klebt?

«Sind Sie die Mama von Maria?»

«Ja, meine Kleine. Und du?»

«Ich bin Angeliki, die Freundin von Maria.»

«Na bitte, was für ein nettes Mädchen, mit der solltest du dich treffen. Und keine Nachrichten mehr auf der Schulbank! Versprichst du mir das?»

So verliere ich meinen einzigen Freund Apostolos. Ich wusste nicht, dass er siebzehn ist und dazu noch Installateur. Jetzt, da ich es weiß, erfinde ich eine dramatische Geschichte: Er ist ein Hausa und ich bin eine Yoruba. Wir dürfen nicht heiraten, weil wir aus verschiedenen Stämmen kommen. Apostolos klettert das Eingangstor des Polytechnikums hinauf und ruft: «Übergebt die Junta dem Volk!» Er hilft mir auch rauf und ich rufe: «Geht auch die Welt zugrunde, Salz wird nicht wurmig!» Es gibt ein kleines Handgemenge, aber am Schluss gewinnen wir. Dabei bricht mir der Zahn ab und ich verliere einen Finger. Die griechischen und nigerianischen Diktatoren müssen aus ihren Panzern klettern und werden davongejagt. Dann steigen wir in einen Panzer, machen eine U-Boot-Wohnung daraus und bevor wir wissen, wie uns geschieht, hat uns die Strömung in den Atlantik gespült und hoppla, schon sind wir an der nigerianischen Küste. Wir wringen unsere Kleider aus, breiten sie auf dem Sandstrand zum Trocknen aus und essen ein paar Bananen. Dann fahren wir mit dem Panzer weiter nach Ikeja. Papa und Gwendolyn warten auf der überdachten Veranda unter der Bougainvillea auf uns. Apostolos übernimmt zusammen mit Unto Punto die Installateurarbeiten im Haus. Bis wir heiraten, versteht sich. Denn danach wird er Arzt und ich Malerin und wir bekommen viele Kinder, die Gwendolyn großzieht. Oder besser kriegen wir keine Kinder, denn es könnte eines sterben, und was wird dann? Dann raufen wir uns die Haare, heulen und essen nur noch Linsen und Biftekia.

Eine Träne rinnt mir über die Wange, dann die nächste. Jedes Mal vergesse ich, Mamas Taschentücher mit dem Monogramm in die Schule mitzunehmen.

Gwendolyn sagt: «Sieht eine reife Frucht einen braven Menschen, fällt sie vom Baum.» Ich beschließe, die dramatischen Geschichten sein zu lassen und wie ein braver Mensch zu beten. Ich falte die Hände vor der Brust, wie ich es vor Mamas Heiligenbildern gelernt habe: «Herr, erbarme dich unser, lieber Gott und lieber Sohn Gottes, mach, dass wir nach Ikeja zurückkehren. Dann bitte ich dich auch nie wieder um etwas. Amen.»

Und eines Sonntagmorgens erhört mich Gott, der wahrscheinlich auch im Bett liegt und nicht viel zu tun hat.

«Wach auf, Maria! Überraschung!», ruft Mama aus der Küche.

Ich springe auf und renne im Pyjama ins Vorzimmer.

«Papa kann zu Weihnachten nicht kommen. Deshalb besuchen wir ihn. Was sagst du jetzt?»

Ich hüpfe auf der Stelle und drehe mich im Kreis, vollführe einen selbsterfundenen Tanz und singe Tururu und Lalala und Heyhey. Aus purer Gewohnheit werfe ich einen Blick zur Decke, ob mir von dort nicht eine Frucht auf den Kopf fällt.

Da ich ein braver Mensch bin, ist Ikeja meine reife Frucht.

Ich schließe die Augen und schwöre mir, zu sterben. Es ist wieder Sonntag, gerade sind wir zurück aus Nigeria, Mama brät ihre tiefgefrorenen Biftekia und die Autobremsen quietschen vor dem blauen Wohnhaus. Ich versuche, den Atem anzuhalten, als tauchte ich ins Wasser von Tarkwa Bay, nur länger. Wenn ich ein bisschen sterbe und im Gesicht blau anlaufe, dann bringt man mich für immer zurück nach Nigeria. Aber ich halte nicht durch. Ich ringe nach Luft und atme durch den Mund, durch die Nase, selbst durch die Ohren.

Die Weihnachtsferien sind zu Ende, ab morgen haben wir wieder Schule. Ich glaube, dass ich den Mercedes am Flughafen von Lagos nur geträumt habe; und Papa, der lächelnd vor der offenen Tür steht, in neuen beigen Shorts und Kniestrümpfen; und Gwendolyn, die wir umarmen; und mich selbst, während ich mit Unto Punto hinter dem Badmintonfeld Verstecken spiele; und meine blauen Taucherflossen, die Sprünge vom Sprungturm in der Tarkwa Bay und den griechischen Neujahrskuchen, den wir am Strand angeschnitten haben. In meinem Stück war die Glücksmünze.

«Was für ein Glück soll das sein, Gwendolyn, wenn ich nach Griechenland zurück muss?»

«Sei nicht undankbar», sagte Gwendolyn, ohne den Blick vom Bügelbrett zu heben. «Der große Iroko-Baum wächst aus einem kleinen Samen.»

Die Glücksmünze, auf der 1977 steht, ist fingernagelgroß. Mama hat sie an meinem goldenen Namenskettchen festgemacht, das ich am Handgelenk trage. Ich löse sie wieder ab und während ich dösend im Bett liege, kratze ich mir mit der Glücksmünze in der Nase, stecke sie dann in den Mund und lutsche daran. Ich weiß selbst nicht, wie es passieren konnte. Plötzlich rutscht sie ganz sacht meine Kehle hinunter, wie ein zerkauter Puff-Puff. Mein Gott, was habe ich getan? Ich habe mein Glück verschluckt!

Kein Wunder, dass am nächsten Tag Anna Horn in mein Leben tritt.

Anna sitzt in der ersten Reihe neben mir und zwinkert mir zu. Sie ist das hübscheste Mädchen, das ich je gesehen habe! Sie ist ein Engel! Blond, mit Augen wie das Wasser in der Tarkwa Bay und mit einer Haarspange aus Schildpatt, die in ihrem Pony steckt. Sie hat ein Grübchen am Kinn und eine helle, wie gefärbte Stelle an der Augenbraue, die sie klug und brav wirken lässt, genau wie man sein muss, damit eine reife Frucht vom Baum fällt. Sie trägt eine *marinière,* wie sie mir mit fremdem Akzent erklärt, ein blau-weiß gestreiftes Matrosenshirt.

«Du da, die Neue in der ersten Bank ...», sagt Frau Afroditi. Ich freue mich, dass Anna gekommen ist und ich nicht mehr die Neue bin.

«Ja?», sagt Anna königlich.

«Morgen kommst du aber im Schulkittel.»

«Ich habe keinen Schulkittel. Wir hatten noch keine Zeit zum Einkaufen.»

«Kommst du etwa auch aus Afrika wie die Papamavrou?»

«Nein, ich komme aus Paris.»

«Was soll ich bloß mit euch Einwanderern anfangen?»

«Wir sind keine Einwanderer, Frau Lehrerin. Wir sind Widerstandskämpfer. Mein Papa hat ein Stipendium vom Französischen Kulturinstitut bekommen. Meine Mama hat mich in Paris zur Welt gebracht, weil ich kein Kind der Diktatur sein sollte. Jetzt, da Griechenland frei ist, sind wir zurückgekehrt. Das heißt, Papa nicht. Nur Mama und ich. Papa hat nicht einmal Zeit zum Schlafen. Er hat einen riesigen Schreibtisch mit tausend Büchern und mehr, alle auf Französisch. Die hat er alle zweimal gelesen.»

Sie redet ohne Unterlass und Frau Afroditi kommt gar nicht auf die Idee, sie zu unterbrechen. In der Klasse könnte man eine Stecknadel fallen hören. Anna ist eine summende Biene in Menschengestalt, die ihre Geschichten wie Blütenpollen weiterträgt. Wie schön die Gärten in Paris sind und das Café de Flore, wo sie sonntags immer frühstücken, und wie nett und witzig Melina Mercouri ganz privat ist und wie man das französische R ausspricht, als sprudele es aus einem Brunnen von ganz innen drinnen heraus. In der Pause scharen sich alle Kinder um sie. Aber Annas Wahl fällt auf mich.

«Erstens, weil du meine Sitznachbarin bist und zweitens, weil du auch von woanders kommst. Seid ihr afrikanische Widerstandskämpfer?»

«Ähm, ja …», murmele ich, als wir Hand in Hand durch den Schulhof laufen. Widerstand ist das Gegenteil von Diktatur. Diktatoren sind die Bösen, daher sind die Widerstandskämpfer die Guten und wir sind auf der Seite der Guten, das ist sicher. «Übergebt die Junta dem Voooolk!» Apostolos' Parole dringt im Singsang aus meinem Mund und Anna umarmt mich begeistert. Wir spielen das Hüpfspiel «Tsingoleleta», doch anstelle von «Einen Groschen das Veilchen» singen wir die Parole. Als wir außer Atem sind, setzen wir uns auf die Stufen vor dem Klasseneingang und Anna bricht ihr Sandwich entzwei, das sie von zu Hause mitgebracht hat, um es mit mir zu teilen. Ich bin nicht sicher, ob ich es will, denn es riecht nach schimmligem Käse, aber Anna besteht darauf: «Nimm! Widerstandskämpfer teilen alles!» Wie konnte ich nur denken, ich könnte mich mit so jemandem wie Angeliki, dem Kotfleck anfreunden, wenn es Mädchen gibt wie Anna? Plötzlich wird Griechenland schön, es wird afrikanisch.

Der große Iroko-Baum wächst aus einem kleinen Samen.

Anna spricht nicht mit mir. Sie will, dass wir die Schulbank streng in der Mitte teilen und dass ich meinen Ellenbogen nicht auf ihre Seite stütze.

«Aber was habe ich dir getan? Was bloß?»

«Du hast mich angelogen. Es gibt keine Widerstandskämpfer in

Afrika. Mama sagt, ihr seid Rassisten und beutet die Schwarzen aus.»

Das geht zu weit! Ich sage alle Sprichwörter von Gwendolyn hintereinanderweg auf und auch die Spiele, die ich mit Unto Punto spielte. Anna hält sich die Ohren zu und singt: «Ich bin taub, trialalo, ich bin taub, trialalo!» Meine Augen füllen sich mit Tränen.

«Anna, bitte …»

«Schluss, es ist aus mit uns! Ich will nicht mit Rassisten zusammen sein!»

Es ist große Pause und wir sind in der Klasse zurückgeblieben, um die Sache zu klären. Aber Anna lässt mich plötzlich stehen und geht mit Angeliki spielen, ihrer neuen Freundin. Nachdem ich mich tüchtig ausgeheult habe, reiße ich eine Seite aus dem Schönschreibheft. Ganz oben steht: «Die Freiheit fordert Tugend und Wagemut». Darunter schreibe ich auf die Zeile mit den fünf Linien ganz schnörkelig:

«Frau Mama von Anna, wir sind keine Rassisten!!! Ich liebe Gwendolyn mehr als mein Leben. (Und Gwendolyn ist *sehr* schwarz.) Ich bin Afrikanerin. Liebe Grüße, Maria.»

Am Rand male ich mit dem Kugelschreiber zwei schwarze, eigentlich dunkelblaue Tränen. Darunter zeichne ich die künstlich aufgeschüttete Hafenmole von Tarkwa Bay. Ich füge zahlreiche ameisenkleine schwarze Männchen hinzu, die unter Dattelpalmen in der Sonne liegen. Die Sonne lacht, aber mit schwarzen Zähnen. Ihre Strahlen sind kraus wie Rastalocken. Ich falte das Blatt zweimal zusammen und stecke es in Annas Lesebuch. Wenn sie es zu Hause findet, ist sie bestimmt sauer, wird es aber trotzdem ihrer Mama zeigen.

Der restliche Tag ist die Hölle. Angeliki wispert «Kleenex, Kleenex, Kleenex» hinter meinem Rücken. Frau Afroditi hört sie nicht, aber mich erwischt sie, als ich ihr die Zunge rausstrecke. Bis zum Unterrichtsende stehe ich zur Strafe an der Tafel, mit dem Gesicht zur Weltkarte. Ich schaue nicht auf Afrika. Mein Blick ist auf ein Land geheftet, das genau die gleiche Form hat wie Nigeria und Frankreich heißt.

«Meine Mama sagt, du sollst zum Mittagessen kommen, wenn es deine Mama erlaubt. Willst du?»

Anna blickt zu Frau Afroditi, während sie zu mir spricht.

«Also glaubst du mir, dass ich keine Rassistin bin?»

«Willst du?»

«Okay!»

«Nur, dass meine Mama Ballerina ist und wir keine fettigen Soßen essen.»

«Ich mag keine fettigen Soßen.»

In der Pause erfolgt unsere «Wiedervereinigung» und die «Entkopplung» von Angeliki. Wir teilen uns Annas Sandwich – der Schimmelkäse schmeckt mir heute schon besser – und schwören uns, dass wir für immer Freundinnen bleiben. Vor lauter Rührung bekomme ich Nasenbluten. Ich fürchte, vor Angst gleich ohnmächtig zu werden, denn ich kann kein Blut sehen. Trotzdem muss ich stark wirken. Anna tupft den Finger in einen Blutstropfen aus meiner Nase und schreibt unsere beiden Namen in ihr Heft wie einen einzigen: «Anna-Maria».

«Jetzt, mit dem Blut, verstehst du, ist es ein Schwur!», sagt sie.

Wie spielen noch einmal «Tsingoleleta» mit der Anti-Junta-Parole. Ich bin das glücklichste Mädchen in ganz Griechenland und in ganz Afrika! Zu Mittag brechen wir verschwitzt und Händchen haltend auf.

«Wie weit ist es denn noch bis zu eurer Wohnung?»

«Ich verrate dir ein Geheimnis. Schwörst du, dass du es nicht weitersagst? Dass wir neben dem Bäcker gegenüber von der Schule wohnen, ist gelogen. In Wahrheit wohne ich in der Plaka. Wir haben eine falsche Adresse angegeben, weil unsere Schule eine Versuchsschule ist und ich mich un-be-dingt hier einschreiben sollte. Alles klar?»

«Also, wenn diese Schule gut sein soll, wie sind dann die schlechten Schulen? Gibt es noch schlechtere Lehrerinnen als Frau Afroditi?»

Anna lacht übers ganze Gesicht, mit den Augen, den Wangen, dem Grübchen am Kinn.

«Du bist sehr hübsch!», sage ich.

«Wichtig ist die innere Schönheit», sagt Anna. Das klingt erwachsen. Das muss sie von irgendjemandem gehört haben. Aber da der Spruch von Anna kommt, lerne ich ihn auswendig.

Annas Zuhause ist so wie ein kleines Haus in Ikeja, mit einem Hof und Steinmauern. Anna sperrt mit ihrem eigenen Schlüssel auf und lässt die Schultasche auf den Boden fallen, während ihre Mama «Aaaalooo» aus der Küche ruft. Anna läuft auf sie zu und umarmt sie. Als sie zur Seite tritt, kommt die schönste Mama der Welt zum Vorschein. Sie hat volle, afrikanische Lippen und Augen, die so feucht schimmern wie die von Gwendolyn und ihr Haar flicht sie zu einem schwarzen, glänzenden Zopf, der bis zur Taille reicht. Sie trägt ein schwarzes Turntrikot und bordeauxrote Strümpfe. Sie ist barfuß und sehr schlank, so wie alle Ballerinas. Sie beugt sich herunter und lächelt mir zu. Ihre Rippen zeichnen sich unter dem Trikot so klar ab wie auf einem Röntgenbild.

«Du musst Maria sein. Ich bin Antigoni.»

Also darf ich Du zu ihr sagen, so wie zu Gwendolyn! Anna sagt Antigoni zu ihr, aber mit französischer Aussprache, und während ich meine Regenjacke ausziehe, unterhalten sie sich ein bisschen auf Französisch.

«Wo darf ich meine Tasche abstellen?»

Anna deutet mit der Hand ins Wohnzimmer. Darf ich meine Schultasche überall abstellen? Auf dem Boden, auf der Couch, sogar auf dem Tisch oder neben dem Bücherregal? Bei uns zu Hause hat meine Schultasche nur einen einzigen Platz, in meinem Schlafzimmer neben dem Schreibtisch.

«Maria, du hast doch deiner Mama Bescheid gesagt, dass du heute bei uns isst?», sagt Antigoni.

Ich tue, als hätte ich nichts gehört. Ich habe nicht Bescheid gesagt, aber wie lange kann es dauern? Ich stelle meine Tasche auf den Tisch, der mit Büchern, halb beschriebenen Zetteln, Stromrechnungen und Aschenbechern übersät ist, die randvoll sind mit Zigarettenstummeln. Antigonis Zigaretten heißen Gauloises und das Päckchen hat eine sehr hübsche Farbe. Alle ihre Sachen sind schön und ungewöhnlich. Sie haben afrikanische Statuetten, so wie wir, und riesige Spielketten aus Bernstein. Die Beistelltische haben Rollen, denn wenn Antigoni probt, müssen die Möbel beiseite geräumt werden. An der Wand hängen ein Poster mit einem kleinen Jungen, der auf eine Krone pinkelt, und daneben ein hochformatiges Bild mit Menschen in Schwarzweiß. Sie sehen alle ungefähr gleich aus und machen ein trauriges Gesicht, da eine junge Frau (die sie auf ihren Armen tragen) verletzt ist. Vielleicht ist sie auch tot.

«Gefällt dir der Holzschnitt von Tassos?», fragt Antigoni und zündet sich eine Gauloises an.

«Er ist schön.»

«Siehst du, wie viele Menschen für Gerechtigkeit und Demokratie gefoltert wurden?»

«Die sind alle gefoltert worden?»

«Pff, noch viel mehr …»

«Als wir in Afrika waren und ihr in Frankreich?»

Antigoni schüttelt den Kopf. Auf ihrer Stirn bilden sich zahllose feine Falten. Sie hat keine Augenbrauen, sondern malt sie mit einem Stift auf.

«Und warum hängt ihr nicht etwas Schöneres an die Wand? Wir haben doch jetzt Demokratie!»

«Was denn?»

«Hm, eine Obstschale. Oder den alten Mann mit der Pfeife.»

«Wir sollten uns an die erinnern, die für uns Opfer gebracht haben, Maria.»

Sie hat recht. Sie ist hübsch, aber sie hat auch das, was Anna erwähnt hat – innere Schönheit.

Wir essen andersrum. Zuerst das Essen (Hähnchen mit Pilzen) und danach grünen Salat. Zum Schluss eigenartige Käsesorten und Gelee mit Fruchtstückchen. Antigoni pickt in ihrem Essen herum wie ein Spatz, ganz wie Tante Amalia. Anna und ich jedoch haben einen Riesenappetit! Ihre Küche ist fröhlich, mit blauen Wänden und gelben Kästen, wie im Kindergarten.

«Ich möchte mich bei dir entschuldigen, Maria», sagt Antigoni, während sie abwäscht. Anna geht ihr gerade eine Zeitung holen.

«Wofür?», frage ich.

«Dafür, was dir Anna gesagt hat. Weißt du, nicht nur gute Menschen wie ihr gehen nach Afrika, sondern auch viele böse Weiße. Sie möchten den Schwarzen ihr Land wegnehmen und sie zu ihren Dienstboten machen.»

Ich werde rot. Gwendolyn und Unto Punto *sind* Dienstboten. Aber es stört sie nicht.

«Und, was habt ihr dort gemacht?»

«Radfahren, hauptsächlich. Unser Haus war sogar größer als eures!»

«Oh là là!», sagt Antigoni und lacht auf. «Und deine Eltern?»

«Papa war ständig in der Arbeit. Mama hat mir ab und zu ein

Kleid genäht. Oder sie hat mit Mrs. Steedworthy Tee getrunken. Die hat ein Glasauge, weil ihr Mann sie verprügelt hat. Jetzt macht Mama nichts mehr. Sie hat keine Freunde in Athen.»

Wenn Antigoni Mitleid mit meiner Mama bekommt, wird sie vielleicht ihre Freundin und kann sie überzeugen, eine Diät zu machen, damit sie wieder in das Kleid mit den Margeriten passt.

Antigonis runzelt erneut die Stirn. Wenn sie nachdenkt, sieht ihr Gesicht aus wie ein zerknittertes Blatt Papier. Danach glättet es sich wieder.

«Glaubst du, deine Mutter würde sich für die Bewegung Demokratischer Frauen interessieren? Das ist eine linke Frauenorganisation …»

«Und was machen diese Frauen?»

«Sie sprechen über ihre Rechte, über Gewalt in der Familie …»

«Wenn sie auch noch nähen, dann kommt sie sicher.»

«Komm, wir rufen sie zusammen an!»

Großartig! Mama wird Antigoni kennenlernen und sie werden Freundinnen, so wie Anna und ich. So wie Dola und Bambi, nur ohne Neid. Sorgfältig wähle ich die sechsziffrige Nummer.

«Mama, hallo! Annas Mama hier fragt, ob du etwas über die Bewegung Demokratischer Frauen erfahren willst.»

«Ich will nur eins erfahren: Wo in Herrgotts Namen treibst du freches Stück dich herum? Zu Hause kannst du was erleben, du Unglückswurm! Abmarsch, aber augenblicklich!» Mama schreit. Ich halte die Hand über die Hörmuschel, damit ihr Geschrei nicht bis zur Athener Altstadt dringt.

«Also, was sagt sie?», fragt Antigoni.

«Dass sie total krank ist und ich sofort nach Hause kommen soll, um sie einzureiben.»

Antigoni fährt mich im Käfer nach Hause, in einem Auto, das wie eine Schildkröte aussieht und an allen Ecken und Enden zittert. In meinem Inneren höre ich Gwendolyns Stimme: «Aus Angst vor der Zukunft trägt die Schnecke ihr Haus auf dem Rücken.» So etwas will ich auch. Ein Haus, das man mit Trägern auf den Schultern mit sich führen kann wie die rote Schultasche. Und dass ich nicht bei Mama wohnen und tun muss, was sie will. Anna und ich sitzen im Käfer auf der Rückbank. Sie streichelt mir die Hand bis auf den kleinen Finger, der ein bisschen abschreckend aussieht. «Du Arme, hoffentlich bekommt deine Mama keine Malaria und ihr fallen alle Finger ab …» Ich hatte ihr vorgelogen, dass mein Finger verfault und verschrumpelt ist, als ich eine schreckliche afrikanische Krankheit durchgemacht habe.

Antigoni will, dass wir alle nach oben gehen. «Aus weiblicher Solidarität», meint sie. Ich bleibe dabei, dass Mama niemanden um sich haben will, wenn sie krank ist, und steigere ein wenig die Dramatik und sage, dass sie Teller wirft, wenn sie die Nerven verliert. Das ist ziemlich aufständisch und wird auch der Bewegung Demokratischer Frauen gefallen. Als wir auf dem Exarchia-Platz ankommen, springe ich wie der Blitz aus dem Wagen, und vergesse ganz, mich zu bedanken. Bis ich die Stufen zum Haupteingang hochgelaufen bin, sind sie schon weg. Antigoni gibt Gas. Aus dem Auspuff des Käfers dringt eine dunkle Abgaswolke. Aus dem Wagenfenster winkt mir eine kleine Hand zu.

Es ist die Hand von Anna, meiner Freundin!

Ich muss meine Strafe absitzen. Nicht vor der Weltkarte, sondern in der Vorratskammer der Küche. Damit ich lerne, dass man nirgendwohin geht, ohne vorher zu Hause Bescheid zu sagen. Ich sitze auf einem Hocker und lese die Namen der Nahrungsmittel in den Regalen: Makkaroni Misko, zwanzig Packungen. Tomatensoße Peltes, zwölf Konservendosen. Dosenmilch Nounou, gezuckert, zwanzig Stück, Schokoladenmousse Alsa und Maisstärke Giotis, je drei

Schachteln. Wenn wir wenigstens einen großen Storage Room wie in Ikeja hätten! Dort wurde einem nie langweilig. Es herrschte Mangelwirtschaft und wir hatten einen eigenen Supermarkt im Haus. Drei Tage hätte man gebraucht, um alle Namen der Produkte aus der US-Militärbasis zu lesen. Aber damals wurde ich nicht bestraft. Mama hatte Geduld und nannte mich höchstens «Dummerchen» und nicht «Unglückswurm». Jetzt ist das Salz endgültig wurmig geworden. Ich klettere auf den Hocker und reiße für alle Fälle die Schachtel der Marke Kalas auf. Wurm ist keiner zu sehen, aber ein paar verschobene Konservendosen fallen zu Boden. Ich verliere das Gleichgewicht, der Hocker wackelt und schon liege ich auf dem Boden. Ich will mich auf den Ellenbogen stützen, aber mein Unterarm ist seltsam verdreht. Noch bevor ich merke, wie schlimm es wehtut, hat Mama die Tür aufgeschlossen, erblickt erst mich auf dem Boden und dann meinen Arm und ruft: «Du meine Güte!»

Mit dem Gipsverband falle ich auf. Selbst die Fünft- und Sechstklässler, die mit Viertklässlern sonst nicht reden, wollen wissen, was mir zugestoßen ist. «Ach, nichts! Ich habe mir bloß die Hand gebrochen!», sage ich und pruste heldenhaft. «Zum Glück ist es wenigstens die linke!», sagt ein Mädchen aus der Fünften. Woher soll sie auch wissen, dass ich Linkshänderin bin? Anna ist meine Leibwächterin. In den Pausen bahnt sie einen Korridor, damit ich durchkann, und ruft: «He, Leute, seht ihr nicht, dass wir eine Verletzte hier haben? *Merde, merde!*» *Merde* heißt Scheiße auf Französisch. So nennen wir Angeliki insgeheim. Anna hat sie angeschwindelt, dass Angeliki auf Französisch *Merde* heißt und sie hat es geschluckt. Jetzt tut sie mir ein bisschen leid. Sie fragte mich, was für ein Sternzeichen ich bin. «Schütze», sagte ich. Doch statt über im Dschungel jagende Eingeborene zu witzeln, hat sie unter den Salzkeksen mit den Sternzeichen zwei Stück mit Schützen gefunden und schenkt sie mir. Nur Petros macht immer noch blöde Witze mit meinem Namen, in dem die Wörter für «schwarz» und «Priester» stecken: «Jetzt ist die Papamavrou ein Bleichgesicht!»

Das Gute an meinem eingegipsten Arm ist: Ich bin vom Schönschreibunterricht befreit und darf zeichnen. Zeichnen mit der rechten Hand ist schwierig, wenn man bedenkt, dass ich nur viereinhalb Finger habe. Die Kreise gelingen mir nicht, die geraden Linien sind zittrig, aber selbst das ist mir lieber als Schönschrift. Wenn jemals wieder die Diktatur ausbricht, wir gegen Panzer antreten müssen und mir die Soldaten einen Arm brechen, dann bin ich geübt in beidhändig Zeichnen. Mama bindet mir jeden Tag einen Pferdeschwanz und kocht Gerichte, die man mit den Fingern essen kann: Keftedakia, Pommes frites und endlich wieder Puff-Puffs! Antigoni malt mir das Friedenszeichen auf den Gips. Anna schreibt «*Merde*», aber diesmal bedeutet es nicht «Scheiße», sondern «Alles Gute».

«Soll ich dir Französischunterricht geben? Wir können ja in den Pausen nicht herumlaufen», sagt sie. «Wenn wir groß sind, studieren wir in Frankreich, die griechischen Unis sind mies.»

«Und wo wohnen wir?»

«In Paris natürlich! In unserer Wohnung!»

Wir beginnen mit den Zahlen und Wochentagen. Dann üben wir, wie man sich am Telefon meldet *(Haaalooo, qui est à l'appareil?), bonjour, bonsoir,* ich habe Hunger *(j'ai faim),* ich schlafe *(je dors).* Verstecken spielen heißt jetzt *cache-cache* und nicht mehr *dezi* wie in Afrika. Die reife Frucht heißt *fruit mûr* und der brave Mensch *personne honnête.* Bald kann ich Gwendolyns Sprichwörter übersetzen!

Am besten lernt man Französisch mit Musik. Anna und ich setzen uns an den Wohnzimmertisch mit den Rollen und schieben ihn mit den Füßen sacht hin und her. Wir tun so, als sei er ein Zauberteppich und wir aufständische Hexen. Der Teppich fliegt mit uns, wohin wir wollen, und wir singen Lieder, die von den Versklavten dieser Erde handeln:

Du passé faisons table rase
Foule esclave, debout! debout!
Le monde va changer de base:
Nous ne sommes rien, soyons tout!

Oder wir hören traurige Lieder von Françoise Hardy. *Que sont devenu tous mes amis et la maison où j'ai vécu …* Eine Frau ist unglücklich, weil sie fern von ihrem Zuhause lebt. So wie wir.

Anna spricht ständig über ihren Vater, über die Bibliothek in der Pariser Wohnung, über die Franzosen und die Griechen, die jeden Abend mit einer Flasche Wein und mit vielen Zigaretten ankamen, um anti-diktatorische Parolen zu formulieren.

«Hat dich der Rauch nicht gestört?»

«Was redest du da, *merde!* Rauch hilft beim Denken!»

Wir probieren, in der Küche eine Gauloises anzuzünden.

«Zieh!», ruft Anna. «Du musst ziehen!»

Ich mache einen Zug und muss husten. Ich tue, was sie sagt, weil sie etwas von Geschichte versteht, von Schönschrift, von fliegenden Teppichen, von revolutionären Liedern und weil sie alle Übungen im Lehrbuch «Der Schlüssel zur praktischen Arithmetik» lösen kann. Sie hat eine schöne, schlanke Mama ohne Augenbrauen und einen Papa, der ständig nachdenkt. Sie hat die blondesten Haare der Welt. Zum Glück bin ich besser im Zeichnen. Sonst wäre ich neidisch und das würde so schlimm enden wie bei Dola und Bambi.

Der griechische Karneval erinnert mich an die Kostümfeste in Ikeja. Dort fiel uns spontan ein: Wollen wir nicht alle morgen im Marine House in gepunkteten Kleidern erscheinen? Eine Woche später kam uns die Idee, uns als Robinson Crusoe zu verkleiden. Zum hiesigen Schulfest näht mir Mama ein Nonnenkostüm. Meine

Mitschüler beschließen, dass ich eine katholische Krankenschwester bin und mit in den Krieg ziehen soll. Annas Miene verfinstert sich. Sie ist als «Blumenkind» gekommen, aber keiner will ein Hippie-Mädchen an der Front. Ich aber darf die Verwundeten an den Waschbecken im Schulhof versorgen. Außerdem bin ich – von meinem abgeschnittenen Finger ganz abgesehen – mit dem Gipsverband eine verwundete Krankenschwester, also eine Heldin.

«Schluss mit den Kriegsspielen und dem ganzen Blödsinn!», sagt Anna und zieht mich weg. «Wir gehen auf eine Demo.»

«Was für eine Demo?»

«Der Bewegung Demokratischer Frauen.»

Sie zwickt unsere Mitschüler reihum, um mich aus ihren Händen zu befreien. Sie besteht darauf, dass wir das Antikriegslied über Petros, Johann und Franz singen, die in der Panzerfabrik arbeiten. Aber tun wir das nicht jeden Tag? Kriegsspiele sind origineller.

«Nur Kleinkinder und Amerikaner spielen Krieg», sagt Anna.

Schweren Herzens verlasse ich die Front und kehre zurück zu den Kundgebungen. Angeliki will mit demonstrieren, allein, sie hat sich als Haremsdame verkleidet. Anna erklärt ihr, Haremsdamen seien Sklavinnen der Männer und jede Frau, die Männern ihren Willen lässt, sei zum Heulen. Angeliki beginnt wirklich zu heulen und zieht sich den Fez vom Kopf. Ihr Haar ist ganz plattgedrückt und ihr läuft der Rotz aus der Nase. Spontan möchte ich sie umarmen, aber Anna tritt dazwischen und bewegt den Finger mahnend vor meinem Gesicht: «Jetzt heult sie Rotz und Wasser, aber danach nennt sie dich wieder Kleenex.» Was kann ich dagegen sagen? Sie hat ja recht. Der Vogel verliert sein Gefieder nicht, wenn es Winter wird.

Nach der Demo trinken wir Orangeade ohne Kohlensäure. Anna wirkt nachdenklich. «Was hast du?», frage ich. Wir müssten, sagt sie, zu echten Protestmärschen gehen und uns mit älteren Jungen aus der Arbeiterklasse treffen wie zum Beispiel mit Apostolos, dem Installateur. Sie bedrängt mich, ihm zu schreiben und sich mit ihm zu verabreden. Nach längerem Hin und Her schreibe ich auf die Schulbank: «Apostolos, wollen wir uns übermorgen nach der Schule treffen?» – «Und wie erkenne ich dich?», antwortet Apostolos. «Ich trage ein Nonnenkostüm.»

Wir warten vor dem Gittertor, eine Nonne und ein Hippie-Mädchen. Apostolos sieht ziemlich gut aus, hat aber zwei kaputte Zähne. Daher kommt er für mich als Mann nicht mehr in Frage. Aber er beschäftigt sich sowieso nicht mit mir, sondern fragt Anna, wer ihr die schönen Margeriten auf die Wangen gemalt hat. «Ich!», tröte ich dazwischen, aber Apostolos tut so, als hätte er nichts gehört, und fragt nach Paris und ob es dort schön ist. Anna redet über die Vierte Internationale, über das Proletariat, über die Bewegung Demokratischer Frauen und über Brassens. Wie Kraut und Rüben präsentiert sie alles, was sie weiß, und Apostolos blickt sie bewundernd an. Mir ist total langweilig. Ich bleibe, den Blick auf meine Knie geheftet, so lange auf einem Mäuerchen sitzen, bis ihr Gespräch endlich vorüber ist und wir aufbrechen.

Jeden Freitagnachmittag erteilt uns Antigoni im Wohnzimmer ihres Hauses Ballettunterricht. So lerne ich weitere französische Wörter: *pas de chat,* Katzenschritt; erste, zweite und dritte *position,* Fußhaltung; *plié,* die Knie beugen; *relevé,* sich auf die Zehenspitzen stellen. Zum Schluss macht Antigoni einen Spagat und wir klatschen und rufen: *«Encore!».* Dann gehen wir spazieren. Antigoni trägt bestickte Blusen und hält uns an der Hand, als seien wir alle beide ihre Kinder.

«Wir sind Anna-Maria!», sage ich lachend.

«Bloß nicht!», meint Antigoni. «So hieß doch diese grenzdebile Prinzessin.»

An den Wochenenden lässt mich Mama manchmal bei Anna übernachten. Wir baden gemeinsam, Antigoni reibt uns das Haar mit dem Handtuch trocken und bindet uns Zöpfchen, Knoten oder Pferdeschwänze. Danach raucht sie ihre Gauloises oder telefoniert nach Paris und wir kriechen unter die Decke und spielen «Haus» oder «Zeltlager». Alle Häuser, in denen Anna wohnen möchte, haben besondere Möbel, besondere Musik und eine besondere Atmosphäre. «Du solltest froh sein, dass wir zusammen in einem Haus wohnen und nicht auf dem fliegenden Teppich», sagt sie. Die Diskussionen über die Revolution ermüden mich, aber ich tue ihr den Gefallen. Denn selbst im Halbdunkel unter der Decke blickt mich Anna durchdringend an. Und wenn ich anderer Meinung bin als sie, zwickt sie mich.

Zum Ende des Schuljahres kauft mir Tante Amalia einen Zauberkasten. Damit lerne ich Kartentricks, wie man Buntpapier unsichtbar macht oder Plastiktiere in einem Hut mit doppeltem Boden verschwinden lässt. Anna und ich besteigen den fliegenden Teppich und wir spielen armen Kindern Taschenspielertricks vor. Alles darf nur für die Armen sein, nichts für die Reichen. Deshalb verzieht Anna das Gesicht, als uns Tante Amalia in «My Fair Lady» ausführt. Das ist ein Film über Eliza Doolittle, die am Anfang eine Herumtreiberin ist und danach, als ein Adeliger sie von der Straße holt und ihr Sprechunterricht gibt, zu einer richtigen Prinzessin wird. Eliza heißt in Wirklichkeit Audrey Hepburn und hat einen langen Hals und steckt sich die Haare hoch wie Antigoni. Tante Amalia weint, wahrscheinlich weil sie denkt, dass auch sie, wären die Dinge anders gekommen, wie eine Prinzessin hätte leben können. Ich möchte ihr erklären, dass Konstantin eine grenzdebile Prinzessin geheiratet hat, aber Tante Amalia macht «Psst, im Kino spricht man nicht!». Die beste Szene ist die, als Eliza Doolittle vor lauter Liebe zu dem Adeligen nicht schlafen kann. Die Dienerin bringt sie zu Bett, aber sie schnellt immer wieder wie eine Feder hoch. Anna tut so, als müsste sie kotzen, und sagt, Eliza sei glücklicher gewesen, als sie noch auf der Straße Blumen verkaufte und noch nicht dachte, sie ist etwas Besseres. «Aber sie denkt doch nicht, sie ist etwas Besseres!», rufe ich. «Aber sicher doch!», sagt Anna. «Genauso wie du!»

«Wo fahrt ihr in den Sommerferien hin?», will Tante Amalia von Anna auf dem Rückweg wissen.

«À Paris.»

«Und ich fahre nach Ikeja, nicht wahr?»

«Ähm, nein. Du kommst mit mir nach Ägina.»

Merde, merde.

Ich sitze mit Martha auf dem Mäuerchen im Innenhof und wir spielen «Schönheitswettbewerb». Fotini und Martha, zwei Schwestern, sind meine Ferienfreundinnen auf Ägina. Fotini muss heute eine Strafe absitzen. Sie hat eine Tasse aus Marthas Spielzeugküche stibitzt und im Garten versteckt und sagt uns nicht, wo. Zur Strafe muss sie bis zum Beginn des Thessaloniki-Songfestivals auf ihrem Zimmer bleiben. Die Mädchen haben einen älteren Bruder, der schon in die Oberschule geht. Aber Angelos spricht nicht mit uns. Jeden Sommer mietet Tante Amalia ein Zimmer im Untergeschoß, in dem bis zu seinem Tod der Großvater gewohnt hat. Wir schlafen bei offenem Fenster im Doppelbett und die Zweige der Bougainvillea werden zu Schatten von Junta-Faschisten oder zum Gespenst des Großvaters. Eines Nachts bekam ich solche Angst, dass ich Tante Amalia weckte, die immer mit Lockenwicklern schläft. «Ach, Maria, du brauchst dich nicht zu fürchten. Wenn mich ein Gespenst mit den Wicklern sieht, dann rennt es vor Schreck bestimmt davon.»

Am Morgen frühstücken wir alle zusammen. Frau Pavlina, die Mama der Mädchen, hat eine Ziege und das Joghurt ist hausgemacht. Nur, dass wir es notgedrungen unter einem Fliegenfänger essen, der gespickt mit toten Insekten über dem Küchentisch baumelt. Frau Pavlina will sie nicht mit der Fliegenklatsche erschlagen. Ihr ist es lieber, wenn sie am Klebeband von selbst verenden.

Danach gehen wir zum Strand hinunter und schwimmen oder graben tiefe Löcher in den Sand. Fotini und Martha singen die ganze Zeit ein Lied des Kinderstars Manos: «Du lebst nicht in meiner Zeit, Mama, du lebst nicht in meiner Zeit, Papa …» Mir gefällt es sehr, aber instinktiv ist mir klar, dass es Anna nerven würde. Überhaupt tun wir Dinge, die Anna nicht gefallen würden. Wir schauen «Unsere kleine Farm» und malen unsere Lippen für die Misswahlen mit Lipgloss an. Es gibt drei Titel zu gewinnen, für jede einen: «Miss Beauty», «Miss Inner Beauty» und «Miss Young». Fotini wird immer «Miss Young», weil sie die Jüngste ist. Martha möchte «Miss Beauty» werden. Mir gefällt der Titel «Miss Inner Beauty» und so sind wir alle drei zufrieden.

«Mädels, das Thessaloniki-Songfestival fängt an!», ruft Frau Pavlina. Wir brechen die Schönheitskonkurrenz ab und laufen zum Fernseher. Auch Fotini stößt dazu, da sie ihre Strafe abgesessen hat. Wir halten Roula die Daumen, die auch den Werbespot für das Putzmittel Roli singt. «Papa, bitte sag mir, ist die Liebe Segen oder Fluch? Heute nach dem ersten Kuss weinte ich vor Glück …» Ihr Papa ist mit ihrer Liebe einverstanden und Roula reagiert so begeistert wie Eliza Doolittle. «Ich steh dazu, ich liebe ihn, mit allen Fasern meines Herzens», singt sie.

In diesem Sommer liebe ich Angelos. Er schaut sehr ernst drein und will Atomphysiker werden. Wir sehen ihn morgens, wenn er aufsteht und abends, bevor er schlafen geht. Den ganzen Tag ist er mit seinen Freunden unterwegs. Ich denke nicht mehr an Panzer, U-Boote und ähnlichen Unsinn. Es schlägt die Stunde der Wahrheit. Mama ist zu Papa geflogen, um das Haus in Ikeja endgültig leer zu räumen. Tante Amalia wohnt bei uns, um auf mich aufzupassen.

Im Herbst wird Gwendolyn ihre Sprichwörter zu anderen Kindern sagen.

Die ganze Zeit pfeife ich die Melodie von «Papa, bitte sag mir, ist die Liebe Segen oder Fluch?», aber Anna hält sich die Ohren zu. Die Misswahlen erwähnte ich natürlich mit keinem Wort.

«Ägina hat dir nicht gutgetan», meint sie und hebt die Augenbraue mit der hellen Stelle.

«Wieso?»

«Du bist grenzdebil zurückgekommen.»

Ich lasse den Kopf hängen. Im Grunde hat sie recht.

«Aber vielleicht liegt es ja an den beiden anderen, wie heißen sie noch? Fotini und Martha?»

Anna redet über die Sozialdemokratische Arbeiterpartei Schwedens, die nach vierundvierzig Jahren die Macht verloren hat, und über die britische Labour Party, die schwächer ist als je zuvor, als sei es meine Schuld. In Paris, so sagt sie, hat sie wichtige Entscheidungen getroffen. Wenn sie groß ist, möchte sie werden wie Gisèle Halimi, die Anwältin von Sartre und Simone de Beauvoir, die die Algerische Befreiungsfront unterstützt hat, obwohl sie damit eine Gefängnisstrafe riskierte. Ich verstehe nur die Hälfte von dem, was sie mir erzählt, aber ich nicke zustimmend. Sie ist entschlossen, mich auf den rechten Weg zurückzuführen, und erzählt mir von Patricia Hearst, die sich von ihrem reichen Vater losgesagt hat und zur Bankräuberin wurde, oder von der sechzehnjährigen Nadia Comâneci, dem biegsamen Schlangenmädchen der Olympischen Spiele von Montréal. Wir binden uns den gleichen Zopf wie die Comâneci, ziehen unsere Trikots an, verschieben den fahrbaren Wohnzimmertisch und üben einen Spagat nach dem anderen.

Danach gehen wir zu Choreografien mit zeitgenössischen Themen über, die Anna festlegt. Die Ballettstücke heißen «Es lebe die Revolution» oder «Eine Nelke auf dem Mahnmal für den Aufstand am Polytechnikum» oder «Die Studenten». Wir tanzen mit zahlreichen *pas de chat* und wenn wir erschöpft sind, legen wir uns auf den Teppich und blicken zur Decke.

«Bestnote!», sagt Anna zu mir. «Du bist nicht mehr grenzdebil.» Ich umarme sie und unter hysterischem Gelächter rollen wir wie kleine Fässer bis in den Vorraum. Dort findet uns Antigoni vor, als sie die Haustür aufschließt.

«Was für verrückte Mädchen! *On va manger quelque chose?*»

Auch in diesem Jahr essen wir verkehrt herum, erst den Hauptgang und danach den Salat. Antigoni zeigt uns die Fotos aus den Sommerferien. Die ganze Familie logierte im Haus von Freunden in Deauville. Annas Papa hat einen blonden Bart. Auf allen Fotos raucht er Pfeife und liest Zeitung. Anna sitzt auf seinem Schoß und schlingt die Arme um seinen Hals.

«Hast du deinen Papa sehr lieb?»

«Wieso, hast du deinen nicht lieb?»

«Doch, aber ich habe ganz vergessen, wie er aussieht.»

Am selben Abend kommen Mama und Papa vom Flughafen nach Hause. Ich schlinge ihm auch die Arme fest um den Hals und mir kommen die Tränen.

«Warum weinst du, kleine Heuschrecke?», sagt Papa.

«Nenn sie nicht so, ich bitte dich!», sagt Mama und auch ihr kommen die Tränen.

Ich habe Angst, dass er mich jetzt, da er zurück in Athen ist, auch Unglückswurm nennt. Ich habe Angst, dass ich in Athen tatsächlich zu einem grenzdebilen Unglückswurm werde. Und dass alles, was gut und klug an mir war, in Afrika geblieben ist.

In diesem Schuljahr haben wir einen Lehrer, Herrn Stavros. Er ist klein und trägt Seidenwesten, die über seinem Bauch spannen. Das Lesebuch der fünften Klasse heißt «Die hohen Berge» und Herr Stavros meint, es würde uns sehr gefallen, da es voller Abenteuer steckt. Das größte Abenteuer, das ich bestehen muss, ist die Woche, in der Anna nicht zur Schule kommt, weil sie Mumps hat. Angeliki sagt ständig «Kleenex, Kleenex, Kleenex» zu mir und Petros fischt Rotz aus seiner Nase und verfolgt mich, um ihn in meinen Kittel zu schmieren.

«Wann kommst du wieder zur Schule?», frage ich Anna am Telefon.

«Wenn meine Wangen abgeschwollen sind.»

«Ach, komm schon, Anna. Ohne dich ist es schrecklich!»

Ich erzähle ihr, was mir die anderen in den Pausen antun und Anna entwirft Rachepläne. «Wir legen ihnen Handschellen an, ketten sie ans Schultor und kitzeln sie durch.» Oder: «Wir spucken ihnen ins Essen.»

Anna hat im Bett das ganze Lesebuch ausgelesen und sagt, es sei fast so schön wie Mit dreizehn ein Mann und Wildkatze unter Glas.

«Was sind das für Bücher?»

«Wie? Du kennst Alki Zei nicht? *Merde!*»

Ich trage meiner Mama auf, mir die Bücher von Alki Zei zu kaufen, und lese sie abends im Bett. Es stimmt, was Anna sagt. Sie sind wunderbar, besonders Wildkatze unter Glas, wo die beiden Schwestern «ev-po» und «ly-po» sagen, um zu zeigen, ob sie glücklich oder traurig sind.

«*Ev-po? Ly-po?*», frage ich Anna am Telefon, um ihr zu verstehen zu geben, dass ich Wildkatze unter Glas gelesen habe.

«*Ly-po,* weil ich Mumps habe.»

Ich blase die Wangen auf und versuche mir vorzustellen, wie es ist, Mumps zu haben. Manchmal würde ich am liebsten Anna sein, mit all ihren guten und mit all ihren schlechten Eigenschaften.

Herr Stavros erzählt uns, bald sei Weltspartag und es würden ein Aufsatz- und ein Zeichenwettbewerb ausgeschrieben, der Hauptpreis sei eine Sparbüchse der Postbank. Anna und ich nehmen beide am Zeichenwettbewerb teil. Anna malt ein Bankgebäude in Pastellfarben. Der Kassierer schenkt allen Leuten Geld. In einer Wolke steht auf Französisch: *Liberté, Égalité, Fraternité!* Ringsherum flattern Tauben. In einer Ecke steht Patricia Hearst mit ihrem Maschinengewehr. Über ihrem Kopf steht: «Wenn sowieso Gerechtigkeit herrscht, bin ich ja überflüssig!»

«Thema verfehlt!», sagt Herr Stavros. Hinter seinem Rücken streckt sie ihm die Zunge heraus.

Ich zeichne mit Buntstiften den Storage Room in Ikeja und eine Familie, die darin wohnt. Die Mama sieht aus wie Antigoni, schlank, mit langem Zopf und falschen Augenbrauen, trägt jedoch das Kleid meiner Mama mit den gelben Margeriten. Der Papa hat einen Bart, raucht Pfeife und liest die «Akropolis». Das Töchterchen hat langes blondes Haar, einen Pony und ein Grübchen am Kinn. Es hat eine Dose Milch vom Regal genommen und bietet sie ihrem kleinen Bruder im Krabbelalter an. Ich tue mir schwer mit dem Kleinkind, es sieht aus wie eine Raupe. Jeden neuen Versuch radiere ich aus. Schließlich gelingt es mir doch und meine Zeichnung sieht sehr hübsch aus. Oben drüber spanne ich einen Regenbogen, aus dem es Drachmen, Nair und französische Francs regnet. Sobald die Münzen auf den Boden fallen, verwandeln sie sich in Margeriten.

Herr Stavros betritt zusammen mit dem Herrn Schuldirektor die Klasse.

«Maria Papamavrou, aufstehen!», sagt der Herr Schuldirektor.

Was habe ich jetzt wieder angestellt?

«Für deine Zeichnung bekommst du den ersten Preis der 5. Volksschule. Komm nach vorn, um den Preis entgegenzunehmen.»

Mit gesenktem Kopf nähere ich mich dem Katheder. Der Herr Schuldirektor beglückwünscht mich und drückt mir einen Kuss aufs Haar. Er übergibt mir eine blaue Sparbüchse mit einem Metallgriff.

«Und jetzt Applaus für eure Mitschülerin!», sagt Herr Stavros.

Alle klatschen, nur Angeliki und Anna nicht.

«Du bist eine Diebin!», sagt sie. «Du hast meine Familie gestohlen.»

«Aber deine Familie ist viel schöner als meine, deshalb!»

Sie will, dass wir die Schulbank strikt halbieren. Da ich mich über den Preis freue, erhebe ich keinen Einwand. Als die Schule aus ist, sagt Anna: «Ich verzeihe dir nur, wenn du mir deine Zeichnung schenkst.»

«Und was ist, wenn meine Eltern sie haben wollen?»

«Dann sagst du ihnen, dass du sie verloren hast.»

Zum Glück wird meine Zeichnung in der Zeitung «Akropolis» abgedruckt, die bei uns zu Hause gelesen wird. Papa schneidet die Seite sorgsam aus und rahmt sie ein.

«Wenn ich groß bin, werde ich Malerin», sage ich zu meinen Eltern.

«Malerin ist kein Beruf», sagt Mama. «Such dir eine normale Arbeit, malen kannst du in deiner freien Zeit.»

«Ja, aber wenn ich eine andere Arbeit habe, wo finde ich dann die freie Zeit?»

«Das klappt schon. Ich finde sie doch auch zum Einkaufen, Kochen und Spazierengehen mit dir im Park, oder?»

«Ja, aber du machst nur Biftekia und Linsen und in den Park gehen wir auch nicht oft.»

Mama wirft mir einen drohenden Blick zu, aber sie bestraft mich nicht mehr. Seit ich mir die Hand gebrochen habe, ist die Vorratskammer tabu. Jetzt wird sie auf eine neue Art böse: Sie ballt die Fäuste, verdreht die Augen zur Zimmerdecke und murmelt etwas zwischen den Zähnen.

Anna hat meine Zeichnung ruiniert!

«Ich habe sie nicht ruiniert! Ich habe sie ausgebessert!», ruft sie.

Ganz oben hat sie ihre Tauben platziert. Die Zeitung «Akropolis» hat sie mit roter Temperafarbe durch «Avgi» ersetzt, das linke Blatt, das ihre Eltern lesen. Das Kleinkind hat sie schwarz übermalt und einen Wohnzimmertisch daraus gemacht, auf dem sich Gauloises und Aschenbecher häufen.

«Wir sind Einzelkinder, vergiss das nicht», sagt sie.

Ich bin nicht gern Einzelkind. Es klingt nach einem Kind, das allein ist, vollkommen allein. Ich beneide Fotini und Martha, die im selben Zimmer schlafen und jeden Abend wie die Heldinnen aus Wildkatze unter Glas ev-po oder ly-po zueinander sagen können.

«Ich hätte gern ein Geschwisterchen», sage ich.

«Wir sind doch wie Schwestern.»

«Ja, aber nur am Wochenende.»

Und da ist noch etwas anderes: Als Fotini Marthas Tasse im Garten versteckte, hat Frau Pavlina sie zur Strafe auf ihr Zimmer geschickt. Wer bestraft Anna dafür, dass sie meine Zeichnung zerstört hat?

Dieses Schuljahr sitze ich in der dritten Reihe und kann nur schwer erkennen, was an der Tafel steht. Die Buchstaben sind verschwommen und ich blinzele beim Versuch, die Aufgaben zu lesen.

«Was ist los, Maria?», fragt Herr Stavros. «Musst du vielleicht zum Augenarzt?»

Antigoni empfiehlt Mama einen Kinderaugenarzt, der in Paris studiert hat. Wir gehen in seine Praxis und nehmen im Warteraum Platz. Mama freut sich, dass sie unter den Zeitschriften ein Exemplar von «Die Frau» findet, in der ein Stick- und Häkelwettbewerb zu Blumenmotiven ausgeschrieben ist. «Ich werde eine Bettdecke häkeln», sagt sie. «Dann sahnt die ganze Familie Preise ab!»

Ein bebrillter Herr in einem weißen Kittel gibt uns die Hand.

«Kommen Sie weiter, mein Fräulein!»

Er sagt, ich soll mein Gesicht einer Metallfläche annähern, an der Plastikringe für die Augen angebracht sind, und dann mithilfe eines Reglers einen Papagei in seinen blauen Käfig setzen. Der Arzt notiert etwas in seine Unterlagen. Danach sagt er, ich soll an der Leuchttafel gegenüber Ziffern lesen. Als ich sie nur unscharf sehe, schiebt er verschiedene Brillengläser vor meine Augen und fragt: «Ist es jetzt besser? Und jetzt?» Zum Schluss kann ich sogar die winzigsten Ziffern erkennen. Der Arzt sagt, ich sei kurzsichtig und würde Augengläser mit zwei Dioptrien brauchen. Mir ist zum Heulen.

«Was haben Sie denn, mein Fräulein? Ist Ihnen klar, wie attraktiv Brillen aussehen?»

Na klar, vergiss es.

«Was wollen Sie werden, wenn Sie groß sind?»

«Malerin und noch etwas anderes», sage ich mit Blick auf Mama.

«Ah, wunderbar! Alle Künstler tragen Brillen, wussten Sie das nicht?»

«Alle?»

«Alle Menschen, die viel denken, mein Fräulein», sagt der Augenarzt und deutet auf seine Brille.

Na schön. Wenn ich eine berühmte Malerin werde, dann trage ich von mir aus auch Augengläser.

Am nächsten Tag gehe ich mit Mama und Tante Amalia zum Optiker Metaxas auf dem Omonia-Platz. Mama besteht auf einem schwarz-rötlich gemusterten Schildpattgestell. Die Verkäuferin sagt, dass sie mir gut steht. Ich aber kann mein bebrilltes Gesicht aus der Nähe nur trüb und undeutlich im Spiegel erkennen.

«Sieht sie wirklich gut aus?»

«Miss Inner Beauty!», sagt Tante Amalia.

Aber innere Schönheit reicht mir nicht aus. Ich will überhaupt schön sein. Wir bestellen die Brille. In einer Woche ist sie fertig.

«Ich beneide dich wahnsinnig, dass du Augengläser trägst!», sagt Anna.

«Wart's ab, wie sie aussehen.»

«Brillen sind *immer* schön», sagt Anna zu meiner Erleichterung.

«Du siehst aus wie eine Eule, Kleenex!», sagt Angeliki.

«Eine afrikanische Eule», sagt Petros.

Anna und ich zwicken sie, wo wir nur können, damit sie Ruhe geben. Aber sie halten sich bloß kichernd die Hände vor den Mund.

«Du bist hässlich und eine Brillenschlange noch dazu!», ruft Angeliki.

«Sie hat innere Schönheit!», ruft Anna.

«Nur innere?», frage ich. Aber Anna ist mit Zwicken beschäftigt und antwortet nicht.

«Angelos findet dich damit bestimmt toll», sagt sie nach Schulschluss zu mir. «Du siehst damit älter und reifer aus.»

«Und wenn eine reife Frucht einen braven Menschen sieht, fällt sie vom Baum.»

Anna ist jedes Mal begeistert, wenn ich Gwendolyns Sprichwörter zitiere. Sie drückt mir einen schmatzenden Kuss auf die Wange.

«Du bist meine beste Freundin!»

«Und du genauso!»

«Gehen wir aufs Klo?», fragt sie.

Wenn wir so wie heute beste Freundinnen sind, dann gehen wir auf einem Parkplatz hinter der Schule pieseln. Wir hocken uns zwischen die Autos, ziehen den Slip herunter, der Strahl prasselt auf den Boden und ein kleiner Springbrunnen spritzt unsere Socken und Schuhe nass. Wir pieseln nicht gleichzeitig, damit die eine der anderen zuschauen kann. Anna wackelt mit dem Hintern und singt

Françoise Hardy. Ich rühre mich nicht und singe innerlich: «Ich steh dazu, ich liebe ihn, mit allen Fasern meines Herzens …» Meine Brille setze ich vorsichtshalber ab, um sie nicht nass zu machen.

Heute sitzt jedoch ein Herr in dem Auto, neben dem wir hocken. Ganz langsam macht er die Tür auf und sagt zu uns: «Mädchen, wollt ihr mein Eis am Stiel sehen?» Anna prescht davon, aber ich finde Wegrennen unhöflich. Der Herr hält sein Eis am Stiel ganz unten zwischen seinen Beinen fest. Es ist ein rotbraunes Raketeneis mit Schlagobers auf der Spitze. Irgendetwas stimmt hier nicht. Ich weiche zurück. Als ich ein Stück entfernt stehenbleibe, pocht mein Herzschlag bis in die Ohren. Es ist der passende Zeitpunkt, wie ein Herumtreiber zu fluchen. Ich forme meine Hände zu einem Trichter und rufe: «Leck mich am Arsch!»

Anna streckt mir die Hand entgegen. Sie ist kreidebleich. Wir umarmen uns und laufen los, einfach irgendwohin.

«Alle Männer sind Monster», sagt Anna.

Merde, merde. Wirklich alle?

«Er hat dich verführt, Paraskevoula, er hat dich verführt, der Bürgermeistersohn …» Im Schulhof tanzen wir Kalamatianos. Wir stehen immer noch unter dem Eindruck der perversen männlichen Gelüste und achten nicht wirklich auf den Text. Das Lied ist ein richtiger Ohrwurm. Die ganze Strecke bis zu Annas Haus in der Athener Altstadt legen wir Kalamatianos tanzend zurück. Am besten finden wir den Auftakt, wenn wir auf dem Gehsteig einen Satz machen und mit dem Fuß aufstampfen. Während Antigoni kocht, tanzen wir im Wohnzimmer Kalamatianos. Plötzlich stürmt sie mit einer halbgeschälten Kartoffel und dem Messer in der Hand ins Zimmer.

«Was soll der Blödsinn?»

Verständnislos blicken wir sie an.

«Wer hat euch das beigebracht?»

Wir zucken mit den Schultern.

Antigoni erklärt uns, dass der Kalamatianos von den Junta-Unterstützern getanzt wurde. Und dass das Lied von einem Mädchen handele, das ein reicher Mann an der Nase herumgeführt hat, und wenn uns solche Dinge gefielen, dann hätten wir unser Schicksal verdient. Wir seien doch hier, um gegen Heuchelei anzutreten, nicht wahr? Sie würde mit uns ins Theater PEROKE gehen, um uns die Augen zu öffnen. Dort stünde eine Vorstellung mit zwei Einaktern auf dem Programm, «Die Hochzeit» von Tschechow und «Die Kleinbürgerhochzeit» von Brecht.

Wir essen lustlos und ohne ein Wort zu sagen. Ich gehe zum Händewaschen ins Bad und erblicke durch den Türspalt Antigoni, die vor dem Toilettenspiegel im Schlafzimmer sitzt. Ob ich mich für den Kalamatianos bei ihr entschuldigen soll? Sie kämmt sich gerade das Haar. Aber was ist das? Der glänzende Pferdeschwanz liegt auf dem Bett, ihr eigenes Haar ist durch Nadeln und Klammern zu einem kleinen Knoten zusammengebunden. Antigoni hat kurze Haare! Der Pferdeschwanz ist nicht echt, sondern ein künstliches Haarteil!

Warum sagt sie dann, wir seien hier, um gegen Heuchelei anzutreten?

Antigoni nimmt uns mit zum Jahrestag des Studentenaufstands im Athener Polytechnikum. Wir haben rote Nelken gekauft und nehmen am «Friedensmarsch» teil. Mama habe ich erzählt, dass wir in der Athener Altstadt bleiben und lernen, denn sie mag keine Demonstrationen. Auch zur Bewegung Demokratischer Frauen kommt sie nicht mit. Sie hat keine Zeit, da sie für den Wettbewerb der Zeitschrift «Die Frau» eine Bettdecke mit traditionellem Lochmuster häkelt. «Reine Zeitverschwendung», sagt sie. «Annas Mama ist ja völlig abgehoben.» Ich mag Antigoni, auch wenn sie vorgaukelt, einen Pferdeschwanz zu haben. Sie ist schlank und kämpft für das Gute und für Gerechtigkeit auf der ganzen Welt. Manchmal male ich mir aus, sie wäre meine Mama, und ich bin stolz, wenn ein Unbekannter auf der Straße zu ihr sagt: «Was für niedliche Töchter Sie haben!»

«Besser, du setzt die Brille ab», flüstert Anna. «Vielleicht kommt es zu Unruhen.»

So etwas wie «State of Emergency»? So etwas wie die Auseinandersetzungen zwischen den Igbo und den Hausa? Und was ist, wenn sie Antigoni an den Haaren packen und ihre Lüge herauskommt?

Ein Mann sagt, dass vor der amerikanischen Botschaft Steine fliegen. Draußen vor dem Polytechnikum ist es ruhig. Die große Büste im Vorhof ist mit Nelken übersät und die Demonstranten singen wie aus einer Kehle: «Wenn sie getötet werden, zieht das Leben bergauf mit Fahnen und Trommeln!» Zum Glück hat mir Anna dieses Lied beigebracht. Ich will nicht mehr von Männern und Liebesgeschichten singen. Igitt! Wir kreischen vor Anstrengung, lauter als die anderen zu singen und um die größten Revolutionärinnen in ganz Athen zu werden, und unsere Köpfe sind puterrot angelaufen. Nur so bekommen wir das Stipendium des Französischen Kulturinstituts und können nach Paris gehen und kostenlos Kunst studieren. Nein, Anna will nicht mehr Anwältin wie Gisèle Halimi werden. Sie hat beschlossen, Kunst zu studieren. Sie will, dass wir eins sind.

Auf dem Rückweg spielen wir «Tsingoleleta» mit der Anti-Junta-Parole. In der Athener Altstadt legt Anna Lieder von Manos Loizos auf den Plattenteller, während Antigoni Karotten schält.

«Was wünscht du dir zum Geburtstag?», fragt sie mich.

Ich freue mich, dass sie an meinen Geburtstag denkt. «Weiß nicht, keine Ahnung …»

«Hast du keinen konkreten Wunsch? Komm, sag schon …»

Ihr Messer bewegt sich in Windeseile hin und her, sie schabt nur ein bisschen von der Schale ab, weil dort alle Vitamine stecken. Am liebsten würde ich die Karotten so geschickt wie Antigoni putzen, sie dann ins Wasser legen, weichkochen und mit ihrer köstlichen Öl-Zitronen-Soße beträufeln.

«Also gut, ich wünsche mir ein Küchenset.»

«Ein Küchenset? Komm, enttäusch mich nicht, Maria! Ich schenke dir ‹Hand in Hand›, einverstanden?»

«Was ist ‹Hand in Hand›?»

«Eine Schallplatte nach einer Geschichte von George Sarri.»

Ich schäme mich, dass ich sie mit dem Wunsch nach einem Küchenset enttäuscht habe. Antigoni ist schnell enttäuscht. Wenn sie Anna und mich beim Lesen von «Patty's World» erwischt, schimpft sie mit uns. Aber Patty tut nichts Schlimmes. Es ist nur, dass sie Johnny Vowden liebt, mit ihrer Freundin Sharon spazieren geht und Krankenschwester werden will. Antigoni mag keine Frauen, die Krankenschwester werden und sich um das männliche Wohl kümmern wollen.

Es gibt Momente, da wäre ich am liebsten ein Mann.

Ich blase die zehn kleinen Kerzen auf einmal aus. Anna pfeift anerkennend, Fotini und Martha applaudieren. Angelos ist leider nicht gekommen. Ich wische meine verschwitzten Handflächen am Samtkleid mit dem Kirschmuster ab. Ich bin schon groß!

Papa schießt Fotos von uns. Mama bietet Frau Pavlina Käsetaschen an. Sie ist so fröhlich wie früher, weil sie beim Stick- und Häkelwettbewerb den zweiten Preis gewonnen hat. Die Aufnahme von der Preisverleihung hat sie rahmen lassen und im Vorzimmer neben der Garderobe aufgehängt.

Tante Amalia möchte keine Käsetaschen, Antigoni auch nicht. Sie legt «Hand in Hand» auf den Plattenteller und rät uns, genau auf den Text zu achten: «Fassen sich alle Kinder auf der Welt, Mädchen und Buben gleichermaßen, fest an der Hand zum Tanz, dann entsteht ein Reigen so groß, dass er die ganze Erde umfasst.» Alle Mädchen bilden einen Kreis und tanzen mit den übrigen Kindern der Erde um den Tisch im Esszimmer. Als wir außer Atem sind, kriechen wir unter den Tisch und spielen «Vater, Mutter, Kind». Anna ist der Papa, ich bin die Mama und Martha und Fotini sind unsere Kinder. Wir leben in Afrika und wir tun so, als seien wir unter Tigern im Dschungel. Dann wiederum wohnen wir in Paris und trinken Kaffee im Café de Flore. Martha mault, weil wir zur Abwechslung auch auf Ägina wohnen sollten, aber Anna sagt zu ihr: «*Merde*, wir sind keine Landpomeranzen!»

Danach gehen wir in mein Zimmer und spielen «Arzt». Anna ist der Arzt. Sie untersucht unsere Popos und wenn sie uns eine Spritze gibt, piekst sie uns mit dem Fingernagel. Sie verschreibt uns Tropfen. Schlagartig, als wäre ihr gerade etwas Wichtiges eingefallen, springt sie auf und ruft: «Schluss mit dem Unsinn! Wir spielen Demo! Und dass wir die Bewegung Demokratischer Frauen sind!»

«Ich gehe auf keine Demo», sagt Fotini. «Dieses Spiel gefällt mir nicht.»

Anna wird blass. «Das ist kein Spiel, *merde*! Wir kämpfen für ein besseres Leben!»

«Aus-ge-schlos-sen, das spiele ich nicht!», sagt Fotini.

Anna geht auf sie zu und zwickt sie.

«Das-ist-kein-Spiel, habe ich gesagt.»

Fotini weint nicht, sondern reißt nur ihren Mund auf.

Drei

«Mund zu, Dafni, sonst fängst du noch Fliegen.»

Ich musste es kein zweites Mal sagen.

«Und wo wohnen die Hexen?», fragte sie.

Sie kauerte auf dem Boden und zwirbelte eine Haarlocke um ihren Zeigefinger. Diese Form der Eitelkeit liegt, angesichts von Antigonis Pferdeschwanz und Annas Haarspangen, vermutlich in der Familie.

«Sie leben in Höhlen.»

«Und was essen sie?»

«Heuschrecken!»

Sie stieß einen leisen, bewundernden Schrei aus. Das muss ebenfalls in der Familie liegen. Anna hat auch Gefallen an ungewöhnlichen Menschen und skurrilen Geschichten gefunden. Als die Kleine einen Schritt zurücktat, um ihr Knie zu kratzen, stolperte sie.

«Pass auf, wo du hintrittst! Warum läufst du nicht geradeaus, Dummerchen?»

«Ich habe Angst, dass Sie mich in einen Tiger verwandeln, Frau Lehrerin.»

«Wenn du brav bist, brauchst du keine Angst zu haben.»

Dafni nickte heftig mit dem Kopf und schloss die Tür hinter sich. Das Gepolter auf der Treppe hallte noch lange nach.

Die Klasse sah aus wie nach einem Bombenhagel.

Die Kinder hatten, durch Dafnis Attacke aufgewühlt, Buntstifte und Zeichenpapier, Filzstifte und Radiergummis einfach liegen lassen. Ich sortierte alles und legte es auf den Katheder und ging zu Frau Saroglou.

«Was für ein Kind!», sagte sie.

«Ich kenne ihre Mutter. Wir waren früher befreundet.»

«Für welche ihrer Sünden büßt sie mit diesem Kind?»

«Tja …»

«Streberin, was?»

«Ganz im Gegenteil, sehr attraktiv.»

«Na, dann hat sich die Natur an ihr gerächt.»

Das ist es. Dafni quält Anna so, wie Anna mich gequält hat. Die Geschichte wiederholt sich.

«Kein Licht, bitte!» Kayo verbarg sein Gesicht unter dem Kissen. Anna-Maria an seiner Seite reagierte genauso. Sie bedeckte mit der Pfote ihre Augen und leckte sich das Fell.

«Es ist schon fast Abend und du liegst immer noch im Bett?»

Kayo wälzte sich unter dem Leintuch ein paar Mal hin und her. Ich strich über seinen Kopf und die zahllosen Rastlöckchen, die sich so hart anfühlten wie alles an Kayo. Er hat sich verändert. New York hat ihn lustlos und melancholisch gemacht. Seine Schönheit ist innerlich verblichen. Nur seine Augen funkeln noch wie früher.

«Aufstehen! Es gibt Neuigkeiten.»

«Von Anna?»

«Wie kommst du darauf, dass es mit Anna zu tun hat?»

«Du blickst drein wie mit Neunzehn.»

Ich bin bald fünfunddreißig. Wenn man das Leben zyklisch betrachtet, dann bin ich keinen Deut vorangekommen. Ich lebe immer noch im Apartment des blauen Wohnhauses, aber nicht mehr mit meinen Eltern, sondern mit einem depressiven Homosexuellen. Das Loch, das im Balkongitter klafft, erinnert mich schon ein Vierteljahrhundert lang voller Häme an meine sinnlosen Fluchtversuche. Sonst ist nichts mehr so wie damals. Das Vorratskämmerchen in der Küche ist jetzt eine Dunkelkammer, in der wir unsere Plakate entwerfen. Die Wohnung riecht, seit sich meine Eltern in Ägina niedergelassen haben, nicht mehr nach Weihrauch und Bügeldampf. Kayo gibt sich den Anschein gesunder Lebensführung. Er raucht nicht mehr, sondern wird durch geruchlose Pillen high. Das Bad riecht nach Aftershave, die Küche nach Katzenfutter. Ich hasse Katzen, aber es ging nicht anders. Als er mit einer Angorakatze ankam, die nur noch Haut und Knochen war und genauso verloren wie er selbst dreinblickte, musste ich mich entscheiden. Entweder nehme ich sie beide auf oder ich jage beide davon.

«Sie heißt Anna-Maria», erläuterte er mir.

«Wieso? Wie eine Prinzessin sieht sie nicht gerade aus.»

«Stimmt, aber sie ist frech und ängstlich zugleich», sagte er bedeutungsvoll. Damit meinte er, die Katze sei so frech wie Anna und so ängstlich wie ich.

Anna-Maria, Kayo und ich wohnen seit Neujahr 1997 in der Wohnung. Zwanzig Jahre, nachdem ich die Glücksmünze im Neujahrskuchen verschluckt habe. Zehn Jahre nach der Abschlussausstellung an der Kunsthochschule, als ich noch glaubte, dass die Malerei die wichtigste Sache der Welt ist. Und knapp fünf Jahre, nachdem Tante Amalia gestorben ist und wir uns den Slogan «Ich blute, also bin ich» auf die Fahnen geschrieben haben. Die Sozialisten sind in Griechenland immer noch an der Macht. Sie haben eine Metro gebaut und ein paar Autobahnen, um uns ruhigzustellen. Aber wir geben nicht auf: Wir haben die Plakate für die Protestaktion an der Attika-Ringstraße entworfen. Wir haben die Fassaden von ein paar Banken mit Leuchtfarbe besprüht. Einige denken immer noch, dass wir es nicht ernst meinen. Dass eine Revolution, die sich auf bunte Farben, Musik und Forderungen nach einem besseren Leben stützt, kindisch ist. Der Zeitpunkt für Proteste ist ungünstig: Der Markt wurde mit frischem Kapital überflutet, das schnelle Geld raubte den Griechen den Verstand. So verlegten wir uns auf Proteste in reichen Ländern, wo man besser wusste, was es bedeutet, an zu viel Geld zu ersticken. Als sich Kayo 1998 beim Gipfeltreffen in Genf daran beteiligte, den Mercedes des Direktors der Europäischen Zentralbank umzuwerfen, saßen wir zwei Nächte in der Arrestzelle. 1999 nahmen wir eine mühselige, mehrtägige Busreise in Kauf, nur um den Zapatistas die Hand zu schütteln, den Mitgliedern des indischen KRRS und den landlosen Bauern aus Bangladesch, die gegen die Verschuldung der dritten Welt protestierten, gegen genmanipulierte Nahrung und gegen die Kolonisierung des globalen Südens. Im Juni desselben Jahres flogen wir nach Nigeria, um Parolen gegen die Erdölindustrie zu skandieren und mit Tausenden anderen Owens Wiwa zu begrüßen, der durch den Militärdiktator Abacha des Landes verwiesen wurde und nun wieder in seine Heimat zurückgekehrt war. Nach langem Zögern fuhr ich nach Ikeja und suchte zusammen mit Kayo mein Elternhaus auf. Eine Weile schauten wir den weißen Kindern zu, die im Hof spielten. Aber das ist eine andere Geschichte.

Fünf Monate später kam es zur Schlacht von Seattle. Kayo und ich kotzten Arm in Arm an den Straßenbarrikaden. Noch nie hatten wir so viel Tränengas geschluckt. Doch es war ein grandioser Moment – ganz ohne Zentralkomitees, ohne Anführer, ohne Dogma. Ich sagte mir: «Siehst du, Anna! Es geht doch!» Es war mir unmöglich, ihre letzten Ratschläge zu befolgen und apathisch wie eine Amöbe zu leben.

In den Phasen zwischen den Protesten kehren wir nach Hause zurück, nehmen heiße Fußbäder und suchen uns einen Job. Dieses Jahr habe ich die Stelle an der Schule gefunden, Kayo jobbt als Model für Unterwäsche. Abends druckt er alte Parolen der Situationisten auf T-Shirts: «Eine Gesellschaft, die jedes Abenteuer abschafft, macht die Abschaffung dieser Gesellschaft zum einzig möglichen Abenteuer.» Morgens liegt er mit Anna-Maria im Arm im alten Schlafzimmer meiner Eltern, unter dem nachkolorierten Bild der heiligen Jungfrau, in deren Obhut mich Mama zurückgelassen hat. Kayo findet es unvergleichlich schön. Die schlechte Angewohnheit, reihenweise billigen Kitsch zu kaufen, hat er aus New York mitgebracht. Auf seinem Nachttischchen prangt ein inhomogenes Ensemble aus alptraumhaften Märchenfiguren: eine rosafarbene Hello Kitty aus Plastik; eine Blume, deren Stengel sich ruckartig zu einer Melodie bewegt; eine Spieluhr mit tanzender Ballerina in goldenen Ballettschuhen; ein Fotoapparat, aus dem Wasser spritzt; eine Freiheitsstatue aus fuchsiafarbenem Schaumgummi.

Ich wohne in meinem alten Kinderzimmer, das nichts Engelhaftes oder Mädchenhaftes an sich hat. «Hier sieht's aus, als hätte eine Bombe eingeschlagen», murrt Kayo, wenn er schlecht drauf ist. Ich mag es so. Zwischen den Zeitungsausschnitten, den Plakaten, den Packungen mit den Antikapitalismus-Aufklebern und den Büchern finde ich zu mir. «Du verlierst dich darin, willst du sagen», meint Kayo. Um ihn nicht zu ohrfeigen, ersinne ich Erklärungen für seinen Sauberkeitsfimmel. Er ist ein Mischling, Sohn einer Weißen, die ihn als Kind tagtäglich übertrieben einseifte und ihm tagtäglich ein frisches Hemd bügelte, damit ihm keiner nachsagen konnte, er sei ein «Stinker». Kayo duftet, selbst wenn er sich total mies fühlt. Ich rieche nur nach Mensch.

«Wo hast du sie getroffen?», fragte er mich und warf das Leintuch zurück. Dass er nackt schläft, beeindruckt mich nicht mehr. Ich betrachte ihn so ungerührt wie einen TV-Softporno oder wie Reklame für Unterwäsche.

«Ich habe sie nicht getroffen, noch nicht.» Bei dem Gedanken sie wiederzusehen, bekam ich Gänsehaut. Oder dass sie kommen und mich fragen könnte, ob Dafni gut zeichnet und warum ich in einer Privatschule untergekrochen sei, während sie selbst, wie immer, ein viel bemerkenswerteres Leben führt und viel bedeutendere Dinge tut als ich.

«Sagst du mir jetzt endlich, was los ist?»

Ich erzählte ihm von Dafni.

«Meine Güte, eine kleine Anna? Schreck, lass nach!»

Kayo ist einer der wenigen Männer, die Anna nicht einwickeln konnte. Er war eben noch schöner, noch frecher als sie. Er reckte sich gähnend unter dem Marienbild. Die verblichene Frau mit dem Heiligenschein blickt milde lächelnd auf ihn herab. Der Ikonenmaler hat sie so dargestellt, dass sie immer mehr zu wissen scheint als wir.

Kurz darauf treffen Irini und Kosmas mit einer Tupperdose und warmen Kartoffelsalat ein. Wie jeden Abend drücken sie uns so fest, als hätten wir uns eine Ewigkeit nicht mehr gesehen. Was für eine Wohltat! Ihre jugendlichen Körper übertragen eine längst vergessene Energie, die ich auf natürliche Weise nur noch bei Protesten verspüre wie eine Art kurzer Elektroschock. Kayo muss sich so fühlen, wenn er sich, mittlerweile selten genug, jungen Männer in Bars nähert.

Irini ist neunzehn, Kosmas zwanzig, beide studieren am Fachbereich Publizistik. Sie sind hochgewachsen, schlank, mit gesunden, roten Wangen und eingeschworene Vegetarier noch dazu! Irini hat einen kleinen, aber vollen Mund, mit Zähnen, weißer als die von Kayo. Kosmas sieht aus wie ein glückliches Marsmännchen. Jetzt, mit kahlgeschorenem Schädel, kann man die ganze Zeit seine herrlich geformten Ohren bewundern. Sie warten noch ab, bevor sie miteinander schlafen, tun es aber auch nicht mit anderen. Stattdessen jagen sie einander kreischend um den Küchentisch. Sie verteilen den Kartoffelsalat auf die Teller, entkorken eine Flasche Rotwein und warten, bis wir den ersten Bissen nehmen, bevor sie zugreifen.

«Das nennt man Respekt vor dem Alter», sagt Kayo. Er wird dieses Jahr vierzig. Wie jeder Narziss hat er ein Problem mit dem Älterwerden.

Irini blickt ihn betrübt an. Vielleicht ist sie in ihn verschossen, so wie ich in ihrem Alter. Mit neunzehn verliebt man sich in Menschen wie Kayo. Das erzeugt Falten um die Augen und Resignation im Blick.

«Na, alter Mann, sprichst du heute das Tischgebet?», fragt sie ihn.

«Ich schlafe noch», knurrt Kayo.

«Dann spreche ich es», sagt Irini. Sie räuspert sich. Ihre Wimpern flattern im Schein der Kerzen, die wir am Küchentisch traditionell anzünden. «Wir haben keine Angst vor Ruinen. Die Erde ist unser Erbe, daran besteht kein Zweifel. Sollen sie ihre Welt ruhig zerstören, bevor sie von der Bühne der Geschichte abtreten. Wir tragen eine neue Welt in unseren Herzen.» Einige Wörter schwanken zwischen Gefühl und Sentimentalität, das Wort «Herz» etwa. Irini weiß es richtig auszusprechen und ihm Sinn zu verleihen. In ihrem Alter lachten Anna und ich uns krumm, wenn wir «Herz» sagten.

Die Texte, die sie für Exit schreibt, sind weniger sentimental, obwohl sie von Herzen kommen. In einem Artikel über die Soziale Ökologie nach Murray Bookchin entwirft Irini die Vision einer Gesellschaft aus libertären Gemeinschaften, eine Bürgergesellschaft, die anstelle der multinationalen Konzerne entscheidet «über die Rehabilitierung des gesellschaftlichen Begehrens in einer Welt, die sich selbstverliebt ums eigene Ego und den persönlichen Gewinn dreht. Sie wollen ernten, ohne den Boden zu beackern. Sie wollen Regen ohne Blitze. Sie wollen Ozeane ohne das Murmeln der Wellen.»

Hätte Anna so gesprochen, würde sie jetzt heranwachsen? Auf keinen Fall hätte sie ihren Text mit einem Ausdruck so großer Abscheu beendet: «Man sagt uns, die Stadt bietet Wahlfreiheit. Freiheit bedeutet, zu tun, was man will, und nicht, zu haben, was man will. In den heutigen Städten herrscht die Logik der Werbeanzeigen. Der größte Ehrgeiz ist nicht, vollkommen über die geliebte Person zu verfügen, sondern immer wieder neue Geliebte zu konsumieren. Man wird ganz bewusst entmutigt: Wenn du dich für den einen entscheidest, verzichtest du auf alle anderen. Es ist, als würde man zwischen Menschen eine Wahl treffen wie zwischen einem alten oder einem neuen Mantel.»

Irini trägt eine zerschlissene, beigefarbene Lederjacke mit Kugelschreiberspuren. Kosmas' Auftreten wirkt ebenfalls etwas retro. Das rote Halstuch, das er ständig trägt, wirkt mit seinem Hals so verwachsen wie Bambis goldene Halskette in Gwendolyns Geschichte. Er ist ein richtiger Zappelphilipp, Hände und Füße stehen niemals still. Unverhofft springt er vom Stuhl hoch und ruft: «Warum können wir die Idee der Revolution nicht genauso verkaufen wie ein Schuhverkäufer seine Ware? Damit will ich sagen, wir sollten die Revolution so unwiderstehlich darstellen wie den letzten Modeschrei. Wetten wir, dass alle meine verhätschelten ehemaligen Mitschüler dann ganz heiß auf Revolutionen sind?»

Kosmas hat das American College in Athen besucht. Er muss einer der Schüler gewesen sein, die sich innerlich zerrissen fühlten: Ich bin reich, aber ich fühle mich arm. Als Tochter eines Erdölmanagers fühlte ich mich genauso.

Die jungen Leute sind das digitale Nervenzentrum unserer Zeitschrift, eigentlich aller unserer Aktivitäten. Sie sind die cleversten Hacker, die ich kenne. Binnen einer halben Stunde können sie das Finanzministerium lahmlegen. Aber wenn man sie an der Bushaltestelle mit Schulbüchern unterm Arm antrifft, hält man sie für zwei Jugendliche wie alle anderen auch, deren größtes Problem ein aufblühender Aknepickel am Kinn ist.

«Darüber müssen wir beratschlagen.» Ich schiebe meine Brille nach unten und blicke sie über den oberen Rand an. Diese Geste gefällt ihnen, das weiß ich. «Apropos Ruinen, Irini. Wir haben noch nichts in Bezug auf die Attika-Ringstraße unternommen.»

«Die Attika-Ringstraße muss warten. Dafür haben wir noch einen Monat Zeit, die Diskussion über die Metro geht vor.» Irini klappert mit den Augenlidern. Ich kann nicht anders, als ihre schön geschwungenen Augenbrauen und ihre pechschwarzen Wimpern zu bewundern. Hinter jedem Flattern verbirgt sich eine Andeutung. Aber vielleicht ist es bloß eine Frage des Alters. Was ich in Irini sehe, ist genau das, was einst Diana in mir gesehen hat: Möglichkeiten.

«Maria, was ist? Träumst du?» Es schockiert Irini, wenn meine Gedanken abdriften. Die jungen Leute von heute folgen einem festen Programm: Jetzt wird abgedriftet, dann wird gearbeitet.

«Heute Mittag habe ich die Tochter einer alten Jugendfreundin getroffen. Das macht mich wohl ein bisschen nostalgisch …»

Mit einem Sprung schnellt Anna-Maria auf meinen Schoß. Katzen begreifen, wann sich Menschen katzenartig in eine plüschige Hülle rückwärtsgerichteter Gedanken verwandeln. Anna-Maria schlägt die Krallen in meinen Pullover und mit dem ersten Kratzer kehrt mein altes Ich zurück. Entschlossen klatsche ich in die Hände.

«Auf geht's, an die Arbeit! Wer hat die Endfassung des Metro-Artikels?»

Irini räuspert sich. Heute ist ihr Tag. Es gibt Versammlungen, auf denen man glänzt und die Führungsrolle übernimmt. Und es gibt solche, auf denen man sich, so wie ich jetzt, auf seinem Stuhl am liebsten unsichtbar machen würde.

«So hat man sie uns präsentiert – aus purem Marmor, sauber und nach Desinfektionsmittel riechend wie eine Flughafentoilette; im weißen, kalten Büro-Neonlicht und mit privater Security. Die Metro befördert uns nach Stunden mühsamer, unterbezahlter Arbeit wie ein Laufband nach Hause. Sie erinnert an die Lobby einer Bank, sie suggeriert Fleiß und Ordnung. In der Athener Metro ist Musizieren und Essen verboten. Jede menschliche Äußerung ist zu vermeiden. In Westeuropa leben die Menschen zumindest in den Metro-Schächten, sie singen in der Metro und schlafen in ihrer Wärme. Keine europäische Regierung hatte, wie wir wissen, bisher den Mumm, das Obdachlosenproblem zu lösen. Wir Griechen aber gehen noch einen Schritt weiter. Wir verstecken die Obdachlosen und jagen sie aus der Station Omonia-Platz. Sie stören den westeuropäischen Anstrich von Wohlstand, der multinationale Konzerne anlocken soll. Der Müll muss unter den Teppich gekehrt werden! Ist die neue Metro demnach allein für müde Menschen bestimmt, die wie lebende Tote wirken? Sind wir auf dieses neue Athen stolz? Auf dieses Brüssel-Imitat? Sag nein zum «Sicherheitsdenken» des Staates, das uns die Luft abschnürt, zum olympischen Geist, den die multinationalen Konzerne lancieren wollen, zur ästhetischen Bevormundung der Arbeiterschaft unserer Stadt! Bringt Gitarren und belegte Brote mit! Lasst uns der Athener Metro das bunte Leben einhauchen, das wir verdienen!»

«Hört sich der Schluss nicht ein bisschen zu hippiemäßig an?»

«Maria, du bist unschlagbar! Es ist doch schon gedruckt! Ständig willst du noch etwas ändern.»

«Ich, lieber Kosmas, will nicht, dass sie behaupten, hinter unserer Bewegung würden unverbesserliche Nostalgiker stecken, um dann über Utopien und ähnlichen Schwachsinn zu schwadronieren.»

«Willst du, dass fesche junge Leute zur Veranstaltung kommen? Kannst du haben! Ich garantiere dir, dass die ganze Fakultät erscheint!»

«Dieselben Kids, die von einem Job beim Privatfernsehen träumen, sollen die Metro besetzen?»

«Hast du was dagegen?»

«Ich will einfach junge Leute, keine bärtigen Nachwuchskommunisten!»

«Sei keine Rassistin, Maria!», sagt Kayo beim letzten Schluck Wein.

Ich werfe ihm einen verächtlichen Blick zu und stehe vom Tisch auf. Ich habe keine Krallen.

Ich schwenke die Aufnahme von Irini im Fixierbad mit der Zange hin und her. Ihre Gesichtszüge verschwimmen, als wäre unser Nesthäkchen ein Gespenst der Freiheit. Ihr langes Haar ist zu zwei geflochtenen Haarknoten hochgesteckt, ihr Kopf leicht geneigt, der Hals entblößt für einen Kuss oder Biss, die Augen leuchten. Darunter drucken wir den Satz von Alice Walker: «Widerstand ist das Geheimnis des Glücks.»

Das Rotlicht und das sanfte Plätschern im Fixierbecken irritieren meine räumliche Wahrnehmung in der Dunkelkammer nicht. Trotzdem fürchte ich, sobald ich das Türchen aufstoße, falle ich hin und breche mir die Hand, obwohl da kein Hocker mehr steht und auch kein Salz und obwohl ich nicht mehr an Sprichwörter glaube. Während ich mich hier einschließe, wird der Exarchia-Platz von etwas besiedelt, das mich an Afrika erinnert. Etwas, das mich zurückführt zu den Heuschrecken, den Höhlen und den zerstückelten Puppen.

«Was treibst du stundenlang dort drin?», fragt Kayo.

«Ich atme Chemikalien ein. Zur Selbstbestrafung, weil ich eine Rassistin bin.»

Er öffnet die Tür einen kleinen Spaltbreit.

«Tür zu, Kayo! Bist du verrückt? Du verdirbst ja alle Fotos!»

Er schlüpft ins Kämmerchen und umarmt mich. Sein Körper ist noch bettwarm. Hat er mir immer noch nicht oft genug das Märchen von der unvollendeten Eroberung vorgespielt? Eine Umarmung, ein paar Küsse auf den Hals und dann jeder ab ins eigene Bett. So rundet sich das Trugbild der Kindheit ab, das mich seit dem Mittag in Verwirrung stürzt. Ein sechsjähriges Mädchen ist gekommen und hat den Staub von ein paar in Vergessenheit geratenen Begriffen geblasen: Opferbereitschaft, Vertrauen, Bewunderung, Enttäuschung und grenzenlose Liebe.

«Komm her, willst du kuscheln?»

Ich stelle mich taub. Kayo tritt vor mir aus der Dunkelkammer. Er kann mir nichts mehr bieten.

«Du musst dir endlich eine eigene Wohnung suchen, meinst du nicht auch?»

Er stochert in den Überresten des Kartoffelsalats. Seine Gabel verharrt in der Luft. Ich stelle mich auf die Zehenspitzen und schnappe ihm den Bissen weg.

«Du willst, dass ich gehe? So böse bist du mir?»

«Unser Zusammenleben ist eine Übergangslösung, das hast du doch selbst gesagt. Das war vor drei Jahren.»

Ab und zu gefällt es mir, seine Würde in den Staub zu treten. Vielleicht ist die kalte Kartoffel, die an meinem Gaumen klebt, daran schuld. Oder die Erinnerung an Antigonis falschen Zopf. Oder Annas Herumkommandieren: Bring mir Apostolos, bring mir deine Zeichnung, pinkle hier, rauch das, sing, was ich dir sage. Ich will Anna anstelle von Anna werden, eine scheinbar einfache Übung: Du sagst, was dir gerade durch den Kopf geht, und alle glauben dir.

«Ich will, dass du gehst, Kayo. Such dir endlich eine Wohnung. Nimm dein Leben selbst in die Hand.»

Merde. Ich bin eine Sadistin.

Bevor ich zur Schule aufbreche, schiele ich heimlich in sein Schlafzimmer. Er hat die Spitzentänzerinnen und die Plastikblumen vom Tisch geräumt. Seine Koffer gibt er den Blicken der Öffentlichkeit preis. Inszeniert er seinen Abgang, um mich zum Einlenken zu bewegen? Ich nehme meinen Mantel von der Garderobe im Vorzimmer und poltere die Treppe hinunter. Bleibe ich auch nur eine Sekunde vor dem Spiegel an der Eingangstür stehen, so fürchte ich, erinnere ich mich an die Posen, die ich an derselben Stelle vor fünfzehn Jahren probte, um ihm zu gefallen. Da trug ich Männeranzüge, hatte meinen Nacken ausrasiert und lebte von einem Apfel am Tag.

Der kleine Knochen am Handgelenk steht immer noch heraus, aber der übrige Arm sieht aus wie bei einem normalen Menschen und nicht wie bei einem Gespenst. Seit der Pariser Zeit habe ich zehn Kilo zugenommen. Mein Haar ist jetzt schulterlang und ich fixiere den Knoten mit einem Kugelschreiber, ganz wie Anna in der letzten Zeit. Das Einzige, was Kayo immer noch an mir gutheißt, sind meine Kleider. Nach wie vor kaufe ich in Second-Hand-Läden ein, mal Opernhandschuhe, mal Männeranzüge. Die Handschuhe gehen auf «My Fair Lady», die Anzüge auf seinen Einfluss zurück. Wenn ich es schaffe, ohne Kayo zu leben, ganz so, wie ich ohne Anna leben konnte, bin ich ein freier Mensch.

Ich fahre mit der Metro zur Schule. Dabei lasse ich meine Blicke auf der Suche nach möglichen Fluchtwegen und unbewachten Durchgängen über die Bahnsteige schweifen. Überall Kameras. Unser Plan hängt an einem seidenen Faden. Er wird von keinem Zentralkomitee kontrolliert, sondern von einem telepathisch gesteuerten Kollektiv, das uns hierher, in ein elektrisiertes Jetzt lenkt. Das Flyer-Bündel mit unserem Aufruf halte ich in meinem Schal versteckt. Während ich mich hinunterbeuge und so tue, als würde ich den Staub von meinem Schuh wischen, schiebe ich das Bündel unter meinen Sitz. Kurz bevor ich aussteige, durchtrenne ich die Schnur, die es zusammenhält, mit einem Taschenmesser. Die Flyer verteilen sich im ganzen Wagon, eine Flut bunter Blätter. Es hat mir doch etwas gebracht, auf fliegenden Teppichen zu reisen und mit dem Zauberkasten zu spielen.

«Sie sollen anrufen, sagt meine Mama.»

Dafni übergibt mir eine Visitenkarte mit Festnetz- und Handynummern, ich zähle mindestens vier – Privatnummer, Büro, Paris, eine griechische Insel. Die Visitenkarte ist in ihrer verschwitzten Hand warm geworden, dampft beinahe. Anna steigt zwischen mir und ihrer Tochter auf wie ein Gespenst, wie eine verschwommene Aufnahme aus dem Unterbewusstsein. Die Haarspange, die helle Stelle an der Augenbraue, die *marinière,* der stolze Blick.

«Danke, Dafni. So, und jetzt zeichnest du mit den anderen Kindern.»

«Was soll ich zeichnen?»

«Was du möchtest.»

Sie legt sich bäuchlings auf den Boden und streckt Natascha die Zunge heraus. Natascha spannt, in Angst und Schrecken versetzt, rasch einen Regenbogen über die Familie, an der sie gerade arbeitet, als wolle sie ihre Zeichnung beschirmen. Dafni wendet ihr den Rücken zu und beginnt hinter vorgehaltener Hand zu zeichnen, damit die andere sich nichts abschauen kann. Gleichzeitig singt sie: «Schau mal, wie es donnert, bunter Regen, das Kind weint, huhu, huhu …»

Langsam beginne ich, sie interessant zu finden.

«Los, Kind in der Höhle, pflück dir ein großes Blatt vom Baum, damit du nicht nass wirst, hmm, hmm …»

Natascha reckt den Hals in die Höhe. Sie ist noch neugieriger als ich.

«Dann trittst du ins Gras und in den Schlamm auf dem braunen Acker, plitsch, platsch. Versteck dich, versteck dich in der Höhle. Dort kommt die große Hexe und sagt: Willst du ein Hexenkind werden? Na klar will ich das, lalala … Und dann sagt die große Hexe zum Hexenkind: Erst isst du Heuschrecken, dann sehen wir weiter. Mampf, mampf, wie köstlich, sagt das Hexenkind. Die Heuschrecken hier machen wir ganz blitzblau, lalala. Wenn wir sie verkaufen, verdienen wir sehr, sehr viel Geld.»

«Pff, wer kauft schon Heuschrecken!», sagt Natascha.

Dafni blickt sie von oben herab an. «Alle Vampire und Gespenster kaufen Heuschrecken und nachts kommen sie in dein Bett und fressen dich auf! Mampf!»

Natascha schreit auf. Nur mit Mühe können meine trüben Augen die Tränen zurückhalten.

«Was ist das dort auf dem Küchentisch?», fragt Kayo. Er hat seinen Koffer aufgeklappt und seine Plastiktiere wieder aufgestellt. Außerdem hat er eine Zwiebelsuppe gekocht, um mich umzustimmen.

«Eine Zeichnung von Dafni.»

«Oh, jetzt wird's ernst.»

«Ich wollte sie mir zu Hause genauer anschauen.»

«Und, was erfährst du daraus?»

«Was bei ihnen daheim los ist.»

«Überschätzt du deine Fähigkeiten nicht, Maria?»

Im Gegenteil. Das Einzige, was ich in diesem Leben interpretieren kann, sind Zeichnungen. Ich habe viel über Kinderzeichnungen gelesen, doch vor allem hilft mir die Erinnerung. Ich erinnere mich, in welcher Not man Höhlen und Regenstürme malt. Kann sein, dass ich ihr etwas über Höhlen und Heuschrecken essende Hexen erzählt habe, aber die Blitze, die das Zeichenblatt wie Swastikas durchzucken, hat sie sich ganz allein ausgedacht. Und sie hat rotbraune Schlammspuren hinzugefügt, eine pockennarbige Landschaft.

Dafni zeichnet wie ihre Mama, mit großzügigen Strichen. Fast zerfetzt sie das Papier. Sie hat keine Angst vor Grau. Die Hexe hat sie raumgreifend gemalt und das Hexenkind winzig klein, als beschriebe sie ihr Kräfteverhältnis. Die starke Frau in der Familie. Wer sonst könnte es sein als Anna? Und ein Symbol für Schutzbedürfnis, die Höhle. Die Kleine hat wohl Trost gefunden in der Geschichte, die ich ihr erzählte. Danach zerstörte sie alles wieder durch das Gerede vom Geldverdienen. Ein Gewinnmodell mit Heuschrecken? Zum Schluss terrorisierte sie Natascha mit Vampiren und Gespenstern.

Ich stelle mir eine Wohnung mit subversivem Terror vor. Papa gibt es gar keinen oder er ist völlig machtlos, da er auf der Zeichnung nicht erscheint. Geschwister gibt es auch nicht, nur die Hexenmama und das Hexenkind. Sie besteigen den fliegenden Teppich, um den Armen beizustehen. Eine andere Hexe streckt im Vorbeifliegen die Hand nach ihrem Teppich aus und rüttelt daran. Nur mit Mühe können sich die beiden an den Fransen festhalten. Komm her, du hast wohl gedacht, du könntest mir entwischen. Ich habe dir eine Menge zu sagen.

Aber dafür ist es noch zu früh.

«Kind, was ist passiert? Ein Weltwunder, dass du herkommst!»

So bestraft mich Mama für meine langen Abwesenheiten. Sie suggeriert damit, dass ich sie nur besuche, wenn mir etwas zugestoßen ist. Obwohl sie mittlerweile viel zu tun hat und eine bekannte Autorin ist, spielt sie immer noch die Rolle der klassischen griechischen Mutter.

«Ich habe euch einfach vermisst.»

Das Einfamilienhaus hinter dem Fischmarkt auf Ägina stammt aus den siebziger Jahren. Es ist nur ein schwacher Abklatsch von Nigeria, ein Ziehbrunnen anstelle des Springbrunnens mit den Goldfischen, Pistazienbäume anstelle der Bananenstauden. Auf der Veranda steht jahraus, jahrein ein schmiedeeiserner Tisch mit Marmorplatte, genau derselbe wie in Ikeja.

Ich weiß nicht, wie sie es geschafft haben, aber kaum betrete ich dieses Haus, erwarte ich Gwendolyn um die nächste Ecke und bin überrascht, Papa in seinem Sessel vorzufinden. Üblicherweise war er nicht zu Hause, sondern bei seiner Arbeit. Er faltet seine Zeitung zusammen und mustert mich von oben bis unten: Gesicht, Oberkörper, Schuhe.

«Hast du die Schuhe gut abgestreift?»

«Ja, alter Mann.» Ich küsse ihn auf den Kopf. Dasselbe hat er getan, als ich in dem Alter war, wo einen die Erwachsenen nicht mehr herumtragen und sie sich für einen Kuss auf die Wange noch tiefer bücken müssten als für einen auf den Kopf. Jetzt ist es so, als wäre Papa geschrumpft. Außerdem sitzt er und Bücklinge liegen mir nicht.

Das Wohnzimmer riecht nach Weihrauch und Linsen. Mama räuchert die Ikonen und wispert wie immer ein paar Worte vor der Muttergottes und vor der Ikone der heiligen Geldverächter.

«Mama hat dir Linsen gemacht.»

«Ohne Biftekia?»

«Machst du Witze?», sagt Mama, ohne sich zu mir umzudrehen. An ihrer Hand baumelt der Weihrauchkessel.

Ich brauche fast eine halbe Stunde, um die beiden ruhig zu stellen. Wenn das Verhör und das Genörgel vorbei sind und sie die alten Familienfotos aus Afrika hervorkramen, ist es soweit: Ich ziehe meine Schuhe aus und rolle mich auf unserem alten Diwan zusammen. Mama bedeckt ihn mit verschiedenen Überwürfen, damit der Bezug nicht brüchig wird, aber ich entblöße ihn ganz am Rand ein wenig mit der Hand. Dann nähere ich meine Wange und schnuppere an dem einzigen Konzentrat von Afrika, das mir – abgesehen von Kayo – geblieben ist: der Schweiß von Gwendolyn, der verschüttete Tee von Mrs. Steedworthy, der strenge metallische Geruch meiner – Klingeling! – Fahrradglocke.

Zum tausendsten Mal schauen wir uns die Fotos an. Mama mit ihren spitz zulaufenden Pumps und einem gestreiften Kopftuch. «Was für eine hübsche Frau hatte ich doch!», sagt Papa stolz.

«Im Vergleich mit Mrs. Fatoba oder mit der armen Jane Steedworthy?», ziert sich Mama.

«Du bist nur mit Corinna Tsopei, der Miss Universe, zu vergleichen!»

Mama lacht auf.

«Ja, aber schau dir nur unser Mädchen an!»

Ich biete einen mitleiderregenden Anblick, schon damals Miss Inner Beauty. Eine frustrierte, lockige Shirley Temple in weißen Schuhen, die von ihren Eltern zu einem Nachmittagstee mitgeschleppt wird. Was davor passiert ist, kann man am Wundschorf an den Knien und dem weißen Kleid ablesen. Ein Lockenkopf mit abgebrochenem Zahn.

«Papa, was warst du doch für ein lustiger Kolonialherr, mit deinen Kniestrümpfen und den beigefarbenen Shorts!»

«Wenn du wüsstest, wie viele Stunden mich diese Bügelfalten gekostet haben!», sagt Mama verträumt. Sie beugt sich über meine Schulter und bewundert uns, als seien wir Schauspieler aus den sechziger Jahren, die in ihrer Lieblingsseifenoper auftreten.

«Du? Nicht Gwendolyn?»

«Also bitte! Gwendolyn hat Papas Hosen nie gebügelt. Das war meine Aufgabe!»

«Deine Mama war eine unglaubliche Frau!», sagt Papa, als spräche er von einer prähistorischen Epoche.

Mama nickt, befriedigt und traurig zugleich. Obwohl sie sieben Kinderbücher geschrieben und ein großes Pressedossier mit vielen Interviews hat, war sie damals glücklicher.

Nach dem Mittagessen beginnen die kleinen Familiendramen. Der Tisch ist voller Brösel, die Linsen vertrocknen auf den Tellern, Papa ärgert sich bei jeder Gelegenheit, weil er das erste Glas Wein des Tages getrunken hat, und Mama seufzt: «Meine Güte!» Alles deutet darauf hin, dass der Zeitpunkt für den ersten nachmittäglichen Streit gekommen ist. Beim geringsten Anlass zanken sie sich, über die Telefonrechnung, darüber, wer den Käse nicht in den Kühlschrank zurückgestellt hat, über die Mopeds auf Ägina.

«Ich schlitze ihnen die Reifen auf! Dann überlegen sie es sich zweimal, ob sie uns aus dem Mittagsschlaf reißen!», ruft Papa.

«Hör bloß auf, die ganze Zeit redest du davon, tust aber nichts!»

Beim Gedanken, dass Papa wie ein Terrorist Reifen aufschlitzt und Mama Schmiere steht, lache ich in mich hinein.

Doch sie nehmen mir mein Lachen übel und regen sich darüber auf. Sie beharren darauf, dass ich in dem Raum Siesta halte, den sie «mein Zimmer» nennen, weil dort mein alter Schulschreibtisch steht und ein Poster von «The Cure» aus meiner Gymnasialzeit hängt. Im Mausoleum meiner Kindheit sind einige haarsträubende Dinge aufbewahrt: eine Kassette mit vertrockneten Pastellfarben, das Foto aus der Zeitung «Akropolis» mit der Zeichnung zum Weltspartag und ein Klassenfoto aus der Volksschule, auf dem «Erinnerung an die 3d» steht.

Ich kuschle mich mit dem Foto ins Bett. Was sollte ich sonst auf Ägina tun? Während Mama ihre afrikanischen Märchen schreibt oder die Fanpost ihrer kleinen Leser beantwortet und Martha zwei Straßen weiter bestimmt die mittägliche Soap schaut, darf ich mich doch wohl auch ablenken. Durch den Anblick von Anna zum Beispiel, die in der Mitte der dritten Reihe auf einem Hocker steht. Alle Kinder in der dritten Reihe ähneln kleinen schwebenden Engeln, da man die Hocker nicht sieht. Oder besser kleinen Teufeln: Petros bohrt in der Nase; Angeliki wendet mit diabolischem Lachen dasjenige Profil der Kamera zu, wo man den Kotfleck nicht sieht; ich bin mit meinem Gipsarm und dazu passenden weißen Strümpfen ganz an den Rand der ersten Reihe verbannt, der eine Strumpf reicht bis zum Knie, der andere mit dem ausgeleierten Gummi hängt am Knöchel, wie unstimmig! Wie klein wir doch waren! Was für winzige Hände den Brief an die «Frau Mama von Anna» geschrieben haben! Was für schmale Hüften die Cord-Schlaghosen entblößten, wenn sie beim Um-die-Wette-Pieseln nach unten glitten!

Aber warum hat man mich in eine andere Reihe gesetzt, so weit weg von meiner Freundin?

Tja, Anna ist kleiner als ich, warum ist mir das noch nie aufgefallen? Vom optischen Eindruck her zumindest bin ich immer die Größere gewesen.

«Überraschung!» Anna steht an der Zimmertür, sie schwebt wie auf dem Klassenfoto der dritten Grundschulklasse. Was sind das für Tricks? Sie ist als Hippiemädchen verkleidet und bevor ich mich wehren kann, wirft sie einen Molotowcocktail auf mich. Als erstes brennt das Leintuch, dann umzingeln mich die Flammen.

Beim Versuch, das Feuer zu löschen, wirft mir Mama eine Decke über.

«Wo ist sie hergekommen? Wie konnte sie ins Haus?»

«Wer denn, mein Kind? Beruhige dich! Du hast schlecht geträumt. Habe ich nicht gesagt, du sollst dich zudecken, wenn du Siesta hältst? Du erkältest dich sonst!»

Ich decke mich zu und baue mir unter der Decke eine kleine Höhle. Mamas Pantoffeln schlurfen über den Boden. An der Tür hält sie zögernd inne.

«Willst du ein Bonbon?»

Sie hat immer Naschereien in ihren Jackentaschen. Wenn sie Schulen besucht, behandelt sie die Kinder wie Ponys. Sie stopft sie mit Bonbons voll und so wird nie klar, ob sie wirklich ihre Lieblingsautorin ist oder nur eine Oma, die ihre Enkel mit Süßigkeiten verwöhnt. Im Grunde finde ich ihre Märchen schrecklich, mit lauter guten Kolonialherren und vorwitzigen kleinen Schwarzen. Sie ihrerseits glaubt, dass ich vollkommen unbegabt bin und überhaupt nicht zeichnen kann. Nie hat sie mich mit einer Illustration für ihre Kinderbücher beauftragt. «Was zeichnest du da bloß, Kindchen? So was kann ich auch!» Dann packte sie die Kohlestifte, kopierte ein paar meiner alten, misslungenen Zeichnungen und geht jetzt auch noch als Illustratorin durch.

«Maria, du willst es nicht hören, ich weiß, aber du knirscht im Schlaf immer noch mit den Zähnen.»

«Äh, ja …»

«Kind, du musst aufpassen. So ist dir, als du klein warst, der Zahn abgebrochen!»

Ich wickle mich aus der Decke.

«Und, was soll ich deiner Meinung nach tun?»

«Reg dich nicht auf. Ich sage ja nur, dass du aufpassen sollst.»

Ich will ihr sagen, dass es ein Reflex ist, dass mir diese Angewohnheit seit dem Erlebnis in der Höhle und mit den Heuschrecken geblieben ist. Aber ich sage nichts. Nicht nur ich, auch sie hat Jahre gebraucht, um darüber hinwegzukommen.

«Dreh dich im Kreis, damit wir dich gut sehen können!»

Stellas Hände fassen an den Saum und heben das Kleid, das ich ihr mitgebracht habe, ganz leicht an. Ihre dicken Beinchen vollführen eine Klein-Mädchen-Pirouette. Danach beginnt sie zu tanzen.

«Mein kleiner Musicalstar!», sagt Maria.

«Gerade war sie noch im Krabbelalter und jetzt ist sie schon sechs!»

«Du musst auch das Baby sehen …»

«Lass mal, wecken wir es nicht auf. Erzähl mir, was es Neues gibt.»

Martha sitzt auf der Couch, auf ihrem am durchgesessenen Sitzpolster erkennbaren Lieblingsplatz. Ihr Bauch ist von der zweiten Schwangerschaft immer noch gewölbt. Sie hat den verlorenen, fast flehenden Gesichtsausdruck einer Wöchnerin.

«Was soll es schon Neues bei mir geben? Keiner brät mir Pommes wie du früher …»

«Wie geht es deiner Schwester?»

«Wir haben uns aus den Augen verloren. Wir sind zu verschieden,

Maria. Fotini hält nicht einmal telefonisch mit ihrer Nichte Kontakt. Sie ist gegen die Ehe, sagt sie. Will sie revoltieren? Einen lächerlichen, sinnlosen Aufstand anzetteln? Und das in ihrem Alter? Fünfunddreißig und kein bisschen weise!»

Ach, wenn du wüsstest, wie ich lebe, Maria! In einer renovierungsbedürftigen Wohnung, in der ich Flyer ausdrucke. Ich komme hier mit spitzenbesetzten Kleidchen an, die genauso aussehen wie die, die man mir früher angezogen hat. Ja, sicherlich komme ich wegen Stella, für die ich Mützchen gehäkelt und die ich im Kinderwagen am Kai spazieren gefahren habe. Aber ich komme auch, weil ich dahinterkommen will, was zum Teufel einem Mädchen mit sechs, sieben oder acht Jahren durch den Kopf geht. Wie es kommt, dass es die ganze Welt von sich abtrennt und sich um sich selbst dreht. Wie es zulassen kann, dass man es in eine Höhle bringt. Wie es ohne ihre Puppe überlebt und Heuschrecken isst.

«Und, was macht unsere Kavlina?», frage ich, um das Thema zu wechseln.

«Sie liegt ständig im Bett und verfällt von der einen Krankheit in die nächste. Mal hat sie einen Virus, mal Kreuzschmerzen.»

«Das tut mir leid, Martha. Es ist doch nichts Ernstes, oder?»

Martha erzählt mir von Frau Pavlinas Obsession mit Krankheiten, von ihrer stillen Melancholie, von ihrem zu niedrigen Blutzucker. Sie stürze sich auf Schokolade wie die Fliegen damals auf den Fliegenfänger.

«Wer hat meine Mutter eigentlich Kavlina genannt?»

«Meine Freundin Anna. Weißt du nicht mehr?» Anna hatte Frau Pavlinas Namen durch den Austausch eines Buchstabens in eine obszöne Anspielung pervertiert.

«Na klar! Kann man dieses Mädchen vergessen? Ich hätte ihr ständig eine reinhauen können!»

«Warum?»

«Da fragst du noch? Einer größeren und schlimmeren Egoistin bin ich nie begegnet.»

Merde, ich auch nicht.

Das Baby schläft, von der ganz besonderen Essenz des Neugeborenen umhüllt, in seiner Wiege. Es riecht nach Milch, nach Puder und nach einem Menschen im Anfangsstadium seiner Existenz. Es liegt mit angezogenen Knien auf dem Bauch, wie ein Hündchen.

«Wenn du ihm einen Finger hinstreckst, greift es ihn mit der Hand», ermuntert mich Martha.

Zögerlich lasse ich meinen kleinen Finger in das warme Händchen gleiten. Das Baby verzieht das Gesicht und öffnet den Mund. Ein heller Brei ergießt sich aus seinem Mund aufs Kissen. Ich ziehe den Finger mit einem Schreckensruf zurück.

Das Baby reißt die Augen auf und beginnt hemmungslos zu weinen. Martha stürzt herbei, packt es mitsamt der Babydecke und drückt es an sich. Es klammert sich an sie, puterrot im Gesicht vom Plärren.

«Maria, du hast es erschreckt! Es hat doch nur aufgestoßen!»

Ich halte mir die Hand vor den Mund, weil ich fürchte, auch gleich loszuschreien.

«Du tust so, als hättest du noch nie ein Kind gesehen, das aufstößt. Kannst du dich nicht erinnern, wie es bei Stella war?»

«Ja, aber bei Stella … Ich meine, bei ihr konnte es nichts Schlimmes sein.»

«Dem Baby hier passiert auch nichts Schlimmes. Was redest du da für Unsinn?»

Die Kleine ist völlig verängstigt. Ihr winziges Herz … Was für übermenschliche Anstrengungen muss sie machen, um sich an alles zu gewöhnen! Jetzt zittert sie am ganzen Leib. Ihre Augen verdrehen sich nach oben, wie die Augen der Märtyrer, die auf Mamas Heiligenbildern beten.

«Schnell, hol Alkohol! Maria, so hilf mir doch!»

Ich renne ins Bad und öffne mit zitternden Händen das Medizinschränkchen. Alkohol, zum Einreiben oder für einen Molotowcocktail?

«Beeil dich!», ruft Maria aus dem Zimmer.

Ich träufle ihr Alkohol auf die Hand. Sie hat das Baby inzwischen entkleidet und reibt ihm Brust und Arme ein. Auch ich ergreife einen Arm, reibe ihn ein und bete dabei zu Gott, zu irgendeinem Gott, der mich erhören könnte. Das Baby kommt zur Ruhe, der Schreikrampf löst sich. Wir ziehen ihm den Strampler an und wickeln es in seine Decke.

An der Tür steht Stella mit ausdruckslosem Gesicht und schaut uns zu. Ich kenne diesen Blick, kurz bevor man völlig die Nerven verliert, bevor man sich einem lautlosen Weinen überlässt.

«Was ist mit dem Baby?»

«Es geht ihm gut», sage ich zu ihr. «Keine Angst, mein Schatz!»

Das Baby ist gerettet! Ein inneres Frohlocken wärmt mich von innen heraus.

Ein Frohlocken, und noch ein anderes Gefühl.

«Du gehst schon?»

«Ich habe jede Menge zu tun, Mama.»

«Was denn zu tun?»

Tja, wir bereiten eine Protestaktion in der Metro vor, schon lange haben wir uns nicht mehr mit der Polizei angelegt, mit dem lächerlichen Mittelmaß, das sich Ordnungsmacht nennt. Ab und zu schlagen wir auch eine Scheibe ein, um an der Rechtmäßigkeit, die das Privateigentum schützt, symbolisch ein wenig zu kratzen. Doch auf keinen Fall tun wir das, was wir früher taten. Nur noch Kayo und ich haben den Wohnungsschlüssel, die Zeiten der sturmfreien Buden sind vorbei. Wir schlagen auch nicht mehr wahllos Scheiben ein. Sogar die Schrift auf unseren Plakaten sieht jetzt besser aus. Wir sind schicke Revolutionäre geworden.

«Wie gesagt, jede Menge!»

«Kind, du führst ein seltsames Leben. Frauen haben doch, was auch immer in der Welt vorgeht, mit fünfunddreißig einen Mann und Kinder. Das ist ihre Aufgabe!»

«Geht auch die Welt zugrunde, Salz wird nicht wurmig. Was, Mama?»

In meinem Fall zerfrisst ein innerer Wurm die Gottesfürchtigkeit, das Bedürfnis nach einer Familie, all die Illusionen, die Mama am Leben halten.

«Lass das Kind doch tun, was es will!», ruft Papa aus dem Haus. «Ständig mischt du dich ein!»

Wie sie so dastehen, umrahmt von dem Türrahmen aus abgebeiztem Holz, wirken sie so alt wie nie zuvor. Und vollkommen verrückt. Mama mit ihrem Dreieckstuch, mit dem abgeblätterten weißen Nagellack, Papa mit seinem uralten, an den Knien ausgebeulten Trainingsanzug. Als wären sie Kinder, und zwar meine Kinder.

«Ich muss den Rahmen streichen», brummt Papa.

«Dann breite Zeitungen aus und kleckse nicht alles voll.»

Vielleicht bin ich damals, mit neun, schon gegangen. Damals, als ich den karierten Koffer aufklappte und Bananen, Rollschuhe und Buntstifte einpackte. Um nach Afrika mitgenommen zu werden, so dachte ich, musste ich das Mitleid der Stewardessen wecken. Aber man braucht schließlich gar kein Flugzeug. Der Entschluss allein reicht aus.

Es ist einer der Tage, an denen man sich grundlos freut. Der attische Himmel hat das geheimnisvolle Blau der Reisebroschüren. Obwohl er glasklar ist, liegt dahinter etwas verborgen. Und zwar alles, was man will. Der Frühling bohrt sich ins Hirn, die Sonne macht die Schläfen fühllos. Athen blinkt wie billiger Glitzer aus der Trickkiste des Zauberkastens. Ein Gemisch aus Hitze, Abgasen und süßem Frühlingsduft verbreitet sich und bringt die Steinfliesen im Schulhof zum Flimmern. Selbst Dafni malt heute eine Sonne über ihrer Höhle und Gras ringsherum. An solchen Tagen sind die Kinder friedlich. Beim geringsten Anlass lachen sie los, doch ohne jede Hysterie. Ganz so, als würde einer von Mamas Heiligen über sie wachen. Es liegt etwas Heiliges in der Luft, auch wenn ich an solche Dinge nicht glaube.

Ich bin allein in der Klasse zurückgeblieben. In der Volksschule kletterten wir am Ende der Stunde auf den Katheder. Das taten wir, weil er auf einem Holzpodest stand und die Klasse zweiteilte – auf der einen Seite die Schüler, auf der anderen Seite Frau Afroditi. Kurz probten wir die berauschende Ausübung von Macht. «Das ist mein Platz!», brüllte Anna lauthals. «Meiner, *merde!*» Wir hätten alle beide Platz gefunden, aber der größere Dickschädel – das heißt, sie – gewann. Seit sie mir begegnet ist, habe ich gelernt, ihr meinen Platz zu überlassen. Vielleicht finde ich deswegen nirgendwo meinen Platz. Nun, eigentlich stimmt das nicht mehr. Es gibt ja dieses Klassenzimmer, die Kinder mit ihren kratzenden Filzstiften, die Wohnung in Exarchia, die Proteste. Es gibt den persönlichen Bereich und den anderen, den erweiterten Bereich, der allen gehört.

Im erweiterten Bereich taucht jetzt eine schlanke Frau mit sehr hohen Stiefeln auf, vermutlich Cowboystiefeln. Sie kommt vom anderen Ende des Korridors und beim Näherkommen wird deutlich, dass sie eine jener abgedrehten Mütter sein muss, die sich in einer plötzlichen Aufwallung von Interesse nach ihrem Kind erkundigen. Ich kann sie schon an ihrer Kleidung beurteilen. Eine normale Person würde sicher nicht in auffallenden Pailletten-Jeans und rotem Ledermantel nach ihrem Kind fragen. Oje, sie kommt auf mich zu.

Vielleicht ist es Nataschas Mutter, die sich über die Rangelei mit Dafni beschweren will.

Sie ist blond, Haut und Knochen und mittelgroß, wenn man von den Stiefelabsätzen absieht. Glattes Haar, ein paar Stirnfransen, mittlerweile aber ohne Haarspange. Die helle Stelle an der Braue hat sie gefärbt.

Es ist Anna. Ehemalige Widerstandskämpferin im französischen Exil. Meine ehemalige beste Freundin.

«*Dieser Kreis also,*
den wir mit der Scherbe eines Tonkrugs ritzten,
ist unser Kreis,
ist unser Raum …

Hast du je daran gedacht, dass dieser Vers von Titos Patrikios schuld sein könnte?»

«Schuld woran?»

«Dass wir schließlich Steine geworfen haben.»

Diese Szene habe ich tausende Male geprobt, ich habe mir die unwahrscheinlichsten Begegnungen in der Metro, auf der Post, auf einer Party oder im Flugzeug ausgemalt. Vor allem im Flugzeug, denn dort entkommt man nur, wenn man den Notausgang entriegelt. Ich habe mir nicht vorgestellt, dass Anna – echt und unecht zugleich, als Rockstar verkleidet, ohne Hallo zu sagen, ohne Ouvertüre – einfach in den Kunstraum an der Schule tritt. Sie setzt sich im Schneidersitz auf den Katheder, zündet sich eine Zigarette an und zitiert den Anfang eines Gedichts, eine der Hymnen unserer Freundschaft.

«Warum hast du mich nicht angerufen? Hat dir Dafni meine Karte nicht gegeben?» Vom Rauchen hat ihre Stimme einen rauen Klang. Aus ihrem schmalen Körper dringt ein beinah aberwitzig dunkles Timbre. Ohne Schminke wären sicher ihre schwarzen Augenringe zu sehen. Ihre Lider sind ein wenig schwerer geworden, doch der Augapfel ruht keine Sekunde. Ihre Schönheit hat etwas Dramatisches, als hätte sie viel durchgemacht, seit wir uns aus den Augen verloren haben. Sie trägt einen pflaumenfarbenen Lippenstift. Sein Abdruck bleibt am Zigarettenfilter haften.

«Ich hatte zu tun», sage ich.

«Zu tun?» Ihr Blick ist fiebrig, der Blick eines Menschen, der alles wissen will.

«Wer hätte das gedacht! Dass wir uns in einem Klassenzimmer wiedertreffen …», sage ich.

«Fällt dir nichts Originelleres ein? *Merde!*»

«Das Originellsein überlasse ich dir.»

Anna lacht hustend auf. Es gefällt ihr, wenn sie mich zornig macht.

«Also, dann tu ich jetzt mal was ganz Langweiliges und gebe dir Zeit, dir was Kluges auszudenken. Ich gehe hinaus und komme noch mal herein.» Sie springt vom Katheder, schließt die Tür hinter sich und klopft an, Taktak, als würden wir «Kaffeekränzchen» spielen.

«Herein, bitte kommen Sie weiter!», sage ich. Ich stibitze eine Zigarette aus ihrer Schachtel und zünde sie ohne eine Sekunde zu zögern an.

«Guten Abend, Maria. Ich weiß nicht, ob du dich an mich erinnerst, ich bin deine alte Freundin Anna. Ich habe gehört, dass du meine Tochter unterrichtest.»

«Anna? Welche Anna?» Der erste Lungenzug nach Jahren, ein süßer Schwindel. «Komm schon, Anna Horn!»

«Sie müssen sich irren. Ich hatte nie eine Freundin dieses Namens.»

«*Merde*, wie traurig die Globalisierung doch ist!» Sie rümpft theatralisch die Nase.

Ich zucke mit den Schultern. Wir sitzen in einem miesen Café, das der Schule direkt gegenüber liegt. Es riecht nach in Zellophan verpackten Croissants. Das politische Engagement passt nicht zu ihren

Kleidern. Darin müsste sie in einen farblich abgestimmten Sportwagen steigen, ganz wie diejenigen, die Kayo früher umgeworfen hat, und auf dem Kolonaki-Platz Espresso trinken.

«Wollen wir woanders hingehen?», frage ich.

«Wo wir sind, ist unwichtig. Wichtig ist, was wir tun», sagt sie. «Wer fängt an? Du oder ich?»

Erneut zucke ich mit den Schultern. Beim Studieren der Speisekarte ließ ich mein Leben kurz Revue passieren. Das einzig Kluge, was mir einfiel, war: Die sieben Jahre der Diktatur haben uns zusammengeführt und die nächsten sieben haben uns getrennt. Gerade als ich dabei war, meinen ganz privaten Regierungswechsel von Diktatur zu Demokratie zu feiern, taucht Anna wieder auf. Was soll ich ihr noch erzählen? Dass ich das Rauchen aufgegeben habe? Im Aschenbecher liegen mehr Stummel ohne Lippenstiftabdruck als mit. Drei Zigaretten in zehn Minuten.

«Also gut, dann fange ich an», sagt sie. «Nach der Geschichte mit dem Albaner …»

Sie spricht also auch von einer «Geschichte». Ich habe dafür ebenfalls kein richtiges Wort gefunden.

Nach der «Geschichte» sei sie nach Frankreich abgereist. Sie habe ihre Zelte abgebrochen und sei in die elterliche Wohnung zurückgekehrt. Zwei Monate lang, erzählte sie, habe sie ununterbrochen geweint und an die Decke gestarrt. Sie brauchte eine halbe Stunde, um sich vom Bett zur Toilette zu schleppen. Jetzt stehe ich auf, habe sie sich mit großem Ernst gesagt, als ging es um einen strategischen Plan, und dann taste ich mich an der Wand entlang. Danach begann sie eine Psychoanalyse. Laut Anna hieß Psychoanalyse: Man gibt zu, dass in Herz und Hirn ein paar Löcher klaffen, die man mit allem stopft, was gerade zur Hand ist, um im Frieden mit sich selbst zu leben. Dabei entdeckte sie, dass sie ein Kind wollte. Sie lernte Malouchos kennen, einen zwanzig Jahre älteren, in Paris ansässigen griechischen Architekten, und zum Jahresende war Dafni auf der Welt. Das war in der Zeit, als ich auf Ägina untergetaucht war und der kleinen Stella Häubchen häkelte. Sie sagte sich, so erzählt sie weiter, von der Politik los und entdeckte, eingeschlossen in den eigenen vier Wänden, das vollkommene Privatleben in einer Etagenwohnung auf der Champs-Elysées mit dicken Teppichen und doppelt verglasten Fenstern. Fünf Jahre lang war sie von der Kleinen nur drei Mal die Woche für fünfundvierzig Minuten getrennt – immer dann, wenn sie zu ihrem Psychoanalytiker ging. Und dann ging's wieder zurück in die Etagenwohnung.

«Ein großbürgerliches Leben», sage ich.

«Wart's ab, das großbürgerliche Leben kommt noch.»

Stundenlang saß sie mit Dafni im Arm am Fenster und betrachtete die Blätter der Bäume; die Autos, die hinter den doppelt verglasten Fenstern geräuschlos den Boulevard entlangglitten; die in Mantel und Schal gehüllten Fußgänger. Sie begann, Dafni Märchen zu erzählen. «Siehst du den Hund dort unten? Also ... Der Hund war früher einmal ein alter Mann. Aber da er seinen Hund getreten hat, wurde er von einer Hexe zur Strafe in ein Tier verwandelt.» Dafni identifizierte sich so sehr mit den Märchen, dass sie die Menschen anbellte und mit den Hunden sprach. Da war sie nicht die Einzige. Alle glaubten Annas Geschichten. Alle wollten ihr ähnlich sein. Gemeinsam mit ihrer Mama fand die Kleine in den spontan improvisierten Märchen Zuflucht, daher auch die Höhle auf ihrer Zeichnung: Die Hexe und das Hexenkind verwandelten alles, was ihnen nicht gefiel, in einen Frosch und alles, was ihnen gefiel, in einen Prinzen. Irgendwann lief die Sache aus der Hand. Fast hätte die Welt, in der Geister und Zauberei regierten, die beiden in Wesen aus einer anderen Welt verwandelt. Immer wieder deutete der Psychoanalytiker an, dass Annas Märchen die Wirklichkeit dämonisierten; dass die krankhafte Nabelschnur zur Tochter durchschnitten werden müsse.

Hätte er mich gefragt, ich hätte ihm gleich sagen können, dass die krankhafte Nabelschnur Annas Spezialität war. Mal verband sie sich mit mir, mal mit ihrem Vater, mal mit verschiedenen Typen, mal mit Marx, mal mit dem Feminismus – und zum Schluss mit Dafni.

«Meine Mama hat Märchenerzählen zu ihrem Beruf gemacht», sage ich zu ihr.

«Deine Mama? Deine altbekannte Mama?»

In Annas Augen war meine Mama nur für Strickmuster und fromme Sprüche gut. Deshalb übertreibe ich die Erfolge ein wenig, die Mama mit ihrer Reihe «Geschichten aus Afrika» feiert, und die Bedeutung des Preises, den sie von einem Verein völlig inkompetenter Illustratoren bekommen hat.

Annas Lider flattern, vielleicht vor Langeweile. Sie kehrt zu der Zeit zurück, als sie versuchte, die Nabelschnur zu Dafni zu kappen und sie Erziehern anzuvertrauen. Sie öffnete, so erzählt sie, das zweistöckige Apartment der Geschäftswelt. Sie fand sich mit dem Gedanken ab, dass ihr Vater sie dafür verflucht hätte, und begann die Kunstwerke auszuwählen, die zur Inneneinrichtung der von ihrem Mann gebauten Wohnungen passten. Schließlich arbeitete sie in seinem Architekturbüro mit.

Sie machte sich mit der Welt der Schönen und Reichen vertraut, erinnerte sich, wie man den Stiel eines Champagnerglases richtig hält, und gewöhnte sich daran, ihre Tochter fremden Umarmungen zu überlassen. Die Kleine war durch diesen Wechsel von erdrückender Liebe zu Gleichgültigkeit verwirrt. Sie reagierte mit Geschrei und hysterischem Verhalten. Anna beschloss, dass es Zeit war, sich mit der Vergangenheit auszusöhnen. Das Heilmittel für Dafnis Hysterie war ihrer Meinung nach die griechische Sonne, ein Haus mit Garten in den nördlichen Athener Vororten und ein mediterraner Lebensstil. Sie überredete Malouchos, nach Athen zurückzukehren und neu durchzustarten.

Doch dieser Neuanfang war eigentlich gar nicht nötig. Malouchos arbeitete ohnehin schon seit Jahren mit großen europäischen Baufirmen in Athen zusammen und war bestens vernetzt. Er zeichnete für einige der Glasmonster am Kifissias-Boulevard verantwortlich, er allein war ein multinationaler Konzern. In unserer Zeitschrift Exit spielten wir auf ihn an, als wir über die neuen, luxuriösen Bürotürme schrieben: «Die gläsernen Treibhäuser am Kifissias-Boulevard haben keine Fenster, sondern sie sind durchklimatisiert und verwandeln die Angestellten in getreue Imitate von Zimmerpflanzen.»

«Ich will, dass du verstehst, warum ich das getan habe», sagt sie. «Warum ich damals weggegangen bin.»

«Ich verstehe es.»

«Nein, tust du nicht. Du bist mir böse.»

«Das eine hat mit dem anderen nichts zu tun.»

«Maria, wie soll ich es dir erklären, ich hatte Angst. Für mich war es ein Erdbeben. Ganz so, als wäre ein Haus über mir eingestürzt.»

«Fürchtest du dich immer noch vor Erdbeben?»

«Naja, ich hab's mittlerweile unter Kontrolle. Und, was ist mir dir? Erzähl mir von dir.» Ich kehrte damals zu meiner Beschäftigung aus Jugendjahren zurück und starrte stundenlang an die Decke. Ich glaubte, ich könnte mich auf Ägina verstecken, in Marthas Haus, in Stellas Armen, aber das war natürlich ein Irrtum. Ich ging erst nach Paris, danach nach Berlin. In den besetzten Häusern im Osten lebte ich von Luft und Liebe. Nach Jahren lief mir Michel wieder über den Weg und wir teilten uns eine Portion Makkaroni mit säuerlich riechender Tomatensoße, die wir aus einem Blechnapf löffelten.

«Michel! Wie hast du ihn erkannt?», fragt Anna.

«Menschen erkennen sich instinktiv. Sein Fahrrad war genauso verbeult wie meines.» «Und, wie war er? So traurig wie immer? War er mit einer Frau zusammen? Erzähl mir alles!»

«Woher soll ich das wissen, Anna? Michel ist wie ein Zombie, er sagt nie etwas. Er lässt es nur durchblicken. Schließlich war die Sache mit ihm ausgereizt. Ich ging nach New York, zu Kayo. Aber dort habe ich es auch nicht ausgehalten und bin zurück nach Exarchia. Ach ja, Kayo kam nach. Wir wohnen zusammen in dem blauen Haus.»

«Du lebst mit Kayo?»

«Kayo lebt sein Leben und ich meins.»

«Andere Männer?»

«Männer? Selten … Ich habe keine Psychoanalyse gemacht. Ich wusste nicht, wie ich die Löcher in meinem Leben stopfen soll.»

Das ist keine Klage, sondern eine Feststellung. Trotzdem öffnet Anna ihre Arme ganz weit und drückt mich an sich. Sie braucht immer noch dramatische Versöhnungsszenen. Ihr Körper ist leichter als erwartet. Leichter als damals, als die «Geschichte» passierte. Sie streicht mir übers Haar und ich über ihres. Vermutlich färbt sie es, die trockenen Spitzen zeugen von Färbemitteln und Föhn.

«Scheiß Lesben!», zischt ein Mann, der sich an unserem Tisch vorbeidrückt.

«Seit sich die griechischen Männer wie Europäer fühlen und keine Touristinnen mehr aufreißen, sind sie schrecklich aggressiv», seufzt Anna, ohne ihre Arme zu lockern. Ihr Atem strömt in warmen Wellen in meinen Nacken. Wie damals, als wir in den Schulpausen frierend und aneinander gekuschelt rauchten. Oder wie damals, als sie sich auf Ägina im Doppelbett an mich klammerte und mich bat, ihr zu verzeihen.

Odiosamato.

Vier

Völlig aufgebracht rauchen wir auf der Toilette der Varvakeios-Oberschule. Anna nennt unsere Schule eine «Bastion der Männerherrschaft», und das ist sie auch. Die Jungen dürfen herumlaufen, wie sie wollen, wir hingegen müssen Schulkittel tragen. «Was für hässliche Krähen! Die hacken sich eigenhändig die Augen aus. Und jetzt wollen sie uns auch noch zu dummen Hausfrauen machen!» Heute hat sie es auf Frau Sartzetaki abgesehen, die Haushaltslehre unterrichtet. Anna hat sich geweigert, eine Klopapierhaube zu häkeln, und ist deswegen in die Bredouille gekommen. «Der Mann tut mir leid, der dich einmal abkriegt», sagte die Sartzetaki zu ihr. «Und mir Ihrer», antwortete Anna. Dafür kassierte sie eine schallende Ohrfeige.

Mit geröteten Wangen stürmte sie aus der Klasse und ich hinterher, um sie zu beruhigen. Anna sieht mit roten Wangen noch hübscher aus. Sie sitzt, die Hände in die Hüfte gestemmt, auf dem Mäuerchen und wirft mir einen ihrer blitzenden Blicke zu. Sie wird bestimmt böse, wenn ich sie damit zu trösten versuche, dass wir in den Schulkitteln des griechischen Modezaren Tseklenis mit dem Maokragen sehr elegant aussehen. «Wie echte Maoistinnen», meint Anna, wenn sie gut gelaunt ist. «Voller Widersprüche.» Solche Sachen sagt sie dieses Jahr. Sie liest Marx und Hegel und wirft mit Ausdrücken um sich wie «Entfremdung», «Kapital» und «Problematik». Aber vor Schulende frischen wir in der Toilette den kirschfarbenen Lipgloss auf und frisieren uns die Stirnfransen mit den Fingern. Dieses Jahr gibt es richtige Mädchentoiletten. In der zweiten Klasse der Oberschule mussten wir uns zurückhalten und konnten erst zu Hause pinkeln. Bei tausenddreihundert Schülern und nur fünfundsechzig Schülerinnen war die Direktion schwer zu überzeugen, dass auch wir menschliche Bedürfnisse haben.

«Komm schon, Anna! Vergiss diese komplexbeladene Tussi …»

«Sie vergessen? Die bestimmt doch über unsere Zukunft!»

Immer diese Dramatik! Wenn mich jemand beleidigt, beiße ich mir einfach auf die Lippen. Als man uns zum ersten Mal in den Vorhof der Ajios-Nikolaos-Kirche zum Turnunterricht schickte und wir auf dem Gehsteig zwischen geparkten Autos Liegestütze machten, zog ich eine Grimasse. Als unsere Turnlehrerin, die Schreckschraube das sah, meinte sie: «Das ist dir hier wohl nicht gut genug, Papamavrou?» Ich biss mir auf die Lippen und die Sache war gegessen. Aber Anna lässt sich nicht in die Suppe spucken.

«Das erzähle ich Antigoni», meint sie.

«Und was, glaubst du, wird sie tun?»

«Sie kommt in die Schule und wird der blöden Kuh beibringen, wie man sich benimmt. Zuallererst hat sie kein Recht, mir eine runterzuhauen.»

Antigoni kommt bei jeder Kleinigkeit in die Schule. Entweder, weil im Religionsbuch steht: «Eine Ehefrau, die arbeiten geht, erfüllt das Haus mit Unruhe und Sorgen, da sie ihren Pflichten nur noch ungenügend nachkommt.» Oder: «Zahlreiche, vor allem junge Menschen sind Anhänger von Sartres wahnwitzigen Ideen.» Oder auch: «Die ausländischen Touristen bringen die zügellose Freiheit mit, die sie aus ihrer Heimat kennen, was Sitten und Bräuche, Sexualität, das mangelnde öffentliche Schamgefühl, die Art und Weise sich zu kleiden etc. betrifft.»

Schließlich ließ sie ihre Tochter vom Religionsunterricht befreien. Ich sehe durchs Klassenfenster, wie Anna im Hof hin- und herspaziert, und bin sauer, dass ich stundenlange Gespräche mit ihr verpasse. Und das nur, weil ich mir lauter Unsinn über Jesus anhören muss. Was soll's. Mama ist fromm geworden. Sie verbringt Tag und Nacht in der Kirche und setzt Teig fürs Hostienbrot an. Sie ist noch dicker geworden und all ihre Erwartungen richtet sie auf Gott und die Weight Watchers. Was Papa betrifft, so richtet er seine Erwartungen nirgendwo mehr hin. Er ist Frühpensionist und verbringt seine Zeit im Kafenion im Erdgeschoß unseres Wohnhauses und die Sonntage auf dem Sportplatz. Zum Glück habe ich morgens Schule und gehe nachmittags zum Sprachkurs ins Französische Kulturinstitut in der Sina-Straße. So rückt in den Hintergrund, dass meine Eltern gottesfürchtig und ohnmächtig zugleich sind. Sobald ich nach Hause komme, schließe ich mich nach einem kurzen «Hallo» in meinem Zimmer ein. Ich lese wahllos, was mir in die Hände fällt, und höre nichts als «The Cure». Geht auch die Welt zugrunde, dort rühre ich mich nicht mehr hinaus.

Geht auch die Welt zugrunde, Salz wird nicht wurmig.

Wie ist mir das nun wieder eingefallen?

«Warum verziehst du das Gesicht? Stell dich nicht so an!», sagt Anna.

Im Sommer haben wir es mit Kissen getan oder uns die Hand vor den Mund gehalten. Jetzt besteht sie darauf, dass wir uns richtig küssen, mit Zunge. Damit wir wissen, wie es geht und was uns erwartet. Wir haben uns im Haus in der Athener Altstadt ins Bad eingeschlossen. Anna sitzt auf der Waschmaschine, ich stehe davor.

«Mach die Augen zu, *merde!* Das ist kein Weltuntergang.»

Anfangs fühlen sich ihre Lippen an, als würde ich einen Pfirsich küssen. Und dann spüre ich eine kalte Zunge, die wärmer und weicher wird, sobald sie meine berührt. Gerade als ich mich langsam daran gewöhne, bricht Anna ab. Sie wischt sich krampfhaft den Mund ab.

«Was hast du?», frage ich. «Warum hast du aufgehört?»

«Hat's dir gefallen?», sagt sie und lacht auf. «Schämst du dich nicht?»

«Ach, rutsch mir doch den Buckel runter! Es war doch deine Idee!»

«Richtig, damit wir nicht völlig ahnungslos dastehen. Aber wir müssen ja keine Lesben werden!»

Sie schlägt eine Wette vor: Wer von uns beiden küsst zuerst einen Typen aus der Varvakios-Oberschule?

«Es sind so viele! Da können wir jeden Tag einen anderen ausprobieren!»

Anna probiert es schon am selben Mittag nach Schulende aus. Schamlos pirscht sie sich an Filippos aus der Oberstufe heran und fragt ihn, ob er sie mit seiner Maschine nach Hause bringt. Danach trödelt sie noch ein bisschen, fingert am Rückspiegel herum, lacht wegen jeder Kleinigkeit, streicht sich über den Ellenbogen. Auf einem Mäuerchen gegenüber kaue ich an meinen Nägeln. Eigentlich gilt die Wette nur, wenn die andere den Kuss sehen kann. Anna nimmt im Damensitz auf dem Sattel Platz und schlägt die Beine übereinander. Filippos ist viel größer als sie, aber mit diesem Trick sind sie auf gleicher Höhe. Natürlich küssen sie sich. Was sollten ein Junge und ein Mädchen, die sich Nase an Nase befinden, sonst tun? Anna zeigt mir hinter Filippos' Rücken das Victory-Zeichen. Sie hat gewonnen, *merde*.

Bis zu meinem Geburtstag muss ich auch jemanden gefunden haben.

«Er heißt Kostas! Wir gehen zusammen zum Französischunterricht!»

«Was für ein Allerweltsname!», sagt Anna mit einem verächtlichen Prusten.

«Ja, aber er küsst gut.»

«Wie denn?»

Am Anfang hält er mein Gesicht in seinen Händen. Er konzentriert sich und blickt mir lächelnd in die Augen, als würde er sagen: Hab keine Angst. Und er küsst langsam, erst die geschlossenen Lippen, dann die halb offenen Lippen, dann die offenen Lippen und schließlich mit Zunge. Danach kommt alles in umgekehrter Reihenfolge dran und endet mit einem zarten Kuss auf meine geschlossenen Lippen. Dann umarmt er mich, wir gehen miteinander die Sina-Straße hinunter und Athen leuchtet in der Ferne.

«Was für ein Unsinn!», sagt Anna.

«Aber er ist sehr galant, wie ein Franzose. Vielleicht, weißt du, weil er Französischunterricht nimmt.»

«Das gilt aber nicht! Es muss einer aus der Varvakios-Schule sein.»

«Aber ich habe den hier gefunden!»

«Genauso schnell bist du ihn auch wieder los. Du willst doch nicht wie deine Mutter werden. Nicht zu fassen, ein einziger Mann für's ganze Leben!»

«Aber ich mag ihn!»

«Du hast dir geholt, was er dir geben konnte. Wenn du ihn jetzt nicht verlassen kannst, wann dann? Bei eurem dritten Kind?»

In der nächsten Französischstunde zwinkert mir Kostas von seiner Bank aus zu. Ich sehe ihn schon in der Kirche vor mir und den psalmodierenden Priester mit Mama, die sich mit dem Taschentuch mit dem Monogramm die Tränen wegtupft. Bloß nicht! Alles ist zerstört, Küsse sind kein Spiel mehr. Sie führen zu etwas anderem, das ernst und schreckenerregend ist.

«Das ist unser letzter Kuss», sage ich zu ihm, sobald er das Ritual beendet hat, mir zart die geschlossenen Lippen küsst und sich anschickt, mich zu umarmen und gemeinsam mit mir die Sina-Straße hinunterzugehen. Der Winter steht bevor, die Tage werden kürzer und man verspürt ein größeres Bedürfnis nach Umarmungen und Küssen. Doch beim Gedanken an die Ehe wird mein Herz noch kälter als meine Ohren. Ich bin noch keine Fünfzehn!

«Was hast du?», fragt Kostas. «Habe ich etwas falsch gemacht?»

«Nein, ich mag dich nur nicht mehr.»

Es klingt brutaler als beabsichtigt, aber ich kann es nicht mehr zurücknehmen.

Es ist ein Februarabend wie jeder andere und ich lümmle auf meinem Bett. Ich lese einen Roman von Albert Camus, den ich in der Bibliothek des Französischen Kulturinstituts ausgeliehen habe. Vor dem Fenster hört man Hundegebell, unmerklich verfärbt sich der Himmel rötlich. Plötzlich beginnt die Wohnung zu beben, als würden alle Bewohner des Wohnhauses gleichzeitig auf voller Lautstärke Musik aus ihren Stereoboxen hören. Ein paar Bücher fallen aus dem Regal und häufen sich auf dem Boden. Aus Mamas Einbauschrank im Wohnzimmer kippt ein kleiner afrikanischer Holzelefant nach dem anderen. Es dröhnt, dann geht das Licht aus. Hat der Wind unsere Wohnung gepackt und auf einem Meer mit hohem Seegang niedergesetzt und jetzt versinkt sie in den Wellen? Mama schreit auf: «Heilige Muttergottes!» Papa kommt in mein Zimmer gerannt und ruft, dass ich mich beeilen soll. Barfuß renne ich die vier Stockwerke hinunter. Dabei drücke ich das Buch von Camus an mich, als sei es etwas Lebendiges, ein Kätzchen zum Beispiel.

Das ganze Viertel ist auf den Beinen. Frauen in Unterkleidern raufen sich die Haare. In Leintücher gehüllte Männer beratschlagen wie römische Senatoren. Das heißt, wir sind nicht die Einzigen, denen es so ergangen ist. Hat der dritte Weltkrieg begonnen? «Ein Erdbeben, ein Erdbeben!», ruft Mama, als müsse sie es wiederholen, um es zu glauben. Ein Erdbeben, also!

Vielleicht sollte ich mich dann und wann doch bekreuzigen und an Gott glauben. Vielleicht sollte ich nicht jeden Dahergelaufenen küssen.

Anna ist fix und fertig. Kreidebleich vor Angst sitzt sie wie ein Häufchen Elend mit hängenden Schultern im Hof. Unsere ganze Familie hat sich ins Einfamilienhaus in der Athener Altstadt geflüchtet, da Mama befürchtet, die Dachterrasse des blauen Wohnhauses könnte ihr auf den Kopf fallen. In eine Decke gewickelt trinkt sie im Liegestuhl den von Antigoni zubereiteten Mokka und sagt immer wieder: «6,6 auf der Richterskala! Gnade uns Gott!» Papa und Antigoni reagieren gefasster als die anderen. Sie sitzen vor dem Fernseher und kommen nach draußen, um uns auf dem Laufenden zu halten: «Epizentrum auf den Alkyoniden im Golf von Korinth!», «Soundso viele Tote!», «Enorme Schäden!»

Ich sitze auf einem Hocker neben Anna und versuche, sie aufzumuntern. Ihre Hände sind eiskalt, sie atmet schwer.

«Es ist vorbei, Anna, alles ist gut.»

«Und wer sagt mir, dass es nicht wieder losgeht?»

«Wie kann eine echte Revolutionärin Angst haben?»

«Maria, du kannst mich mal! *Merde!*»

Sie hockt an der Stuhlkante, jederzeit bereit aufzuspringen. Nur wohin? Als ein Nachbeben mit kaum merklichen Erschütterungen folgt, schreit Anna wie am Spieß. Antigoni bringt ihr eine halbe Beruhigungstablette. Bis auf Papa, der im Auto übernachtet, schlafen alle auf Matten und in Schlafsäcken im Freien. Normalerweise würden wir bis zum Morgen kichern und uns heimlich davonstehlen, um zu rauchen. Aber Anna ist nicht mehr die Alte. Am Morgen wacht sie mit geröteten Augen auf und blickt um sich, als würde das Erdbeben wie ein wildes Tier irgendwo im Garten lauern. Mir ist gar nicht in den Sinn gekommen, mich zu fürchten, da ich mit Annas Angst beschäftigt bin. Es ist das erste Mal, dass sich Anna fürchtet. Und ihre Angst macht mich stärker.

«Ich gehe nach Frankreich, basta.» Anna sitzt zusammengekrümmt auf der WC-Brille, das Klopapier in der Hand. Nach dem Erdbeben pieselt sie anders, zögernder und weniger geräuschvoll, ständig bereit aufzuspringen und aus dem Haus zu rennen.

«Bist du verrückt geworden? Und was wird aus mir?»

«Frankreich zählt nicht zu den Erdbebengebieten. Ich ziehe zu meinem Papa. Du kannst mitkommen, wenn du willst.»

Annas Papa habe ich nie kennengelernt, da er keinen Fuß nach Athen setzt. Er lebt von Antigoni getrennt und was das bedeutet, habe ich erst nach einer Weile begriffen. Sie geben sich als modernes Paar und gehen in Frankreich immer noch zusammen in Restaurants. «Wenn ich mich von deinem Papa trenne, dann will ich ihn nicht mal mehr von hinten sehen», sagt Mama. «Aber sie sind noch befreundet», entgegne ich. «Befreundet! Wie befreundet? Das ist doch abnormal, Kind.»

Es ist eines der wenigen Male, dass ich einer Meinung mit ihr bin. Auch Anna und ich reden nicht mehr mit unseren Ex, die sind «ausgelutschte Bonbons» für uns. Jede von uns geht maximal zehn bis vierzehn Tage mit einem Typen aus der Varvakios-Oberschule. Nur Küssen und Hand-an-der-Brust sind erlaubt, im nächsten Jahr sehen wir weiter. Wir gehen immer noch gern zusammen pieseln, aber nicht mehr auf den Parkplatz, sondern zur Toilette. Dort schließen wir uns stundenlang ein und erzählen, wie der eine küsst und wie der andere und wie den jungen Männern die Finger zittern, wenn sie uns die Bluse aufknöpfen.

Nach dem Erdbeben spricht Anna nicht mehr so viel darüber. Sie sagt eigentlich überhaupt nicht viel. Sie sitzt auf der WC-Brille mit dem Klopapier in der Hand und sieht aus, als würde sie gleich in Tränen ausbrechen.

«Wie soll ich nach Frankreich gehen, Anna? Meine Familie lebt hier.»

«Bin ich keine Familie für dich?»

Wir umarmen uns und wiegen uns stumm hin und her, Anna mit ihrem Slip an den Knien und ich voll angekleidet und stark. Ihr Körper riecht nach Angst.

«Und die Schule?»

«Da lernen wir sowieso nichts. Nur Unsinn über Frauen, die arbeiten gehen, und wie man Klopapierhauben häkelt.»

«Da hast du recht.»

Anna blickt mich flehentlich an.

«Dann kommst du mit?»

«Kann ich dich gehen lassen?»

Und doch lasse ich sie gehen. Mit brennenden Augen verabschiede ich sie auf dem Flughafen. Unsere verschwitzten Finger gleiten auseinander, als wir uns trennen. Meine Hand ist leer ohne Annas Hand. Mit wem soll ich in den Pausen reden? Mit wem rauchen? Mit wem pieseln gehen? Ich schluchze untröstlich in Antigonis Armen auf dem Elliniko-Flughafen, während der Haarschopf meiner Freundin hinter der Passkontrolle verschwindet.

Sie fährt für ein paar Monate weg, erst mal probeweise. Meine Mama sagt, sie macht mich einen Kopf kürzer, wenn ich auf die Idee kommen sollte wegzulaufen. Dann lässt sie per Interpol nach mir fahnden. Diese Drohung hat sie sich ausgedacht, als ich nach Ikeja abhauen wollte. In der Tat male ich es mir aus, das ist ihr gelungen: Polizisten bringen mich in Handschellen nach Hause und alle Zeitungen drucken mein Foto, als wäre ich die neue Patricia Hearst.

Anna und ich führen einen herzzerreißenden Briefwechsel. Sie schickt mir Gedichte von Verlaine, ich schicke ihr Verse von Titos Patrikios:

«Dieser Kreis also,
den wir mit der Scherbe eines Tonkrugs ritzten,
ist unser Kreis,
ist unser Raum,
wo wir das Zwitschern der Amsel verstecken,
aber wissen, wie wir es wiederfinden,
wo wir über alles sprechen können,
was die großen Zukunftsbücher füllen wird.»

Sie schreibt mir: «Paris ist traurig ohne dich, Maria. Ich gehe mit Papas Freunden aus, sie erzählen tausend interessante Dinge, aber was sie sagen, ist nur ein schwacher Nachhall unserer Gespräche. Die Frau, die sich um die Wohnung kümmert, heißt Roman und sie hat etwas von dir. So sitze ich stundenlang in der Küche und während sie die Kästen putzt, beiße ich in einen Apfel, ohne hungrig zu sein, und trinke Milch, ohne durstig zu sein, nur damit ich bei ihr und daher bei dir sein kann. Du fehlst mir unglaublich. Kommst du zu Ostern?» Ich schreibe ihr: «Auch du fehlst mir unglaublich. Ich gehe mit niemanden mehr aus. Es macht keinen Spaß, wenn wir danach nicht zusammen aufs Klo gehen und alles im Detail besprechen. Meine Eltern nörgeln die ganze Zeit an mir herum – entweder, weil die Telefonrechnung wegen der Ferngespräche zu hoch ist, oder, weil ich zu faul bin und nichts auf die Reihe kriege. An den Wochenenden bleibe ich fast immer zu Hause, kaue Fingernägel und starre an die Decke. In der Schule schaue ich im Religionsunterricht ständig aus dem Fenster, ob du nicht im Mao-Kittel mit einer Zigarette in der Hand auftauchst. Gestern war ich mit Antigoni im Kino, in ‹Doktor Schiwago›. Sie sagt, dass sie beim Titel an Andreas Papandreou denken muss! Wir lachen viel, wenn wir zu zweit sind, aber etwas fehlt. Du fehlst uns! Komm zurück!»

Ich weiß nicht, woran es liegt, dass ich nur Bahnhof verstehe. An Annas Abreise oder am Psychologie-Lehrbuch von Papanoutsos? «Wenn wir unsere Mitmenschen beobachten oder Fragebögen ausfüllen lassen, fordern wir sie auf, in die Welt ihrer Gefühle einzutauchen und aktuelle oder auch frühere Erlebnisse zu beschreiben. Gleichzeitig versetzen wir uns selbst in ihre Handlungen und Zustände, um zu begreifen, was in ihnen vorgeht.» Auch das Philosophie-Lehrbuch ist mir unverständlich: «Die dunkle und vieldeutige oder die abstrakte oder die gewollt unverständliche Kunst ruft eine Abwehrreaktion des Bewusstseins hervor, da sie es ihm nicht gestattet, ästhetisch zu funktionieren.» Wenn ich solchen Unsinn lese, will ich einzig und allein wieder zeichnen und auf der Buchseite, auf den unsinnigen Sätzen dunkle und vieldeutige oder abstrakte oder gewollt unverständliche Kunst schaffen. Ich will diese Blödheit korrigieren, so wie Anna einst den Titel der Zeitung *Akropolis* in *Avgi* ausgebessert hat.

Ich gebe mein ganzes Taschengeld für Da Vinci-Aquarellfarben, Kohlestifte und Zeichenblöcke aus. Fünf Jahre lang, seit dem ersten Preis beim Zeichenwettbewerb zum Weltspartag, habe ich nicht mehr gemalt. Aber anscheinend habe ich die ganze Zeit innerlich gemalt. Woher sonst kommen all die Farbkombinationen, die gelben Farbtupfer, die Tiere und die Frauen in den langen Gewändern, das starke Bedürfnis nach Schwarz? Ich male wie ein Betongießer, mit dichten Farbschichten und auf immer größeren Blättern. Ich will die Wände meines Zimmers schwarz grundieren und darauf gekrönte Schlangen, leck geschlagene Pirogen und Frauengestalten in bodenlangen Röcken mit flammendem Saum zeichnen. An ihrem Feuer wärmen sich arme Familien und die Kinder langen nach den aufgedruckten Früchten, um sie zu pflücken. Die gekrönten Schlangen versinnbildlichen Annas Papa, die leck geschlagenen Pirogen meine Eltern, die Frauen in den Röcken Antigoni. Sie trägt dieses Jahr lange Fransenröcke. Das Feuer am Saum ist natürlich Anna.

Ich bin das hungrige Kind, das die Hand ausstreckt und die Frucht ganz im Hintergrund pflückt.

«Was soll der Stuss?»

Ich habe meine Zeichnungen in Paris auf dem Tisch im runden Zimmer ausgerollt, neben Bücherstapeln von Deleuze, Lyotard, Baudrillard und Guy Debord und genau unter dem Porträt von Nikos Poulantzas und dem Poster, auf dem steht: «Ich halte meine Sehnsucht für die Wirklichkeit, weil ich an die Wirklichkeit meiner Sehnsucht glaube.» Es ist Ostern. Ich bin zu Besuch gekommen, gerade weil ich an die Wirklichkeit meiner Sehnsucht glaube. Während des ganzen Flugs habe ich die Pappkartonrolle mit den Zeichnungen zwischen meinen Beinen festgehalten, und das ist nun der Lohn dafür. Anna schneidet ihre üblichen Grimassen. Sie hat keine Angst mehr.

«Was gefällt dir daran nicht?», frage ich.

«Frag lieber, was mir daran gefällt. Es ist schnell hingeworfen, improvisiert, rein dekorativ. Du kannst mehr, als diese Zeichnung sehen lässt.»

«Soll ich dir die Symbolik erklären?»

«Die Symbolik sollte sich von selbst erschließen.»

Da hat sie recht.

«Komm, ich zeige dir etwas, was sich von selbst erschließt.» Sie packt mich an der Hand und zerrt mich – im wahrsten Sinn des Wortes – in ihr Zimmer, das zehn Tage lang unser gemeinsames Zimmer ist. Es ist eine kleine Kammer mit Dachschräge und mit einem Doppelbett, übersät von marokkanischen Stickkissen. Sie hebt den Überwurf hoch und zieht die Fotografie eines dürren Typen mit feucht glänzenden Augen und Kurzhaarschnitt aus dem Bettkasten.

«Und? Erklärung erforderlich?»

«Seid ihr zusammen?»

«Er heißt Raoul. Er ist halb Franzose, halb Algerier. Siehst du diese Augen? Ich möchte, dass du ihn kennenlernst, Maria.»

«Wie weit seid ihr?»

«Ja, das muss ich dir auch erzählen ... Er hat mich überall liebkost.»

«Das hast du mir nicht geschrieben!»

«So etwas kann man nicht schreiben.»

Je älter wir werden, desto mehr bringt mich Anna durcheinander. Sie bestimmt über mich, sagt mir, dass ich sie küssen oder dass ich mit Kostas Schluss machen soll, aber sie selbst tut, was ihr passt.

Wenn ich zugelassen hätte, dass ein Mann mich überall streichelt, hätte sie mir eine Szene gemacht.

«Ich denke, wir sind alt genug. Es ist unglaublich, so liebkost zu werden!»

Sie erläutert mir in allen Einzelheiten, wie ein Typ zuerst den Rock hochschiebt und dann die Hand in den Slip schiebt, um einen Finger in die Vagina zu stecken. Ich bin angewidert.

«Tut das nicht weh?», frage ich.

«Nur am Anfang.»

«Und was gefällt dir daran?»

«Man kommt dem anderen näher.»

Bevor wir das Haus verlassen, gehe ich kurz ins Bad, verriegele die Tür und versuche, meine Vagina zu finden, irgendeine Öffnung jedenfalls, in die ein Finger passt. Wenn man dem anderen näherkommt, kommt man sich selbst vielleicht auch näher. Aber da ist keine Öffnung, nichts, nur Undurchdringlichkeit.

«Schließt du dich jetzt ein?», ruft Anna und hämmert mit den Fäusten an die Tür. «Was sind wir dann noch für Freundinnen? Gehen wir nicht mehr zusammen aufs Klo?»

Raoul öffnet uns die Tür und begrüßt uns auf französische Manier mit drei Küsschen. Er wohnt an der Metrostation Blanche in einem winzigen Zimmer mit zerwühltem Bett, Posters der Band «Bazooka» an den Wänden und Literatur über Fassbinder, Godard und Pasolini. Sein Fenster weist auf die Dächer gegenüber und während sie sich küssen, betrachte ich den untiefen Dachziegelhorizont. Raoul sieht wirklich gut aus, darüber hinaus ist er Grafikstudent und somit der erste Freund Annas, der nicht aus der Schule stammt. Seit der Geschichte mit Apostolos, dem Installateur, war mir klar, dass sie auf ältere Männer steht. Zwanzig, stell dir das vor!

Raoul ist sehr galant zu mir. «Anna spricht ständig von dir», sagt er, öffnet mit den Zähnen den Kronkorken und bietet mir ein Bier an. Ein eigenartiger Tagesbeginn, um elf Uhr vormittags Bier zu trinken. Danach gehen wir an die eisige Pariser Luft und ziehen uns die Mützen über die Ohren. Sie wollen mir Beaubourg zeigen. Wir marschieren bis zum Umfallen, machen alle zwei Stunden Halt für einen Kaffee oder Moules Frites oder eine Birnentarte, dann gehen wir nach Montmartre hoch. Wenn Raoul und Anna sich küssen, starre ich auf das Dessertlöffelchen oder meinen Mantelsaum.

«Wir müssen dir auch einen Freund finden», sagt Anna schelmisch.

Sie beschließen, mir Michel vorzustellen.

Michel kleidet sich genauso wie Raoul, schwarzes Hemd, Kette an der Hose, Lederjacke mit Buttons der «Sex Pistols», aber im Unterschied zu ihm hat er abstehende Ohren und einen melancholischen Blick. Ähnlicher Kleidungsstil sagt viel über eine Freundschaft aus. Anna und ich sind gerade in unserer Gothic-Phase und wir tragen romantische weiße Blusen mit enorm viel Spitzenbesatz und weißes Gesichtspuder. «The Cure» und Verlaine stehen zu gleichen Teilen Pate.

«Woher kennt ihr beide euch?», frage ich.

Sie hätten, so Raoul, dasselbe Internat besucht. Eines Tages hatte Michel vor der Zimmerkontrolle all seinen Müll fein säuberlich wie Schmetterlinge an die Wand gepinnt. Dem Inspekteur verschlug es angesichts dieser verwegenen Lösung die Sprache. Diese Geschichte machte unter den Zöglingen die Runde und Raoul war beeindruckt. Von Michel lernte er alles über die «Sex Pistols», die Situationisten, die Antirassismus-Bewegung «Marche des beurs» und kam über ihn mit den Berliner Autonomen in Kontakt. Ich frage mich nur, wie. Durch Zeichensprache vielleicht? Michel ist nicht sehr gesprächig. Ich mag Autisten, sie wirken wie Philosophen, aber könnte ich mich in ihn verlieben? Vorläufig reicht es mir, dass er sich in der antirassistischen Bewegung engagiert, Paris mit dem Fahrrad unsicher macht und alles, was er mir sagen will, zuerst aufzeichnet, als sei er stumm. Außerdem ist er ein Leidensgenosse, er trägt Brille. Wie küssen sich zwei Brillenträger?

Ich erfahre es am selben Abend. Man setzt die Gläser ab, legt sie auf Raouls Nachttischchen und versinkt nach und nach halbblind in den Kissen. Wenn man kurzsichtig ist, sieht der andere ohne Brille stets hübscher aus. Die Haut wirkt weicher, die Augen dunkel und verträumt. Bis die anderen die Pizzas bringen, küssen Michel und ich uns, aber nur das. Ich versuche, ihm das Hemd aufzuknöpfen. «Geht das nicht ein bisschen schnell?», fragt er.

Wir essen die Pizza auf dem Fußboden und Anna singt: «Avanti popolo alla riscossa, bandiera rossa trionfera!». Passt dieses Lied zu Pizza? Kann man gleichzeitig ja und nein sagen? Will ich oder will ich nicht? Kann man kirschroten Lipgloss tragen und den Haushaltsunterricht verfluchen? Kann man von der Freiheit träumen und seine eigene Vagina nicht finden? Als Anna und ich am Abend in der Dachkammer zu Bett gehen, rede ich wirres Zeug, halbbetäubt vom morgendlichen Bier und vom abendlichen Wodka.

Sie hat die Arme über der Bettdecke gekreuzt und hört mir aufmerksam zu. Sie denkt nach.

«Was sagst du dazu, Anna?»

Äh, sie sagt gar nichts. Und sie denkt auch nicht nach.

Sie schläft.

Ich gehe barfuß nach unten zur Toilette. Anna schläft noch, aber ihr Papa hat es sich im Samtsessel mit der verschlissenen Rückenlehne bequem gemacht, als sei er Pfeife rauchend und Liberation lesend direkt den Fotografien entstiegen.

«Endlich lerne ich das Alter Ego meiner Tochter kennen!», sagt er und reicht mir die Hand. Sein Handschlag ist so kräftig, dass meine Fingergelenke knacken.

«Ich würde sagen, wir frühstücken auswärts, einverstanden? Es ist so schön sonnig.» Durchs Fenster deutet er auf ein kleines Café auf der anderen Straßenseite. «Dort bin ich Stammgast.»

«Und Anna?»

«Sie ist kein Krüppel. Wenn sie aufwacht, weiß sie uns zu finden.»

Durch die Glasscheibe betrachten wir die Passanten, die zurückblicken. Ich bestelle heiße Schokolade und Croissant, Annas Papa trinkt Kaffee pur. Ich versuche ihn mir mit Antigoni vorzustellen, in Momenten, die erwachsene Paare miteinander teilen. Wenn er, sagen wir, seinen Finger in ihre Vagina steckt.

«Warum lachst du?», fragt er.

«Ach nichts, ich habe gerade an etwas Witziges gedacht.»

«Und das willst du mir bestimmt nicht sagen, was? Ich schätze Menschen, die ihre Gedanken für sich behalten.»

Annas Papa redet nicht, wie ich dachte, ständig über die Linke, über Autonomiebewegungen und revolutionäre Taktiken. Er streicht sich den Bart und erzählt mir lustige Geschichten über seine ersten Jahre in Frankreich, wie er anfangs die Metrostationen durcheinanderbrachte, wie er einmal seinen Wohnungsschlüssel vergaß und die ganze Nacht im Stiegenhaus zubrachte. Er erzählt mir auch einen politischen Witz. «Ein Linker sitzt in einem Taxi. Er sagt zum Taxifahrer: Hier biegen Sie links ab, hier wieder links, dann andersherum.» Plötzlich verfinstert sich seine Miene. Er setzt die Brille ab, reibt sich die Augen mit den Fäusten und blickt mich nachdenklich an. Es verstreichen ein paar Minuten, bevor er spricht.

«Was ist das für eine Geschichte mit dem Erdbeben? Was denkst du darüber, Maria?»

«Ich weiß nicht. So ängstlich habe ich Anna zum ersten Mal gesehen.»

«Ängstlich? Bloß ängstlich? Ich würde sagen: verzweifelt, völlig verschreckt. Was hat sie dir erzählt? Kehrt sie mit dir zusammen nach Athen zurück?»

«Darüber haben wir noch nicht gesprochen.»

«Es wäre schade, wenn sie das ganze Schuljahr verliert.»

Anna soll die letzte Klasse der Unterstufe wiederholen und ich die Oberstufe besuchen? Undenkbar!

«Wollen wir beide uns verschwören? Willst du sie überzeugen, nach Athen zurückzukehren? Du bist der einzige Mensch, auf den Anna hört.»

Sie hört auf mich? Auf mich?

«Und wenn ihr die Schule abgeschlossen habt, hole ich euch beide nach Paris. Dann könnt ihr hier in der Dachkammer wohnen, ich übernehme alle Kosten. Was wolltet ihr studieren? Psychologie?»

Ich habe Anna noch nicht gesagt, wie schrecklich ich Papanoutsos' Lehrbuch finde. Und auch nicht, dass ich beschlossen habe, Kunst zu studieren.

«Ich bin noch unentschlossen.»

«Also? Gilt unsere Abmachung?»

Wiederum folgt ein Handschlag, noch kräftiger diesmal. Meine Fingergelenke knacken erneut. Annas Papa sagt, ich solle ihn duzen und Stamatis nennen. Die Welt wird klarer. Ein kostenloses Studium in Paris. Ein warmes Croissant auf der anderen Straßenseite, spendiert von Stamatis. Die Kunsthochschule. Junge Männer wie Raoul und Michel. Ein menschliches Schutzschild um die Araber zu schützen. Pizza essen am Fußboden. Bier am Morgen, als spielten wir in einem französischen Avantgarde-Film. Und neben mir Anna, meine beste Freundin.

Wenn man vom Teufel spricht … Aufgebracht stößt sie die Drehtür auf.

«Wenn du das noch einmal machst, rede ich nie wieder mit dir!»

Das sagt sie nicht zu mir, sondern zu ihrem Vater. Sie liebt ihn über alles. Sie will ihn für sich allein.

Den ganzen Tag über ist sie mir böse. Wir durchqueren den Parc des Buttes Chaumont wie zwei Geherinnen im Wettstreit. Anna legt Wert darauf, immer einen Schritt voraus zu sein.

«Anna, wenn ich gewusst hätte, wie wichtig es dir ist, hätte ich dich aufgeweckt.»

«Du hättest es dir denken können.»

«Aber wie denn?»

Anna zuckt die Achseln. Sie kann es nicht ausdrücken. Sie hat gelernt, ihr Sandwich in der Pause zu teilen, nicht aber ihren Papa.

«Ich verzeihe dir nur, wenn wir heute Abend Partnertausch machen.»

«Bist du verrückt? Raoul gefällt dir doch!»

«Michel gefällt mir noch besser. Ich habe nicht gewusst, wie klug er ist.»

«Dann nimm dir auch noch Michel, mir doch scheißegal!»

«Nein, so funktioniert das nicht. Wenn du meinen Papa mit mir teilen willst, dann teilst du auch Raoul mit mir!»

«Und woher weißt du, dass Raoul es will?»

«Oh, der hat kein Problem damit. Wir sind in Paris, vergessen? Hier gibt's keine Kleinbürger.»

Wir treffen uns zu viert in einem Café in Les Halles. Als sich Anna zu Raouls Ohr beugt und ihm etwas zuflüstert, zwinkert er mir zu. Sie sind verdorben und zügellos. Im Namen der Freiheit oder um ein Exempel zu statuieren, bringen sie mich dazu, Dinge zu tun, die ich nicht will. Wir gehen ins Kino, in einen Film von Wim Wenders. Ich sitze ganz am Rand, neben mir Raoul, dann Anna und am anderen Ende Michel. Ich fürchte, der Ärmste weiß gar nicht, wie ihm geschieht und fühlt sich überrumpelt. Aber kurz darauf sehe ich, wie er und Anna sich im Dunkeln küssen, und spüre Raouls Atem in meinem Nacken. Ich lehne mich an seine Schulter und versuche, locker zu bleiben. Egal, was kommt. Michels Hand kriecht von Annas Knie unter ihren Rock und tastet sich blind voran. Ich bin völlig konfus.

Ich befürchte, dass Anna eine Vagina hat und ich nicht.

Stamatis gehe ich weiträumig aus dem Weg. Von Annas Rücken verdeckt werfe ich ihm mal ein Guten Morgen, mal ein Auf Wiedersehen zu.

«Bleib hier, wo willst du hin? Hol Anna her, ich will euch einen Witz erzählen.»

Anna kommt unwillig die Treppe herunter. «Was willst du, Papa?»

«Sei nicht so gereizt! Ich habe einen guten Witz gehört.»

Stamatis holt einen Teebeutel aus der Küche. «Also, das hier ist eine US-Rakete», sagt er. «Als die Russen sie sehen, wollen sie genau die gleiche haben. Sie fragen die Amerikaner nach dem Preis. Zehn Millionen Dollar, lautet die Antwort.» Stamatis zupft das Papierschildchen mit dem Firmennamen ab. «Dann fragen die Russen die Amerikaner: Und wie viel kostet sie, wenn wir dieses Zubehör weglassen? Sieben Millionen Dollar, lautet die Antwort. Dann kann die Rakete aber nicht fliegen.» Stamatis trennt auch den Bindfaden von Teebeutel ab. «Und wenn wir auch das weglassen, wie viel kostet die Rakete dann?» Zum Schluss reißt er den Teebeutel auf und leert den Inhalt auf einen Unterteller. Der lose Tee verkörpert den Treibstoff. «Jetzt ist die Rakete ein Schnäppchen. Aber wie soll sie ohne Treibstoff fliegen?, fragen die Amerikaner.» Stamatis baut den leeren Teebeutel auf dem Tisch auf, zündet die eine Ecke mit seinem Feuerzeug an und zählt den Countdown auf Russisch. Der Teebeutel steigt langsam zur Decke hoch und kehrt schwebend zum Tisch zurück, wo er als Häufchen Asche liegen bleibt.

Ich klatsche begeistert.

Anna blickt ihn verbittert an. «Das ist eine Beleidigung für die Russen, Papa!»

«Seit wann bist du Russin?»

Anna stöhnt auf. Sie stürmt, jede zweite Stufe nehmend, die Treppe hoch und knallt die Tür hinter sich zu. Ich laufe ihr hinterher.

«Lass mich, *merde!*», ruft sie.

Sie hat sich ein Kissen über den Kopf gezogen.

«Anna, warum kommst du nicht mit mir? Ist es nicht Zeit, nach Athen zurückzugehen?» Ich denke an meine Abmachung mit Stamatis und das Studium in Paris.

«Weiß nicht.»

«Komm, wir trinken eine heiße Schokolade gegenüber. Vielleicht findest du es dann heraus.» Wir wickeln uns in unsere Schals und poltern die Treppe hinunter.

«Eigentlich bin ich gekommen, um dich mit nach Hause zu nehmen», sage ich, während ich meine heiße Schokolade umrühre.

«Weiß nicht.»

«Du bist unverbesserlich! Aber ich kann ohne dich nicht leben.»

Wir sitzen hinter der Glasscheibe im Café und lesen, wie von Michel anbefohlen, den neuesten Ausgabe von Actuel. Anna durchbohrt einen älteren Mann, der neben uns den Figaro liest, mit ihren Blicken. Danach schaut sie mich lächelnd an, als hätte sie ein Weilchen gebraucht, um zu realisieren, was ich eben gesagt habe.

«So ist das also? Du kannst ohne mich nicht leben?»

Wie ihr die großen Worte gefallen! Und wie sie zwischen den Gefühlen hin- und herwechselt, als würde sie einen Lichtschalter ein- und ausschalten! Zorn, Zärtlichkeit, Eifersucht, Liebe. Aber ich brauche Zeit, um mich zu erholen und meinen Zorn zu unterdrücken. Anna hat es zu weit getrieben. Ich mag es nicht, wenn man mir sagt, wen ich küssen soll und wie lange. Ich frage mich: Will ich wirklich, dass sie zurückkommt? Oder tue ich es für das von Stamatis versprochene gratis Studium?

«Kannst du ohne mich leben?», frage ich zurück.

«Ich glaube nicht.»

«Ja, dann?»

«Einverstanden, ich komme mit.»

Wir umarmen uns. Anstelle von Erleichterung verspüre ich ein Unbehagen. Anna ist nach wie vor meine beste Freundin. Nur ich selbst bin nicht meine eigene beste Freundin.

Michel und Anna küssen sich die ganze Zeit. Raoul öffnet Kronkorken mit den Zähnen und blättert in «La distinction» von Bourdieu. Ich sitze in Stamatis' Sessel und kralle meine Nägel in den verschlissenen Samt. Ich will weder lesen noch küssen. Ich will kein Bier trinken. Ich will heulen. Ich springe auf, reiße die Haustür auf und schlage sie hinter mir zu. Der Wind ist eisig und ich stehe nur in der Bluse auf der Straße.

Ich muss ein Ikeja finden, irgendein Ikeja, in dem ich einfach nur ich sein kann. Mittlerweile kann ich meinen Koffer packen, ganz ohne Eier oder zerbrechliche Gegenstände, auch Busfahrern stelle ich keine ahnungslosen Fragen mehr. Ich werde in einen Zug steigen, den Koffer ins Gepäcksnetz über meinem Sitz hieven und die Landschaften an mir vorüberziehen lassen. Mit den Bäumen lasse ich auch meine Gedanken – zumm, zumm – hinter mir, und mein Kopf wird ganz leer – sssssch – und ich werde nur noch das Mädchen im Zug sein.

Es ist kalt, bitterkalt. Notgedrungen muss ich die Geschichte ein wenig abändern: Ein Junge tritt ins Abteil und legt mir eine rot-geblümte Decke um die Schultern. Es ist meine Kinderdecke, es tut mir leid, dass ich mich der Not beuge, aber jemand muss mir etwas zum Zudecken bringen. Seine Augen sind so feucht wie die von Raoul, er hat das Fahrrad von Michel dabei, er schenkt mir seine sparsame Aufmerksamkeit, ganz wie Angelos, gerade so viel, dass ich mich in ihn verliebe, ohne dass er den kleinen Finger rührt. Aber da mir die selbsterfundene Geschichte überhaupt nicht gefällt, tauche ich in die Metrostation und kauere mich hin, der warme Luftstrom verschafft mir Erleichterung, ich bewege den Kopf hin und her, um alle Gedanken abzuschütteln, sinke auf den Bodenfliesen zusammen und beginne zu weinen. Keiner spricht mich an, keiner fragt mich, was ich habe. Wir sind in Paris und – wie hat Anna es ausgedrückt? – hier gibt's keine Kleinbürger.

«Wo warst du?», fragt Anna. Sie steht am Abwaschbecken und reinigt das Geschirr, ohne sich nach mir umzuwenden.

«Ich wollte allein sein.»

«Dann sag Bescheid, damit sich nicht alle Leute deinetwegen Sorgen machen.»

«Was für einen Sinn hat es, davon zu reden, dass man allein sein will?»

«Du bist ein Mensch in einer Gemeinschaft, kein Wolf. Außerdem lebt auch ein Wolf im Rudel.»

«Ich bin in der Tat kein Wolf. Der Wolf bist du.»

«Wie bitte?»

«Du reißt alle in Stücke. Du willst alles nur für dich!»

Anna dreht den Wasserhahn zu und stemmt die Hände in die Hüften. Ihre Augen schleudern Blitze. Die Augenbraue mit der hellen Stelle schnellt in die Höhe. Das Grübchen am Kinn vertieft sich.

«Was du beschreibst, nennt man Kollektiveigentum oder auch Freiheit. *Merde,* dafür haben wir doch gekämpft!» Ja, es klingt, als hätte sie eigenhändig dafür geschuftet, als hätte sie soeben die Hacke aus der Hand gelegt.

«Das sagst du, weil es dir in den Kram passt, Anna.»

«Dann stell mich auf die Probe. Du kannst alles von mir verlangen.»

«Ich lasse mich nicht auf einen Wettkampf ein, wer den längeren Atem hat.»

Aber sie wohl. Suchend blickt sie sich um, nur wonach? Nach einem Strick, um sich aufzuhängen und mir zu zeigen, dass sie sich für mich aufopfert? Nach einer Waffe für die kommende Revolution? Sie schlägt eine alte Ausgabe von Actuel auf und deutet mit dem Finger auf den Ausspruch von Foucault, dass wir nicht die Seele oder den Menschen hinter dem Verurteilten suchen, sondern die grundsätzliche Grenze zwischen Unschuld und Schuld auslöschen wollen.

«Schön, na und?»

Mit einer Handbewegung wischt sie Stamatis' Bücher vom Tisch, es sind nicht mal ihre eigenen.

«*Merde, merde!* Gerade du verpasst mir eine Lehrstunde in Moral?»

«Ich?»

«Willst du mir ein schlechtes Gewissen machen? Womit kann ich dich überzeugen? Soll ich nach draußen betteln gehen?» Sie packt ihren Mantel und stürmt zur Treppe. Ich laufe ihr hinterher. Sie überquert die Straße, ohne nach rechts oder links zu blicken, rennt zwei Stufen auf einmal nehmend die Stiege der Metrostation hinunter, setzt sich auf den Boden und beginnt ein Lied von Françoise Hardy zu singen. *«Que sont devenues tous mes amis, et la maison où j'ai vecu?»* Jemand gibt ihr einen halben Franc, ein anderer eine Handvoll Centimes. Klar, mit voller Absicht hat sie ein sentimentales Lied gewählt. Am Schluss hat sie fünf Franc beisammen. Die ganze Zeit stehe ich ihr gegenüber, mit dem Rücken zur Wand. Was will sie damit beweisen?

«Damit du weißt, was Kollektiveigentum bedeutet, gebe ich eine *chocolat à l'ancienne* aus», sagt sie. Sie breitet ihre Arme aus und ich schmiege mich hinein. Wir sind zwei kleine Bettlerinnen der Liebe.

Denn Anna liebt mich schließlich. Sie macht sich für mich zum Gespött.

Roman macht Stamatis' Wohnung zweimal pro Woche sauber. Ich spioniere ihr hinterher, während sie das Waschbecken putzt. Sie ist eine pummelige Afrikanerin unbestimmten Alters und mir überhaupt nicht ähnlich. Außer, die Ähnlichkeit bezieht sich auf

Afrika, den Ort unserer Herkunft, oder darauf, dass wir beide häufig seufzen.

«Wo kommst du her, Roman?»

«Aus Kenya, Nairobi.»

«Und gefällt es dir hier?»

«Gut, ich habe Arbeit.»

Ich atme den Geruch ihres Körpers ein. Wie alle Afrikanerinnen erinnert sie mich an Gwendolyn.

«Kennst du ein Sprichwort, das heißt: Sieht eine reife Frucht einen braven Menschen, fällt sie vom Baum?»

«Nein, Madame.»

«Sag nicht Madame zu mir, ich bin keine Madame.»

«Natürlich bist du das», ruft Anna, während sie die Treppe herunterhüpft. «Wir sind alle Damen.» Das ist ein Satz von Antigoni.

«Kannst du Puff-Puff machen?»

Roman lacht auf. «Woher kennen Sie Puff-Puff?»

Ich erzähle ihr von Gwendolyn, Unto Punto und dem Haus in Ikeja, als würde ich über einen anderen Menschen sprechen, nicht über mich. Meine Erinnerungen sind verblasst. Sie ähneln Filmen von Antonioni, ohne Realismus, aber auch ohne Gefühl.

Anna zieht mich an der Hand und drängt mich zur Haustür.

«Du brauchst etwas Süßes, schätze ich.»

Wir betreten eine Bäckerei und sie bestellt ein Dutzend *chouquettes* – warme, mit Hagelzucker bestreute kleine Brandteigkrapfen. In fünf Minuten haben wir sie verputzt.

«Wenn wir hier an die Uni gehen, kaufe ich dir jeden Tag *chouquettes*», sagt sie mit vollem Mund.

«Ich habe beschlossen, Kunst zu studieren. Habe ich das schon erwähnt?»

«Du willst auf schwarzem Untergrund Unsinn zeichnen?»

«Nein, ich werde mich steigern, du wirst schon sehen.»

«Und ich?»

«Was, und du? Wolltest du nicht Psychologie studieren?»

«Ich glaube, dass wir beide die gemeinsame Aufgabe haben, füreinander da zu sein.»

Anna, nein! Bitte nicht, *merde*.

«Um Ihren Körper zu entdecken, sollten Sie sich in einen privaten Raum zurückziehen und sich Zeit nehmen», steht im ersten Band des Handbuchs Harmonie der Liebe. Mama und Papa sind mit Tante Amalia auf eine Hochzeit eingeladen. Die Wohnung gehört bis zum Abend mir allein. Ich schließe mich ins Bad ein. Jetzt oder nie! «Sie benötigen einen Taschenspiegel», steht in Harmonie der Liebe. «Spreizen Sie die äußeren Schamlippen auseinander und betrachten Sie Ihren Körper im Spiegel. Lernen Sie ihn lieben.» Aber es klappt nicht, gleichzeitig die Schamlippen auseinanderspreizen und den Taschenspiegel in der Hand zu halten. «Die Klitoris liegt zwischen den beiden äußeren Schamlippen verborgen. Reiben Sie sie sanft und ausdauernd und fühlen Sie, wie sie bei jeder kreisenden Fingerbewegung steifer wird.»

Es ist ein bisschen wie Zeichnen. So, als würde man auf einer kleinen Fläche immer neue Schichten mit dem Kohlestift auftragen, bis die Sehnen der Hand schmerzen. Durch die Wiederholung verändert sich etwas: Die Haut strafft sich, fühlt sich elektrisiert an. Irgendwann, ganz unerwartet, öffnet sich der Körper in zitternde Scheiben, in homozentrische Kreise. Ich nehme meinen Bauch wahr wie ein umgedrehtes Kleidungsstück und sehe, woraus er besteht. Ich flute unter der Haut, in einem tiefen, elastischen, dunklen Raum voller Nervenenden. Kaum ist mir das alles bewusst geworden, bin ich – zack – wieder zurück. Nichts ist mehr so wie vorher. So irgendwie stelle ich mir das absolute Glück vor. Du kämpfst dafür, entdeckst es für Sekunden, dann gleitet es dir durch die Finger und puh, alles geht wieder von vorne los. Bei jedem Versuch brauche ich länger, mein Kopf fühlt sich verquollen und kribbelig an. Selbst als es dunkel wird, sitze ich immer noch auf der Toilette. Die Luft ist stickig, mein Schweiß riecht stärker als sonst. Meine Beine werden auf dem Fliesenboden gefühllos. Im Spiegel offenbart sich eine kleine, feuchte Höhle.

Da ist sie, meine Vagina! Eine halb geöffnete Muschel! Mein Gott, ich esse nie wieder Meeresfrüchte!

Ich stehe auf und wasche mir erschöpft die Hände. Trotz der Seife bleibt der Muschelgeruch an den Fingern haften wie Grilldunst, der in Tavernen ohne Dunstabzug in den Kleidern hängen bleibt.

«Was machst du gerade?», fragt Anna am Telefon.

Das Wort «gerade» alarmiert mich. «Nichts», antworte ich.

«Gehen wir spazieren?»

Endlich habe ich ein Geheimnis. Ein neues Ikeja, eine zerkaute Heuschrecke im Mund, ein Ei, das zerbricht und am Boden meines Koffers seinen Geruch verströmt.

«Du bist heute so abwesend», sagt Anna, als wir uns treffen.

«Ich bin müde.»

Wir setzen uns auf eine Bank auf dem Exarchia-Platz, sie bettet ihren Kopf auf meine Knie.

«Ich habe beschlossen, auch Kunst zu studieren.»

«Ah, schön.»

«Ist das alles, was du dazu zu sagen hast?» Anna wirft mir einen schrägen Blick zu. Seit wir zurück sind, ist sie noch reizbarer. Hört sie ein Dröhnen, wird ihr Körper ganz steif und sie fragt: «Erdbeben?» Wenn sie Angst hat, wird sie noch hübscher. Wenn sie klagt, auch. Sie reißt die Augen weit auf, wirft ihr Haar nach hinten und beißt sich auf die Lippen, als mache sie eine schwere Existenzkrise durch.

«Ich glaube, dass wir etwas Unterschiedliches studieren und trotzdem beste Freundinnen bleiben können.»

«Ach ja?»

«Wir müssen doch nicht genau dasselbe machen, Anna.»

«Dann entfernen wir uns voneinander und trennen uns schließlich, so wie deine Mama und Mrs. Steedworthy. Oder Antigoni und Françoise.»

Françoise war Antigonis beste Freundin und eine politische Kämpferin wie sie. Dann heiratete sie, bekam drei Kinder und füllte nur noch die Waschmaschine mit vier Ladungen täglich. Sie hatte keine Zeit mehr, um auf einen Kaffee zu gehen oder über die Revolution zu diskutieren.

«Wir werden uns nie trennen.»

«Und was ist im Sommer?»

«Im Sommer nehme ich dich mit nach Ägina.»

«Ach was, du bist doch den ganzen Tag mit Angelos beschäftigt.»

Das ganze Schuljahr über träume ich von Angelos, aber ich bin nicht mehr nervös. Ich kenne die Tricks. Ich mache Riesenschritte auf dem Weg zur Harmonie der Liebe.

«Du bringst mich noch ins Grab!», sagt Mama.

Sie steht an der Türschwelle und deutet auf meine am Boden verstreuten Kleider und Bücher, die schwarzen Zeichnungen, die rund um den Plattenspieler verstreuten Schallplatten.

«Was für ein Chaos! Sag bloß, bist du überhaupt eine Frau?»

Mama glaubt, dass man nur eine Frau ist, wenn man Staub wischt, Kleider näht und Linsen kocht.

«Ich räume alles auf! Sei nicht so hysterisch!»

Der Pantoffel, den sie auf mich schleudert, streift mich nur. Während ich sie aus dem Zimmer zu drängen versuche, zwängt sie den anderen Pantoffel in den Türspalt und versehentlich ramme ich mit der Tür gegen ihren Fuß. Mama schreit auf. Da sitzt sie nun, zieht eine unvorteilhafte Grimasse und heult. In der letzten Zeit heult sie oft. Weil ich mein Gewand nicht wegräume, weil ich abends zu spät nach Hause komme und mich mit Nichtsnutzen herumtreibe, weil ich keine Rücksicht auf sie nehme. Um abzunehmen, läuft sie in einem schwarzen PVC-Saunaanzug durch die Wohnung wie ein übergewichtiger Astronaut. Der Saunaanzug knistert beim Gehen wie eine Mülltüte. Es ist ein unglaublich nervendes Geräusch, das nur aufhört, wenn Mama sich auf die Couch legt, um die neueste Folge des romantischen Thrillers Der silberne Falke aus der Zeitschrift Die Frau zu lesen.

«Tut mir leid», wispere ich.

Mama heult nicht über ihren Fuß, das hier ist ein anderes Weinen. Ein dünner, unartikulierter Ton dringt aus ihr heraus, als käme er aus ihrem alten, schlanken Körper, aus der Tiefe ihres schwarzen PVC-Anzugs.

«Ich halte es nicht mehr aus», sagt sie.

Ich umarme sie, nicht weil ich es will, sondern weil sie es will.

«Was habe ich bei dir nur falsch gemacht?»

Es wäre schön, wenn sie einmal sagen würde: «Was habe ich bei mir selbst nur falsch gemacht?»

Bevor sie für eine Schilddrüsenoperation ins Krankenhaus geht, füllt sie noch die Tiefkühltruhe mit Biftekia. Papa und ich essen stumm vor dem Fernseher, während wir «Dallas» schauen.

«Was macht die Schule?», fragt er.

«Alles gut», antworte ich.

Zwischen den Kaugeräuschen beim Verzehren der Biftekia ist J. R.'s Stimme zu hören: «Glaub ja nicht, dass du damit durchkommst. Das wirst du mir büßen!»

An den Nachmittagen schließe ich mich in die Toilette ein. Ich habe zu tun.

Abends lese ich abwechselnd den Cosmopolitain, um erotische Tricks zu lernen, die Angelos gefallen sollen, und Das zweite Geschlecht von Simone de Beauvoir, um andere Dinge zu lernen, die mir selbst gefallen. Ich gehe erst lange nach Mitternacht schlafen, betrachte die Lichtreflexe der Autoscheinwerfer an der Zimmerdecke und träume, die perfekte Frau zu sein: revolutionär wie Beauvoir, ordentlich wie meine Mama, blond wie Anna und gekleidet wie die Frauen auf dem Cover des Cosmopolitain. Eine solche Frau muss eine bizarre Erscheinung sein, beinah ein Monster.

Ich muss mich entscheiden.

«Also, planen wir unser Vorgehen.»

Anna sitzt auf dem Bett, das wir jedes Jahr bei Tante Amalia teilen.

«Es hilft einfach nichts, er interessiert sich nur für Steine.»

Angelos ist schließlich doch nicht Atomphysiker geworden, sondern hat sich an der Fakultät für Agrarwissenschaft eingeschrieben. Mit seinen Kommilitonen klettert er die Berge hoch und gräbt Fossilien aus. Er hat eine 500er-Maschine und wenn man ihm auf der Küstenstraße von Ägina begegnet, kann man die Augen nicht von ihm wenden. Sein krauses Haar weht im Wind, die weißen Jeans sitzen selbst am Knie perfekt und das Lederbändchen am Handgelenk verleiht ihm eine romantische Wildheit. Angelos ist der erste Rechte, der mir gefällt. Okay, er ist nicht wirklich rechts, er ist apolitisch. Die Politik hat er durch die Ausgrabungen ersetzt. In den Sommern wachsen wir zusammen heran. Mit seinen Schwestern spricht er gar nicht, mir wirft er ein zwischen den Zähnen herausgepresstes «Hallo» zu, aber er ist ein lieber Kerl. Er hat die strenge Gutherzigkeit, die ich an jungen Männern schätze. Er könnte nie ein «ausgelutschtes Bonbon» sein wie die Typen von der Varvakios-Schule. Er ist kein arrogantes Arschloch.

Als wir auf Ägina ankamen, musterte Anna ihn von oben bis unten. Sie finde ihn ziemlich langweilig, meinte sie, respektiere aber meine Wahl. Jetzt sitzen wir auf dem Bett und schmieden Pläne.

«Ich borge dir meinen blauen Mascara», sagt sie. «Du musst dich sorgfältig kleiden, wenn du ihn bezirzen willst.»

Es überrascht mich, wenn Anna über Kleider, Schminke oder «Bezirzen» spricht. Ich habe noch ein früheres Bild von ihr im Kopf, als sei sie ein geschlechtsloses Kind, das ohne Vorwarnung erwachsen geworden ist. Ständig muss ich mir in Erinnerung rufen: Schau sie dir an, sie trägt khakifarbene Shorts, hat ihre Wimpern mit blauem Mascara geschminkt, sie ist unwiderstehlich.

«Und hör auf, an deinen Nägeln zu kauen!», ruft sie.

Anna hat ihr Fingernägel farblos lackiert. Ihr Haar duftet. Am Handgelenk trägt sie einen Armreif mit grünen Steinen. An ihren Ohren baumeln halbmondförmige Ohrringe.

«Zeig mir, was ich tun soll.»

Anna lacht auf. Sie bestreicht meine nicht vorhandenen Nägel mit einer Lackschicht. Dann holt sie ihre Haarbürste und scheitelt mein Haar. Sie borgt mir Ohrringe und ihren neuen Jeansrock. Schluss mit dem weißen Gesichtspuder und dem dunklen Lippenstift! Wir sind wieder richtige Mädchen.

«Perfekt», sagt sie.

«Was mache ich mit der Brille?»

«Die Brille ist deine ganz besondere Note, Maria!»

Sie packt mich an den Schultern und dreht mich zum Ganzkörperspiegel des Kastens. Zuerst sehe ich ihr Spiegelbild – das engelhafte Gesicht, ihr Grübchen, den tiefen See ihrer Augen. Zuerst denke ich, ich wäre sie. Als Anna mich aus meinen Gedanken reißt, kann ich die Wirklichkeit nicht länger verleugnen: Ich bin völlig farblos, meine Augen und mein Haar sind so braun wie ein Kotfleck, zurecht nannte mich Angeliki «Kleenex». Wieso ist sie so hübsch? Wieso gibt es keinen kommunistischen Gott?

«Mach den Mund auf, *merde*! Rede mit ihm!»

Angelos nähert sich mit seiner Maschine, stützt den einen Turnschuh auf den Gehsteig ab und lässt den Motor grundlos aufheulen.

«Na, geht ihr spazieren?»

«Ähm, ja», antworte ich.

Gleich werde ich ohnmächtig, denke ich. Seit ich die seltsamen Reaktionen meines Körpers entdeckt habe, schäme ich mich vor Männern. Ich habe Angst, sie könnten erraten, was ich auf der Toilette tue. Bei Angelos ist es noch schlimmer. Die Stimme versagt mir schon, bevor sie aus meinem Mund dringt. Ich kann ihm nicht ins Gesicht sehen, denn meine Augen sagen: «Ich brauche deine Küsse.» Anna ist meine Rettung.

«Fährst du uns zu dritt nach Hause?»

Sie kneift mich auf ihre typische Art, um mich darauf hinzuweisen, dass ich zuerst aufsteigen und ihn um die Taille fassen soll. Als sie dicht hinter mir Platz nimmt, kommt der schönste Moment des Sommers: Anna beschützt mich, Angelos geleitet mich. Ich träume, dass wir fliegen, dass ich kein Gewicht mehr habe, keine Ideen, selbst keine Vagina. Wir haben keine Körper mehr. Wir sind Engel und reisen über den Himmel.

Als wir zu Hause sind, stellt Angelos den Motor aus und ich lande abrupt in der Wirklichkeit. Beim Absteigen streift mein Bein ans glühend heiße Auspuffrohr. Ich kann jetzt unmöglich aufschreien, denn Angelos schaut zu mir herüber. Ich beiße mir auf die Lippen. Ein rotes, kreisrundes Mal zeichnet sich auf meiner Haut ab. «Das Mal von Angelos», denke ich. Selbst der Schmerz lässt die Liebe wachsen.

Sie streichen mir eine Brandsalbe auf die Wunde und verbinden das Bein. Ich bin die Patientin und sie kümmern sich um mich. Sie bringen mir einen Zeichenblock. Anna liest mir etwas Unverständliches aus «Fragmente einer Sprache der Liebe» von Roland Barthes vor: «Ich kann vom Umherirren (dem Lieben) nicht lassen, aufgrund eines alten Makels, der mich in den fernen Zeiten der frühesten Kindheit der Gottheit des Imaginären geweiht und mich mit einem Sprachzwang belegt hat, der mir, von Hafen zu Hafen, ‹Ich liebe dich› zu sagen eingibt, bis ein anderer diese Formel auffängt und sie mir erwidert.»

Angelos kauft mir das neueste Micky Mouse-Heft. Martha und Fotini machen mir ein Giotis-Schokoladenmousse. Danach sitzen alle am Fußende meines Bettes und reden über Gott und die Welt. Sie sind meine neue Familie. Wir gehen zusammen nach Paris, Anna und ich studieren Kunst oder Psychologie, mal sehen. Angelos macht ein Aufbaustudium in Geologie. Martha und Fotini kochen für uns.

Vielleicht ist Gott doch ein Kommunist.

«Kann ich reinkommen?» Angelos steckt den Kopf durch die Tür.

«Natürlich», sage ich.

Er setzt sich gegenüber von meinem Bett auf den Mosaikboden. Wir beginnen eine jener philosophischen Diskussionen, die stets im Sand verlaufen. Über das Studium, die Menschen, den Tod und so weiter und so fort.

«Überlegst du, ein Aufbaustudium zu machen?», frage ich.

«Kommt darauf an. Es gibt hier ein Mädchen ...», sagt er lächelnd.

«Kenne ich sie?»

«Drei Mal darfst du raten.» Er rutscht auf den Knien bis zu meinem Bett und stützt das Kinn auf mein Kissen. «Ich frage mich, ob sie auch, du weißt schon ...»

«Du kannst sie fragen», sage ich mit trockenem Mund.

«Gut, ich frage sie. Was glaubst du?»

«Ich glaube, ja. Mit Sicherheit sagt sie ja.»

Angelos drückt mich kräftig an sich, küsst mich aber noch nicht. Er ist schüchtern und hochrot im Gesicht und mein Herz klopft zum Zerspringen.

«Sie hat es dir also gesagt?», fragt er und atmet dabei in mein Haar.

«Was denn?»

«Anna hat dir gesagt, dass sie sich für mich interessiert?»

Ich bekomme Fieber. Tante Amalia sagt, ich hätte mir eine Bauchgrippe geholt. Frau Pavlina sagt, es könnte psychosomatisch sein, weil ich mich auf dem Motorrad erschreckt habe. Im Buch von Roland Barthes habe ich die Erklärung gefunden: «Manchmal produziert mein eigener Körper auf geradezu hysterische Weise den Zwischenfall: einen Abend, auf den ich mich gefreut, eine feierliche Erklärung, von der ich mir einen heilsamen Effekt erwartet habe, blockiere ich durch Magenschmerzen, durch eine Grippe: durch alle erdenklichen Substitute der hysterischen Sprachlosigkeit.» So heißt meine Krankheit: hysterische Sprachlosigkeit.

Martha und Fotini bringen mir Groschenromane, die immer von irgendeiner Rachel, Betty oder Nerina verfasst sind und dramatische Titel tragen: Das große Missverständnis oder Der Preis der Liebe oder Die Zeit ist kurz. Sie haben sie in einem Tag ausgelesen und heulen sich die Augen dabei aus, dann warten sie auf den nächsten Donnerstag, bis das folgende Heft herauskommt. Ich mustere die Umschläge: Eine Frau, fast immer blond, fasst sich ans Herz und wirft einen Blick hinter sich, zu dem Mann, der sich ihr mit zwei Gläsern Champagner nähert. Oder eine Frau entfernt sich mit einem Koffer in der Hand und der Mann läuft ihr mit loser Krawatte hinterher. Oder beide tanzen im Mondschein. Anna ist verschwunden. In meiner Fantasie fasst sie sich ans Herz und packt die Koffer, um mit Angelos in die Ferien zu fahren, oder sie tanzt mit ihm im Mondschein. Barthes schreibt, als sei er ihr Verbündeter: «Ungezählte Episoden, bei denen ich mich in jemanden verliebe, der von meinem besten Freund geliebt wird: jeder Rivale ist zunächst Meister, Führer, nachgeahmtes Vorbild, Vermittler gewesen.»

Tante Amalia drückt es einfacher aus, während sie ihre Lockenwickler feststeckt: «Deine Freundin ist eine ungezogene Göre.»

Eine ungezogene Göre, ja.

«Sie kann sich nicht, ohne Bescheid zu sagen, von morgens bis abends herumtreiben. Was soll ich ihren Eltern sagen?» Für Tante Amalia ist es unvorstellbar, dass es Eltern wie Antigoni und Stamatis gibt, die man duzt oder vor denen man raucht oder mit denen man auf Demos geht.

Ich drehe mich auf die andere Seite und stelle mich schlafend. In Wirklichkeit betaste ich die grob verputzte Wand und bohre meinen Daumennagel hinein. Irgendwo muss ich schließlich auch mein Mal hinterlassen.

Als sich ein leichter Wind erhebt, rascheln die Bougainvilleasträucher vor dem Fenster. Ihre Schatten fallen auf meine Bettdecke. Sie wirken wie Menschen, die sich küssen und wieder auseinandergehen, sich küssen und wieder auseinandergehen. Anna zieht sich im Dunkeln aus und legt sich neben mich. Sie klammert sich an mich und weint. Ihre Tränen tropfen auf meinen Rücken, sie kitzeln. Sie schlingt ihre Arme um meine Taille und es ist, als rasten wir beide auf einem stillstehenden Motorrad dahin. Als rasten wir nach innen, ganz tief zu uns selbst. Barthes sagt: «Die Eifersucht ist eine Gleichung mit drei Unbekannten (Unbestimmbaren): man ist immer auf zwei Personen zugleich eifersüchtig: ich bin eifersüchtig auf den, den ich liebe, und auf den, der ihn liebt. Der *odiosamato* (so heißt der ‹Rivale› im Italienischen) wird auch von mir geliebt: er interessiert mich, lässt mir keine Ruhe, er ruft mich.»

«Kannst du mir je verzeihen, Maria?»

Ich stelle mich schlafend. Anna drückt ihr Gesicht in mein Haar, sie atmet in meinen Nacken. Ihr Körper verströmt einen muffigen Geruch, wie die Silberlöffelchen, die Mama ständig putzt.

«Bitte, Maria, sag was …»

Sie drückt ihre Knie in meine Kniekehlen, wir werden zu zwei Löffelchen in der Besteckladе und dabei geht der muffige Geruch auf mich über. Die ganze Nacht lockert sie ihren Griff nicht, ich wache auf und schlafe wieder ein in ihrer erstickenden Umarmung. Erst am Morgen, als sie aufsteht und zur Toilette geht, begreife ich, dass der Geruch, der die ganze Nacht zu spüren war, ihr weiblicher Duft war. Ihre Muschel. *Odiosamato.*

Ich werfe die Bettdecke zurück und ziehe mich rasch an. Ich will kein Mitleid. Ich werfe den Badeanzug in meinen Rucksack, den Zeichenblock mit den Kohlestiften und die «Fragmente einer Sprache der Liebe». Auf Zehenspitzen schleiche ich mich aus dem Haus, leihe mir Fotinis Fahrrad aus und fahre stehend in die Pedale tretend bis nach Perdika. Ich kenne da ein paar Felsen. Dort will ich bleiben. Ich breite mein Handtuch in der Höhle aus, schlage den Block auf und beginne zu zeichnen. Bis zum Sonnenuntergang male ich Menschen mit Tigerschwänzen, Medusenhäupter mit Schlangenhaar und ausgefallene Tiere, die in der Natur nicht vorkommen. Als es dunkelt, lege ich mich Arm in Arm mit Barthes hin: «Die Angst des Liebenden: sie ist die Furcht vor einer Trauer, die bereits stattgefunden hat, von Anbeginn der Liebe an, von dem Augenblick an, da ich hingerissen war. Jemand müsste mir sagen können: Haben Sie keine Angst mehr, Sie haben ihn (sie) bereits verloren.»

Ihn-sie-ihn-sie-ihn-sie. Meine Zähne schlagen aufeinander.

Ich verspüre keinen Hunger, keinen Durst, keine Müdigkeit. Mit dem Blick folge ich einem gepunkteten Insekt, das mühsam mein Handtuch hochkrabbelt. Diese Szene habe ich schon einmal erlebt. Ich weiß, was ich tun werde: Ich strecke die Hand aus und stecke es in meinen Mund.

Ein wehrloses Insekt. Kalt und knusprig. Afrikanisch.

Anna und ich beschließen große Veränderungen: Wir schneiden unser Haar ab. Der September ist warm dieses Jahr und außerdem können wir unmöglich mit Zöpfen und Pferdeschwanz in die Oberstufe gehen. Tante Amalia bringt uns zu einem noblen Frisiersalon im Kolonaki-Viertel. Der Friseur heißt Gino und trägt einen Hahnenkamm mit orangeroten Locken. Eine junge Rothaarige bringt uns Zeitschriften mit Frisuren zum Durchblättern. Uns gefällt eine Bob-Frisur mit Pony und ins Gesicht fallenden Strähnen.

«Nein», sagt Gino. «Das passt nicht zu euch. Ihr seid doch junge Mädchen, probiert etwas Ausgefallenes!»

Er klappert ganz oben an meinem Hals mit der Schere und Ritsch-Ratsch landen meine Haare auf dem Boden. Ich sehe ein bisschen aus wie die Verurteilten von Foucault in der alten Ausgabe von Actuel, die versuchen, die grundsätzliche Grenze zwischen Schuld und Unschuld auszulöschen. Anna ähnelt einem von Genets Gefangenen. Ihr bloßes Gesicht strahlt etwas Verkommenes aus, beherrscht von riesigen, fragenden Augen.

«Was hat er nur mit uns gemacht?», wispert sie, während sie im Spiegel zu mir herüberschielt.

Die Rothaarige vollendet die Frisur mit Gel und Haarspray. Wir treten mit steif abstehendem Haar aus dem Frisiersalon, wie kleine Außerirdische. Tante Amalia nimmt uns mit in ihre Wohnung, die wir insgeheim «Trödelladen» nennen, da sie mit Antiquitäten und Vogelpräparaten vollgeräumt ist. Sie kocht uns Spaghetti Bolognese, aber wir kriegen keinen Bissen runter. Wir schließen uns ins Bad ein und heulen.

«Stellt euch um Himmels willen nicht so an, Mädels!», ruft Tante Amalia vor der Tür. «Nach zweimal Waschen wirken sie schon länger.»

Wir waschen sie zweimal und zerren an den Haarenden, aber sie wirken nicht länger. Erneut fallen wir uns in die Arme und weinen herzzerreißend.

«Wie sollen wir so in die Schule gehen?», sage ich.

«Was wird Angelos sagen?», meint sie.

Das ist nicht mein Problem. Seit dem Morgen, als man mich mit neununddreißig Grad Fieber durchgefroren am Strand von Perdika fand, habe ich mir geschworen, mich nicht mehr mit ihnen zu befassen. Angelos ist für mich gestorben. Anna ist noch lebendig, notgedrungen. Sie ist meine beste Freundin. *Odiosamato.*

Wie immer findet sie einen Ausweg: Sie frisiert ihr Haar so, dass es gut aussieht. Mit ein paar hinters Ohr gestrichenen Locken wirkt die Frisur in der Tat charmant. Mir gelingt das nicht. Wenn ich das Haar nach hinten bürste, fällt es wieder nach vorn. Wenn ich es nach vorn bürste, hängen mir die Strähnen wirr ins Gesicht. Eines Sonntags, als wir durchs Monastiraki-Viertel flanieren, fällt mein Blick in ein Schaufenster an der Adrianou-Straße und auf eine Hose im Military-Look.

«Siehst du damit nicht aus wie ein Punk?», meint Anna und verzieht das Gesicht.

Schlagartig kommen mir Raoul und Michel in den Sinn, die antirassistische Bewegung, die «Sex Pistols», die Berliner Autonomen.

Ja, warum nicht?

Mit der Hose im Military-Look fühle ich mich stärker. An meine Lederjacke habe ich drei Buttons gepinnt, alle von «Siouxsie and the Banshees». Die ganze Zeit singe ich innerlich «Christine», meine persönliche Hymne: «She tries not to shatter, kaleidoscope style, personality changes behind her red smile, now she's in purple now she's the turtle, disintegrating …» Was genau ist ein kaleidoskopischer Stil? Und wie kann man purpurrot auseinanderfallen? Die auffälligsten Jungs der Schule halten mich in der Pause an und wollen mit mir reden. Einzig und allein, weil ich die Lederjacke mit den Buttons über dem Schulkittel trage.

Anna hingegen durchläuft eine nervige rosa Phase. Sie sagt, Liebe sei erlaubt und trage zur persönlichen Reifung bei. Wenn ich sie allzu sehr in die Enge treibe, zitiert sie Barthes. «In keinem Liebesroman habe ich je gelesen, dass eine Figur müde sei», sagt sie mit Stolz, als sei es ihr eigener Gedanke. Sie hingegen wirkt müde, verhalten, vorhersehbar. Nach Schulende wartet sie auf Angelos, schwingt sich im Damensitz auf den Sattel wie in den Fünfziger-Jahren, wie Grace Kelly, die ihren Prinzen gefunden hat. Jedes Wochenende haben sie Sex. Ich bin immer noch auf der Toilette zugange. Ich gehe mit Pavlos aus, aber wir sind noch im Stadium Hand-an-der-Brust. Anna erzähle ich jedoch allerlei Lügengeschichten, die ich aus der Harmonie der Liebe beziehe. Pavlos hat ein Motorrad. Er versteht, dass ich Angst vor dem Auspuff habe, und drängt mich nicht zum Aufsteigen. Er schiebt sie neben mir her und die ganze Oberstufe lacht über uns.

Pavlos ist aktives Mitglied in der PASOK-nahen Studentengewerkschaft. Seit dem Rücktritt der Regierung Rallis hinterlässt er auf allen Autos PASOK-Aufkleber. Auch mich will er bekehren.

«Ich kann unmöglich PASOK-Anhängerin werden», sage ich.

«Aber es ist doch sonnenklar, erkennst du das nicht? Papandreou ist die einzige Lösung.»

Ich nenne ihn «Doktor Schiwago», Pavlos nennt ihn «charismatischer Führer». Gewöhnlich gehen wir im Streit auseinander. Bei der PASOK-Wahlveranstaltung am 15. Oktober am Syntagma-Platz klettert Pavlos einen Strommast hinauf. Ich sehe ihn im Fernsehen, als er seine Plastikfahne schwenkt wie ein revolutionäres Banner.

«Schau dir bloß an, wie viele Leute er anlockt!», sagt Papa und haut mit der Faust auf den Tisch.

«Meinst du, er wird gewählt?», frage ich.

«Ausgeschlossen, eher geht die Welt unter!» Papa ist ein in der Wolle gefärbter Konservativer.

Und doch geht die Welt unter. Hundertzweiundsiebzig Sitze, 48,6 Prozent der Stimmen. Wie könnte ich das je vergessen? Am Tag, als PASOK die Wahlen gewinnt, verliere ich meine Jungfräulichkeit.

Es ist ein zweifaches «Rendezvous mit der Geschichte».

Von der Dachterrasse des blauen Wohnhauses haben wir alles im Blick. Wir hören das Gehupe, die rhythmischen PASOK-Rufe, die Parole «Mit dir, Andreas, für ein neues Griechenland». Papa flucht, Mama zuckt mit den Schultern.

«Schlimme Zeiten», sagen sie wie aus einem Mund. Meine Eltern zeigen die Schwäche aller Ehepaare: Sie reagieren genau gleich. Wenn Anna und Angelos weiter zusammenbleiben, wer wird den anderen auf seine Seite ziehen? Wird Anna konservativ, trinkt Kaffee mit Martha und Fotini und tauscht mit ihnen Groschenromane? Oder wird Angelos linker Aktivist und folgt ihr nach Frankreich? Beide Szenarien kommen mir gleichermaßen unwahrscheinlich vor.

Es läutet zweimal an der Gegensprechanlage.

«Wer ist das denn um diese Uhrzeit?», ruft Papa.

«Es ist Anna, ich bin weg!»

«Ihr geht in diesem Chaos nach draußen?» Mamas schrille Stimme tönt mir hinterher und verklingt erst, als ich die Stiege hinunterlaufe.

Es ist Pavlos, das zweimalige Läuten an der Gegensprechanlage ist unser Geheimzeichen. Er hebt mich hoch und wirbelt mich im Kreis herum. «Wir haben gewonnen, Baby!», ruft er. Ich bin kein Baby, ich trage doch die Lederjacke mit den Punk-Buttons, aber seine Augen leuchten und das gefällt mir. Er will, dass wir zur Siegesfeier auf den Syntagma-Platz gehen. Zum ersten Mal besteige ich sein Motorrad, heute habe ich keine Angst, die Atmosphäre ist wie elektrisiert. Die anderen Fahrer grüßen uns mit dem Victory-Zeichen, nur weil Pavlos eine Fahne schwingt. Alle skandieren «Das Volk vergisst die Taten der Rechten nicht!» und hupen im Takt dazu. Da kann ich mitmachen, das ist eine linke Parole. Mein Herz klopft heftig, endlich gehöre ich dazu.

Die rhythmischen PA-SOK, PA-SOK-Rufe prägen sich mir auf dem Weg zum Syntagma-Platz ein, so wie der Refrain von «Siouxsie and the Banshees» oder der Jingle im Coca-Cola-Werbespot. Es ist, als würde dieses Wort «Liebe, Frieden, Gerechtigkeit» bedeuten, einzig und allein, weil wir so viele sind, wie verrückt hupen und wollen, dass sich etwas ändert. Es ist, als sei ich nicht mehr ich, Maria; mein Mund öffnet sich und heraus dringt der Schrei eines PASOK-Anhängers. Ein richtiger Schock! Pavlos hievt die Maschine auf den Gehsteig, dreht sich auf dem Sattel herum und umarmt mich, aber nicht so wie sonst, sondern er schiebt mir die Bluse hoch und beißt mich in den Unterbauch. Seine Augen leuchten im Dunkeln.

«Schnell weg hier», sagt er.

Auf der Dachterrasse breitet er hinter dem Warmwasserspeicher einen Schlafsack aus. Das Gehupe will nicht enden, aber hier ist es warm, wir halten inne und wechseln von der großen zur kleinen Revolution. Welche die große und welche die kleine Revolution ist, kann ich eigentlich nicht sagen. Es tut sehr weh. Wieder kann ich meine Vagina nicht spüren, obwohl sie von Pavlos' beharrlichen, rhythmischen Bewegungen durchfurcht wird. Ein enger Raum voller Membranen leistet jeder Berührung Widerstand. Ich beiße die Zähne zusammen, das kann doch nicht sein, Millionen von Frauen auf der ganzen Welt tun es auch. Um das Martyrium zu verkürzen, schlinge ich meine Beine um seine Taille, presse ihn an mich und verkleinere freiwillig den Abstand, der uns noch trennt. Nichts ist zu hören, auch kein ploppender Champagnerkorken. Und doch weiß ich es. Ich bin keine Jungfrau mehr.

Mit den Experimenten auf der Toilette, mit den homozentrischen Kreisen und dem vollkommenen Glück hat das nichts zu tun. In der Harmonie der Liebe steht es deutlich zu lesen: «Es dauert eine Weile oder manchmal auch längere Zeit, bis eine junge Frau die Liebe genießen kann.» Kein Wort vom Zerreißen des Jungfernhäutchens, von der Erleichterung, die dieser Moment mit sich bringt, vom Übergang von der Demütigung zur Freiheit.

Kein Wort darüber, wie sich Tante Amalia vielleicht fühlt.

«Kommt ihr schon wieder mit offenen Jacken? Ihr holt euch noch den Tod!», ruft Tante Amalia. Ich lächle ihr zu. Seit ich keine Jungfrau mehr bin, scheine ich die Tante zu sein und sie die Nichte.

«Wir müssen ihr einen Mann finden», sagt Anna.

«Machst du Witze? Sie ist fünfzig!»

Sie besteht darauf, dass wir Tante Amalia schminken, sie überreden, ein Kostüm mit Schlitzrock anzuziehen, und sie dann im Ares-Park ausführen.

«Sie ist doch kein Hund, Anna! Sie ist ein Mensch.»

Aber Anna ist nicht davon abzubringen. Wie ein Wirbelwind stürmt sie ins Wohnzimmer und zwickt Tante Amalia in die Wange.

«Los, anziehen!», ruft sie. «Du kommst mit.»

Hinter ihrem Rücken schimpft Tante Amalia über sie und nennt sie eine ungezogene Göre, aber vor ihr benimmt sie sich wie eine Schülerin.

«Wo wollt ihr denn mit mir hingehen? Ich verderbe euch doch den Spaß!»

«Schluss mit dem Unsinn, wir suchen dir einen Bräutigam!»

Tante Amalia kichert.

«Siehst du? Die Idee gefällt ihr!», sagt Anna und zwinkert mir zu. Wir tragen ihr ein bisschen kirschroten Lipgloss auf, haken uns bei ihr unter und treten auf die Straße. Anna ist bester Laune. Sie deutet auf verschiedene Männer und sagt: «Der hier, gefällt er dir? Oder der dort? Wie viele Punkte gibst du ihm, von eins bis zehn? Sechs! Komm schon, Amalia, du bist zu streng! Was sagst du zu acht?»

Tante Amalia trägt ein dunkel gemustertes Wollkleid; alle ihre Kleider haben kleine, dunkle Muster. Sie zieht ihr Mieder enger und lacht nervös, zum ersten Mal sehe ich sie so aufgekratzt. Sie betrachtet, von Anna ermuntert, die Männer wie Gemüse. Hat sie das nicht ihr ganzes Leben lang getan? Zehn Punkte für den König, die prächtige Hormontomate, fünf Punkte für das Bettelkind, die Petersilie. Aus unerfindlichen Gründen kommen mir die Tränen. Ich flüstere Anna zu, mit dem Spiel aufzuhören.

«Was hast du denn?», sagt sie. «Es ist nie zu spät.»

Und doch ist es zu spät. Wenn du deine Vagina nicht mit Fünfzehn entdeckst, dann schiebst du es immer weiter hinaus. Du alterst frühzeitig, inmitten von Vogelpräparaten und knarrenden Möbeln, an denen der Holzwurm nagt.

Es ist November, wir tragen Rollkragenpullis und öffnen auf dem Rasen sitzend eine Flasche Veuve Cliquot. Wir schreien «Santé, amour, fraternité!» und nippen an Antigonis guten Champagnergläsern, mit denen die größten griechischen und französischen Revolutionäre angestoßen haben. Solche Luxusgüter sind im Ares-Park selten zu sehen. Heute ist mein sechzehnter Geburtstag und Anna hat eine Überraschung für mich: Sandwiches mit Ziegenkäse, Champagner und eine Torte aus der Konditorei «Mitropolikon». Als ich die rote Kerze ausblase, beginnt ein halbirrer Passant zu lachen und wie besessen zu gestikulieren.

«Komm schon, Freundchen, verschwinde endlich!», scheucht Anna ihn weg. «Gsch!»

Er rührt sich nicht vom Fleck. Erst als Anna «Ich komme!» ruft und ihn drohend anblickt, ergreift der Verrückte unter unverständlichem Geschrei die Flucht. Begreift er in seinem Wahn etwas, das ich nicht begreife? Sie ist meine Freundin, aber ich vertraue ihr nicht mehr. Heute gibt sie ihr Taschengeld für meinen Geburtstag aus, umarmt mich und ruft: «Herzlichen Glückwunsch, Freundin!» Morgen fällt sie mir vielleicht in den Rücken. «So ist es mit Anna», sage ich mir. *Odiosamato*.

Die Brandwunde von Angelos' Auspuff an meinem Bein hat sich in einen schwarzen Fleck verwandelt. Aber verschwinden will sie nicht.

«Jede sexuelle Abweichung, die mit dem Reproduktionssystem in Verbindung steht, wirkt sich auf die Psyche aus, auf die soziale Stellung, auf die Bildung und auf das allgemeine Fortkommen eines jeden Menschen. Diese sexuellen Abweichungen kommen uns teuer zu stehen. Daher sollten wir sorgsam auswählen, mit welchen Leuten wir Umgang pflegen …»

Frau Kontomina sitzt, den einen Ellenbogen aufgestützt, am Katheder und trägt mit wachsender Verwunderung das aktuelle Kapitel aus dem Anthropologie-Buch vor. Sie ist unvorbereitet zum Unterricht erschienen und kommt nun gehörig ins Schwimmen.

«Schau nur, wie sie dasitzt», meint Anna. «Hingegossen wie eine Jazzsängerin auf dem Klavier.»

Die ärmste Frau Kontomina ist pummelig, hochrot im Gesicht und steckt sich das Haar seitlich mit Spangen hoch wie ein Schulmädchen. Sie trägt immer schwarz und darüber ein farbiges, zu ihren Haarspangen passendes Halstuch. Ihre Brille trägt sie an einer Halskette und spielt ständig damit herum: Mal blickt sie uns über die Gläser an, mal darunter, dann wieder durch die Gläser. Rauchen ist in der Klasse nicht erlaubt, dabei pafft die Kontomina wie ein Schlot. Ganz wie wir auch.

«Lust auf eine geile Zigarettenpause?», schreibt Anna auf das Pult und zwinkert mir zu. Seit ich mit Pavlos Sex hatte, lässt sie mir keine Ruhe und nennt Pavlos «Kavlos», nach dem griechischen Wort für «geil». Wenn von Psychologie die Rede ist, lässt sie sich den «Kavlov'schen Hund» auf der Zunge zergehen. Nicht einmal Angelos' Mutter ist vor ihr sicher, die nennt sie «Frau Kavlina».

Wir sagen Frau Kontomina, wir müssten zu einem Treffen des Schülerrats. Anna ist Vorsitzende und ich Schatzmeisterin. Des Öfteren nutzen wir unsere Machtpositionen aus, um zum Rauchen auf die Toilette zu gehen.

«Was ist los?», frage ich.

«Ich habe mich mit Angelos zerstritten.»

Ihr kommt gar nicht in den Sinn, dass ich mich darüber freuen könnte, dass er mir etwas bedeutet hat.

«Schon wieder?»

«*Merde*! Wir sind zu verschieden. Wenn er weiß sagt, sage ich schwarz.»

«Was ist diesmal passiert?»

«Nächsten Sonntag will er mit mir auf eine Hochzeit gehen …»

«Igitt!»

«… auf die Hochzeit seines Cousins.»

«Geh nicht, Anna. Die Ehe ist die größte gesellschaftliche Heuchelei.»

Ich gebrauche genau ihre Worte. Seit wir damals mit Antigoni die Einakter im PEROKE-Theater angesehen haben, haben wir uns geschworen, niemals auf eine Hochzeit zu gehen. Das wäre die stillschweigende Akzeptanz der weiblichen Unterdrückung. Anna lässt den Kopf hängen und verschränkt die Arme. In dieser Haltung ähnelt sie einer braven Christin, wenn nicht gar einer Braut. Mit dem Rauch sauge ich auch ihr Bild ein. Anna als Braut? Ausgeschlossen!

«Ich habe es ihm in einem schwachen Moment versprochen und würde es jetzt am liebsten zurücknehmen.»

«Was für ein schwacher Moment?»

«Tja, wir hatten Sex, er schaute mir in die Augen … Wie blöd von mir!»

Ich versuche, Annas Miene zu imitieren, wenn sie mir etwas ankreidet. «Wahnsinnig blöd», sage ich.

«Meinst du, dieses eine Mal zählt?»

«Es geht nicht darum, wie oft.»

«Ja, aber Nietzsche hat doch gesagt: Einmal ist keinmal.»

In diesem Jahr nimmt Anna Deutschunterricht, um philosophische Texte im Original zu lesen. Wenn sie so weitermacht, braucht sie weder Deutsch noch Philosophie. Dann wird sie nur noch in Brautjournalen und Groschenromanen blättern. Das sage ich ihr auch, zugegeben etwas schadenfroh. Anna nimmt einen tiefen Zug und bläst mir den Rauch ins Gesicht. Dann zertritt sie den Zigarettenstummel unter ihrer Schuhsohle mit solchem Furor, als würde sie mich höchstpersönlich zermalmen.

«War die Braut hübsch?» Ich ahme die Stimme von Mama nach, immer wenn sie mit Mrs. Steedworthy Tee trank. Sie quatschten ständig über Hochzeiten, Kinder und Kleiderschnitte. Anna blickt mich an wie ein getretener Hund. Ihr Schweigen reizt mich.

«Und das Brautkleid? Ach, beschreib mir doch das Brautkleid …»

Sie haut mit der Faust aufs Pult. «Du kannst mich mal, Maria!» Die ganze Klasse starrt auf uns. Wir schreiben gerade eine Klassenarbeit und wie immer sind wir als Erste fertig. Was soll man auch über ein Thema schreiben wie «Im Zusammenhang mit dem EG-Beitritt Griechenlands kommt es unzweifelhaft zu welthistorischen Veränderungen. Als Europäer, aber nicht minder als Griechen sind wir aufgerufen, sowohl unser kulturelles Erbe zu bewahren als auch die griechische Gesellschaft weiter zu modernisieren. Legen Sie Ihren Standpunkt dar!» Die Aufsatzthemen klingen mittlerweile wie eine offizielle PASOK-Erklärung: Zusammenhang, unzweifelhaft, modernisieren. Aus Trotz dozieren Anna und ich in übertrieben gehobener Sprache und Frau Zapa, unsere Griechischlehrerin, notiert darunter: «Mittelmäßig. Drücke deine Gedanken einfacher aus.» Oder: «Denk an das Ein-Akzent-System!» Immer wieder entschlüpfen uns noch die alten Akzente und Hauchzeichen.

«Wenn ihr fertig seid, könnte ihr eure Meinungsverschiedenheiten im Schulhof beilegen», sagt Frau Zapa.

Das muss sie uns nicht zweimal sagen. Wir rennen zu den Toiletten, zünden uns eine Zigarette an und Anna kneift mich heftig.

Danach ändert sie ihr Verhalten. Sie sackt auf dem Mäuerchen in sich zusammen, wird ganz blass.

«Was hast du? Hat es ein Erdbeben gegeben und ich habe nichts mitgekriegt?»

«Sei nicht so brutal», sagt sie.

«Und du nicht so blöd», sage ich.

«Ich bin nicht blöd. Ich bin schwanger!»

Ich verschlucke mich. Gleich quillt mir der Rauch aus den Ohren.

«Begleitest du mich zur Abtreibung?», fragt sie.

Ein Erdbeben, *merde*. Ganz oben auf der Richter-Skala.

In unserem Religionslehrbuch steht über Abtreibung zu lesen: «Seine eigene Selbstherrlichkeit bringt den Menschen dazu, willkürlich in den Lauf und die Erhaltung der Welt einzugreifen.» Anna verbrennt die Seite exemplarisch in der Glut, in die wir die Kartoffeln geschoben haben. Wir sitzen in der Plaka um den Kamin und spielen die Unerschrockenen. Angelos weiß von nichts. Anna hat endgültig mit ihm Schluss gemacht und will ihn nicht wiedersehen. Den Gedanken an Ehe und Kinder findet sie zum Kotzen. «Aber er muss doch zu seiner Verantwortung stehen», sagt Antigoni. «Ich-will-es-nicht!», ruft Anna sehr laut und hysterisch. Damit ist das Thema erledigt.

Mich erfasst nun auch Hysterie wegen Pavlos. Ich prüfe alle Kondome auf Löcher, mache exzessive Vaginalspülungen nach dem Sex und habe immer wieder denselben seltsamen Alptraum. Darin geht es um einen Laden, in dem es Sperma in kleinen Plastikdosen zu kaufen gibt. Kauft man die richtige Menge, kommt es zu keiner unerwünschten Schwangerschaft. Frauen, die beim Spermakauf zu gierig zugreifen, fallen auf die Nase, darunter eine junge Frau, die Anna ähnlich sieht. Ich selbst bleibe in der Beobachterrolle und sage mir, dass ich auch ohne Sperma leben kann. Davon geht die Welt nicht unter. «Pass bloß auf», sagt die junge Frau, die Anna ähnlich sieht. «Alle Männer sind Monster.»

Diesen Satz habe ich zuletzt mit neun Jahren gehört.

«Digenis ringt mit dem Tod und die Erde fürchtet, ihn aufzunehmen.» Ich weiß nicht, warum mir ausgerechnet dieser Vers aus dem Griechisch-Lesebuch in den Sinn kommt, als Anna auf der Krankenbahre die Augen aufschlägt und flüstert: «Antigoni? Maria?» Wir beugen uns über sie und halten ihr die Hand, bis uns zwei Krankenpfleger beiseiteschieben und sie kurz entschlossen aufs Bett hieven. Neben ihr liegt eine Vierzigjährige aus der Provinz. Sie hat bereits fünf Kinder und will kein sechstes. Sie schaut Reich und schön, ohne Ton. Zum Glück ist Anna noch halb narkotisiert. Sie hasst Seifenopern.

Ich stelle mich so an ihr Bett, dass ich den Bildschirm verdecke. Anna schlägt die Augen nicht auf. Sie spricht, als sei sie stummgeschaltet wie die Schauspieler in der Seifenoper.

«Wasser …»

Antigoni benetzt ihr die Lippen. Ich habe Angst, ohnmächtig zu werden. Nach Mamas Schilddrüsenoperation betrete ich zum zweiten Mal ein Krankenhaus. Krankenhäuser sind mir ein Gräuel und ich habe mir geschworen, sollte ich je wieder einen Patienten besuchen müssen, würde ich nach Afrika oder noch weiter weg auswandern. Aber hier liegt nicht irgendein Patient. Hier liegt Anna. Sie braucht mich. Sie ist nicht mehr stark.

«Das werde ich dir nie vergessen …», sagt Anna, ohne Ton.

«Schsch!», sage ich.

«… du bist die beste Freundin der Welt.»

Wir umarmen uns. Draußen wird der Regen stärker. Die Frau aus der Provinz stellt den Ton mit der Fernbedienung lauter. Die Kennmelodie der Serie wabert durch den Raum, aber wir machen uns nicht lustig, zwicken uns nicht, schneiden keine Grimassen.

Kann sein, dass wir morgen schon darüber scherzen und sagen: «Einmal ist keinmal.» Und was ist, wenn wir auf die Nase fallen?

Wenn wir plötzlich Serien schauen, heulen und keine Abtreibungen machen? Wenn wir es müde sind, Kinder zu sein, und Frauen werden wollen?

Daran ist gar nicht zu denken.

Zum Geburtstag schenkt mir Antigoni das neue Buch von Giorgos Ioannou: Von Heranwachsenden und anderen Menschen. Die anderen erinnern einen gern daran, dass man ein Heranwachsender ist. «Komm, von jetzt an lassen wir dich zusammen mit dem griechischen Widerstandskampf hochleben!», sagt sie und lässt den Champagnerkorken knallen. Dieses Jahr gibt es kein Picknick. Anna ekelt sich vor der Natur, sie hat keine Lust auf Spaziergänge, sie ist träge geworden.

«Ja, mein Geburtstag war aber immer schon am 25. November. Die Sprengung der Gorgopotamos-Brücke durch die Partisanen wurde gerade erst zum Gedenktag erklärt.»

Ich fürchte, Antigoni freut sich mehr über den Gedenktag als über meinen Geburtstag. Anna freut sich über gar nichts mehr. Sie stochert im Feuer herum wie ein modernes, sorgenvolles Aschenputtel. Sie hat sich von Angelos getrennt, das Rauchen aufgegeben, wieder damit angefangen und wieder aufgehört. Schlussendlich raucht sie doch wieder und liest den Gedichtband Nichtraucher im Raucherland. Sie hat symbolische Gesten und symbolische Aussagen bitter nötig.

«Hast du gehört? Papanoutsos ist gestorben», sagt sie zu mir.

«Na und?»

«Vielleicht denkst du noch einmal über das Psychologiestudium nach.»

«Anna, ich bin mir mittlerweile sicher. Ich studiere Kunst und Malerei.»

«Aha, alles klar.»

«Wir fahren jeden Tag zusammen zur Uni. An den Abenden gehen wir zusammen aus. Wir essen unsere *chouquettes.* Was willst du mehr?»

«Ich will keinen einzigen Moment allein sein.»

Antigoni nimmt sie in den Arm und streicht ihr übers Haar, das Anna inzwischen länger trägt und zu einem dünnen Pferdeschwanz zusammenbindet. Sie nennt sie «meine Kleine».

Es fühlt sich an, als hätte Anna Geburtstag und nicht ich.

Fünf

«Wo fahren wir hin?»

«Du wirst schon sehen.»

Sie fährt einen alten Porsche. Die Sitze sind durchgesessen und unsere Oberkörper sitzen ungewöhnlich weit nach vorn geneigt. Unsere Kleider riechen immer noch nach den Croissants in Zellophanhülle aus dem miesen Café. Als wir den Kifissias-Boulevard erreichen, deutet sie auf Malouchos' Bauten. Sie sind genauso wie erwartet, mit getönten Fensterscheiben und Marmorsäulen. Im Atrium stehen jeweils abscheuliche Skulpturen.

«Hast du die Skulpturen ausgesucht?»

«Ja. Grässlich, nicht?»

«Die schlechteste Kunst, die ich je gesehen habe. Warum hast du diese Werke ausgewählt?»

«Nur so kann ich das System bekämpfen, Maria.»

«Willst du mich für dumm verkaufen? Du gibst untalentierten Künstlern eine Chance und Geld noch dazu?»

«Willst du wissen, was ich genau mache?» Sie legt den vierten Gang ein, der Wagen prescht den Boulevard entlang, sie macht gewagte Überholmanöver, sie fliegt dahin. Ihr Gesicht verhärtet sich, die alte Anna erwacht. Ihr Haar weht im Wind, sie lacht heiser. Dann geht ihr Lachen in Husten über.

«Ich bestimme das geschmackliche Image unserer Firma. Kannst du dir etwas Kitschigeres vorstellen als eine Bronzestatue, die ein Handy hält?»

«Denkst du dabei gar nicht an die Menschen, die jeden Morgen auf dem Weg zur Arbeit dieser Scheißskulptur gegenüberstehen?»

«Genau für sie habe ich sie ausgesucht. Um sie wütend zu machen! Wenn sie richtig zornig werden, wenn sie die Blödheit und die Geschmacklosigkeit nicht mehr ertragen, wenn ihnen die Scheiße bis zum Hals steht, dann werden sie die Statue mit Brecheisen zerschlagen. Du brauchst nur die Sache auf die Spitze zu treiben, die Arme zu verschränken und zu warten.»

«Und gläserne Bürotürme zu konstruieren? Treibhäuser für die Arbeitnehmer?»

«Gläserne Bürotürme sind einfacher zu zerschlagen, wie Malouchos sagt.»

«Entschuldige, willst du damit sagen, dass dein Mann seine Architektur zum Wohle der Revolution verkauft?»

«Malouchos ist ein Genie!»

Sie ist durchgeknallt. Immer noch will sie die Welt retten, aber auf eine irre Art und Weise. Wir sitzen wieder auf dem fliegenden Teppich und sind mit tausend Stundenkilometern unterwegs. Anstelle eines fahrbaren Tisches hat sie nun einen Porsche. Anstelle von Françoise Hardy ertönt der Hochzeitsmarsch für zwei Wahnsinnige.

Das Haus in Ekali wurde seit den Siebziger-Jahren unverändert gelassen und ist daher wieder in Mode. Sie haben es mit Flokatis und cremefarbenen Ledersofas eingerichtet, die im Gegensatz zu Irinis Jacke keinen einzigen Kratzer aufweisen. Ein orangefarbener Hocker mit Beinen aus mattem Metall, direkt aus dem Trödelladen. Weiße futuristische Stehlampen. Und in der Küche Edelstahlschränke und indirekte Beleuchtung. In einem kostbaren Goldrahmen mit Passepartout aus rotem Samt das Poster mit dem auf die Krone pinkelnden Kind, das im Haus in der Plaka hing. Sie haben es im Esszimmer platziert.

«Das hängen wir ab, wenn royalistische Investoren kommen», sagt Anna mit gewissem Stolz.

Der Esstisch und die Lederstühle sind strahlend weiß.

«Und was macht ihr, wenn Soße darauf tropft?»

«Wir essen keine Soßen, weißt du nicht mehr? Wir ernähren uns gesund, Salate und so was. Alten Gewohnheiten bleibt man treu.»

«Wie geht es eigentlich Antigoni?»

Sie zündet sich eine Zigarette an. Sie bläst den Rauch weit von sich, ihre Lider flattern. Die helle Stelle an der Augenbraue, die früher der Szene Dramatik verliehen hätte, existiert nicht mehr. Ihr Gesicht ist eine weiße, ausdruckslose Maske.

«Antigoni ist gestorben.»

«Mein Gott! Das habe ich nicht gewusst! Wie? Woran?»

«Darüber will ich nicht sprechen. Magst du etwas trinken?»

«Anna, was ist los? Ich frage, weil ich sie gern hatte!»

«Du hast sie gern gehabt! Alle haben sie gern gehabt! Aber hat sie irgendjemanden geliebt? Das ist hier die Frage!»

Sie stampft mit den Stiefeln auf dem Flokati auf. Selbst das dicke Schaffell kann nicht verhindern, dass ein dumpfer Hall das minimalistisch eingerichtete Haus durchdringt.

Während Anna bei Sonnenuntergang den zweiten Martini mixt, tastet sich ein Schlüssel in die Haustür. Dafni stürmt mit ihren Rollschuhen herein und veranstaltet einen Riesenradau. Eine schwangere Frau läuft ihr mit Schweißperlen auf der Stirn hinterher.

«Dafni, wir haben uns doch geeinigt, dass sich Svetlana nicht so anstrengen soll! Sie hat ein Baby in ihrem Bauch!»

Dafni fährt weiter Rollschuh, als ginge sie das Ganze nichts an. Um ein Haar rammt sie mich. «Oh, meine Frau Lehrerin! Sind Sie wieder Mamas Freundin? Kommen Sie, kommen Sie, ich will Ihnen etwas zeigen!»

Die Kleine zieht mich an der Hand hinter sich her. Wir steigen die Stufen zur Galerie hoch und gelangen direkt in ihr Zimmer. Es ist noch unordentlicher als meines und sieht aus, als hätte eine Bombe eingeschlagen: Brettspielfiguren, Stofftiere, Kleidungsstücke, Haargummis, zerbrochene Ölkreiden, Plastelinklumpen.

«Das hier ist meine Höhle!», sagt sie und zieht mich nach unten, damit ich den Raum zwischen Bett und Schreibtisch begutachten kann. Dort hat sie eine mit Bärchen gemusterte Bettdecke ausgebreitet, in einer Ecke steht ihr Puppenkochgeschirr. Gegenüber liegen fein säuberlich übereinandergestapelt ihre Pullover wie eine Wollbarrikade.

«Bei so viel Blitzen müssen wir es warm haben, nicht wahr?»

«Klar.»

«Wollen Sie eine Tasse heißen Tee?»

Anna findet uns in der Höhle ihrer Tochter. Wir sitzen im Schneidersitz und tun so, als würden wir aus fingerhutgroßen Tassen Tee schlürfen.

«He, komm raus», sagt sie. «Du bist schon groß.»

Nicht wirklich. Ich passe immer noch in eine Kinderhöhle.

Anna besteht darauf, dass ich bleibe und Malouchos kennenlerne.

«Ach ja, bitte!», ruft Dafni und klammert sich an meinen Arm.

«Ein andermal.»

«Noch ein Martini?»

«Im Ernst, Anna, wir hatten schon zwei.»

«Was soll das heißen? Dass du nicht bis drei zählen kannst?»

Sie blickt mich gehässig an. Diesen Blick kenne ich gut. Die ganze Psychoanalyse hat nichts gefruchtet. Wenn Anna etwas fordert, dann ist nicht mit ihr zu spaßen.

«Also gut, ein letzter.»

Der Kühlschrank hat einen Eiswürfelspender. Als Anna den Cocktailshaker schüttelt, wirkt sie wie eine sorglose Frau aus einem Werbespot. Eine selbstbestimmte, charmante, barfüßige Frau in Jeans, die in der rotierenden Bewegung des Mixbechers den Sinn des Lebens entdeckt hat. Und dann die kleine grüne Olive. Im durchsichtigen Reich des Sinns taucht sie auf und nieder. Da haben wir's, ich bin betrunken.

Sie geht nach oben, um Dafni zu Bett zu bringen. Für kurze Zeit umhüllt mich die Einsamkeit des riesigen Wohnzimmers. Der Raum pulsiert ringsum wie ein riesiges, weißes, steriles Herz. Ich stütze meine Wangen in die Hände und mache Pläne: Ich werde weggehen, ich werde verschwinden und meine Spuren verwischen. Sie wird mich nirgends finden. Ich gebe meine Stellung an der Schule auf. Ich ziehe sehr weit weg in ein anderes Land. Der Alkohol hilft, dass die Tatsachen auf den Tisch kommen: Anna hat mir noch nie gutgetan. Ich muss mich von ihrem Einfluss befreien. Sie kann nicht einfach kommen und gehen, wann es ihr in den Kram passt, und mich und mein Leben im Cocktailshaker klein häckseln und durcheinanderwirbeln.

Sie schreitet die Stiege herunter wie ein Hollywoodstar, mit Hüftschwung und zwischen den Lippen hängender Zigarette. Ein wunderschöner Mund, kein Zweifel. Aber auch irgendwie schamlos. Die vollen Lippen deuten eine ständige, für den anderen bindende Hingabe an. Sie hat sich umgezogen und trägt nun einen Morgenmantel mit Schottenkaro. Sie deutet auf das in Brusthöhe gestickte Pferde-Logo.

«Siehst du? Das macht den Unterschied!»

Mein geplantes Verschwinden lässt mich gelassener reagieren. «Wie du meinst», sage ich. Aber das passt ihr auch nicht. Sie will, dass ich anderer Meinung bin, um mich schrittweise zu überzeugen.

«Du glaubst, ich bin durchgedreht, was?»

«Die bist exzentrisch, wie immer.»

«Ich mache mir das Kapital zunutze, Maria. Das habe ich immer getan. Und das beherrsche ich gut. Ich kann auch ohne einen Groschen Geld leben. Zweifelst du daran?»

Sie greift nach einer leeren Kristallvase auf dem Wohnzimmertisch.

«Schau nur, was für ein simples, aber sündteures Design! Schau nur, was man mit Geld alles kaufen kann! Woher stammen die Materialien? Wie wurde die Vase hergestellt? Von welchen Menschen? Was unterscheidet ihr Leben von deinem?»

Theatralisch breitet sie die Arme aus, die Vase gleitet ihr aus der Hand und zerschellt am Fußboden in tausend Stücke. Eine Glasscherbe hat sich ihr ins Bein gebohrt. Sie zieht sie heraus und wischt das hervorquellende Blut mit Speichel fort. Dabei wirft sie mir unruhige Blicke zu. Erinnert sie sich, dass ich kein Blut sehen kann? Seit mir klar geworden ist, warum das so ist, ist alles viel einfacher. Nur ein kurzes Herzklopfen, mehr nicht.

Ich trinke den Martini bis auf den letzten Tropfen leer. Entschlossen beiße ich in die Olive. «Ich versteh's nicht», sage ich.

«Da gibt's nichts zu verstehen. Es war mir ein Genuss. Ich habe schon lang nichts mehr kaputtgeschlagen.»

«Ihr seid getraut?» Wir sind beim vierten Martini und mittlerweile spreche ich alles aus, was mir in den Sinn kommt.

«Schluss damit, Maria!»

«Ich meine, kirchlich?»

Sie flucht übertrieben theatralisch und bringt mir ein Fotoalbum. «Bitte schön, wenn du Beweise brauchst! Wir haben standesamtlich geheiratet, im Rathaus des 6. Arrondissements. Kirchlich getraut? Was für eine Idee!» Beim Bücken löst sich der Gürtel ihres Morgenmantels. Darunter trägt sie das farblich passende Nachthemd. Anna als perfekt abgestimmtes Ensemble.

Als das Album aufklappt, bekomme ich Gänsehaut. Wer ist das? Ihr Papa? Nein, ein Mann, der ihrem Papa ähnelt. Auch er hat einen blonden Bart und das unbändige Haar eines griechischen Gottes. Er ist jünger als Stamatis und sein Blick strahlt olympische Ruhe aus. Ein Mann, an dem man sich orientieren kann. Er hilft einem, sich nicht zu verirren.

«Wie findest du ihn?»

«Malouchos? Attraktiv, zugegeben.»

Neben ihm steht Anna, genauso attraktiv, in einem weißen Kunstpelz und mit schwangerem Bauch. Die Aufnahme ist, wenn ich richtig rechne, sieben oder acht Monate nach der «Geschichte» mit dem Albaner entstanden. Sie ist für die Hochzeit hübsch geschminkt, aber wer sie kennt, kann den Schrecken ganz am Grund ihrer Augen erkennen. Die fehlende Gewissheit. Eventuell auch den Mangel an Wahlmöglichkeiten.

«Und wie war sein Leben vor dir?»

«Zwei Ehen, drei Kinder. Aber er wird mich nie verlassen.»

Natürlich wird er sie nie verlassen. Wenn hier jemand geht, dann sie.

Ein warmer Händedruck zum Auftakt, eine unmerkliche Verbeugung. Er hat buschige, zerzauste Augenbrauen. Und einen komischen Vornamen: Aristomenis. Dadurch ist er eine Mischung aus einem antiken Griechen und einem müden Architekten in Designer-Jeans. Für gewöhnlich verabscheue ich solche Typen. Aber dieser hier hat etwas Unangestrengtes. Er überlässt sich den Dingen und gesteht es auch den anderen zu. Er wirkt zurückhaltend und ruhig. Und er raucht Pfeife wie Stamatis. Anna und er tauschen Küsschen aus, er wuschelt ihr durchs Haar und fragt nach Dafni. Sie sind ein richtiges Paar, wie Mama und Papa, die so vieles gemeinsam haben.

«Ich habe viel von dir gehört, Maria! Mir schwirrt der Kopf von den Geschichten deiner Freundin. Ich erzähle es dir beim Abendessen. Du bleibst doch zum Essen, oder?»

«Ich wollte gerade gehen.» In meinem Kopf dreht sich alles von den Martinis. Mein Hirn ist von den Erinnerungen ganz ausgelaugt. Man kann kein Loch in seinem Kopf machen und die Sache ist erledigt, Tante Amalia. Es ist nicht so einfach.

«Wo willst du in dieser gottverlassenen Gegend hin? Bleib noch, ich habe am Wochenende gefüllte Tomaten gemacht, die erste Ernte aus unserem Garten. Ofengemüse schmeckt aufgewärmt sowieso besser. Danach bringe ich dich, wohin du willst.»

«Das ist nicht nötig.»

«Ich habe einen geschäftlichen Termin im Zentrum und muss sowieso noch mal weg.»

Ich frage, wo das Badezimmer ist. Sie deuten auf einen Raum unter der Treppe. Ich piesle stundenlang, dann wasche ich mir die Hände. Während ich sie mir abtrockne, erkenne ich im Spiegel etwas Vertrautes. Ein paar gelbe Striche. Viel Schwarz. Gekrönte Schlangen, leck geschlagene Pirogen, Frauen in bodenlangen Röcken, deren Saum in Flammen steht. Sie hat mein Bild eingerahmt, mein Erstlingswerk!

«Anna, kommst du mal?»

«Was gibt's?»

«Warum hast du das hier aufgehängt? Du hasst es doch.»

«Ich hasse es nicht. Mit der Zeit habe ich es schätzen gelernt.»

«Und wieso im Bad? Um mich abzuwerten?»

«Aha, Kunstwerke hängen also nur überm Wohnzimmersofa? Ich erkenne dich nicht wieder, Maria! Das Bad war doch unser Lieblingsraum.»

Ja, bevor du mich reingelegt hast. Als ich mich vor dir noch ausziehen konnte, im wörtlichen und im übertragenen Sinn.

Wir kauen diskret, nur dann und wann klirrt leise das Besteck.

Aristomenis – Anna nennt ihn Menis – lacht laut, tief und gurgelnd. Gern würde ich sein Verhalten aufgesetzt und fantasielos nennen, gern würde ich etwas Unstimmiges an ihm entdecken. Aber ich finde nichts, nur das Horten von Kapital kann man ihm vorwerfen. Doch sogar dem hat Anna einen revolutionären Touch verliehen. Seine gefüllten Tomaten sind köstlich, mit Petersilie und Korinthen.

«Ich habe sie zuvor in Wein eingelegt. Sind sie matschig?»

«Nein, sie sind perfekt.»

«Dann esst, was schaut ihr mich so an?»

Wahrscheinlich schauen wir dich so an, weil du eine seltene Sorte Mann bist. Anna träumte schon als Schülerin von dir, glaubte im Grunde jedoch nicht, dass es dich wirklich gibt. Du kochst, kümmerst dich um den Garten, erfüllst das Haus mit dem Duft von Pfeifenrauch, den sie über alles liebt. Du bist Architekt und sie kann im wahrsten Sinn des Wortes auf dich bauen. Du bietest ihr ein stabiles Haus und entziehst ihrer Erdbebenangst die Grundlage. Ausgeschlossen, dass du dich für Fußball interessierst, billige Witze erzählst, Minderheiten diskriminierst oder sie fragst, warum sie zu spät kommt und wo sie war. Du hast weder einen Bierbauch noch bildest du dir etwas auf dein Geld ein. Du gehst sorgsam mit ihren Freundinnen um. Du warst ein gutaussehender Mann, aber deine Schönheit ist ein wenig verwelkt. Gerade so viel, dass man sich an deiner Seite sicher fühlen kann. Du bist vertrauenswürdig und unkonventionell. Obwohl du keine großen Worte machst, glaubst du an dich. Auch glaubst du an eine Theorie, die in meinen Augen absurd klingt, aber das hat nicht viel zu sagen. Wichtig ist, dass du an etwas glaubst und sie mitreißt, so kann sie sich selbst schlussendlich neu erfinden. Kurz gesagt, du bist wie für Anna geschaffen.

Am Abend wirkt der Kifissias-Boulevard wie die Baustelle eines Lunaparks: Zementberge, Warnlichter, Umleitungen, dazu Bulldozer in den Seitenstraßen, riesige Plakatwände mit Popkünstlern, die in den Lokalen an der Küstenstraße auftreten, und im Hintergrund Malouchos' gläserne Bürotürme. Eine surreale Landschaft, ein Gemälde von Dali.

«Du findest unsere Theorie pervers, nicht?»

«Nun, es ist eine Theorie», antworte ich. Beim Essen gerieten wir ein paar Mal höflich aneinander. Ich sagte, ihre Gedanken klängen wie ein Sammelsurium von Glaubenssätzen gelangweilter Menschen.

«Ich habe das alles miterlebt, Maria: Molotowcocktails, Demos, menschliche Schutzschilde. Meine alten Knochen machen das nicht mehr mit. Wir leben im Herzen des kapitalistischen Systems. Wenn wir Wirkung entfalten wollen, müssen wir das System von innen heraus bekämpfen. Wir müssen kämpfen wie Schauspieler, die auf der Bühne der Realität stehen.»

«Was soll das heißen?»

«Dass menschliche Beziehungen auf Ungleichheit basieren, auf Wettbewerb und auf Arbeit. Kommunikation wird gekauft und verkauft. Die Stadt wird zu einer Fabrik.»

«Und du Fabriksdirektor?»

«Ist es nicht ausschlaggebend, dass der Fabriksdirektor ein Einsehen in die Situation hat? Dass er sich nicht über die Anarchisten ärgert, die sein Auto zertrümmern?»

«Erstens, Anarchisten zertrümmern keine Autos. Was du mir erzählst, ist ein bisschen Bakunin, garniert mit den Schlagzeilen der Abendnachrichten. Die Anarchisten haben viel weniger Gewalttaten begangen als Nationalisten, Sozialisten, Monarchisten, Faschisten und Konservative zusammengenommen, von der Mafia und dem organisierten Verbrechen ganz zu schweigen. Die Anarchisten hatten keinen Robespierre, keinen Stalin und keinen Pol Pot.» Ich lächle in der Dunkelheit vor mich hin. Es ist, als würde ich auf den guten, alten Versammlungen der *Amesi Drasi* sprechen, dem Athener Ableger der französischen *Action Directe*. Ich klinge wie Camus.

«Aber sie hatten eine Poetik der Zerstörung. Sie hatten Netschajew. Weißt du noch, was Kropotkin sagte? ‹Ich hasse Explosionen, aber ich kann die Verzweifelten auch nicht verurteilen.›»

«Gut, hier auf dem Kifissias-Boulevard werden wir die Geschichte nicht neu schreiben.»

«Noch mal anders ausgedrückt: Wenn du schöne, menschliche Büros baust, heißt das, dass du an den Wert der Arbeit glaubst. Wenn du die Menschen in einen Raum setzt, in dem sie sich wie Schafe fühlen und auch verhalten, dann ist die Chance größer, dass sie sich dagegen wehren. Ein anti-ästhetischer Ansatz reizt den Affekt.»

«Aha, der sich selbst zerstörende Kapitalismus. Davon haben auch die Marxisten nach dem Krieg geredet.»

«Was ich sage, ist nicht marxistisch. Es stammt direkt von Proudhon. *Destruam ut aedificabo.*»

«Geht's auch einfacher fürs normale Volk, das kein Latein spricht?»

«Ich zerstöre, um zu bauen.»

«Weißt du, was ich aus deinen Worten heraushöre? Die Athener sind für dich Versuchskaninchen. Nicht genug damit, dass sie keine ordentlichen Gehsteige haben, jetzt sperrst du sie auch noch hinter Glas und verwandelst sie in Goldfische. Und dann erwartest du, dass die Goldfische die Parole der neuen Revolution skandieren!»

«Man verspricht ihnen Europa, richtig? Man hält es ihnen vor die Nase, im übertragenen Sinn. Nicht den Eiffelturm natürlich, aber französischen Käse, Kleidung, Ethnofood, Pseudo-Toleranz. Am Anfang ist das schön. Du bekommst Wollpullover ohne Pilling. Du ziehst eine Wartenummer in der Bank und musst nicht mehr die Ellenbogen einsetzen. Das spart Energie. Und wofür? Damit du mehr arbeiten kannst. Du kaufst dir ein Auto auf Raten. Dann einen Zweitwagen auf Raten. Du kaufst einen Fernseher mit Dolby-Surround-System und die ganze Wohnung bebt, wenn du den Jugoslawien-Krieg siehst oder zehn Vermummte, die Autos umwerfen und abfackeln. Du verfluchst sie. Du hast Angst, dass sie dir auch dein Auto anzünden. Du schuftest weiter wie ein Sklave, du kaufst ein Wochenendhaus. Du setzt die ganze Familie in den neuen Wagen. Du suchst nach einem Asyl, nach einem Pseudo-Rückzugsort weit weg von allen Kriegen und Banken. Du kannst gar nicht schnell genug auf der Autobahn dorthin kommen. Du fluchst, überholst, setzt dein Leben aufs Spiel. Kannst du mir soweit folgen?»

Wir stecken im abendlichen Stau auf dem Kifissias-Boulevard fest, gegenüber von einem seiner Bürotürme. Wir sind alle Schildkröten, ungeduldige Schildkröten, die mit Hupen und Blinkern ausgestattet sind.

«Ich verstehe nicht, worauf du hinauswillst», sage ich.

Aristomenis kämmt seine Brauen mit den Fingern.

«Was passiert, wenn du zehn oder fünfzehn Jahre so lebst?»

«Du baust ein paar Unfälle. Man erhöht dir die KfZ-Prämie, was weiß ich? Du wirst nervenkrank. Du trennst dich von deinem Partner. Du gehst in Rente. Man zerkratzt dir das Auto und du kriegst einen Herzinfarkt. Hast du schon mal alte Männer gesehen, die wegen eines kleinen Kratzers auf Gott und die Welt schimpfen? Sie stehen mit einem Fuß im Grab und hoffen, vor ihrem Auto auf dem Friedhof zu landen.»

«Ich rede nicht über meine Generation, Maria. Ich rede über die Zwanzigjährigen. Wo werden sie in zehn Jahren sein?»

«Dort oben.» Ich deute zur letzten Etage seines Gebäudes hoch. «Ich kenne die Zwanzigjährigen gut. Die meisten träumen davon, was ihnen ihre Eltern eingeimpft haben. Von einem Masterabschluss, von einem guten Job bei der EU, von viel Geld. Sie sind noch Kinder und weißt du, wovor sie sich am meisten fürchten? Arbeitslos zu sein.»

«Nein, bald haben sie es satt, sich zu fürchten. Sie sind smart, sie langweilen sich jetzt schon. Bald sind diese Zustände für sie ausgereizt. Die Zustände geraten ohnehin bald selbst an ihre Grenzen. In fünf, höchstens zehn Jahren geht alles in Flammen auf.»

«Ist es das, was dich interessiert? Dass alles in Flammen aufgeht? Wer glaubst du, dass du bist? Nero?»

«Was mich interessiert, ist der Zorn, der Widerstand. Mich interessiert, dass die Menschen am eigenen Leib erfahren, wie das Ausbeutungssystem genau funktioniert. Nur dann schlagen sie alles kurz und klein. Weißt du, was unsere Zeit auszeichnet? Man spricht dem Staat jede Legitimation ab.»

«Die Menschen befreien sich nicht durch Bildung, sondern sie bilden sich durch Freiheit. Du legst es darauf an, den Prozess umzukehren. Die Revolution wird nicht von ein paar wenigen Auserwählten vorbereitet.»

«Wer spricht von Auserwählten?»

«Du selbst! Du redest wie der Generalsekretär des Exekutivkomitees der kommenden Revolution.»

«Dann versuche ich nicht weiter, dich zu überzeugen.»

«Doch, tu das. Überzeuge mich!»

Aristomenis seufzt. Er trommelt mit den Fingern auf dem Lederlenkrad.

«Wo soll ich beginnen?»

«Beim Anfang.»

Am Anfang waren die epirotischen Berge, bedeckt von unberührtem Schnee. Am Anfang war ein anständiges und einfaches Leben. Eine auf Tauschhandel basierende Gesellschaft, eine spontan entstandene regionale Genossenschaft, eine anarchistische Utopie der Bedürfnisse. Nimm dir Eier, gib mir Wein. Mit Fünfzehn ging er nach Athen, um bei einem Onkel zu wohnen, der Buchhändler war. Er war glücklich, den offenen Horizont gegen ein Dachstübchen in Pangrati einzutauschen. Morgens ging er zur Schule, nachmittags zur Buchhandlung. Abends stieg er zur Dachterrasse hoch und blickte auf Athen, das sich grauweiß abzeichnete wie Schnee, der unter den Reifen eines Lastwagens schmilzt. «Beulen, lauter kleine Beulen», flüsterte er und deutete auf die ersten Athener Wohnblöcke. Er wollte auch solche Beulen errichten. Ihn faszinierte das Leben, das um ein erleuchtetes Fenster Gestalt annimmt, das gebaut wurde, um dieses Leben zu vereinnahmen und an den Horizont zu projizieren. In einem Architekturbuch traf er auf faszinierende, sandwichartige Häuser mit flachen Betondächern. Der Architekt hieß Frank Lloyd Wright.

Die erste wichtige Lektüre erzeugt eine Art metaphysischen Trotz: Man versucht zu beweisen, dass das eigene Leben und das der bewunderten Person etwas gemeinsam haben. Und was hatten Aristomenis und Frank Lloyd Wright gemeinsam? Die Liebe zur Natur, zur Harmonie, zur Einfachheit und die Bewunderung für die Form des Schneckengehäuses. Die Fähigkeit zu träumen, das Ideal von einer dezentralisierten Stadt. Die Gleichgültigkeit dem Geld und den materiellen Dingen gegenüber. Die Beharrlichkeit, die meditative Haltung und die Fähigkeit, Landschaften zu memorieren. Die Ansicht, dass Ornament nichts anderes ist als eine Hervorhebung der Form, dass Form und Funktion zusammenfallen. Das – wie sich später herausstellen sollte – beiderseits chaotische und tragische Privatleben. Wenn man einmal damit beginnt, versucht man noch größere Annäherung an sein Idol zu erzwingen: Wrights religiösem Glauben setzte Aristomenis eine konfuse Metaphysik der natürlichen Ordnung der Dinge entgegen, Wrights aufrichtigem Hochmut eine ebenso aufrichtige Imitation von Hochmut.

Er schloss sein Architekturstudium in Athen ab und ging mit einem Stipendium des Französischen Kulturinstituts nach Paris. Auf dem Höhepunkt des Pariser Mai schloss er sich den Situationisten an und brach sein Aufbaustudium mittendrin ab. Arbeit war für ihn beinah zum Schimpfwort geworden, zu einer Fehlentwicklung der Konsumgütergesellschaft. Er machte sich vertraut mit den einzigen Reaktionsmöglichkeiten auf die «Gesellschaft des Spektakels»: Vandalismus und Sabotage. Er nahm die Parole «Befreie deine Leidenschaften» beim Wort und entdeckte die Freuden des Sex.

Am Ende dieser glanzvollen Epoche fühlte er sich arm und zutiefst einsam. Er verbrachte seine Zeit mit Alkohol und dem Kopieren von Piranesis Radierungen «Die imaginären Gefängnisse». Ein Satz des Komitees der Sorbonne-Besetzung verwies ihn zurück zur Quelle: «Die Menschheit wird erst glücklich, wenn der letzte Bürokrat an den Gedärmen des letzten Kapitalisten aufgehängt wird.» Wie drückte Frank Lloyd Wright es aus? Dass Bürokraten mit Dreißig sterben und mit Sechzig begraben werden. Und, wie noch? Dass Demokratie das Gegenteil von Totalitarismus, Kommunismus, Faschismus und Pöbelherrschaft ist. Und, wie noch? Dass wir der Regierung zeigen könnten, mithilfe einer besseren Architektur besser zu funktionieren. Da ist sie wieder, die Architektur als Rettung, als Ideologie und als Quintessenz der Politik. Aristomenis stürzte sich in die Arbeit und versuchte, seine romantische Natur mit dem praktischen Handeln in Einklang zu bringen. Auf der einen Seite standen Reeds Theorie der Selbsttranszendenz und die «Communitas» der Brüder Goodman, und damit auch die geistige Rückkehr in die epirotischen Dörfer, zu einer Gemeinschaft, in der Produktion und Konsum nicht getrennt sind. Auf der anderen Seite stand sein schräges Zeichenpult, auf dem die Gebäude, die aus einer Kombination von Form und Funktion resultierten, fieberhaft schnell Gestalt annahmen.

Sein Privatleben verlief chaotisch. Seine erste Frau verließ ihn für einen Politiker der französischen Rechten. Seine zweite, exzentrische Frau litt an Anorexie im Endstadium und benutzte den Kühlschrank ihrer Wohnung nur noch als Schirmablage. Er war so in seine Arbeit vertieft, dass er erst wenige Wochen vor ihrem Tod merkte, was los war. Er verfiel in eine Depression. Danach begann er noch härter zu arbeiten. Nur eine Frau, die seine Ansichten teilte, würde an seiner Seite nicht erkranken. Bei einem befreundeten Universitätslehrer sah er manchmal eine junge Frau, die in Zitaten redete, mit den Türen schlug und vor Zorn errötete. Atemberaubend hübsch, mit einem Grübchen am Kinn und einer hellen Stelle an der Augenbraue. Nach dem Tod des Universitätslehrers brach die junge Frau zusammen. Da offenbarte sich ihre innere Schönheit wie eine Landschaft, die Aristomenis memorieren konnte. Das war ohnehin seine Naturbegabung: Er besuchte nur ein, zwei Mal den Ort, wo ein Gebäude zu errichten war, und hatte das fertige Ergebnis bereits im Kopf. Die junge Frau war natürlich Anna.

Als Anna nach Athen zurückkehrte und als uns die «Geschichte» zustieß, war Aristomenis bereits einen Schritt weiter. Müde und enttäuscht von der gesellschaftlichen Verdummung begann er, Lloyds Theorien ins Gegenteil zu verkehren. Eine doppelte Negation ergibt eine positive Aussage. Wenn, wie Wright sagt, Form und Funktion zusammenfallen, dann kann die Funktion die Form zerstören und die Form ihrerseits die ursprüngliche Funktion. Daraus folgt die Architektur als Zerstörung des Systems, das sie genährt hat.

Er übernahm große Aufträge für Bürokomplexe und versuchte, diese verhängnisvolle Gleichung zu lösen: Wie beeinflusst du das Leben der Menschen durch die Form, die Materialien, die Funktion? Wie aktivierst du Arbeitnehmer, die sich zwischen Bedürfnissen, Ausbeutung und Langeweile hindurchlavieren? Wie bekämpfst du ein verrottetes System, das kreatives Schaffen in Arbeit umwandelt? Ein Weg ist die Umkehrung von Funktion und Gebrauch: Du gibst einer Bank die Form eines antiken Tempels. Du baust einen Wolkenkratzer mit Fenstern, die sich nicht öffnen lassen. So schaffst du die Illusion einer Welt, die dem Arbeitnehmer gehört und zugleich nicht. Du konstruierst die große, offene Büro-Gefängniszelle, in der sie ohne eine einzige Trennwand trotzdem an ihre Grenzen stoßen. Sie können sich nicht an der Nase kratzen, keinen Knoblauch essen und kein privates Telefonat führen, ohne dass der Kollege nebenan es mitbekommt. Das Leben wird hart, es wir unerträglich. Durch die verwendeten Materialien gewinnt es den Anschein von Luxus, was die Trauer und die Unfreiheit nur noch verstärkt. Die Menschen hören auf zu denken. Sie sammeln Wut in sich an. Wut – das ist ein Wort, das Anna in jener Zeit fasziniert haben muss, als ihr Innenleben ein Feld von Widersprüchen und unkontrollierten Zorns war. Auf einem Empfang begegneten sie sich wieder, Aristomenis sprach von Annas Vater, dem Situationismus und seiner Theorie von der, wie er es ausdrückte, anorganischen Architektur. Die Ausbeutung des Systems hatte Anna immer schon fasziniert. Ich kann mir die Fortsetzung vorstellen. Sie bündelten ihre Kräfte, sie bündelten ihre Leben.

«Wie wirkt sie auf dich?», fragt er, während er sacht den Gang wechselt. Wir haben die Ippokratous-Straße erreicht, er schaltet den rechten Blinker ein. Die abschüssige Kallidromiou-Straße erfüllt mich immer mit einem warmen Gefühl.

«Gut, vermute ich. Glücklich, will ich sagen.»

«Es ist ein zerbrechliches Glück», sagt Aristomenis und bürstet erneut seine Brauen. «Ich fühle mich sicherer, wenn ich weiß, dass sie Menschen um sich hat. Dass du bei ihr bist.»

Bist du wie Stamatis? Soll ich für dich auf sie aufpassen?

«Sie achtet nicht auf sich. Hörst du, wie sie hustet? Sie hat ständig erhöhte Temperatur und ist andauernd krank», sagt er.

Dann soll sie das Rauchen einschränken. Was bin ich? Ihre Krankenschwester? Ich bin es satt, mich mit Annas Problemen zu beschäftigen. «Im Frühling muss man aufpassen» sage ich. «Da fängt man sich leicht eine Erkältung ein.»

Aristomenis stellt den Motor ab und blickt mich aus großen, traurigen Augen an. «Ich frage mich, ob es nicht mehr ist als eine Frühlingsgrippe. Ob sie sich nicht selbst zerstört.»

Alle machen sich ständig über Anna Gedanken. Etwas ist an ihr, das immer noch appelliert: «Ich bin außergewöhnlich. Passt auf mich auf, *merde!*»

«Pass auf!», ruft Kayo im Dunkeln. Er liegt auf der Couch und fast hätte ich mich auf ihn gesetzt. Ich mache kein Licht an. Wie Anna ziehe ich die Schuhe aus und versuche sie ebenso graziös von mir zu werfen. Dann zünde ich mir eine Zigarette an.

«Was ist los? Du rauchst?»

«Ich habe mich heute mit Anna getroffen und ihren Mann kennengelernt.»

Kayo, das glühende Ende der Zigarette und ich, im Wohnzimmer herrscht eine stillschweigende Übereinkunft: Er stellt keine Fragen, sondern wartet, bis ich rede.

«Sie haben ein schönes Haus.»

«Daran hatte ich keinen Zweifel.»

«Und sie haben sich eine großbürgerliche Revolution ausgedacht.»

«Anna ist zu allem fähig. Wie ist er?»

«Ungewöhnlich, klug, ein bisschen abgedreht.»

Ich beschreibe kurz die Fakten.

«Lass dich nicht wieder auf sie ein», sagt Kayo.

«Für so etwas habe ich gar keine Zeit. Das hat mich bereits Jahre meines Lebens gekostet.»

«Was tust du dann bei ihnen?»

«Ich bin neugierig, verstehst du das nicht?»

«Curiosity killed the cat», sagt er. Normalerweise sprechen wir Französisch miteinander, sein Englisch hat, wie bei allen Franzosen, einen witzigen Akzent.

«Apropos Katze, wo ist sie eigentlich?»

«Sie hat wieder mal die Krise, sie hat mich gekratzt und mir die Hand verletzt.»

Ich mache das Licht an. Es ist eine tiefe, blutverkrustete Wunde. Ich hole Watte und Wasserstoffperoxid aus dem Bad.

«Ich begreife es nicht. So oft haben sie uns die Köpfe eingeschlagen, aber du kannst nicht mal eine kleine Wunde versorgen?»

«Ich habe gewartet, bis du kommst», sagt er.

Es ist unwahrscheinlich, dass er sich je aus dem blauen Wohnhaus wegrührt. Ich lege den Kopf an seine Schulter, meine Hand auf seine Wunde und die Einsamkeit verschwindet.

Ich trage Jeans und Turnschuhe, um flexibel reagieren zu können. In meiner Aktentasche stecken grüne Perücken, Schwimmbrillen und Konfetti, Kayo hat seine mit Flyern vollgestopft. Wir treffen uns mit Irini und den «Gelben Perücken» am Bahnsteig in Richtung Syntagma-Platz. Der Plan lautet: In jeden Wagon steigen je drei von uns, damit haben wir den ganzen Zug besetzt. Sofort wird Musik gemacht, um den Leuten die Angst zu nehmen. Wir haben keine richtigen Musikinstrumente dabei, stattdessen verteilen wir Trillerpfeifen an die Fahrgäste. Wir haben uns Bambus-Regenmacher besorgt, zur Not können wir sie auch als Schlagstöcke gegen die Polizei einsetzen. Die Leute in den Bärenkostümen schlagen mit Topfdeckeln den Takt. Ziel ist der Syntagma-Platz. Dort nehmen wir dann alle den Weg zum Ausgang und treffen uns mit Kosmas und den «Roten Perücken». Dann sehen wir weiter.

Kayo zwinkert mir zu, bevor er mit zwei Kommilitonen von Irini und Kosmas in den Wagon steigt. Auch wir, zwei junge Mitarbeiter unserer Zeitschrift Exit und ich, besteigen unseren Wagon. Sobald die Türen schließen, verteilen wir Flyer und Trillerpfeifen. Wir setzen die Schwimmbrillen und die Perücken auf, grüne diesmal. Die

Farbe ist eine Ironie des Schicksals, wenn man bedenkt, dass ich früher einmal in ein PASOK-Mitglied verliebt war.

Die ersten Sekunden, die spontanen Reaktionen der Leute sind entscheidend. Nachmittags sind mehr junge Leute unterwegs, aber das ist keine Erfolgsgarantie. Die Situation steht auf der Kippe. «Seid ihr eine Theatergruppe?», fragt eine Dame, die Tante Amalia in ihrer letzten Phase ähnelt. «Das ist kein Theater», sage ich und fasse sie sanft um die Handgelenke. «Das ist das Leben!»

«Die Metro gehört uns!», rufen unsere Leute. «Sie gehört uns allen! Athen gehört uns! Nein zu einem Leben ohne Saft und Kraft!»

All das war Kayos Idee, er ist verrückt nach Regen. Auch der Ausdruck «Leben ohne Saft und Kraft» und die Bambus-Regenmacher. Er nannte das Ganze eine «Sintflut der Freude». Dadurch kamen wir auf die bunten Perücken, denn alle Leute assoziieren anarchistisches Denken immer mit der Farbe Schwarz.

Der Rhythmus springt wie durch ein Wunder über. Wir schütteln die Bambus-Regenmacher, improvisierter Samba hallt durch den Zug. Die «Bären» im Wagon nebendran begleiten uns mit Schöpflöffeln und Topfdeckeln, der Lärm schwillt an, wird zu einem freudigen, ohrenbetäubenden Ur-Rhythmus. Erneut verteilen wir Trillerpfeifen. Ein paar junge Frauen im Business-Look lachen auf, die gute Laune ist ansteckend. Ganz in der Nähe geht eine Scheibe zu Bruch, eine Frau schreit «Jesus, Maria!», aber ihre Stimme geht im rhythmischen Händeklatschen unter.

Die meisten konnten wir mitreißen, da bin ich mir sicher. Natürlich gibt es auch leichenblasse Fahrgäste, die mit offenem Mund dasitzen. Ich konnte noch nie verstehen, warum die Leute erschrecken, wenn eine Fensterscheibe zerbirst. So, als wäre sie ein unersetzliches Gut.

Der Zug hält nicht an der folgenden Station. Die auf dem Bahnsteig wartenden Fahrgäste starren uns sekundenlang an, als seien wir Außerirdische. «Wir-sind-echte-Menschen! Wir-sind-echte-Menschen!», skandieren sie im Wagon nebendran. Trotz der erstaunlich guten Isolierung schallt die Parole überallhin, der Zug bebt. Ein paar Ältere lesen angsterfüllt den Flyer. Vielleicht fürchten sie, der Weltuntergang stehe bevor. Der Zug bleibt nirgends mehr stehen. Es ist offensichtlich: Sie fahren uns schneller als gedacht zu unserem Ziel, dem Syntagma-Platz. Die Bahnsteige wurden geräumt. An der fünften Station der Fahrstrecke haben sich die Polizeieinheiten auf dem Bahnsteig formiert. Wir öffnen die Fenster und lassen Konfetti auf sie regnen.

Eine Frau hämmert mit den Fäusten gegen die Fenster und macht den Polizisten verzweifelt Zeichen.

«Von denen können Sie nichts erwarten», sage ich zu ihr. «Wir tun nichts Böses. Hier, lesen Sie!»

Ich drücke ihr Irinis Text über die Obdachlosen in die Hand. Die eine Stelle gefällt mir besonders: «Eine junge Frau ging gedankenverloren über den Syntagma-Platz. Wahrscheinlich war sie, beladen mit Einkaufstaschen, nach der Arbeit auf dem Nachhauseweg. Fast wäre sie über eine Gruppe von Obdachlosen gestolpert. Sie zuckte zusammen und verzog angeekelt das Gesicht. Unsere größte Angst ist, vollkommen zu verarmen. Jetzt aber tauchen die Menschen ohne Arbeit und Wohnung vor uns wieder auf, sie verstecken sich nicht mehr. Es sind keine Gespenster, keine Geschöpfe aus unseren Alpträumen. Es sind echte Menschen. Durch ihre Existenz können sie uns von unserer schlimmsten Angst befreien – nämlich, dass wir aufhören zu existieren, wenn wir unsere Arbeit verlieren. Der Staat fördert ganz bewusst diesen Irrglauben. Er versteckt die Obdachlosen, jagt sie fort und betrachtet sie als Makel. Die Wirte verjagen die Bettler, wie sie es Jahrhunderte früher mit den Leprösen getan haben. Lasst die Obdachlosen in der Metro schlafen! Oder, noch besser, gebt ihnen eine Wohnung!»

Die Frau zupft mich am Ärmel. Sie fuchtelt vor meinem Gesicht mit dem Flyer herum. Sie sagt etwas, aber ich kann sie im rhythmischen Getöse nicht verstehen.

«Wie?», sage ich. «Was?»

«Hab doch schon gesagt, Mädchen: Ich nicht kann lesen.»

Sie spricht gebrochen Griechisch. Vermutlich ist sie Albanerin.

Ich sitze auf einem fliegenden Teppich. Die Leute hinter mir drängeln. Selbst wenn ich meine Beine nicht mehr gebrauchte, würden mich Ellenbogen und Hände zu den Rolltreppen schieben. Die Trillerpfeifen veranstalten einen Höllenlärm. Junge Leute schnellen auf und nieder wie bei einem Konzert. Die Aktion scheint gut zu laufen, aber ich bin nicht imstande, es zu beurteilen. Ich halte die Frau, die mich vorhin am Ärmel zupfte, an der Hand. Ich ringe nach Luft.

«Wo wir gehen hin, Mädchen?»

Vielleicht ist es das Wort, das sie verwendet: Mädchen. Oder das am hinteren Gaumen ausgesprochene *ch*. Oder die simple Botschaft des Satzes «Ich nicht kann lesen». Ich ringe immer stärker nach Atem. Die Treppenstufen schwanken unter mir. Die Gesichter der Menschen wabern um mich herum. Das Trillern der Pfeifen hat sich zu einem dämonischen Geheul verzerrt. Hier halte ich es keine Minute länger aus. Ich muss die Frau in Sicherheit bringen und dann schnell weg. Aber wohin?

Anna, Anna, das Gesicht des Albaners verfolgt mich. Ich sehe es hinter den undurchdringlichen, getönten Helmvisieren der Polizei-Sondereinheit. Wenn ich mir am Becken das Gesicht wasche. Auf den Flyern, wo wir von Gleichberechtigung und von Gerechtigkeit schreiben. Im Kochtopf, in dem Wasser siedet. Und vor allem in der Klomuschel. Zwei- bis dreimal muss ich spülen, damit es verschwindet. Wie hat es Camus in unserer Satzung formuliert? «*Amesi Drasi* bedeutet, so leidenschaftlich zu sein, dass sich deine Gefühle auf somatische Weise und dein politisches Denken auf dramatische

Weise äußern.» Meine Gefühle äußern sich auf ausgesprochen somatische Weise: Ich zittere wie Marthas Baby. Gleich springt mir das Herz aus der Brust. Nur wärmt mir niemand die Hände oder reibt mich mit Alkohol ein. Nur die unbekannte Frau vielleicht. Als sie etwas aus ihrer Tasche ziehen will, schneidet sie sich an einem Stück Papier und aus ihrer Fingerspitze quillt ein Blutstropfen. Das ist der Gnadenstoß. Mir wird schwarz vor Augen.

«Was fehlt dir?», fragt eine junge Frau mit gelber Perücke und durchdringend blickenden, tiefgrünen Augen. Eine riesige Heuschrecke. Sie fasst mich an, knöpft mir die Bluse auf. Das war's, gleich frisst sie mich.

«Maria, hörst du mich?» Sie versetzt mir eine Ohrfeige. Dann noch eine. «Maria, hörst du mich? Ich bin's, Irini!»

Ich stürze in Dafnis Zeichnung. Ich renne über den braunen Acker, plitsch-platsch, zur Höhle. Meine Füße versinken immer tiefer im Schlamm. Ich bekomme überhaupt keine Luft mehr, denn ich bin keine Hexe, nicht mal ein Hexenkind. Mit langsamen Zügen schwimme ich im Sumpf, nur mit Mühe halte ich meinen Kopf hoch. Langsam begreife ich es: Mein Kopf ist der Höhleneingang. Mein Körper ist nicht bloß gefühllos, er ist aus Stein.

Ich bin die Höhle.

Sechs

Ich habe einen hartnäckigen Alptraum. Zulassungsprüfung zur Universität. Aufsatzthema: «In der heutigen Zeit haben sich die zwischenmenschlichen Beziehungen verkompliziert. Bewerten Sie in diesem Zusammenhang die Bedeutung der wahren Freundschaft.» Alle haben ihre Arbeiten abgegeben, die Klasse ist leer und ich sitze vor einem weißen Blatt Papier. Meine linke Hand ist so lahm wie damals, als ich den Gipsverband trug. Ich versuche, mit der rechten ein paar Krähenfüße zu malen. Über mir steht Frau Fotaki, unsere Griechischlehrerin in der Oberstufe. Sie blickt auf ihre Uhr. «Deine Zeit ist um, Papamavrou.» In der Tat, sie ist um.

Seit Anna nach Paris abgereist ist, um an der *École des Beaux Arts* zu studieren, schlage ich meine Zeit vor dem Fernseher mit Serien, MTV und Werbefernsehen tot. Ich lese nicht, zeichne nicht, gehe nicht vor die Tür. Stattdessen rauche ich Kette und drücke so heftig auf die Fernbedienung, dass meine Fingernägel Kerben auf den Kunststofftasten hinterlassen. Ich esse Chips und Schokolade, nehme zu und beginne, Mama zu ähneln. Der nächsten Phase, in der man sich völlig der Obhut Gottes anvertraut, sich ständig bekreuzigt und Öllämpchendochte über dem Bett entzündet, hoffe ich dennoch zu entgehen. Im Grunde glaube ich, dass jemand oder etwas kommen wird, um mich zu retten.

Es ist Andreas Papandreou, der mich ein weiteres Mal rettet. Er kommt in das Apartment im blauen Wohnhaus, packt mich an den Haaren und versetzt mir den Tritt, den ich brauche, um wieder hinaus in die Welt zu gehen. Schon allein aus Dankbarkeit dafür hätte ich Mitglied der Panhellenischen Sozialistischen Bewegung werden sollen.

Es ist März und die Nachricht schlägt ein wie eine Bombe: Papandreou nominiert Christos Sartzetakis – bekannt durch seine

Rolle als Untersuchungsrichter bei den Ermittlungen zur Ermordung des Abgeordneten Grigoris Lambrakis im Jahr 1963 – für das Amt des Staatspräsidenten. Damit schafft er eine informelle Front gegen die konservative Politikerikone Konstantinos Karamanlis. Zwei Fliegen mit einer Klappe: Er neutralisiert Karamanlis und gleichzeitig schwächt er die Position des übermächtigen griechischen Staatspräsidenten. Das politische Feuilleton geht auf die Barrikaden. Ich beginne, die Nachrichten zu verfolgen und mich wieder für die Tagespolitik zu interessieren. Papandreou handelt gegen die übliche politische Moral, doch sein Schachzug ist brillant. Es geht um die Machtfrage. Und wer die Oberhand behält.

Antigoni ruft mich an und beschimpft ihn. Zum ersten Mal seit Annas Abreise sprechen wir wieder miteinander. Sie ist zurück im Schützengraben: Ausschussmitglied zur Abschaffung der Todesstrafe, für die politischen Gefangenen in Kuba und Zaire, für die Menschenrechte. Sie fragt mich nicht, wie es mir geht, sondern schmäht Papandreou als «zynischen Utopisten». Ich halte den Hörer von meinem Ohr weg, da sie alles persönlich nimmt und im Zorn laut wird. Ich tue so, als würde ich ihr zuhören, hänge aber meinen eigenen Gedanken nach. Angenommen, ich wäre die abgetakelte Regierung und Anna die höchste politische Instanz, wie könnte ich sie entmachten? Indem ich mir meinen eigenen Sartzetakis finde. Ich würde sie nicht warnen. Soll sie ruhig weiter glauben, dass sie an der Macht bleibt. Ich würde ihr die Falle stellen und mit großer Freude zusehen, wie sie hineintappt. Sie hat es verdient. All die Jahre hat mich ihre ganze Familie zum Narren gehalten. Studium in Paris? Vergiss es! Sie hat ihre Koffer gepackt, Stamatis ihre Dachkammer renovieren lassen und im letzten Moment zu mir gesagt: «Komm nicht zum Flughafen. Das tut zu weh, *merde!*» In meiner Fantasie hatte ich mir Kunstunterricht, *chouquettes,* junge Männer, Kundgebungen, Konzerte von

Les Rita Mitsouko ausgemalt. Mit einem Fußtritt hat Anna all das kaputt gemacht.

Wollten wir nicht Kunst und Malerei studieren und den ganzen Tag zusammen sein?

Und wo ist sie jetzt hin? So weit fort wie möglich. Sie schreibt mir herzzerreißende Briefe und verziert sie mit «Touche pas à mon pote»-Stickers, um mir zu zeigen, was für eine brave Rassismusgegnerin sie ist. Zu Weihnachten kehrt sie mit faulen Geschenken unterm Arm zurück: Anaïs Anaïs-Parfüm, der neue Koundera, ein de Kooning-Poster aus dem Centre Pompidou, altbackene *chouquettes* vom Bäcker um die Ecke. Ohne kurzsichtig zu sein, trägt sie ein schwarz umrandetes Brillenmodell aus den Fünfziger-Jahren, einen Button von «Les Négresses Verts» am Kragen und sehr spitz zulaufende Schuhe aus zweiter Hand, die in Paris wahrscheinlich in Mode sind. An ihren Händen kleben Reste von Acrylfarben, eine Kunststudentin wie aus dem Bilderbuch. Ich wurde an keiner Kunsthochschule angenommen. Bei der Zulassungsprüfung zur Universität habe ich tatsächlich ein leeres Blatt abgegeben. Es gibt keine Revolution, keine Bewegung mehr, der man sich anschließen könnte. Nur noch diejenige zur «Verweigerung der menschlichen Idiotie».

Ich beginne, im *Brutus* nahe dem Alexandras-Boulevard zu verkehren, wo ich Schriftsteller, angehende Juristen und einen melancholischen Nachwuchsregisseur mit schlechten Zähnen kennenlerne. Das hier ist meine Universität mit improvisierten Philosophie- und Ästhetikvorlesungen bei einer Flasche Wein. Kurz vor den Parlamentswahlen vom Juni lerne ich dort die Malerin Diana kennen, Dozentin an der Kunsthochschule. Sie ist um die Vierzig, hager, mit schönen Mandelaugen. An ihrem warmen Händedruck, an ihrem aufmunternden Blick erkenne ich, dass es mein Glückstag ist.

Ich habe meinen Sartzetakis gefunden.

«Ab September kommst du als Gasthörerin in meinen Kurs», sagt Diana. «Und nächstes Jahr bewirbst du dich an der Kunsthochschule.»

«Ich überlege es mir.»

«Da gibt es nichts zu überlegen.»

Sie nimmt mich mit zum neu berufenen Rektor der Kunsthochschule, ganz privat. Ich schleppe die alte Bewerbungsmappe mit den Arbeiten an, die seit der Zeit der in Flammen stehenden Röcke entstanden sind. Es kann nur eines von beiden sein: Entweder gefallen ihnen meine Werke wirklich oder sie können die französische Höflichkeit nicht ablegen. Der Rektor ist gerade mit Frau und Kindern aus Paris zugezogen, auch sie essen andersherum, erst die Hauptspeise und dann den Salat. Er ist Modigliani wie aus dem Gesicht geschnitten. Die krausen Haarlocken fallen ihm ins Gesicht, es ist schrecklich dünn und lang, instinktiv bückt er sich, wenn er durch eine Tür geht. Seine Frau ist Architektin, vermutlich pausiert sie beruflich und befasst sich hauptsächlich mit der Karriere ihres Mannes, was sie aber nicht einmal vor sich selbst zugeben würde. Die Kinder sind geschätzte Vierzehn, also in dem Alter, wo man jeden, der die Schule hinter sich hat, links liegen lässt.

Unwillkürlich entschlüpfen ihnen französische Wörter am Tisch, sie schaffen um mich herum eine kleine Kolonie Pariser Lebensgefühls. Ich habe ziemlich viel getrunken und mir kommen die Tränen. Die Frau des Rektors umarmt mich. «Du bist eine wahre Künstlerin! Bei jeder Kleinigkeit weinst du, *merde!*» Nicht bei jeder Kleinigkeit. Andersherum gegessene Speisen, Linke im selbstgewählten französischen Exil und Werke des *Nouveau Réalisme* an den Wänden sind der Inbegriff all meiner verdrängten Erinnerungen.

Am Abend bringt mich Diana mit ihrem Auto nach Hause. Meine Eltern sind über das Wochenende nach Ägina gefahren. Sie mieten sich im «Zimmer der Seufzer» ein, wie ich es nach meiner enttäuschten Liebe genannt habe. Sie glauben, Ägina ähnele Ikeja, und träumen vom Ankauf eines Grundstücks. Diana schlägt vor, mit nach oben zu kommen und sich die großen monochromen Arbeiten anzusehen, an denen ich in letzter Zeit male. Sie mustert sie interessiert. Noch mehr Interesse entwickelt sie für meinen Ausschnitt. «Maria, großartig!» Spricht sie über meine Malerei oder über meine Brüste? Es ist mir schnurz. Auch ich kämpfe nun – Papandreous Slogan getreu – ganz bewusst für «noch bessere Tage», eine zynische Utopistin ganz nach seinem Ebenbild.

Könnten mich die Regierungsmitglieder sehen, wenn ich meine monochromen Schichten grob und dick wie ein Anstreicher auftrage, würden sie mich in ihrer Spar-Rhetorik als abschreckendes Beispiel verwenden. Das ist sie, die Papamavrou, die mehr verbraucht als sie produziert, die auf einen Schlag fünf Liter Farbe vernichtet und danach – angeblich, um ihre Pinsel auszuwaschen – stundenlang den Wasserhahn laufen lässt. Das ist er, der gewissenlose griechische Bürger, den wir wegjagen wollen.

Es gibt eine gute und eine schlechte Verschwendung. Anstatt Heuschrecken zu essen und meine Fingernägel in die Fernbedienung zu bohren, gönne ich mir die kreativsten Handlungen. Sowohl auf dem Papier als auch auf Dianas Körper skizziert mein Pinsel immer und immer wieder die «Verweigerung der Idiotie».

«Jetzt sag bloß, dass du Lesbe bist!» Sie brüllt mir ins Ohr und sieht aus, als würde sie gleich in Tränen ausbrechen. Wir sitzen auf den Barhockern im *Pieros* und schreien wegen der lauten, aber perfekt passenden Hintergrundmusik – *Don't you want me baby* von «The Human League».

«Ich bin keine Lesbe, Anna. Lass die Pauschalisierungen, ich bitte dich!»

«Bist du denn verrückt geworden? Ganz und gar verrückt? Willst du dir dein Leben kaputt machen?»

«Willst du sagen, dass sich Minderheiten ihr Leben kaputt machen? Sehr progressive Ideen hast du in Paris angenommen! Wozu dann die ganzen ‹Touche pas à mon pote›-Sticker?»

Wir sind beide betrunken, haben uns Party-Pillen geteilt, die von Hand zu Hand gehen, und sind außer uns vor Wut. Die anderen stürzen eilig herbei, um uns zu trennen. Dennoch haben wir genug Zeit, die Krallen auszufahren. Anna kneift mich heftig in den Arm und erhält dafür eine Ohrfeige mit der Rückhand.

«Ich lege euch gleich Handschellen an!» Diana probiert es mit einem Scherz.

«Verschwinde, du dreckige Butch!», schreit Anna.

«Wenn ich das bin, was du sagst, dann bist du eine ordinäre Drecksgöre, die ihre Freunde nach Strich und Faden ausnutzt! Genau das!»

Anna weicht zurück. Sie schluchzt, Speichel läuft ihr übers Kinn, zum ersten Mal ist sie hässlich, ein abschreckender Anblick.

«Du weißt nicht, was du sagst. Sie ist meine beste Freundin! Sie ist, sie ist …»

Ich werde schwankend.

Anna dreht sich um und rennt weg.

«Wenn du ihr jetzt nachläufst, dann ist es aus mit uns», sagt Diana.

Aber ich bin ihr schon auf den Fersen.

«Du hast dein Schicksal verdient!», ruft mir Diana noch hinterher.

Sind wir neun oder neunzehn Jahre alt? Anna und ich liegen rücklings am Strand, wir bohren mit unseren Fußsohlen Löcher in den Sand und quatschen ununterbrochen, springen vom einen Thema zum anderen, als wären wir nie getrennt gewesen, als wäre nie ein Schatten auf unsere Freundschaft gefallen. Sie erzählt mir von Ulrich, einem Deutschen mit iranischen Wurzeln, den sie in einem Atelier kennengelernt hat, und von einem ständig zugedröhnten Bassisten, der ihr keine Beachtung schenkt. Ich erzähle ihr vom Rektor und seiner Frau.

«Ach, Maria, stellst du mich ihnen vor?», fragt sie.

«Mal sehen.»

Ich befürchte, dass sie sie einwickelt wie alle anderen auch. Aber es hat keinen Sinn, ständig in dieser Angst zu leben. Außerdem nimmt Anna nicht nur, sie gibt auch. Dank ihrer ungebremsten Kontaktfreudigkeit kommen wir auf den Stufen vor dem *Pieros* mit Christoforos ins Gespräch. Er ist ein wenig älter als wir und hat gerade sein Chemie-Studium beendet. Er redet über praktische Dinge und gebraucht Verben, die energisches Handeln ausstrahlen: tun, sehen, gehen. Er hat einen hintergründigen Humor und einen kleinen Buckel, der erahnen lässt, dass seine Umarmung warm und weit sein muss. Bis jetzt waren die Menschen für mich wie Treppenstufen, ich ging vom einen zum nächsten über. Ich frage mich, ob Christoforos eine Art Plateau sein könnte, von dem aus ich endlich die Welt überblicke.

Diana redet nicht mehr mit mir, daher vergesse ich die Rolle der Gasthörerin. Aber ihre Saat geht auf: Der Rektor und seine Frau laden mich an einem warmen Septemberabend zum Essen ein. «Du kannst auch Freunde mitbringen», sagen sie. So nehme ich Christoforos und Anna mit. Bevor der *Coque au vin* und der Salat mit Ziegenkäse serviert werden, hat Anna schon ihre Zeichnungen auf dem Esszimmertisch ausgebreitet. Abstrakter Expressionismus mit kräftigen Farbakzenten. Jetzt verstehe ich, warum sie mir Posters von de Kooning mitbringt.

«Also, wenn ein Bild keine Geschichte aus der Bibel darstellt oder eine sonst wiedererkennbare Szene, steht man davor wie ein australischer Ureinwohner.»

Anna verzieht das Gesicht.

Der Rektor öffnet eine Flasche Wein. «Ich mag Menschen, die ihre Unwissenheit zugeben.»

«… oder zugeben, dass Wissen relativ ist», verbessert ihn Christoforos und beide lachen auf. Die beiden Gastgeber und Christoforos sind sich einig und stoßen mit den Gläsern an. Christoforos weiß nichts über zeitgenössische Kunst, aber sein natürlicher Charme macht alles wett. Mit Anna verbindet sie noch mehr – ihr geliebtes Frankreich. Sie sprechen über Guy Debord, über Poulantzas, über Cornelius Castoriadis, über Annas Vater Stamatis. Anna ist sich noch nicht im Klaren, auf welcher Seite sie steht. Namen und Theorien zerkaut sie zu einem hübschen Salat, der vor lauter Gewürzen nach gar nichts mehr schmeckt. Ist sie eine orthodoxe Kommunistin? Ist sie Anhängerin der Situationisten und hasst Parteien? Bewundert sie die Subkultur? Oder will sie Kontakt zu den Mitgliedern von Orgapolis, einem neuen Zweig der marxistisch-leninistischen UCFML aufnehmen?

«Und, was meinst du dazu?», fragt mich der Rektor.

«Ich will mich von Partei- und Machtlogik fernhalten. Das ist das Einzige, was ich will.» Ich könnte hinzufügen: Machtausübung habe ich durch Annas kneifende Finger zur Genüge am eigenen Leib erlebt.

«Das geht nicht, dann entwickelst du dich zu einem unpolitischen Wesen», sagt Anna. Vorläufig streiche ich die Situationisten und Orgapolis von der Fragenliste.

«Pass auf, Anna, so reden die Lakaien der Parteiapparate», sage ich.

«Du musst das System kritisieren, du darfst es nie in Ruhe lassen.»

«Aber du verwendest die Sprache des Systems! Als würdest du anerkennen, dass es keine andere Sprache gibt.» Ich zerteile die Hähnchenbrust so erbittert, dass ich dabei die Haut vom Teller fege.

Vielleicht bin ich schließlich doch eine romantische Autonome.

Ich helfe der Frau des Rektors beim Abräumen.

«Worüber ihr vorhin gesprochen habt …», murmelt sie. «Das stimmt nicht mehr.»

«Was?»

«Die Politik ist tot. Ich sage das ohne Nostalgie. Alle fahren mit der Metro zur Arbeit, kommen abends hundemüde nach Hause und wollen von nichts mehr etwas wissen.»

«Aber doch nicht alle!»

«Doch, alle!»

«Wie finden Sie Annas Bilder?», frage ich, um das Thema zu wechseln. Ich werde melancholisch, wenn jemand die Möglichkeit einer zeitgenössischen Revolution leugnet.

«Sie hat eine gute Technik, aber keine persönliche Vision. Du dagegen hast eine Vision, kümmerst dich aber nicht die Bohne um Technik.»

«Soll ich das als Kompliment auffassen?»

«Es ist die Wahrheit, Maria. Raff dich auf und nimm ein wenig Nachhilfeunterricht. Und bewirb dich an der Kunsthochschule.»

«Ich glaube nicht an Hochschulen.»

«Ich auch nicht. Aber sie vermitteln die technischen Grundlagen, die man danach wieder über Bord werfen kann. Jetzt aber brauchst du sie genauso wie die Illusion einer politischen Vision. Später, wenn du älter bist und dir einen Panzer zugelegt hast, machst du ein bisschen Psychotherapie und das war's dann. Niemand kann dich mehr etwas lehren.»

Merde. Sie nimmt es sehr persönlich.

Unter dem Einfluss von Christoforos und der Rektorsfrau werde ich wieder ein braves Mädchen. Ich höre ganz mit dem Fernsehen auf, schränke das Rauchen ein und nehme Unterricht bei Terzis, einem Maler, dem der Alkohol die Leber zerfressen hat. Mein Lehrer ist ein spezieller Fall. So verschiebt er den Unterricht, wenn im Athener Zentrum die Streikkundgebungen gegen die Regierung beginnen. Dass er mit seinen riesigen Stiefeln, den ausdruckslosen

Knopfaugen und seiner Freak-Frisur an Protesten teilnimmt, kann ich mir jedoch nur schwer vorstellen.

«Ich marschiere nicht mit», sagt er zu mir. «Man kann nicht alles mit friedlichen Mitteln lösen.» Aha, jetzt kann ich mir doch vorstellen, dass er Molotowcocktails wirft. Aber statt sich mir weiter anzuvertrauen, macht er einen Rückzieher. «So, und jetzt zum Unterricht!»

Im Sommer '86 mache ich die Aufnahmeprüfung für die Kunsthochschule und Christoforos reist ab, um seinen Wehrdienst abzuleisten. Er hat alle Aufschubmöglichkeiten ausgeschöpft. Wir nehmen dramatisch Abschied und ich nehme ihm fünf Kassetten mit Songs über Trennung und Wiedersehen auf. Ob wir für immer zusammenbleiben? Kann ein Jahr Monogamie eine lebenslange Monogamie werden? Man schickt ihn zum Evros-Fluss an die türkische Grenze und er ruft mich – mit den Nerven völlig am Ende – aus einer Warteschlange von hundert Soldaten vor dem Telefonapparat an. Seine Stimme am anderen Ende der Leitung klingt spröde. Ich gehe auf ein Bier zu Terzis. Der Schaum im Glas macht mich unsagbar traurig. Das eine kommt zum anderen und plötzlich liege ich nackt neben ihm am Boden auf seiner abscheulichen Matratze. Alles, an was ich mich noch erinnere, sind seine gelblich verfärbten Finger auf meinem Körper.

«Wie heißt er?», fragt Anna am Telefonhörer.

«Seinen Vornamen weiß ich gar nicht. Ich sage Terzis zu ihm. Aber ich habe mitbekommen, wie ihn einer am Telefon Camus genannt hat.»

«Camus? Wie der Schriftsteller?»

«Keine Ahnung. Wenn du wüsstest, wie ich mich schäme! Wie kann es passieren, dass ich Christoforos liebe und mit Terzis schlafe?»

«Du schämst dich, weil du es so gelernt hast. Man hat dir beigebracht, dass eine Frau, die mit vielen Männern schläft, ein leichtes

Mädchen ist, während ein Mann, der mit vielen Frauen schläft, ein Mann mit Erfahrung ist. Du darfst keinen Spaß am Sex als körperliche Erfahrung haben, du musst Gefühle investieren, sonst bist du ein böses Mädchen. Habe ich recht oder nicht?»

«Du hast recht.»

«Sind denn die Männer, die jeden Abend ausgehen und sich das Hirn wegficken, keine Huren? Und, im Endeffekt, wo liegt das Problem, eine Hure zu sein? Dein Körper gehört dir und du machst damit, was du willst, oder etwa nicht?»

«Genau.»

«Also, lass die Schuldgefühle sein und schwing dich her, damit wir ganz Paris durchficken.» Ihr ist nichts heilig. Sie ist keine orthodoxe Kommunistin.

Nur, was ist sie dann?

Paris leuchtet im Sonnenlicht. Anna und ich sitzen auf ihrem großen indischen Tuch an unserem Lieblingsplatz im Parc de Buttes-Chaumont und essen Käse-Baguette wie an meinem sechzehnten Geburtstag. Anna redet ununterbrochen über Männer, sie ist richtig sexsüchtig geworden. Sie erzählt mir, dass sie eine Nacht mit einem Liebhaber von Basquiat verbracht hat und wie großartig es sei, mit Bisexuellen ins Bett zu gehen, denn sie hätten ein so großes Identitätsproblem, dass sie einen gedanklich bumsen.

«Das klingt nicht sehr antörnend …»

«Ach, Maria! Wenn du wüsstest, was du verpasst!»

«Ich? Hast du vergessen, wie du genau vor einem Jahr über mich und Diana hergezogen bist?»

Das Apartment ist unverändert. Roman schrubbt hingebungsvoll die Kochfelder am Herd. Stamatis liest im verschlissenen Samtsessel mit der Pfeife im Mund. Es ist, als sei seit meiner Abreise kein Tag vergangen. Der einzige Unterschied ist: Je älter Anna und ich werden, desto altmodischer wird das Verhalten ihres Vaters, der uns wie zwei Fräuleins behandelt. «Oh, Mademoiselle, schön, dass Sie da sind!», sagt er und küsst mir die Hand. Ich entziehe sie ihm, denn ich könnte ihm alles Mögliche vorwerfen. Hätte er mich wie versprochen nach Paris geholt, dann würde ich mich nicht so sehr als Versagerin fühlen.

Am Abend schleppt mich Anna in eine Bar, die sich als Lasterhöhle entpuppt mit sich entkleidenden Frauen auf den Barhockern und küssenden Männerpaaren. Anna drängelt sich zwischen zwei Typen durch und bedeutet mir nachzukommen. Die vorprogrammierte Unzucht wird mir etwas zu viel. Ich poltere die Treppe zu den Toiletten hinunter und laufe einem großen, dunklen Mann mit Rasta-Locken, der mit der Dunkelheit verschmilzt, wortwörtlich in die Arme. Wir verlieren das Gleichgewicht, fallen auf die Treppenstufen und bekommen beide einen Lachkrampf.

«Wie heißt du?», frage ich.

«Kayo», antwortet er. Seine weißen Zähne blitzen im Dunkeln.

«Kayo, du riechst nach Afrika ...»

Er schiebt mich weg.

«Nein, nein, du hast das missverstanden! Ich bin in Nigeria *geboren.*» Um ihn zu überzeugen, umarme ich ihn kräftig, drücke meine Nase an seinen Hals und atme Gwendolyns Duft ein, nach Grill-Suya, nach feuchter Erde bei tropischem Regen. Kayo kommen die Tränen, auch er ist ziemlich angetrunken. Dann beugt er sich über meine Hand und küsst sie.

«Maria!» Anna steht über mir und schreit auf Griechisch: «Der ist stockschwul! Was ist los mit dir, *merde?* Bist du blind?»

Kayo und ich spazieren, ohne den Schritt zu beschleunigen, durch eine jähe Regenböe im August. Es gefällt ihm, die Arme auszubreiten, das Gesicht zum Himmel zu heben und sich mit geschlossenen Augen mitten auf dem Place de la Bastille um die eigene Achse zu drehen. «Nur so verstehst du den Regen», sagt er. Er ist so schön, dass ich immer wieder so tue, als würde ich mir die Schuhbänder binden. Nur, um zurückzubleiben und ihn zu bewundern. Alle Köpfe drehen sich nach ihm um. Junge, Alte, Männer, Frauen, Kinder erkennen in seiner stattlichen Gestalt, in seinen Samtaugen, in seinen blühenden, vollen Lippen die Verkörperung von Stolz. Es handelt sich nicht allein um Schönheit: Kayo ist ein echter Märchenprinz, der dir drei Wünsche erfüllen kann. Nur den größten, mit dir zu schlafen, nicht.

Jedes Mal, wenn wir den Gehsteig wechseln, lässt er mich ganz ritterlich an der Innenkante gehen. «Das hat mir meine Mutter so beigebracht», sagt er. Bei ihm vergesse ich auf Feminismus und Gleichberechtigung, da er mir das überlegene Gefühl gibt, eine Mutter und Königin zu sein. Was ich dafür tun muss ist: Er darf seinen Kopf an meine Schulter betten, ich erzähle ihm von Afrika, von den Menschenrechten und Foucault und massiere ihm den Rücken. Wenn ich dann nicht widerstehen kann und ihn auf den Hals küsse, seufzt Kayo: «Ach, meine kleine Afrikanerin.» Bei dieser Anrede fühle ich noch größere Zärtlichkeit, aber sobald ich die Lippen öffne und nach mehr Körperkontakt verlange, verfinstert sich Kayos Miene und er sagt: «Ach, meine Kleine, begreif es doch endlich.» Was soll ich begreifen? Sein Körper reagiert und sendet Wärme aus, er kann seine Hände nicht von mir lassen. Warum probiert er es nicht mit mir, warum riskiert er es nicht? «Unmöglich», sagt er. Anna stellt Nachforschungen an und erfährt, dass Kayo zum ersten Mal mit einer jungen Frau unterwegs ist. Sie sucht nach einer Erklärung: «Vielleicht, weil du groß und schlank bist, Hosen trägst und kurzes Haar hast. Vergiss ihn, Maria. Er will einen Mann aus dir machen.»

Ich schneide mein Haar noch kürzer und kaufe mir einen Herrenanzug. Kayo sagt, ich sähe umwerfend aus, und fragt, ob ich mich nicht bei der Model-Agentur bewerben will, für die er gelegentlich arbeitet.

«Kayo, ich verabscheue Mode, die Konsumgesellschaft und Werbeanzeigen. Versteh das doch endlich, ich tue das nicht, um mich zu stylen, ich tue das, um mit dir zusammen zu sein.»

Ich betrachte mich im Spiegel und versuche zu erkennen, was er darin sieht: spitze Wangenknochen, Rippen, die wie sich bei Antigoni einzeln abzeichnen, schwarze Augenringe. Ich esse nur Obst, mein Magen ist völlig geschrumpft. Innerhalb eines Monats bin ich zum Schatten meiner selbst geworden.

Ich habe meinen Prinzen gefunden, nur lässt er mich nicht auf sein Pferd steigen.

Kayo ist wie einer jener altgedienten Journalisten, die überall, von den Regierungskreisen bis zur Unterwelt Connections haben. Schnell findet er heraus, wann das nächste Treffen von Orgapolis stattfindet, und zusammen fahren wir in die siebente Etage eines Wohnhauses in Ivry hoch. Ein hoher Raum mit Stuckengeln und beinah vierzig Männer und Frauen, die Fotokopien verteilen. Unser Verbindungsmann ist Thierry, ein Ex von Kayo mit dicken Brillen und Augen, die hinter den Gläsern kaum zu erkennen sind. Statt an Politik denke ich an Sex: Warum er und nicht ich?

Ich werfe einen Blick auf die Fotokopien vor mir: «Ein politischer Ort ist der materielle Beweis für die Existenz einer Politik. Wenn es sich um eine Politik handelt, die durch Menschen ausgeübt wird, befindet sich dieser Ort außerhalb des Staates, seiner Mechanismen und Institutionen. Es ist ein freier Ort. Wenn die Macht vom Staat ausgeübt wird, wird die Vielfalt der Orte beschnitten und durch einen einzigen Ort der Macht ersetzt. In der stalinistischen Politik war dieser einzige Ort die Partei. In der parlamentarischen Politik ist es der Staat. Selbst die kleinste politische Oppositionsgruppe, seien es Trotzkisten oder andere, organisiert sich im Rahmen von Wahlen und Medienauftritten. Das heißt, sie nährt sich von den Bröseln, die der Staat am Rande der großen parlamentarischen Maschinerie hinterlässt. Die Gruppe Orgapolis organisiert sich ausgehend von ihrer eigenen Politik, das heißt von ihren eigenen Bedingungen, unter denen Menschen denken, ihre Gedanken äußern und sich Demokratie vorstellen können.»

Meine Hoffnung ist also begründet: Es gibt einen Weg, der Macht zu entfliehen. Du ziehst einen Kreis und dort drinnen denkst du frei und keineswegs weniger politisch. Du verhandelst nicht mit der Macht in ihrem Einflussbereich, sondern schaffst dir deinen eigenen Einflussbereich. Natürlich versetzt dir die Macht Ohrfeigen und zwickt dich.

Aber wenn du deinen Kreis einmal gezogen hast, tut es nicht mehr so weh.

«Spann mich nicht auf die Folter!», sagt Mama. Ihre schrille Stimme spricht Bände.

«Bestanden!» Ich halte den Hörer hoch, damit Anna mithören kann.

«Dann war die Kerzenspende nicht umsonst!»

«Ach, Mama! Bei solchen Dingen helfen Gebete nicht.»

«Doch, und wie! Der Herr ist groß!»

«Manchmal frage ich mich, ob dich tatsächlich deine Mutter zur Welt gebracht hat», meint Anna, nachdem sie mich umarmt hat und ihre *Merde*-Sprüche losgeworden ist. «Weiß sie, dass du Bauanleitungen für Molotowcocktails studierst?»

Und du, Anna, weißt du, was es heißt, an den Kolonialismus zu glauben und aus Afrika wegzumüssen, weil arme Schwarze unter der Führung eines schizophrenen Weißen in dein Haus einbrechen? Weil sie dir die kostbarste Sache der Welt stehlen, deine Illusionen und den Schmuck deiner Großmutter? Gezwungenermaßen kehrst du dorthin zurück, wo du, wie du gehofft hast, niemals wieder hinmusst. Nach Europa, tausende Kilometer weg von den Märchen, den Kostümfesten und den Nachmittagstees bei Mrs. Steedworthy. In Ikeja so zu tun, als sei man britisch, ist etwas ganz anderes, als im Jahr 1976 nach Griechenland zurückzukehren. Du redest nicht mehr, sondern stopfst dir den Mund mit Essen voll, du hast keinen Storage Room mehr, sondern lagerst alles in deinem Kopf. Du gehst in die Breite, deine Schilddrüse gerät aus dem Takt. Und dein Leben auch.

«Ob sie mich tatsächlich zur Welt gebracht hat? Klar, mit Kaiserschnitt!» Ich zwinge mich zu einem Lächeln.

Mit Kayo erinnere ich mich wieder, was es bedeutet, sich nach Afrika zu sehnen, aber es nicht zu bekommen. Platonisch in eine Vorstellung zu verliebt sein, allein durch einen Duft. Aufgrund von Schwermut dick zu werden wie Mama oder dünn wie ich.

Anna und Kayo bringen mich nach Orly. Zum zweiten Mal in meinem Leben lasse ich ein Afrika hinter mir, da mich die Pflicht ruft. Jetzt zerrt mich nicht Mama an der Hand, ich gehe freiwillig. Freiwillig? Und wieso heule ich dann zum Steinerweichen? Weil Kayo mich selbst im letzten Moment nicht richtig küssen will, mir nur die Hand drückt und mir «Ach, meine kleine Afrikanerin» ins Ohr flüstert. Er verspricht mir, weiter zu den Orgapolis-Treffen zu gehen und mir die Flyer zu schicken. Ist ihm dort irgendeiner aufgefallen? Er ist nicht wirklich der Typ, den Kollektive zu Begeisterungsstürmen hinreißen. Er ist zu sehr von sich selbst überzeugt, um sich auf andere einzulassen.

Anna gibt mir ein Päckchen mit *chouquettes* mit ins Flugzeug. Ich starre auf meine Schuhspitzen, um nicht loszuheulen. Als ich zur Passkontrolle gehe, befürchte ich, dass ich vom wahren Leben Abschied nehme, dass ich ins Unbekannte reise. Ich habe ganz vergessen, dass ich eine Familie habe, dass es Christoforos gibt und dass ich mittlerweile Studentin an der Kunsthochschule bin.

«Kindchen, was ist denn mit dir los?» Mama stößt einen ihrer gewohnten kleinen Schreie aus.

«Was soll mit mir los sein?»

«Du bist nicht wiederzuerkennen, nur noch Haut und Knochen! Und was sind das für Kleider? Du siehst aus wie ein Junge.»

Ich schließe mich in meinem Zimmer ein, um ihrer Stimme zu entrinnen. Christoforos fragt am Telefon: «Liebst du mich nicht mehr?» Ich höre mich selbst spröde sagen: «Es gibt viele Arten von Liebe.» Am Abend finde ich im Bett keine Ruhe. Ich versuche erneut, meine Vagina zu entdecken. Dafür brauche ich keinen Partner, nur die Erinnerung an Kayo, meinen Prinzen. Mitten in der Nacht läutet das Telefon, aber als ich den Hörer abhebe, ist die Leitung tot. Mama verhält sich, wie es einer verzweifelten Märchenprinzessin gebührt: Jeden Morgen bringt sie mir das Frühstückstablett ans Bett, jeden Mittag nimmt sie es unberührt wieder mit. Und, wie im Märchen üblich, beginne ich mein Marmeladenbrot zu essen, wenn ein Brief meines Prinzen eintrifft:

«Meine kleine Afrikanerin, Paris ist leer ohne dich. Thierry hat mir im letzten Moment über ein Orgapolis-Treffen Bescheid gesagt. Ich habe auch Anna informiert. Wir kamen verspätet an, genau in dem Augenblick, als jemand sagte: ‹Eine echte Kundgebung ist eine Manifestation des Geistes in der Praxis. Was dabei präsentiert und was beschlossen wird, wissen wir zuvor nicht. Aus einer echten politischen Kundgebung gehen wir gestärkt hervor.› Ich dachte mir, das würde dir gefallen. Thierry hat ein paar Freunde zu sich eingeladen und wir haben LSD genommen. Plötzlich habe ich dich vor mir gesehen wie auf den Zeichnungen, die du mir gezeigt hast, mit Kleidern, die Feuer fangen und Schlangen rundherum. Ich war so besorgt, dass ich dich nach Mitternacht angerufen habe, aber keiner ist rangegangen. Wo bist du? Wann kommst du?»

Ich springe aus dem Bett und hinterlasse eine Nachricht auf seinem Anrufbeantworter: «Kayo, Kayo, Athen ist auch leer ohne dich. Ich habe das Läuten des Telefons gehört. Ich lag unter meiner Decke und dachte gerade an dich, als du angerufen hast. Könnte es sein, dass wir uns in einem früheren Leben schon einmal begegnet sind?»

Matt und zögerlich kehre ich in den Alltag zurück. Die Hochschule, meine Kommilitonen, alles erscheint mir klein und nichtig. Meine Malerei hingegen macht eine Veränderung durch. Ich beginne mit parteipolitischen Materialien wie Aufklebern und Wahlzetteln zu arbeiten, schneide sie auseinander und füge sie so wieder zusammen, dass Abgeordnete der Nea Dimokratia auf dem Wahlzettel der PASOK aufscheinen und umgekehrt. Ich zögere noch, dasselbe mit der Linken zu tun, der Gedanke an Antigoni und die Rektorsfrau hält mich zurück. Aber dann tut es meine Hand von ganz allein.

Wie sich dann zeigt, zurecht. Bei den Gemeinderatswahlen vom Oktober werden die Konservativen – dank der wohlwollenden Tolerierung der Kommunistischen Partei – stärkste politische Kraft.

«Wenn man mich nur ließe! Dann würde ich sie alle kahlscheren und lebenslänglich ins Gefängnis sperren!», sagt Papa und haut mit der Faust auf den Wohnzimmer-Couchtisch. Es ist der Jahrestag des Studentenaufstands am Polytechnikum, Athen steht in Flammen und Papa versucht aus seinem Wohnzimmer heraus, Ruhe und Ordnung zu gebieten.

Ach, wenn du wüsstest, wie gern ich an ihrer Seite wäre, Papa, wie gern ich auch Steine werfen und Schaufenster zertrümmern würde! Wenn ich dir bloß von meiner Rolle als Aktivistin und von meiner Interpretation des revolutionären Handelns erzählen könnte! Man päppelt uns, eng zusammengepfercht, im Hühnerstall des Parlamentarismus auf, während draußen weite Felder liegen, tausende nie betretene Hektar freien Gedankenguts. Ach, Papa, wir sitzen nebeneinander auf der Couch und fingern abwechselnd an der Fernbedienung herum, aber wir leben auf verschiedenen Planeten. Du bist noch Teil von Afrika, von den Ölfirmen, die Kayos Verwandte ausbeuten. Ich träume von Plakataktionen und Protesten gegen sie, und somit gegen dich. Ich träume auch von körperlicher Gewalt. Eine tüchtige Tracht Prügel hat noch niemandem geschadet. Doch wenn ich mit einem Knüppel auf die Straße gehe, bin ich nicht mehr deine Tochter.

Ich bin zwanzig Jahre alt. Anna schickt mir einen Vibrator zum Geburtstag, der im Dauereinsatz ist. Kayo schickt mir ein Ticket nach Paris. «Und wo soll ich wohnen?», frage ich ihn am Telefon. «Annas Zimmer ist jetzt eine Junggesellinnenbude.» Kurzes Schweigen. «Du wohnst bei mir», antwortet Kayo.

Bei ihm.

Kayos Apartment liegt am Rand des Marais-Viertels. Es ist eine große, helle Einzimmerwohnung mit einem Doppelbett und einem Schlafsofa. Die erste Nacht verbringen wir zusammen im Doppelbett, eng umschlungen und voll bekleidet. Am Morgen küsst er mich sanft übers ganze Gesicht, nur nicht auf den Mund, und vor lauter Verzweiflung beiße ich ihn in die Schulter. So liegen wir den ganzen Tag in einer Art Halbschlaf im Bett. Fast wie ein Paar, aber nur fast. Kayo erzählt wieder von seiner Mutter. Er will mir genauso einen Croque Monsieur machen wie sie und danach eine Süßspeise, die sie ihm gezeigt hat. Warum tun Frauen das ihren Söhnen an? Unbewusst zwar, aber sie tun es: Sie schaffen ein Mutter-Sohn-Idyll, das alle missglückten Liebesgeschichten ihres eigenen Lebens ersetzen soll.

Kayos Mutter war eine Weiße und hatte nur eine kurze Beziehung zu seinem Vater, mit dem sie nie verheiratet war. Kayo war eine Miniaturausgabe des geliebten Mannes, angereichert mit ihren Eigenschaften: dunkle Haut, aber ihre hellen Augen; große Hände, aber ihre feingliedrigen Finger; kräftige Gesichtszüge, aber eine mädchenhafte Traurigkeit im Blick. Sie schrubbte ihn tagtäglich mit Seife, zog ihm weiße, duftende Hemden an, damit niemand Grund hatte, abfällig über ihren Sohn zu sprechen. Hätte sie ihn so viel geschrubbt, wäre er weiß gewesen? Kayo behauptet, ja. Seine Mutter hatte einen Reinlichkeitsfimmel, eine Art Waschzwang. Hingebungsvoll schrubbte sie das Bad und die Küchenfliesen, sie verfügte über eine ganze Armada von Reinigungsmitteln, Raumdüften und Holzpflegemitteln. Jedes Mal, wenn sie Geld anfasste, wusch sie sich die Hände.

«Wie romantisch …», murmelte er immer an dieser Stelle der Geschichte. «Dieses Misstrauen gegenüber dem Geld.» Kayo nickt befriedigt. Er hält das Andenken seiner Mutter genauso sorgfältig rein wie sie früher die Wohnung mit Staubtüchern und duftenden Essenzen. In seiner Erinnerung nimmt sie stets eine unbewegliche Pose der Hingabe ein – wie sie seine Schuhe putzt; wie sie seinen Hemdkragen stärkt; wie sie sein Nachtkästchen abstaubt.

Sie starb jung – durch einen Herzanfall beim Aufwischen. Kayo fand sie zusammengesunken auf allen Vieren, ein Denkmal der Reinlichkeit. An diesem Punkt der Erzählung liegen wir immer noch eng umschlungen und die Tränen laufen ihm übers Gesicht. Ich will ihn trösten und ihn die Vergangenheit vergessen machen. Ich will seine weiße Mama werden.

Anna ruft uns am Nachmittag an, während wir gerade unsere Croques Monsieurs vertilgen. «Hast du gehört? Eine türkische Patrouille befindet sich auf griechischem Staatsgebiet. An der Grenze am Evros-Fluss wird echt geschossen. Ein griechischer Soldat hat den Tod gefunden.»

Ich spucke sofort meinen Bissen aus und rufe bei Christoforos' Eltern an. Seine Mutter ist in einem hysterischen Zustand. «Sie sagen uns nichts, die Truppen sind in Alarmbereitschaft versetzt. Ach, Kindchen, die Türken werden ihn zusammenschießen!» Sein Vater ruft im Hintergrund mit donnernder Stimme: «Daran ist Papandreou schuld! Die Hände sollen mir abfaulen, wenn ich ihn noch einmal wähle!» Ich sitze auf dem Fußboden und schlage die Hände vors Gesicht, da ich nicht weiß, wer ich bin, wohin ich gehöre und wen ich begehre. Anna stürmt herein.

«Aber es war doch aus mit Christoforos! Wieso hast du jetzt Gewissensbisse? Hier geht's um ein Wertesystem, Maria. Keine Gewissensbisse! Du bist für das Schicksal von niemandem verantwortlich.»

«Und wenn ihm etwas zugestoßen ist?»

«Ihm ist nichts zugestoßen. Die Medien übertreiben. Diese Meldungen verbreiten sie absichtlich, damit wir Angst kriegen und leichter zu manipulieren sind. Hast du bei den Orgapolis-Treffen denn gar nichts gelernt?»

Kayo tritt hinter mich und schlingt die Arme um mich. Mein ganzer Körper ist in Alarmbereitschaft versetzt. Ich vergesse auf Christoforos, die Türken und Orgapolis. Zusammen mit ihm bin ich im einzigen Raum, den ich politisch nennen kann, im Raum des Begehrens.

Ich pendle hin und her – zwischen Athen und Paris, zwischen der Kunsthochschule und Orgapolis, zwischen Christoforos und Kayo. Ich schlafe mit keinem von beiden, der eine ist beim Militär, der andere lebt in seiner eigenen Blase. Darüber hinaus ist AIDS ausgebrochen und Sex ähnelt mehr und mehr einem Virus, einer Marter, einer Plage. Kayo verdient gut als Unterwäsche-Model und bezahlt mir die Flugtickets. Es beruhige ihn, sagt er, wenn er neben mir liege. Dabei ist er nächtelang unterwegs. Ich bin nicht bloß eifersüchtig, ich habe Angst vor AIDS.

«Wir werden frühzeitig altern, wenn wir von jedem, bevor wir mit ihm schlafen, einen Lebenslauf anfordern», sagt Anna. Sie lümmelt, mit den Schuhen auf Kayos Sofakissen. Das ist ihre derzeitige Auffassung von Lässigkeit. Wenn Kayo sie so sähe, würde ihn der Schlag treffen.

«Machen wir den Test, um sicherzugehen?», sage ich.

«Und wenn wir aus dem Schneider sind, dann geben wir den Sex auf, oder was?»

Sie verengt die Augen zu Schlitzen. Sie trägt eine gespielt flegelhafte Miene zur Schau. Wenn sie mich so anschaut, könnte ich sie ohrfeigen. Stattdessen starre ich auf meine Knie.

«Ich jedenfalls lasse mich testen», sage ich und damit ist das Thema abgehakt.

Gleich nach meiner Rückkehr nach Griechenland begleitet mich Antigoni zum AIDS-Test. Sie sitzt in einer Kommission der AIDS-Hilfe und weiß, was zu tun ist.

«Ihr habt wirklich Pech», sagt sie, als wir durch einen grell erleuchteten Krankenhausgang laufen. «Das nimmt euch jede Spontaneität, jeden Elan.»

Mama sagt, Gott habe AIDS geschickt. Fast freut sie sich, dass sie mich nicht länger kontrollieren muss. Sie weiß, ich bin in guten, väterlichen, strafenden Händen. Diese Hände umklammern meinen Hals, während sich die Nadel in meine Vene senkt. Eine andere, kranke und erschöpfte Maria schleppt sich über den Krankenhausgang, mit Kaposi-Sarkomen am ganzen Körper, ausgehöhlten Wangen, Zahnlücken, die Hand am Metallhalter mit der Infusionsflasche. Die andere Maria sagt zu mir: «Du hast in deinem Leben nichts geleistet, du bist wertlos. Du isst Heuschrecken, wenn du dich rächen willst. Bei einem bisschen Blut wirst du ohnmächtig. Du zerschnipselst Papier und klebst es wieder zusammen. Deine einzige Rettung ist, für eine Idee zu kämpfen und dich endlich auf andere einzulassen.»

Der Test ist negativ und der Zeitpunkt gekommen, mich für etwas zu engagieren. Ich mache Plakate zum Thema AIDS. Zwei Tiger zerreißen einander im Inneren eines rosafarbenen Kondoms: überzogene Pop-Art. Eine Collage von Passfotos all meiner Freunde: nutzlose Narrativität. Das Kondom, das wie ein Teller Essen auf dem Tisch liegt, daneben Messer und Gabel, und der Titel «Bed and Breakfast»: zu PR-mäßig. Dann kommt mir eine brauchbare Idee: eine Collage von Passfotos, auf denen sich Menschen leidenschaftlich küssen. Man betritt zu zweit den Passfotoautomaten und jeder küsst jeden, Männer küssen Männer, Frauen küssen Frauen, um den Terror des konservativen Denkens zu durchbrechen, der sich zusammen mit dem Virus ausgebreitet hat. Auf der nächsten Paris-Reise erzähle ich Anna von meiner Idee. Sie verzieht das Gesicht.

«Das klingt nach Benetton-Werbung.»

Doch als wir in der Metrostation Saint-Michel den Vorhang zuziehen und die Kamera blitzt, öffnet Anna ihre Lippen halb und unsere Zungen vereinigen sich. Seit unserem ersten Kuss hat sie fraglos dazugelernt.

Als ich mit Kayo in der Kabine verschwinde, zittern mir die Beine.

«Ob's dir gefällt oder nicht, du musst mich richtig küssen.»

Es gibt eckige, runde, feuchte, trockene, warme, kalte, schlaffe und tatkräftige Zungen, aber keine ist so hauchzart und erfinderisch wie die von Kayo. Er sitzt auf dem Drehhocker und umarmt mich, es blitzt vier Mal und unsere Zungen berühren sich, jagen einander, kommen zur Ruhe und legen von Neuem los. Als er sich zurückzieht, beiße ich kräftig in seine Zunge, wie in eine Heuschrecke.

«Warum hast du mich gebissen, meine kleine Afrikanerin?»

Weil ich nicht will, dass du gehst. Damit auch du merkst, wie es ist, wenn der ganze Körper schmerzt vor Begehren. Hinter jeder Kunst und jedem sozialen Engagement steckt, fürchte ich, immer ein niederträchtiges, egoistisches Motiv. Im vorliegenden Fall ein Kuss von Kayo.

Auf Empfehlung von Orgapolis lassen wir in einem preisgünstigen Kopierladen so viele Exemplare drucken, wie es unsere Geldbörse hergibt. Die Plakate sollen in der Metro aufgehängt werden, nachts. Wir schieben abwechselnd Wache, gehen rasch und methodisch vor. Ich bedaure, dass ich in Athen keine echten Freunde habe, mit denen ich dasselbe tun könnte.

«Dann kommen wir eben», sagt Kayo.

Aber sie kommen nicht. Immer bin ich diejenige, die anreist, nie besuchen sie mich. Durch diese Haltung lassen sie durchblicken, dass ihnen Athen zu mickrig und unbedeutend ist, dass das wahre Leben anderswo stattfindet. Das ruft mir wieder in Erinnerung, dass Anna mich reingelegt hat, dass sie mich nicht nach Paris mitgenommen hat.

Wenn ich mich betrogen fühle, dann will mein Mund weder Küsse noch Trostworte. Nur eine Heuschrecke.

«Mama, ich ziehe aus. Ich habe eine Zwei-Zimmer-Wohnung in der Stournari-Straße gefunden.»

Sie wendet sich mir mit schaumtriefenden Händen mir.

«Wo denn?»

«Auf der anderen Seite des Exarchia-Platzes, bei euch um die Ecke.»

Während wir darüber reden, fällt ihr ständig etwas aus der Hand, mal ein Messer, mal ein Glas. Ihrer Meinung nach haben die Eltern versagt, wenn ein Kind das Elternhaus verlassen will.

«Wir könnten doch eine größere Wohnung kaufen, mit einem eigenen Raum für dich als Atelier …»

«Mama, die Sache ist entschieden. Der Mietvertrag ist schon unterschrieben.»

Sie wendet mir den Rücken zu.

«Aber eins muss dir klar sein: Wir haben kein Geld, um dir die Miete zu bezahlen.»

«Mach dir keine Sorgen. Ich habe einen Job.»

«Was für einen Job?»

«Ich kellnere abends im *Brutus*.»

Schließlich gleitet ihr auch noch ein Teller aus der Hand. «Meine Tochter eine Kellnerin?»

Ja, dazu noch mit heftigen Arbeitszeiten, von neun Uhr abends bis zwei Uhr morgens täglich, in rauchgeschwängerter Luft und bei lauter Musik. Meine Kleider stinken nach Tomatensoße und Knoblauch, meine Lippen sind rissig. Ein wenig fühle ich mich wie eine Kinoheldin, mit weißer Schürze und an der Lippe hängender Zigarette. Beim Servieren der Makkaroni blase ich mir versehentlich den Rauch in die Augen. Auf dem Heimweg überkommt mich eine wunderbare Müdigkeit, als nähme ich täglich an einem Protestmarsch teil, an einer Kundgebung zur Rettung meiner selbst.

Mein soziales Gewissen ist erneut außer Kraft gesetzt. Ich wollte mich doch mehr mit den anderen beschäftigen. Wieder stehen wir, wie es aussieht, an der Schwelle eines Krieges mit der Türkei. Das Forschungsschiff Sismik läuft zu Untersuchungen des Festlandsockels in der Ägäis zwischen Limnos und Lesbos aus. Antigoni glaubt, dass die neu gegründete linke EAR-Partei und ihr Führer Leonidas Kyrkos uns von allen Übeln erretten werden. Anna ist jetzt in einer ganz anderen Phase. Die Angst vor AIDS hat sie, ganz wie ich es erwartet habe, innerlich zerfressen. Es hat sich herumgesprochen, dass der Freund von Basquiat, mit dem sie im Bett war, HIV-positiv ist. Völlig hysterisch macht Anna den AIDS-Test. Als sich herausstellt, dass sie noch einmal Glück gehabt hat, ersetzt sie den Sex durch kommunistische Ideale. Dabei reden wir von Hardcore-Kommunismus. Zum Ende des Frühlings verlässt sie die Kunsthochschule, da sich die Kunst ihrer Meinung nach nicht für die Arbeiterklasse interessiert.

«Aber Anna! Die Arbeiterklasse existiert nicht mehr, es geht nur noch um das Verhandeln von Arbeitsbedingungen,» sage ich zu ihr und höre ihr empörtes Schnaufen am anderen Ende der Leitung. Unsere Aktionen sollten, so sagt sie, die Gesamtheit betreffen, unsere Initiativen sollten die Form eines Weckrufs haben, den man als Flugblatt, Zeitung oder Plakat mit nach Hause nehmen kann, und nicht die Form blöder Kunst, die an der Wand hängt. Nach unserem Gespräch ist sie wie vom Erdboden verschwunden. Von Kayo höre ich, dass sie Tag und Nacht in den Fabriken an der Seite der Arbeiter zubringt. Sie erzählt ihm, die Gewerkschafter hätten im Hof für die Streikenden Zelte aufgebaut, würden die Fabrik jedoch nicht besetzen. Wie könne es sein, konkrete Zeitpunkte für den Widerstand hinauszuposaunen und dann mir nichts, dir nichts nach Hause zu gehen? Was für eine lauwarme Revolution sei das denn?

Ich meinerseits wache im selben Zeitraum aus meiner Lethargie auf. Als die Abhörpraxis politischer Gegner durch Papandreou an die Öffentlichkeit dringt, nehme ich Gespräche von Bekannten auf und montiere sie in einem Tonstudio in Ajia Paraskevi. Diesen Zusammenschnitt taufe ich «Abgehörte Gespräche – eine Klanginstallation». Ich träume von zwei großen Lautsprechern auf dem Syntagma-Platz, aus denen die Gespräche zwischen sechs und sieben Uhr morgens dringen, wenn die Leute zur Arbeit gehen, in einem Zustand des Halbschlafs, in dem sich Botschaften ins Unterbewusstsein prägen. Auf dem Heimweg werden den Angestellten und Beamten dann die Klangfetzen der abgehörten Gespräche bewusst und sie beginnen sich zu fragen, ob der Staatsapparat sie nicht nach Strich und Faden betrügt. Ich hoffe, Anna ist endlich stolz auf mich. Was ich gemacht habe, ist die politischste Form von Kunst, die man im Jahr 1987 – inmitten der trotz der Skandale ruhiggestellten Bürgern – betreiben kann.

«Nein, das ist keine politische Kunst. Das ist purer Narzissmus. Der einzige Weg, politische Kunst zu machen ist, auf die Straße zu gehen und nicht mehr zu glauben, dass ein Metallarbeiter andere Probleme hat als ein Künstler», sagt sie.

«Aber Anna, hör dir doch erst eine Kassette an.»

«Für so etwas habe ich keine Zeit, Maria. Herausgeputzte Menschen, die in Kunsthallen gehen, verfehlen den Kern der Sache.»

«Aber das ist kein Galeriekunstwerk. Ich glaube nicht an Galerien, das weißt du.»

Sie atmet hörbar aus, als ich ihr meine Idee vom Syntagma-Platz darlege. «Plätze sind nur dazu da, um politische Parolen hörbar zu machen.»

Ich zeichne unser Gespräch auf. Wenn sie das herauskriegt, geht sie durch die Decke vor Wut, aber Kunst ist für mich genauso wichtig wie Politik. Und genauso wichtig wie Anna selbst.

«Ich hoffe, es ist eine Übergangsphase.» Wie immer stochert Antigoni mehr in ihrem Salat als ihn zu essen. Ich habe heute meinen freien Tag und wir treffen uns in einer Taverne im Exarchia-Viertel.

«Aber sie setzt doch keinen Fuß mehr an die Uni», sage ich.

Antigoni runzelt die Stirn. Auf ihrem Gesicht verbreiten sich die typischen feinen Fältchen.

«Warum hast du mir das nicht schon früher erzählt?»

«Ich dachte, du weißt Bescheid.» Ich bin es satt, für Anna den Vormund zu spielen und für Antigoni die Detektei, die ihr die Seele ihrer Tochter erklärt.

Sie schiebt den Teller von sich. «Ich begreife nicht, was ich falsch gemacht habe. Wir waren demokratische Eltern, wir haben ihr nichts vorenthalten, sie konnte immer ihre Meinung äußern.»

«Ich glaube, es hat mit dem Erdbeben zu tun.»

«Mit dem Erdbeben?»

«Wenn Anna Angst bekommt, geht sie auf Konfrontationskurs. Dann läuft sie weg und tut etwas Unberechenbares.» Bei meinen eigenen Worten wird mir bewusst, dass sie immer als Erste weglief und ich mit kleiner Zeitverzögerung hinterher. Werde ich schließlich auch als Hardcore-Kommunistin enden?

«Aber sie verhält sich wie ein Schaf. Bevor sie zur Toilette geht, fragt sie erst die Partei um Erlaubnis!»

Die Leute an den Nebentischen drehen sich nach uns um. Antigoni redet immer lauter. Die KP hasst sie noch mehr als die konservative Rechte. Ihr linkes Gedankengut ist nostalgisch gefärbt und hat etwas Elitäres. Vielleicht reagiert Anna genau darauf, so wie ich auf den politischen Agnostizismus meiner Mutter.

«Übrigens, wie geht es deiner Familie? Deiner Mutter?», fragt Antigoni, als hätte sie meine Gedanken erraten.

«Wie gehabt, Seifenopern und Heiligenbildchen …»

«Sie hat ihren Verstand total abgegeben, ganz wie Anna. Manchmal frage ich mich, ob ihr als Babys nicht vertauscht worden seid. Vielleicht bist du ja meine Tochter und Anna die von deiner Mutter …»

Hätte sie mir das vor zehn Jahren gesagt, hätte ich vor Stolz geweint. Jetzt kaue ich nur noch stumpfsinnig mein Bifteki.

Ich ziehe das Bett zum Fenster, damit es im Licht steht, und platziere einen Stuhl wie eine Skulptur mitten im Zimmer. Zum ersten Mal, seit ich die Wohnung in der Stournari-Straße gemietet habe, hängen Werke von mir an den Wänden. Kayo kommt! Die Standorte der Möbel, die Athener Sonne, die männlichen Akte aus dem ersten Studienjahr, all das sagt aus, wie sehr ich ihn will. Er ist nicht HIV-positiv, er hat noch Zeit, um zur Vernunft zu kommen, ernsthaft über Bisexualität nachzudenken und danach – aus unsterblicher Liebe zu mir – zur Heterosexualität zu finden.

Ständig fallen mir im *Brutus* Gläser aus der Hand. Ich träume mit offenen Augen: Kayo umarmt mich auf dem Elliniko-Flughafen, wir kommen in die Stournari-Straße, das Licht dringt durch die Rouleau, wir lieben uns auf der Stuhl-Skulptur, Kayo modelt nicht mehr und hilft mir stattdessen beim Entwerfen von Plakaten gegen Rassismus, gegen Diskriminierung, gegen AIDS. Als wir uns auf den Weg machen, um Plakate aufzuhängen, geraten wir in einen Wolkenbruch. Kayo breitet die Arme aus und sagt: «So verstehst du den Regen.»

In Wirklichkeit ereilt uns eine verfrühte Hitzewelle, Kayo liegt am Bettrand und stellt die Fußsohlen zur Abkühlung auf den Mosaikboden, und wenn ich mich ihm nähere, sagt er: «Meine Kleine, mir ist heiß.» Am dritten Tag rückt er, in der Makkaroni-Soße stochernd, damit heraus.

«Ich habe ein seriöses Angebot aus New Yorck.»

Die Vorstellung durchzuckt mich, wie er auf Zeitschriftencovers posiert, in Karaoke-Bars, auf den großen Avenues – immer mit ausgebreiteten Händen, für den Fall, dass es regnet.

«Und was ist mit Orgapolis?»

«Das tue ich nur für dich. Kollektive Zukunftsvisionen sind, wie du weißt, nicht meine Sache.»

«Und was wird aus mir?»

«Du kommst mich besuchen.»

Bei unseren abendlichen Spaziergängen auf der Herodes-Attikus-Straße lässt sich die Lebhaftigkeit meines Märchenprinzen nicht mehr zügeln. Er deutet zum Mond und erzählt romantische französisch-afrikanische Geschichten über Geister und Tiergottheiten. Er zitiert Verse von Kofi Anyidoho:

Because because I do not scream
You do not know how bad I hurt
Because because I do not kiss
on public squares

You may not know how much I love
Because because I do not swear
again and again and again
You wouldn't know how deep I care.

Das sollten meine Worte sein.

Es gibt immer einen Ort, an den die anderen reisen. Zuerst war es Anna, jetzt ist es Kayo. Und ich bleibe jedes Mal zurück und winke ihnen nach.

Als Erste kostet Anna von den Erdbeeren mit Schlagobers. Sie spuckt den Bissen auf ihren Teller.

«*Merde,* das ist ja Mayonnaise!»

Tante Amalia wollte Anna mit einem schönen Abendessen willkommen heißen. Die Makkaroni sind zu Schlamm verkocht, sie köchelten stundenlang auf dem Herd. Und jetzt das: Erdbeeren mit Mayonnaise. Es wird immer schlimmer mit ihr. Sie vergisst Dinge, zieht ihre Kleider verkehrt herum an, klingelt bei fremden Leuten.

«Amalia, ich esse die Erdbeeren pur», sage ich.

«Vor lauter Diäten seid ihr nur noch Haut und Knochen», ruft sie aus der Küche.

Anna lacht Tränen, ich weine innerlich.

«Was soll nur aus Amalia werden? Was wird aus uns allen?»

«Durch die Geschichte mit Kayo bist du überempfindlich», sagt Anna, während sie ihre Erdbeeren mit der Papierserviette sauber wischt.

«Hast nur du das Recht, dich Utopien hinzugeben, ich aber nicht?

«Es gibt solche und solche Utopien.»

«Und deine sind wie immer die besseren …»

«Sei nicht kindisch, Maria. Bei der kleinsten Kritik bist du beleidigt. Die einzige Art, dem System gefährlich, so richtig gefährlich zu werden, ist sich einer kollektiven Utopie anzuschließen. Der Utopie des Möglichen.»

Mir kommt vor, als gingen wir immer noch in die Unterstufe und stünden in unseren Mao-Kitteln im Schulhof. Die Schulglocke will das Ende der großen Pause nicht und nicht einläuten. Wir haben das Leben und den Unterricht satt. Ungeduldig warten wir auf etwas, das uns überkommt, und bis es soweit ist, zerkauen wir spitze, gefährliche Worte.

Afrikanische Insekten.

«Was für eine idiotische Insel!»

Anna genießt den griechischen Sommer nicht mehr so wie früher. Sie sitzt im Schatten, trägt ein weites indisches Fransenkleid und liest abwechselnd die Zeitschrift Le Perroquet und das Buch von Alain Badiou Ist Politik denkbar? Dann und wann hebt sie den Kopf von ihren Aufzeichnungen und schneidet eine Grimasse, entweder weil eine Frau in grellbuntem Badeanzug in die Fluten steigt oder weil ein Mann seine Rolex zur Schau stellt. Sie schminkt sich nicht mehr, steckt ihr Haar mit einem Kuli hoch und lebt wie ein Mönch, nur von einem Apfel und einer Tafel Bitterschokolade am Tag. Ich habe für Kayo abgenommen, sie tut es, um das System zu bekämpfen. Wenn wir an einem Schaufenster vorübergehen, erkenne ich uns kaum wieder. Unsere langgezogenen Gestalten ähneln Schatten oder Comic-Figuren. Anna bekommt es wie immer glänzend hin. Ganz Paros ist in sie verliebt. Vorgestern fiel ein junger Bursche fast von seinem Moped, als er ihr hinterherstarrte. Wenn sie ihre Unterlagen aus der Hand legt, den Bic aus dem Haarknoten löst, das Haar schüttelt und ins Meer springt, zieht sie alle Blicke auf sich. Zu allem Überfluss ist sie auch noch eine gute Schwimmerin. Ihr Körper, schneeweiß vom französischen Winter und unserem gemieteten Sonnenschirm, ist straff und durchtrainiert. Sogar, wenn sie den größten Teil des Tages im Liegestuhl verbringt.

«Es liegt nicht an der Insel, Anna. Du bist einfach launisch.»

«Wollen wir ein Experiment machen? Fahren wir nach Donoussa? Oder wenigstens nach Amorgos?»

Wir wechseln auf eine andere Insel. Wir fahren nach Amorgos und tummeln uns auf ein paar Felsen, um die Utopie der Natureinsamkeit zu erleben. Anna klettert mithilfe eines Steckens hinauf, den sie irgendwo aufgelesen hat. Sie trägt einen breitkrempigen Strohhut und liest, während sie ihre Füße ins Wasser hängen lässt. Mir rinnt der Schweiß, während ich mit meinem Taschenmesser Pfirsiche schäle. Verschiedene Kerle tauchen zu zweit auf und je nach Elternhaus rufen sie «Psst, psst!» oder fragen: «Wisst ihr vielleicht, wie spät es ist?» Sie sind überzeugt, dass zwei junge Frauen, die allein unterwegs sind, mit Sicherheit Gesellschaft suchen. Aber da geraten sie an die Falsche.

«Verschwindet!», ruft Anna.

Die Burschen ziehen teils baff, teils fluchend ab. Anna rutscht auf dem Popo zu mir, legt sich auf mein Badetuch und flüstert mir ins Ohr: «Männer sind Monster. Aber du, du bist meine beste Freundin.»

Und um ihr Geständnis zu besiegeln, zwickt sie mich in die Schulter.

Meine Haut läuft rot an und schmerzt.

«*Merde*, Maria!» Anna mustert mich von oben bis unten, während ich meine Hose im Zelt liegend zuknöpfe. Was habe ich jetzt wieder falsch gemacht?

«Was ist los?»

«Schon wieder eine neue Hose?»

«Ich lege dir ab sofort meine Einkaufsliste zur Genehmigung vor, einverstanden?»

«Ich fürchte, du gerätst ganz deinen Eltern nach.»

«Was haben dir meine Eltern getan?»

«Mir? Nichts. Nur sich selbst und dir. Ihr einziger Traum war, Reichtum anzuhäufen. Und als sie keinen Besitz mehr hatten, waren sie nicht mehr glücklich. Warum, denkst du, hast du den ersten Preis beim Zeichenwettbewerb zum Weltspartag gewonnen?»

«Vielleicht, weil der Jury mein Bild gefallen hat?»

«Dein Bild entspricht kleinbürgerlichen Stereotypen. Geld, das vom Himmel fällt, na hör mal! Wie ein Lotto-Werbespot!»

«Sind Raubüberfälle, Tauben und Friedensbekundungen vielleicht besser? Nach dem Fall der Berliner Mauer ist Frieden gleich Kapitalismus, was?»

«Ich behaupte nicht, dass ich besser bin. Ich strenge mich eben an.»

«Und ich strenge mich nicht genug an, wie?»

Sie schafft es, dass ich mich wertlos fühle, unbedeutend und blöd. Sie stellt sich taub, wenn ich von meiner Klanginstallation erzähle. Sie sagt, dass der Kapitalismus Tante Amalia in den Wahnsinn treibt. Dass meine neue Hose die Besitzstandswahrung symbolisiert. Und dass der Storage Room in Ikeja eine traumatische Erinnerung ist, denn seither horte ich Dinge. Ich? Dinge horten? Ich gebe ihr immer die Hälfte ab, aber sie macht das Teilen zum Riesenthema. Nimm die Hälfte von meinem Sandwich und dafür gibst du mir den Mann deines Lebens. Tu, was ich dir sage.

«Ich kann nicht so sein wie du. Ich will es auch nicht. Ich mag deine Art nicht.»

«Du magst meine Art nicht?»

Anna reißt die Augen weit auf.

Merde, es ist mir rausgerutscht.

«Haben Sie vielleicht eine junge blonde Frau in meinem Alter gesehen, sehr schlank, Grübchen am Kinn und eine helle Stelle an der Augenbraue? Sie trägt ein rotes T-Shirt und einen schwarzen Fransenrock.»

Seit gestern suche ich sie auf der ganzen Insel. In Toilettenhäuschen. Hinter Tamarisken. In Tavernenküchen. In Hotels. Was hat sie gegessen? Wo hat sie geschlafen? Sie hat ihre Geldbörse zurückgelassen. Ich öffne ihren Rucksack, durchwühle ihre Kleider, aber was suche ich eigentlich? Ob sie aufrichtig ist? Ob sie sich etwas Neues gekauft hat? Wie ein bizarrer Privatdetektiv durchkämme ich die Bars, Läden und Cafés.

«Na, hast du deine Freundin immer noch nicht gefunden?», fragt ein Kellner. «Vielleicht ist sie ja mit irgendeinem Kerl durchgebrannt.»

Nein, vor lauter Eitelkeit ist ihr eine Sicherung durchgebrannt. Und ich spiele die Wasserträgerin, das Dienstmädchen, die kleine Sklavin, deren Herrin böse geworden ist.

«Was ist los mit dir?», fragt der Kellner.

Ich habe eine plötzliche Erleuchtung: Anna unterzieht mich einem weiteren Freundschaftstest, so wie damals, als sie mein Bild zerstört hat oder als sie mir Raoul weiterreichte oder als sie etwas mit Angelos anfing. Sie beobachtet mich und bewertet, wie hingebungsvoll ich sie suche. Wenn das von mir gezeigte Interesse sie rührt, taucht sie wieder auf. Oder dann, wenn ich ganz und gar aufhöre, sie zu suchen.

Ich lasse ihren Rucksack im Zelt zurück und packe nur meine eigenen Sachen. Dann schreibe ich eine Notiz: «Anna, ein ganzes Leben lang schon benutzt du mich. Auch wenn du schöner, klüger und deinen Idealen treuer bist als ich (Letzteres bezweifle ich), habe ich keine Lust mehr, dir hinterherzulaufen. Ich will, dass du mich annimmst, wie ich bin. So wie du deine Fabrikarbeiter annimmst, wie sie sind. Du kämpfst für sie, damit sie sich stolz fühlen. Hast du dich je gefragt, ob ich mich stolz fühle? Maria.»

Ich zerreiße den Zettel. Mein Stolz wiegt schwerer als die räudigen Worte.

«Ich dachte, du bist mehr als meine Freundin. Du bist die Schwester, die ich nie hatte. Deine Haltung zwingt mich, mein ganzes Leben, meine Prioritäten, meine Gefühlswelt auf den Prüfstand zu stellen. Du hast mich einfach zurückgelassen und bist abgereist. Ich hätte mir auf den Felsen den Hals brechen können. Hast du immer ein so großes Ego gehabt oder ‹bessert› es sich, je älter du wirst?»

Derartige Briefe schickt mir Anna in diesem Herbst. Alle zwei Wochen trifft ein französisch frankierter Briefumschlag ein und ich weiß, dass mich eine Moralpredigt erwartet. Sie ruft nicht an, geht aber auch nicht ans Telefon, wenn ich es probiere. Unsere Korrespondenz durchlebt eine mühselige Phase. Notgedrungen schreibe ich ihr zurück: «Anna, komm zur Vernunft. Als ich sagte: Deine Art gefällt mir nicht, habe ich gemeint, dass mir nicht gefällt, wie du dich mir gegenüber verhältst. Du setzt mich unter Druck. Du willst immer deinen Willen durchsetzen. Okay, es geht um die Utopie des Möglichen, aber nur darum, was dir möglich ist. Du musst mir ein bisschen Raum dafür lassen, was mir möglich ist.»

Ihre Antwort knüpft nirgendwo an: «Auch Philosophen haben verschiedene Schaffensperioden. Ich mag den Nietzsche der ersten Periode, nicht Nietzsche Nummer Zwei. So erinnere ich mich ganz nostalgisch an Maria Eins, aber nicht an Maria Zwei.» Ich weiß nicht, was ich ihr darauf antworten soll. Ich fürchte sehr, ich habe sowohl mit Anna Eins als auch mit Anna Zwei Schwierigkeiten.

Ihre Stimme habe ich schon ganz vergessen. Manchmal stelle ich mir vor, wie sie mit wahnsinniger Energie aus dem Bett springt, die Stufen hinunterpoltert, ins Café gegenüber läuft und mir einen Brief schreibt. Verbittert, aufgewühlt, zerknüllte Seiten vor sich. Aber das sind meine Fantasien. Bestimmt geht es ihr bestens. Bestimmt hat sie neue Freunde gefunden mit genau der ideologischen Schärfe, die sie in dieser Periode nötig hat. Bestimmt essen sie alle im Kollektiv und diskutieren in einem rauchgeschwängerten Zimmer mit hohen Wänden über die Utopie des Möglichen. Bestimmt schäumen sie alle vor revolutionärer Energie über und beschimpfen die Vertreter der Bourgeoisie, die sich neue Hosen kaufen.

«Ach, lass sie doch», sagt Kayo. Seine Stimme klingt seltsam, weil sie zeitversetzt bei mir ankommt. Der eine muss warten, bis der andere seinen Satz zu Ende gesprochen hat, sonst ist nicht zu verstehen, was der andere sagt. Hörte sie seine Geschichten aus der Modewelt, würde sie ihn mit Joghurt bewerfen. Aber es ist Kayo, mein Kayo. Ich kann ihn nicht verurteilen. Natürlich ist mir der Kayo von damals lieber, als wir zusammen zu den Orgapolis-Treffen gingen, aber ich kann ihn mir eben nicht nach meinen Maßstäben zurechtbiegen. Das ist etwas, was Anna nicht versteht.

«Du fehlst mir», sage ich. Meine Stimme verdoppelt sich durch ihr Echo, ganz wie meine Verzweiflung. «Du mir auch», antwortet er. In New York graut gerade der Morgen, Kayo klingt verschlafen und ich habe keine Ahnung, wer neben ihm liegt.

Die Wege von Andreas Papandreou und mir kreuzen sich erneut. Er führt einen geheimen Briefwechsel mit Turgut Özal, dem türkischen Ministerpräsidenten, darin geht es auch um Beziehungen, aber um die türkisch-griechischen. Die beiden treffen sich beim Weltwirtschaftsforum in Davos und kommen zu einer umfassenden Einigung, indem sie den Zypernkonflikt ausklammern. Anna und ich treffen uns in der Stournari-Straße, als sie zu Silvester 1988 nach Athen kommt. In unserem Briefwechsel kam es zu keiner Einigung, er verlief undiplomatisch. Wir sitzen einander gegenüber, nur der Couchtisch trennt uns. Anna trägt Jeans und Turnschuhe, wie immer steckt der Bic in ihrem Haarknoten. Um ihr zu gefallen, trage ich absichtlich meine Arbeitskleidung, eine graue, löchrige Sweatjacke mit vertrockneten Farbspritzern. Ich zeige ihr den Katalog einer Gruppenausstellung, an der ich teilgenommen habe. Zumindest wirft sie ihn mir nicht gleich vor die Füße. Sie sagt nur «Aha, soso». Wir reden darüber, wie teuer das Leben in Paris geworden ist und wie uns der letzte Roman von Alki Zei, Die Verlobte des Achilles, gefällt. Dabei frage ich spontan: «Ev-po? Ly-po?» Und Anna antwortet: «Ev-ly-po.» Darin sind wir uns einig. Jetzt, mit dreiundzwanzig, sind wir im Alter der gemischten Gefühle.

Wir vermeiden es, über unseren eigenen Zypernkonflikt zu sprechen. Wir sagen, ja, unsere Beziehung durchlebe eine Krise, so etwas komme vor. Wir machen die Flasche Wein auf, die sie aus Paris mitgebracht hat, und stoßen ohne Blickkontakt an. Der Wein schmeckt wie purer Essig, aber darüber verlieren wir kein Wort.

«Jetzt sag bloß, du erinnerst dich nicht an mich!» Sie ist in meinem Alter, klein, dicklich, mit grünem Lidschatten und goldgefassten Perlenohrringen. Sie hält eine Plastikschale mit Erdbeeren in der Hand, die klassische Angestellte auf dem Nachhauseweg.

«Woher kennen wir uns?»

«Ich bin Angeliki, wir waren zusammen in der Volksschule!»

Merde! Angeliki, der Kotfleck! Sie hat sich das Muttermal von der Augenbraue entfernen lassen. Wie hätte ich sie da erkennen sollen?

«Ich komme gerade fix und fertig aus dem Büro», sagt sie und reibt sich die Knöchel. Nur allzu gern erzählt sie von ihrem gesellschaftlichen Aufstieg und von ihrem Job bei der Zeitung 24 Stunden. Sie gehört dem Finanzmagnaten Giorgos Koskotas, der kürzlich wegen Bestechung der Papandreou-Administration angeklagt wurde; die Gelder waren in Babywindel-Packungen versteckt übergeben worden. Gerade habe sie sich mit einem Kollegen verlobt, erzählt sie. Wäre Anna hier, würde sie ihr ihre Meinung ins Gesicht schleudern, über den PASOK-Sumpf, die bürgerliche Institution der Ehe und die Babywindeln, die ihr Schicksal besiegeln werden.

«Und, was ist mit dir?», fragt Angeliki.

Ich erzähle, dass ich in diesem Jahr die Kunsthochschule abschließe.

«Das sieht man …» Sie mustert mich von oben bis unten. Wenn ich an der Arbeit bin, laufe ich herum wie ein Handwerker, mit der löchrigen Sweatjacke und Farbresten an den Händen. Sie trägt Sekretärinnenuniform: Kostüm und flache Pumps.

«Siehst du Anna noch?», fragt sie.

Schwierige Frage. Ab und zu telefonieren wir. Wir erzählen von unserem Leben so zurückhaltend, als würden wir ein Zeitschrifteninterview geben. Sie redet von den Pariser Aktivisten, über die Gruppe «Ne pas plier» und ihre Bekanntschaft mit der Autorin Natacha Michel, die maoistische Romane schreibt. Ich beschreibe ihr die Vorbereitungen zur Abschlussausstellung der Kunststudenten.

«Anna lebt in Paris», antworte ich.

«Na, dann hast du ja deine Ruhe», sagt sie und schnaubt. Viele Menschen schnauben, anstatt zu lachen.

«Wie meinst du das?»

«Dann führt sie dich nicht mehr an der Nase herum …»

Gleich streckt sie mir die Zunge heraus, jagt mich über den Exarchia-Platz und ruft «Kleenex, Kleenex, Kleenex!»

Die Abschlussausstellung an der Kunsthochschule ist ein voller Erfolg. Der Rektor rät uns, wir sollten uns nicht ans System verkaufen. Die Frau des Rektors betrinkt sich und zieht sich die Schuhe aus. Loukas, ein Kommilitone, bespritzt mich mit Sekt. Diana sagt, ich hätte mein Kunstwerk verdorben, weil ich es in eine Installation mit Telefonapparaten und Kabeln verwandelt habe. Dabei läge seine Stärke in der rein mentalen Vorstellung der abgehörten Gespräche, in den einander überlagernden Stimmen. Alles andere sei reines Dekor.

«Du musst dich entscheiden.» Sie redet nicht nur von der Kunst, sondern von zwischenmenschlichen Beziehungen.

Vielleicht erwartet sie, dass ich mich für sie entscheide. Aber ich entscheide mich für Loukas. Er ist kleingewachsen, immer ein Lächeln auf den Lippen, die Hände von den Farben vorzeitig welk. Er kommt zu mir in die Stournari-Straße, er bringt meine Sachen durcheinander und fragt, was ist das eine, was ist das andere. Ich habe keine Geduld für eine Beziehung, die alle Stadien durchläuft – was trinken gehen, erster Kuss, Hand-an-der-Brust und so weiter. Ich ziehe ihn auf dem Skulpturen-Stuhl an mich und meine Gedanken gehen natürlich zu Kayo, zu meiner unerfüllten Sehnsucht. Ich schließe die Augen, rufe ihn innerlich herbei und beiße ihn in die Zunge.

«Immer schön langsam, du kleine Wilde», sagt Loukas.

Mir vergeht die Lust.

«Hat sich Anna bei dir gemeldet?» Antigoni schreit wie üblich ins Telefon. Ich halte den Hörer vom Ohr weg.

«Nein. Ist etwas passiert?»

Stamatis. Herzanfall. Er saß gerade auf seinem Bett und korrigierte seine Notizen. Er war auf der Stelle tot.

«War Anna dabei?»

«Sie hat ihn gefunden. Sie ist völlig außer sich.»

Zum ersten Mal fahre ich ohne Gepäck, ohne Wechselwäsche zum Flughafen. Einfach für einen Kaffee nach Paris zu jetten, davon träumten Anna und ich von klein auf. Nicht aber für den Leichenschmaus zum Begräbnis ihres Vaters.

Sie wirkt leblos, wie ein Bündel Knochen. Sie trägt ein langes rosafarbenes Nachthemd im Farbton der Antibiotikakapseln aus unserer Kinderzeit, sitzt in Stamatis' Sessel und streicht gedankenverloren über den zerschlissenen Samt. So habe ich sie zuletzt nach dem Erdbeben gesehen oder, genauer gesagt, nach der Abtreibung. Ich mache ihr Tee, kaufe ihr *chouquettes,* aber sie rührt nichts an. Die Wohnung ist von Stamatis' Freunden und Mitarbeitern belagert, die in hysterischem Zustand herumlaufen. Meine Augen heften sich auf das Poster an der Wand: «Ich halte meine Sehnsucht für die Wirklichkeit, da ich an die Wirklichkeit meiner Sehnsucht glaube.» Am liebsten würde ich Anna hier wegholen. Das ist die Wirklichkeit meiner Sehnsucht.

«Gehen wir in den Park?», sage ich.

Anna zieht sich einen langen orangefarbenen Kapuzenregenmantel übers Nachthemd. Darunter lugen ihre Turnschuhe hervor. Sie ähnelt einer frisch operierten Patientin, die zum ersten Rundgang in den Hof des Krankenhauses darf. Sie legt sich aufs Gras im Parc des Buttes-Chaumont und kreuzt die Arme über dem Bauch. Der Bic gleitet ihr aus dem Haar. Ich greife danach und male ihr ein Herz auf den Unterarm.

«Was ist das?» fragt sie.

«Eine Liebeserklärung.»

Ich lege mich neben sie und ziehe sie an mich.

«Ich bin für dich da, wann immer du mich brauchst.»

«Und du erfüllst mir jeden Wunsch?»

«Jeden.»

«Dann hilf mir zu sterben. Ich will sterben.» Anna schmiegt sich in meine Arme und beginnt zu weinen. Ihr heftiger Gefühlsausbruch reißt auch mich mit. Anfangs weine ich über Stamatis, der nie wieder «Mademoiselle» zu mir sagen, der mich nie wieder ins Café gegenüber mitnehmen und mir nie wieder falsche Versprechungen machen wird. Danach weine ich über Kayo, über Angelos. Über meine abgeschnittenen Haare, über meinen abgeschnittenen Finger, über meine Vagina. Über die Mao-Kittel, über den Blödsinn, den wir im Hauswirtschafts- und Religionsunterricht gelernt haben.

Über Tante Amalia, die Mayonnaise zu den Erdbeeren serviert. Über Papa, der die Guten mit den Bösen verwechselt. Über Mama, über Gwendolyn, über ganz Ikeja. Zum Schluss auch über Anna, meine beste Freundin.

Wir verstreuen seine Asche an einem Kai in Trouville, wo Anna als kleines Mädchen die Schiffe zählte. In seinem Testament hat er es nicht genau festgelegt. Dort steht nur «ins Meer». Warum kommt mir jetzt der Witz mit dem Teebeutel in den Sinn? Die Rakete, die wie durch ein Wunder ohne Treibstoff und nur durch die Kraft der Poesie abhebt und als Asche in unsere Hände zurückkehrt? Ich schließe die Augen, um nicht zu sehen, wie Stamatis verschwindet. Ich weiß nicht, ob ich schließlich an einen Gott glaube. Wenn ich mit Anna über die Macht der Religion diskutierte, stand keine Urne vor uns, deren Asche vor kurzem noch ein Mensch mit Bart, Brille und sonorem Lachen war. Ihr Vater.

«Hör dir das hier an: ‹Wir brauchen politische Parolen, die unsere Zeit widerspiegeln. Der Ruf aus der Juntazeit nach Brot, Bildung, Freiheit ist veraltet. Wir haben miterlebt, wie das öffentliche Bildungssystem einen gesunden Geist manipulieren kann. Und die Kombination von Freiheit und Brot? Nun, unsere Entscheidungsfreiheit zum Hungertod ist so groß wie nie zuvor.›»

Seit Stamatis' Tod ist ein Monat vergangen, doch Anna hält mich von der Heimreise nach Athen ab. Ich trage die ganze Zeit ihre Sachen, die mir zu kurz und zu eng sind, mit Mühe zwänge ich mich in ihre BHs. Zunächst mussten wir zusammen Behördengänge erledigen. Jetzt will sie, dass wir alle beide das halbfertige Buch ihres Vaters über das anarchistische Denken lesen. Obwohl sie zusammenwohnten, wusste sie nicht viel von seinen politischen Überzeugungen. In einer Nische hinter seinem Bett entdeckte sie die komplette Serie einer Zeitschrift der niederländischen Provo-Bewegung. Sie mustert sie zornig, um die dahinterliegende «Botschaft» zu entschlüsseln.

«Was für eine Botschaft?», frage ich. «Der Mann hat einfach an einem Buch geschrieben.»

«Und wieso hat er nie mit mir darüber gesprochen? So, als wäre er in irgendeine Sache verwickelt?»

«Anna, sei vernünftig, er hat doch vor deinen Augen geschrieben. Er hat nichts vor dir verborgen.»

«Willst du damit sagen, *ich* hätte mich nicht gekümmert?»

Wegen jeder Kleinigkeit bricht sie in Tränen aus. Weil ihr der Toast zerbröselt, weil sie in der Bank in der Warteschlange stehen muss, oder weil sie glaubt, dass ich auf ihr mangelndes Interesse an Stamatis anspiele.

«Wahrscheinlich war er in etwas verwickelt», sagt sie und wischt sich die Tränen weg.

«Auf solche Verwicklungen solltest du stolz sein.»

«Du kennst meine Ansichten zur autonomen Bewegung, Maria. Sie haben weder Disziplin noch eine politische Vision. Sie negieren die Macht, aber sie schlagen auch keine gerechte Lösung vor.»

«Was heißt schon Gerechtigkeit, Anna? Das sind Wörter, die Bürgermeister und Abgeordnete verwenden.»

Sie wirft mir einen verächtlichen Blick zu und vertieft sich wieder in das Manuskript. Dann und wann hebt sie den Kopf und denkt laut: «Die Black-Panther-Bewegung hat den maoistischen Marxismus der Dritten Welt reproduziert? Hat man Worte!» Ganz perplex reagiert sie darauf, wie ihr Vater die öffentliche Auseinandersetzung zwischen Camus und Sartre im Jahr 1952 analysiert und dabei anarcho-syndikalistische Lösungen unterstützt, die er als den «einzigen gemäßigten Rettungsanker zwischen dem Nihilismus der bürgerlichen Klasse und der Willkür des sozialistischen Systems» einschätzt.

«Aber alle linken Intellektuellen waren damals auf der Seite von Sartre!», ruft sie und stampft mit dem Fuß auf den Boden. «Ihnen hat gereicht, dass die französische KP die Unterstützung der Arbeiterklasse hatte. Stamatis betrachtete den Stalinismus als notwendiges Übel, selbst nach dem Einmarsch in Ungarn! Ich begreife nicht, warum das plötzlich anders sein soll.»

Alles ist anders. Selbst das Wetter. Der Pariser Sommer dringt durchs Fenster herein. Anna sitzt mit dem Manuskript im Arm in Stamatis' Samtsessel und kaut an den Nägeln. Ich ziehe die Vorhänge auf, sie wieder zu. Immerhin schlüpfen ein paar Sonnenstrahlen herein und tauchen sie – die helle Stelle an ihrer Augenbraue, das Grübchen am Kinn – in ein madonnenhaftes Licht wie die ihr verhassten Freskomaler. Sie ist eine Madonna, die ihrem Maler böse ist. Ihrem Vater.

«Was meinst du? Fahren wir dieses Jahr auf eine Insel?»

Anna hebt den Kopf und blickt mich an, als hätte ich einen entsetzlichen, ja vulgären Vorschlag geäußert.

Ab und zu kommen Freunde aus ihrem Kollektiv. Einer bringt zwei Tomaten mit, ein anderer eine Flasche Wein. Béatrice, eine junge Frau mit breiter Stirn und tiefliegenden Augen, bringt Rosen mit und lässt die Blütenblätter als kämpferische und trostreiche Botschaft aufs Tischtuch regnen, ganz wie Frida Kahlo bei ihrer ersten Begegnung mit Trotzki. Aber Béatrice ist keine Frida Kahlo und Anna kein Trotzki.

Aus der Zeitung erfahren wir, dass Papandreou am offenen Herzen operiert und Giorgos Koskotas vor Gericht gestellt wird. Was für ein kranker, faulig stinkender Sumpf! Und ich spaziere über die Pariser Boulevards? Ich will zurück nach Athen, in die Realität. Ich sage es Anna.

«Wir haben eine ganze Wohnung für uns, *merde!* Unser Kindheitstraum ist Wirklichkeit geworden. Warum willst du weg?»

Weil Träume zum richtigen Zeitpunkt verwirklicht werden sollten, oder nie.

1989 ist ein großartiges Jahr für uns alle. Für Anna, weil sie passende Spielarten des politischen Denkens entdeckt: den Naturschutz und die Öko-Bewegung. Sie lässt den Hardcore-Kommunismus hinter sich und kehrt zur Kunst zurück, organisiert Happenings mit spontanen Baumpflanzungen in Paris und ist natürlich sauer, dass ich nicht mitmache. Für Antigoni, weil sich die Partei «Koalition der Linken und des Fortschritts» gründet. Für meine Eltern, weil sie sich endlich das Grundstück auf Ägina kaufen und eine Dattelpalme pflanzen, um ihr privates Klein-Afrika einzuhegen. Für Tante Amalia, weil sie ganz und gar verrückt wird. Sie hört Männerstimmen aus dem Dunstabzug in der Küche, die ihr ordinäre Dinge zuflüstern, und lacht gackernd. Für Kayo, weil er in einer Off-Produktion die Rolle eines kleinen Gauners spielt.

Was mich betrifft, so kommt mir nach den Abgeordnetenwahlen und der Bildung einer All-Parteien-Regierung, die mit Filz und Korruption «aufräumen» will, endlich wieder eine gute Idee: Ich baue mir einen Metallkoffer mit verschiedenen Fächern, platziere darin Reinigungsmittel, Putzlappen, Wischtücher, Chlorbleiche, Gummihandschuhe und werde Putzfrau. Ich läute an Wohnungstüren an, erkläre den Bewohnern, dass es sich um ein Kunstprojekt mit dem Titel «Aufräumen» handelt und biete an, Toilette und Küche sauber zu machen. Ich frage mich, ob nicht auch der Geist von Kayos Mutter dahintersteckt. Die meisten Leute habe keine Ahnung von Performance und Konzept-Kunst. Sie halten mich für verrückt und schlagen mir die Tür vor der Nase zu. Wer sich darauf einlässt, will mir unbedingt etwas ausgeben oder ein Trinkgeld zustecken. Wie besessen scheuere ich Waschbecken und Klomuscheln. Meine Hände riechen nach Chlorbleiche und Gummi. Ein paar Journalisten erwähnen das Projekt in Kolumnen mit PASOK-populistischem

Inhalt. Es erscheinen ein paar Interviews und schon schreiben die Kritiker eine Renaissance der Politkunst herbei. Bei einer meiner Klingel-Anfragen ruft der Hausherr nach seiner Ehefrau: «Eleni, komm schnell! Die Frau aus dem Fernsehen ist da! Sie will uns die Wohnung putzen!»

Im Jahr 1989 hält sich keine Idee lange, dazu ist die Stimmung zu aufgeladen, die Panik zu groß und der Drang, berühmt zu werden, zu mächtig. Das Kunstprojekt «Aufräumen» endet hier. Ich lasse den Hausherrn und seine Eleni einfach stehen, laufe ziellos durch die Straßen und setze mich zum Schluss auf meinen Koffer, so wie damals, als ich neun war und mich die Polizisten von der Straße aufgelesen haben. Gar nicht unwahrscheinlich, dass sie wieder auftauchen und mir sagen, dass ich im Weg bin. Um nicht im Weg zu sein, muss man sich zu Hause einschließen. Und so hingebungsvoll wie möglich den Stimmen im Dunstabzug lauschen.

Merde, ich muss ein neues Ikeja finden, sonst höre ich auch bald Stimmen.

Sieben

Ich schlage die Decke zurück. Aufstehen unmöglich; meine Beine gefühllos wie Holzklötze; das Zimmer abgedunkelt; die Uhrzeit nicht abschätzbar. Bin ich noch in der Höhle? Kommt gleich Gwendolyn durch die angelehnte Tür, der Einbrecher mit der Strumpfmaske oder der Geist des toten Albaners?

«Schläfst du?», flüstert Kayo.

Was für eine dumme Frage. Schläft man, kann man nicht antworten. Ist man wach, ist die Frage sinnlos.

«Schläfst du?», versucht er es erneut, ein bisschen lauter.

Ich schließe die Augen. In mir steckt noch eine beträchtliche Menge kindlicher Trotz. So ergeht es einem, wenn man mit Leuten wie Anna aufwächst. Kayo kommt näher und deckt mich zu. Er lässt die Tür angelehnt und wieder umhüllt mich Dunkelheit. Aus der Küche dringen Gesprächsfetzen, Husten, das Klirren von Tassen. Jemand trinkt Kaffee. Diese Erkenntnis hilft mir nicht weiter. Ist es Morgen, Mittag oder früher Abend? Jedenfalls ein Zeitpunkt, zu dem man normalerweise nicht schläft. Das weist mich automatisch der Patientenkategorie zu.

Husten? Ja, Raucherhusten. Anna ist hier.

«Warum weckst du sie auf?», wendet sie sich an Kayo.

«Hörst du nicht? Sie knirscht ständig mit den Zähnen.»

Sie sitzt am Küchentisch wie Frau Kontomina damals in der Oberstufe am Katheder, sie trägt hochhackige Riemchenpumps und ein dunkelgrünes Satinkleid mit Puffärmeln im Stil der Achtziger-Jahre. Es ist, als hätten wir uns schick gemacht, um auf Ägina in die Disko zu gehen. Sie raucht wie ein Schlot, ein Rauchring nach dem anderen zerfließt an der Zimmerdecke. Wie Schüler umringen sie sie – Kayo, Kosmas und Irini mit ihrer jüngeren Schwester Fiona. Und sie redet und redet. Mit den Händen, mit den Augen, mit dem Mund. Erste Lektion aus dem Zauberkasten: Wie halten wir den Zauberstab. Der Taschenspielertrick ist schon halb geglückt, wenn man die entsprechende Atmosphäre schafft.

Anna springt spontan auf. «Oh là là! Diese Decke kommt mir bekannt vor!»

Ich stehe in der Küchentür, in einen Überwurf gehüllt. Es ist meine alte Kinderdecke mit dem roten Rosenmuster. Da drunter sind Anna und ich geschlüpft, da drunter haben wir «Zeltlager» oder «Haus» oder wer weiß was noch gespielt. Später wickelten wir sie uns um die Beine, denn wenn man sich längere Zeit nicht rührt, weil man sich in endlos mäandernden Diskussionen über die substanziellen Weltfragen verliert, beginnt man zu frieren.

«Alles gut?», fragt Kosmas.

«Sie ist einfach umgekippt, als ob ...», sagt Irini.

Kayo kommt auf mich zu und massiert mir den Rücken. «Wie fühlst du dich?»

«Etwas besser.»

Ich habe keinen Vergleich, an dem ich meinen Zustand messen könnte. Wie eine Schlafwandlerin schleppe ich mich zum Spiegel im Vorzimmer, der mir folgendes Bild zurückwirft: eine halb verrutschte grüne Perücke mit Stirnfransen; kalkweiße Haut; violette Augenringe; die Augen trüb und drauf und dran, sich grundlos mit Tränen zu füllen. Ich könnte ein Marsmensch sein, der sein Raumschiff verpasst hat. Oder ein Gespenst.

«Keine Sorge, du bist immer noch *Miss Inner Beauty*», sagt Anna. Sie steht hinter mir. Selbst mit Stöckelschuhen schwebt sie wie auf ihrem fliegenden Teppich lautlos heran.

«Willst du was essen?», ruft Irini aus der Küche.

«Nein, ich will raus.»

«Ich kenne ein nettes Lokal», sagt Anna. «Los, du brauchst was im Magen.»

Heute hat sie den Jeep ihres Mannes genommen. Darin ist Platz für uns alle. Vorne Anna und Kayo, ich mit den jungen Leuten auf der Rückbank.

«In so einem Jeep fahre ich zum ersten Mal», sagt Irini.

«Und auch zum letzten Mal», sage ich. «Ja, das Leben ist hart.»

«Ach was, Irini, wir machen zusammen Ausflüge», sagt Anna, während sie den Mittelspiegel zurechtrückt. Sie will mich im Blick haben. Offenbar kümmert es sie noch, ob ich müde, zornig oder launisch bin.

«Wieso bist du eigentlich hier?», frage ich.

«Ich war zufällig in der Nähe und habe angeläutet. Sechster Sinn, was?»

«Du wohnst in Ekali und warst rein zufällig am Exarchia-Platz?»

«Die Freiheit des Aufenthaltsortes ist immer noch ein Menschenrecht.»

Irini blickt mich fragend an. Irgendwann, wenn ich das Wie und das Warum erklären kann, schreibe ich einen Roman. Dann schildere ich alles, was wir erlebt haben, aus meiner Perspektive. Die Hauptrolle im Titel überlasse ich ihr: *Warum ich meine beste Freundin tötete.* Wenn man keine Lust zum Lesen hat, beschränkt man sich auf den Klappentext und kann sich die Geschichte dann sparen. Die eine Freundin tötet die andere, was ist schon dabei? Tagtäglich bringen sich Leute gegenseitig um. Manchmal entscheiden sie sich für eine körperliche Auseinandersetzung mit der Polizei, um ihre Konflikte logisch zu begründen. Oder sie stürzen, ohne dass ihnen jemand einen Tritt versetzt hätte, ganz von allein die Treppe der Metro hinunter. Oder sie kämpfen gegen sich selbst, wenn sie keinen anderen lohnenden Gegner finden.

Sie bluten, also sind sie, würde Camus sagen.

Das Auto vor uns bremst abrupt. Der Spielzeughund an der Windschutzscheibe nickt heftig zustimmend, als wollten sich sogar die unbelebten Dinge meiner Meinung anschließen.

«Festhalten!», ruft Anna.

Wir halten uns fest.

Unter fortgesetztem Bremsen gleiten wir wie auf einer Kinderrutsche zum Syntagma-Platz hinunter. Der Mond sieht genauso kränklich aus wie ich und wirft sein bleiches Licht auf die Blätter der Bäume, auf die Gitter und Wachhäuschen vor den Botschaften. Das Hotel Grand Bretagne liegt vor uns, das Parlament zur Linken. Wenn man selbst planlos ist, gibt einem der Stadtplan Halt.

Während Anna einen Parkplatz sucht, erzählen mir die anderen, was passiert ist. Ich sei auf der Treppe der Metrostation gestürzt, kurz bevor die Protestaktion ihren Höhepunkt erreichte. Irini und

Kayo hätten mich an den Armen nach draußen geschleift und auf den Rasen gebettet.

«Keine Ahnung, plötzlich habe ich keine Luft mehr bekommen. Eine Art Platzangst oder Panikattacke …»

«Hast du irgendwo Blut gesehen?», fragt Anna, während sie mir ritterlich die Eingangstür des Restaurants aufhält. «Maria kippt nämlich um, wenn sie Blut sieht …»

«Erzählt mir, was danach passiert ist», falle ich ihr ins Wort.

Danach sei die Party so richtig losgegangen. Die Fahrgäste beteiligten sich mit kindlicher Begeisterung an der Trilleraktion. Zwei junge Burschen, die mit ihren Spraydosen vor ihren halbfertigen Graffiti am Bahnsteig standen, wurden von der Polizei verprügelt. Eine Romafrau wurde in Handschellen gelegt, weil sie die Bullen angespuckt hatte. Die Trillerpfeifen wurden beschlagnahmt. Eine halbirre Alte wurde gewaltsam zum Polizeiwagen geschleppt, während sie immer wieder «Und ihr wollt Männer sein?» schrie.

«Und was bleibt von alledem?», fragt Anna. Schon wieder geht es los mit den theoretischen Diskussionen, nur ohne Rosenmusterdecke diesmal.

«Die Erkenntnis unserer Stärke. Reicht dir das nicht?», sagt Kosmas.

«Die Erkenntnis, dass Teilhabe am gesellschaftlichen Leben auch ohne Überwachung durch Behörden oder Berufspolitiker möglich ist», ergänzt Irini.

«Na schön, einen Abend lang haben sie euch austoben lassen», sagt Anna. «Aber schaut mal dort rüber!»

Ein Romakind hat das Restaurant betreten. Der Kellner versucht den Kleinen wegzuscheuchen. «Seht ihr, wie sich zwei Unterprivilegierte zueinander verhalten? Wir setzen uns selber gegenseitig das Messer an den Hals.»

«Wieso ist der Keller unterprivilegiert?», fragt Fiona.

«Weder der Kellner noch das Romakind sind am reich gedeckten Tisch willkommen. Sie sind nur Dienstboten», erläutert Anna. «Komm mal her, Kleiner!»

Das Romakind entwischt dem Kellner und nähert sich unserem Tisch. In der Hand hält es Nelken mit verschwindend kleinen, in Alufolie gewickelten Knospen. Vermutlich stammen sie von Grabkränzen.

«Willst du Nelken?», fragt der Kleine.

«Und was willst du?», fragt Anna zurück.

«Was ist das?», sagt er und deutet mit dem Kinn auf ihren Teller.

«Zucchini.»

«Kann ich was davon haben?», fragt der Kleine.

Anna setzt ihn auf dem Stuhl neben sich und füttert ihn mit ihrer Gabel. Ihre Schüler starren sie mit offenem Mund an. Ja, die Dame im Abendkleid ist ein wenig exzentrisch. Mal kostet sie selbst, mal gibt sie dem Romakind zu essen.

«Jetzt muss ich gehen», sagt der Kleine und wischt sich mit dem Handrücken über den Mund. Am Ausgang überlegt er es sich noch einmal, kommt zurück und überreicht ihr eine lädierte Nelke. Die Heilige der Verachteten. Die Frida Kahlo des Wohnviertels. Von den Nebentischen wirft man uns ärgerliche Blicke zu.

«Na bitte», sagt Anna. «Wir haben ihnen die Illusion eines sicheren, bürgerlichen Lebens geraubt. Jetzt bleibt ihnen der Bissen im Hals stecken.»

Ist es für sie so einfach, andere in ihren Bann zu ziehen? Irini und Kosmas haben ihr schon ihr Vertrauen geschenkt, von ihrem Leben, ihrer Familie, ihren Träumen erzählt. Fiona, die sich bei unseren Treffen sonst langweilt, hängt an ihren Lippen. Selbst Kayo hat Spaß an der Sache. Er beugt sich zu mir und sagt: «Sie bleibt ewig neunzehn.» Neunzehn? Neun, trifft es eher. Mit neun Jahren ist alles vorgezeichnet.

Langsam begreife ich, wie ihr Charme funktioniert: Sie tut etwas völlig Abwegiges, etwas, das nicht zu ihrer Schönheit, zu ihrer Kleidung, zu ihrem Image passt. Danach benutzt sie den aufsehenerregenden Vorfall genauso wie ich meine Kinderdecke. Sie hüllt sich darin ein, wird eins mit dem Vorfall. Anna gerät in den Augen der anderen zur Allegorie von Großzügigkeit, Wagemut oder auch bloß von Erfindungsreichtum. Sie führt Dinge aus, die den anderen nur flüchtig durch den Kopf gehen, sie setzt instinktiv erdachte Szenarien tatsächlich um. Sie bezaubert. Sie tyrannisiert. Sie flucht. Sie tötet.

Ja, sie tötet.

Flüchtig taucht das Gesicht des Albaners in meinem Teller Gemüsesuppe auf. Seine kantigen Züge verschwimmen zwischen den Karotten. Die Suppe hat den metallischen Geschmack von Blut. Höhle. Metro. Gefängnis. Ein Kellerraum, dunkel und tief. Meine Schläfen pochen. Mein Mund trocknet aus.

«Anna, wir müssen darüber reden.»

«Worüber?», fragt Anna.

«Darüber. Ich ersticke daran. Ich weiß nicht, wie du damit leben kannst. Bei mir ...»

Sie packt mich am Arm und kneift mich. «Gehen wir vor die Tür, *merde!*» Ihre Stimme krächzt nach einem Hustenanfall. Fast spuckt sie die Vokale aus.

«Atme tief durch!», schreit sie.

Ich habe keinen Atem.

Sie nimmt meine Hände und reibt sie. Jetzt geht es besser. Wir rauchen, während wir in der Valaoritou-Fußgängerzone auf und abgehen. Die erleuchteten Schaufenster ähneln Walmäulern, in denen zerrissene Kleider schwimmen, mit herunterhängenden Kettfäden, deren Saum so lose ist wie bei den Röcken von Tante Amalia. Es ist die Zeit des Meta-Punk.

«Es war ein Unfall, verarbeite es endlich. Ein Un-fall!», sagt Anna. «Das haben wir doch schon hundert Mal gesagt.»

«Kann sein, dass du es deinem Psychotherapeuten erzählt hast und die Sache damit erledigt ist. Ich habe ein Loch in mir selbst gegraben, verstehst du? In mir selbst. Und jetzt kommt alles wieder hoch, überall quillt es hervor. Wie bei einem zu voll gestopften Koffer, der immer wieder aufspringt.»

«Dann musst du den Koffer verriegeln», sagt Anna trocken. «Es ist vorbei, erledigt.»

«Wir sollten ein Geständnis ablegen. Dafür ins Gefängnis gehen.»

«Bist du von Sinnen? Du willst den Bullen ein Geständnis ablegen? Warum zündest du nicht gleich eine Kerze in der Kirche an wie deine Mutter?»

«Ich muss etwas tun, egal was, damit das alles Sinn macht.»

«Ich könnte dich umbringen, ist dir das klar? Ich habe mir mein Leben aufgebaut und jetzt kommst du und …»

«Was kümmert mich das? Ich habe mir nie ein Leben aufgebaut. Außerdem fühle ich mich seit langem schon tot.»

«Nicht so theatralisch, Maria, das ist nicht auszuhalten.»

Sie umarmt mich auf die einzige Art, die ihr möglich ist. Kraftvoll, fordernd. Ihre Knochen bohren sich in meine.

«Ich weiß einen guten Psychiater», sagt sie.

Ich weiß einen noch besseren Psychiater: die Nationalbibliothek. Ich schütze eine hartnäckige Erkältung vor und melde mich bei Frau Saroglou für ein paar Tage krank. In Wirklichkeit habe ich vor, eine andere Schule zu besuchen, die Schule der Stille. Stille ist etwas ganz anderes als hysterische Sprachlosigkeit.

Ich brauche Ruhe, hohe Räume und das Gefühl, ein Ziel zu haben. Ich setze mich an einen Tisch und ackere alles durch, was ich über Höhlen und Gefängnisse, ja selbst über Metro-Stollen finden kann. Alles, was mit dem Leben unter der Erde, mit dem Dunkel und dem

Versuch zu tun hat, zum Licht zu finden, verursacht mir Herzklopfen und zieht mich gleichzeitig unwiderstehlich an. Ich lese Platons Höhlengleichnis von den Gefangenen, die ihre Mitgefangenen nicht sehen können, da sie ausweglos und unbeweglich im Dunkeln festgebunden sind. Die einzige Lichtquelle stammt vom Feuer, das hinter ihrem Rücken brennt, dem Feuer ihrer Herren. Die Flammen werfen bewegliche Schatten an die Wände. Die Gefangenen haben keinen Vergleich mit der Wirklichkeit, denn sie kennen das Licht nicht.

Meine Zunge trocknet aus, meine Hände schwitzen. Ich packe meine Tasche, renne nach draußen und nehme zwei Stufen der Marmortreppe auf einmal. Endlich ans Licht! Auf dem Nachhauseweg versuche ich folgende Frage zu beantworten: Wie wahr ist das, was die Gefangenen sehen? Laut Platon sind sie durch ihre Unfähigkeit sich anzupassen und zu begreifen, wo sie sich befinden, schlimmer versklavt als durch die Ketten, die sie fesseln.

Am zweiten Tag stoße ich auf ein Lexikon der Höhlenkunde, in dem es von soziologischen Begriffen nur so wimmelt. Wettbewerb, Gesellschaft, Anpassung. Was ist Anpassung? «Ererbte strukturelle, funktionelle und der Umwelt geschuldete Faktoren, welche die Wahrscheinlichkeit erhöhen, dass ein Organismus überlebt.» Ich lese von einer archäologischen Ausgrabung im mexikanischen Chiapas. Die Ende der Sechziger-Jahre dort tätigen Archäologen behaupten, noch vor den Mayas hätte der Volksstamm der Zoque, der am Rio La Venta lebte, Kinder in Höhlen geopfert. Diese haarsträubende Geschichte hatte uns schon Antigoni erzählt, nachdem sie mit ihrem damaligen Freund, von uns der «Manager» genannt, nach Mexiko gereist war. Erneut eile ich im Laufschritt nach draußen. Kaum befinde ich mich in einem höhlenartigen Raum, will ich wegrennen und muss ans Licht.

Am nächsten Tag stoße ich auf Piranesis «Imaginäre Gefängnisse».

Der Name ist mir nicht aus der Kunstgeschichte des 18. Jahrhunderts, sondern aus Malouchos' Erzählung vertraut. An der Hochschule hat man uns die Entwicklung der Kunst in überschaubaren Blöcken dargestellt, als seien die Jahrhunderte übereinandergeschichtete Ziegelsteine. Die «Imaginären Gefängnisse» sind von Terror erfüllte Radierungen. Die Perspektiven verschieben sich. Die nach oben führenden Treppen landen im Nirgendwo. Wären es reale Gebäude, würden die städtebaulichen Inspektoren die Konstruktion untersagen. Piranesi hat alle möglichen Arten ausgetüftelt, um aus Platons Höhle zu entkommen, aber in Wahrheit wirft er dich in einen noch tieferen Abgrund. Er macht dich zum Sklaven einer inneren Landschaft, eines ausweglosen Alptraums.

Diesmal fühle ich mich nicht gefangen. Ich schließe die Augen und reise an den Ort, an dem Aristomenis Malouchos Gewissheit fand. Auf meinem Notizblock schreibe ich: «Ist es möglich, sich in einem Alptraum sicher zu fühlen? Vielleicht dann, wenn man ihn von Anfang an als Kulisse eines inneren Wettstreits behandelt. In Piranesis Zeichnungen kämpft man sich ans Licht. In seinen Ruinen lauern Freiheit und Gerechtigkeit, ein Abgrund an Entscheidungsmöglichkeiten. Das gefällt mir.»

Am Ende der Woche lese ich über die Höhlen von Lascaux. Die Geschichte ist faszinierend: 1940 entdeckten in Südfrankreich vier Jugendliche völlig zufällig eine Höhle mit Kunstwerken aus der Jungsteinzeit, nur vom schwachen Lichtschein ihrer Laterne geleitet! Ich kann mir die ungezähmte Neugier in diesem Alter vorstellen. Sie drängen einander zum Weitergehen, noch tiefer in die Höhle vorzudringen. Zunächst stießen sie auf ein höchstwahrscheinlich durch eine umgestürzte Kiefer in die Erde gerissenes Loch. Der Mutigste der drei hat vermutlich vorgeschlagen, rund um die Öffnung weiter zu graben, beteiligte sich selbst jedoch nicht daran. Ein Typ wie Anna sozusagen, ein Alphatier. Dann stießen sie auf eine schmale Öffnung und rutschten über das Geröll zu einem Steinhaufen hinunter, der den alten Höhleneingang verdeckte. Von dort gelangten sie zu einer zweiten Öffnung, dem Saal der Stiere. Dann richteten sie das Licht ihrer Lampe auf die Wandmalereien mit den roten Kühen, den gelben Pferden, den Stieren und Hirschen. Wie sie wohl in jener Nacht geschlafen und wovon sie geträumt haben? Am nächsten Tag kehrten sie zurück und seilten sich durch einen schmalen Schacht ab, durch den sie direkt zur sogenannten «Schachtszene» gelangten. Darauf ist ein zu Boden gestürzter Mann mit einem Vogelschnabel dargestellt, umringt von einem Wisent mit angriffslustig gesenktem Kopf und einem Nashorn. Mit welchem Tier identifizierte sich jeder Einzelne von ihnen? Ich hätte mich weder mit einem Tier noch mit einem Menschen identifiziert, sondern nur mit der flächig aufgetragenen ockergelben Erdfarbe. Ein verblasstes Gelb, wie verrauchte Eifersucht. *Odiosamato.*

Schnell sprach sich die Neuigkeit im Dorf herum. Bald wurde die Gegend von Archäologen gestürmt. Wie müssen sie sich gefühlt haben, als man ihnen den Fund enteignet und zu einer touristischen Sehenswürdigkeit gemacht hat? 1955 revoltierten, wie sich Malouchos ausdrücken würde, die Wandmalereien selbst dagegen. Nach und nach büßten sie ihre ursprüngliche Farbe ein. Der Grund war, so hieß es, das Kohlenstoffdioxid, das mit der menschlichen Atemluft entweicht. Spezialisten entwickelten ein eigenes Belüftungssystem, aber der Schaden war nicht mehr gutzumachen. An den Wänden bildete sich grüner Schimmel. Darüber hinaus zog die wirtschaftliche Nutzung des archäologischen Fundorts die gesamte Fauna und Flora in Mitleidenschaft.

Wieder notiere ich auf meinem Block: «Es kommt der Moment, da müssen wir die Höhle wieder sich selbst überlassen. Wir sind dort nur zu Gast, sie gehört uns nicht.»

«Was ist los mit dir?», fragt Kayos Gesicht im Türspalt. «Malst du?»

«Kayo, ich wäre gern alleine. Wie mache ich mich am besten verständlich? *Ganz-al-lein.*»

«Schon gut, stell dich nicht so an. Anna hat seit heute früh schon drei Mal angerufen. Du sollst dich auf jeden Fall bei ihr melden.»

Ich schließe mich in meinem Zimmer ein. Dann kehre ich zu der Zeit zurück, in der ich Schwarz nötig hatte. Doch jetzt tue ich das Gegenteil von damals und male mit schwarzer Farbe auf weißem Untergrund. Mit Schwarz, aber auch mit zahlreichen Ockertönen. Aus dem Gedächtnis zeichne ich die jungsteinzeitlichen Tiere der Höhle von Lascaux. Pferde, Wisente, Kühe, Hirsche. Nachdem ich mich zur Genüge an Beinen, Hufen, Leibern und Tierschwänzen versucht habe, beginne ich mit Miniaturen. Winzige Tiere treten in riesige Höhlen. Oder riesige Tiere versuchen sich durch den Eingang einer winzigen Höhle zu zwängen. Die Umkehrung der Größenordnung führt mich direkt zum tröstenden Reich der Märchen, wie man sie auf Kinderzeichnungen findet. Dort ist eine starre Welt mit vorgefertigten Größen- und Machtverhältnissen zu finden. Du kauerst dich vors Zeichenblatt und rüttelst an den Fundamenten. Du malst den Bäumen blaue Wurzeln, du machst Menschen ohne Finger, du zeichnest durchsichtige Bäuche mit Babys drinnen, mit deinen Buntstiften nimmst und gibst du Leben. Voller Glauben und voller Zorn veränderst du die Welt.

«Dafni, geh zu deinem Blatt. Lass Natascha in Ruhe!»

Sie lenkt ein, streckt aber den Kopf nach unten und die Zunge heraus, ganz wie das Wisent. Heute zeichnet sie eine Höhle mit Babys, die wie kleine Flugzeuge herumfliegen.

«Warum fliegen die Babys?», frage ich.

«Aber das sind doch keine Babys, das sind Störche! Die Babys kommen aus ihrem Schnabel heraus.»

«Wer hat dir das erzählt?»

«Svetlana. Sie glaubt, dass ihr der Storch das Baby bringt. Die Arme weiß nicht, wie die Babys wirklich zur Welt kommen.»

Seit wir in ihrem Zimmer waren und zusammen Tee getrunken haben, verhält sich Dafni milder. Ihr gefiel die Idee von der Höhle, die Idee, dass man dort etwas Eigenes verbergen kann.

Heute zeichnet die ganze Klasse Höhlen. Dafnis Geschichten über Schlammlandschaften und Hexen kommen den Kindern schon bei den Ohren heraus. Und Kinder sind von Natur aus nachahmende Wesen. Natascha spannt wie immer Regenbögen über ihre Höhle. Panos setzt seine ganze Familie in die Höhle, er selbst schlägt vor der Öffnung Purzelbäume. Sandra platziert einen grimmigen Hund an den Eingang, der rote Wau-Wau-Töne von sich gibt. Aris malt Soldaten mit Maschinengewehren. Der Zutritt zu seiner Höhle ist mit Stacheldraht versehen und daneben explodieren Minen. Wumm, krach.

Natürlich malt niemand Männer mit Strumpfmasken, Puppen ohne Köpfe, Kinder mit abgeschnittenem Finger. Jeder wählt sich seine eigene Höhle.

Als sie mit der flachen Hand auf den Katheder klopft, klimpern die Silberarmreifen.

«Warum hast du mich nicht angerufen?» Sie raucht und hustet abwechselnd. Während ich schweige, pocht sie mit der Stiefelspitze gegen das Tischbein.

«Ich möchte eine Weile allein sein», sage ich schließlich.

«Was bedeutet das?»

«Was bedeutet Alleinsein?»

«Gehen wir auf einen Kaffee in dieses schreckliche Lokal gegenüber?»

«Nein, Anna. Ich habe zu tun. Ich gehe nach Hause.»

«Ich fahre dich.»

«Nein, ich nehme die Metro.»

«Hast du nicht gesagt, du steigst nicht mehr in die Metro? Wegen deiner Panikattacke?»

«Das hast du gesagt, nicht ich.»

«Dann komme ich mit, falls dir etwas zustößt.»

«Nein.»

Nein. Zum ersten Mal sage ich ihr das so laut und deutlich. Das Leder ihrer Stiefelspitze ist vom beharrlichen Pochen schon ganz abgenützt. Ein schrecklicher Anblick, als würde Annas Seele in ihrer Schuhspitze stecken. Als hätte sie ein Stück ihrer strahlenden Eigenständigkeit eingebüßt.

Vorsichtig begebe ich mich nach unten. Nicht über die Rolltreppe, wo sich die Leute drängeln, sondern über die Treppe. Ganz am Rand, damit ich mich am Metallgeländer festhalten kann. Du bist eine von Platons Gefangenen, sage ich mir. Das kannst du nicht leugnen. Finde deine Gefängniszelle. Auf dem Bahnsteig schwitzen meine Hände. Eine Frau wirft mir einen zerstreuten und gleichwohl düsteren Blick zu. Der Zug ist auch düster und rast mit hoher Geschwindigkeit auf mich zu. Der Bahnsteig wächst und schrumpft, er pulsiert wie ein Herz im unmenschlichen Licht der Neonleuchten.

Du bist im «Imaginären Gefängnis», sage ich mir. Du bist Piranesi. Du zeichnest die verfälschte Perspektive, den wabernden Bahnsteig. Du fügst ihm dunkle Treppen an, die sich im Himmel verlieren, weiters fügst alles dazu, was dir gerade einfällt, Ecken, Windungen, Labyrinthe. Steig in den Wagon. Knöpf deine Jacke auf, wenn dir heiß ist. Hol die Zeichnungen der Kinder aus deiner Tasche und fächle deinem Gesicht Kühlung zu. Bevor du bis drei gezählt hast, bist du bei deiner Station. Probleme beim Atmen? Denk an das passende Wort aus dem Lexikon der Höhlenkunde: Anpassung. «Ererbte strukturelle, funktionelle und der Umwelt geschuldete Faktoren, welche die Wahrscheinlichkeit erhöhen, dass ein Organismus überlebt.» Siehst du Schatten? Das ist ganz normal, die Gefangenen haben das Licht nie gesehen. Halt dich fest, halt dich fest. Das ist der einzige Weg, der von der Sklaverei zur Freiheit führt.

Ich steige aus dem Wagon, fast renne ich. Das Licht stürzt mir über die Treppenstufen entgegen. Ein warmes, tröstliches Licht. Es ist, als wäre die Treppe ein Mund, der mich in den attischen Frühlingshimmel hinausspuckt. Ich gehöre zu den Jugendlichen in der Höhle von Lascaux, ich habe die Tiere aus der Jungsteinzeit gefunden und kann die Entdeckung nicht schnell genug mit den anderen teilen. Oder besser, nein. Noch nicht mit den anderen. Ich bin das Mädchen auf der Zeichnung von Natascha und Panos. Ich schlage Purzelbäume vor der Höhle, ein Regenbogen spannt sich über meinen Kopf.

Partikeln von Staub und Freiheit.

«Hast du was dagegen, dass ich bei ihr wohne?» Kayo streckt seine schokoladenfarbene Hand nach mir aus. Er zieht mich in seine Arme, als würden wir gleich eine eindrucksvolle Tanzfigur machen. Aber wir verharren reglos. Dann atmen wir gleichzeitig aus. Das passiert uns immer wieder und bringt uns zum Lachen. Wir nennen es «gleichzeitiger Orgasmus».

«Habe ich zu heftig reagiert, Kayo? Dass du gehen sollst, war nicht ernst gemeint.»

«Ich bin gewöhnt, dass du heftig reagierst. Unser ganzes Leben lang fahren wir uns gegenseitig über den Mund. Es hat nichts mit dir zu tun. Svetlana bekommt ihr Baby und Anna findet keinen Aufpasser für ihre Tochter.»

«Wenn sie glaubt, dass sie mich dadurch kontrollieren kann …»

«Warum sollte sie dich kontrollieren, Maria? Hör auf mit diesen fixen Ideen!»

Ich löse mich aus seiner Umarmung, öffne die Balkontür und

schiebe mein Knie an die Stelle, wo die Gitterstäbe durchgesägt wurden. An das Wundmal, das meine allererste Rebellion markiert.

«Du hast ja keine Ahnung», sagte ich leise, wie zu mir selbst.

Während er seinen Koffer packt, pfeift er einen idiotischen Radio-Hit. Offensichtlich freut er sich, dass er geht. Er hat mich in New York schikaniert, hier schikaniere ich ihn. Eigentum bedeutet Macht, das ist nicht zu leugnen. Du überlässt dem anderen ein Zimmer zum Schlafen und forderst dafür seelisches Lösegeld. Und ich? Freue ich mich, dass er geht? Ich weiß es nicht. In meinem Leben war ich nie allein. Immer gab es nahe oder ferne Verwandte, der Raum war besetzt von hin- und hergehenden Leibern, von Fernsehgeräten, Musik oder Stimmen. Gemeinschaftseigentum. Offene Türen. Klopf nicht an, komm einfach rein. Ich mache sowieso nicht Wichtiges. Ich stehe ganz zu deiner Verfügung, Kamerad.

Er umarmt mich an der Tür mit dem Koffer in der Hand und reißt Witze, damit wir nicht in Tränen ausbrechen. Im Grunde habe ich Angst, dass Kayo nie wieder zurückkommt.

Selbst die Freiheitsstatue aus Schaumgummi hat er mitgenommen.

«Wir machen eine Besprechung zur Aktion an der Attika-Ringstraße. Kommst du?»

«Was heißt, *wir* machen eine Besprechung?»

«Ich bin eurer Gruppe beigetreten, wenn du nichts dagegen hast.»

«Glückwunsch. Und wo findet die Besprechung statt?»

«Bei mir. Heute Abend um sechs.»

«In Ekali? Brodelt jetzt der linke Kampfgeist in den Schützengräben der großbürgerlichen Athener Vororte?»

Anna atmet hörbar aus und knallt den Hörer auf die Gabel.

Am Nachmittag packe ich – keine Ahnung, warum – meine Super-Acht-Kamera in meine Tasche. Seit meiner Studentenzeit an der Kunsthochschule habe ich sie nicht mehr benutzt. Die Linse ist völlig verstaubt. Irini holt mich mit ihrem antiken Autobianchi ab. Kosmas kommt direkt von der Hochschule nach Ekali.

«Hast du nicht gesagt, wir sollten anderen gegenüber offen sein, auch wenn sie ganz anders denken als wir?», sagt Irini und schaltet einen Gang höher. Wir hüpfen samt dem Auto in die Höhe.

«Ich vertraue ihr nicht.»

«Wieso denn nicht? Kann ein Reicher nicht auch eine gesellschaftliche Vision haben? Ist er dir als Gegner lieber? Du kannst ihm doch Geld aus der Tasche ziehen und davon Plakate drucken.»

«Es geht nicht um Geld, sondern um Geltungsdrang. Anna ist eine Führernatur. Wenn sie könnte, würde sie die 68er-Bewegung zur Regierungspartei erklären und sich selbst zum Premier.»

Irini seufzt. «Schön, und was wärst du dann? Bloß die Opposition.»

Richtig. Wir alle sind müde Politiker, auf dem Weg zu einer All-Parteien-Konferenz in der Privatresidenz des Premiers.

Auf dem Kifissias-Boulevard herrscht reger Verkehr. Als wir eintreffen, ist die Besprechung schon im Gange. Anna sitzt, barfuß und im blauen Trainingsanzug, im Schneidersitz auf dem Boden. Kosmas und sein Kommilitone Nikos lümmeln auf der Couch. Kayo, der sich schon ganz wie zu Hause fühlt, steht in der Küche und mixt Martinis. Die Martini-Revolution.

«Also, rekapitulieren wir», sagt Kosmas. «Nur wenn wir die Straßen kontrollieren, haben wir die Stadt im Griff. Das ist unsere Grundmaxime, richtig? Das Motiv für die Protestaktion an der Attika-Ringstraße ist, dass wir unser Leben in dieser Scheißstadt endlich selbst bestimmen wollen. Seid ihr soweit einverstanden?»

«Wir wollen nicht, dass das multinationale Olympiade-Unternehmen Omas Haus und ihren Hühnerstall plattwalzt», sagt Anna.

«Welchen Hühnerstall? Haben wir was verpasst?», fragt Irini.

«Wir versuchen, die Eckpunkte für die Protestaktion zu formulieren», sagt Anna und rückt auf dem Teppich zur Seite, um Irini Platz zu machen. «Brainstorming.» Das ist Annas Lieblingsbeschäftigung, inmitten von Menschen und Notizzetteln im Schneidersitz ein Brainstorming zu veranstalten.

«Wo ist Dafni?», frage ich.

«In ihrem Zimmer.»

Sie sitzt, gehüllt in eine Decke mit Entenmuster, in ihrer Höhle. Jede Ente steht auf einem Bein wie ein Storch, auf je einem Grasbüschel und ringsum Leere. Bis zur Zimmertür liegen überall Filzstifte verstreut.

«Was zeichnest du?»

«Ah, wie toll, dass Sie da sind! Ich will Ihnen was zeigen!»

Dafni streckt ihr Blatt in die Höhe, mir direkt unter die Nase. Die Hexe und das Hexenkind haben Schiffbruch erlitten. Sie sitzen auf den Ausläufern einer Insel, ringsum nur blaues Meer, mit kleinen Rissen von Dafnis zu fest aufgedrücktem Filzstift.

«Welche Insel ist das?»

«Das ist keine Insel. Das ist eine Höhle!», sagt Dafni, sichtlich enttäuscht.

Die Höhle hat sich demnach vom Festland gelöst und treibt wie ein Floß fröhlich auf den Wellen. Das Hexenkind versteckt sich nicht im Höhleninneren. Wozu auch? Es regnet ja nicht mehr.

Über den Ledersofas im Wohnzimmer ballt sich eine Tabakwolke. Vom Geländer der Galerie aus beobachte ich, wie sie rauchend und gestikulierend ihre Argumente aufzählen gegen vier Millionen jährlich produzierte Autos und die kapitalistische Umweltverschmutzung. Der Plan ist, die letzten noch vorhandenen ärmlichen Häuschen an der Attika-Ringstraße zu besetzen, bevor die Bulldozer kommen. Die Aktion soll ein Medienthema werden.

Die jungen Leute haben die Anwohner besucht und begonnen, diskret auf ihre Meinungsbildung einzuwirken. Sie trinken Kaffee mit ihnen, hören sich Geschichten an und malen sich aus, wie es sein wird, bei den alten Bauern zu wohnen – in einem der Hinterzimmer, in einer leergeräumten Abstellkammer, unter einem Öllämpchen oder altmodischen Nippesfiguren. Sie verhalten sich wie ich, als ich den karierten Koffer packte und wahllos Rollschuhe und Eier hineinräumte.

«Warum so nachdenklich?», sagt Aristomenis hinter meinem Rücken.

Ich habe ganz vergessen, dass Sonntag ist. Selbst reiche Revoluzzer haben ein Anrecht auf einen Ruhetag.

Aristomenis' Büro liegt Dafnis Zimmer gegenüber, die Tür steht offen. Es gibt zwei schneeweiße Schreibtische: der eine dient als Arbeitsplatz, übersät mit Büchern und Architekturplänen; der andere dient der Entspannung, mit einer halbvollen Kaffeemaschine, Keksen, Pfeifentabak und Kiwischeiben. Durch die Fenster dringt das letzte Tageslicht und verleiht den Kiwi eine noch irrealere Farbe. Aristomenis bewegt sich wie ein Mensch, der weiß, wie viele Vorräte vorhanden sind, wie viele Tage sich das Obst hält, wie viel Milch in den Kaffee muss.

«Setz dich und erzähl.»

«Was soll ich erzählen?»

«Du siehst enttäuscht aus.»

«Ich bin nicht enttäuscht, sondern verwirrt.»

«Nimm eine Kiwi. Das tröstet.»

Ich kaue langsam. «Es ist absurd, dass ich auf Demos renne. Ich kann kein Blut sehen. Hast du je einen Aktivisten gesehen, der beim Anblick von Blut ohnmächtig wird? Dazu kommt der Vorfall vorgestern in der Metro, keine Ahnung, was mir da passiert ist. Ich bin einfach umgekippt wie eine alte Oma. Ich würde gern wieder malen, aber dafür bin ich zu alt.»

«Zu alt?»

«Ich bin bald fünfunddreißig und kein Kind mehr. Entweder engagiert man sich für eine Sache oder nicht. Man kann nicht ewig hin- und herlavieren, wie es einem gerade in den Kram passt.»

«Wer sagt so etwas? Schau dir deine Freundin an. Jetzt, da sich die Gelegenheit bietet, stürzt sie sich voll Begeisterung auf das Projekt. Sie hat gelernt, dass man sich kümmern und Opfer bringen muss.»

«Opfer bringen?»

Aristomenis zupft sich den Bart, wenn er nachdenkt. Er entwirft sich seine eigene Anna, die sich sehr von meiner unterscheidet. Beispielsweise erinnert er sich, wie sie in Stamatis' Wohnung Suppe und Kaffee für alle kochte. Einmal hat er gesehen, wie sie vor der Haustür auf dem Treppenabsatz mit einem unrasierten Mann sprach, der in eine Decke gehüllt dasaß. Es rührte Aristomenis, wie sich Anna auf die Stufen kniete, um mit dem Obdachlosen auf Augenhöhe zu sprechen. Sie zupfte ihn am Arm und bat ihn, ins Warme zu kommen. «Die werfen mich doch wieder raus», sagte er. «Dann bekommen sie es mit mir zu tun», antwortete Anna und stemmte die Hände in die Hüften wie ein Rowdy. Aristomenis' Theorie besagt, dass Anna in einer Familie aufwuchs, in der ständig von Revolution die Rede war. Wenn sie als Kind Eiscreme wollte, malte sie auf ein Holzschild eine Rakete, rannte zu ihren Eltern und schrie: «Brot, Frei-heit, Ra-ke-ten-eis!» Mitten in der Nacht wachte sie von den Stimmen wildfremder Menschen auf, die im Wohnzimmer rauchten und lautstark Demokratie forderten. Sie träumte davon, eine französische Revolutionsheldin zu sein, barfuß, in Lumpen gehüllt, eine Fahne schwingend. Hier und dort schnappte sie Gespräche und Parolen auf und sagte, was ihr gerade einfiel, Hauptsache, das Wort «Gleichheit» kam darin vor. Sie hat die politische Theorie ihres Vaters missverstanden, weil sie oberflächlich und ohne Grundlagenwissen darauf blickte. Für Anna war Politik ein Weg, Aufmerksamkeit und Liebe einzufordern. Nach Antigonis Tod zog sie sich in sich selbst zurück und kümmerte sich um niemanden mehr, als sei der Kreislauf der Liebe erschöpft. Aber sie hatte gelernt, wie man sich einmischt, Forderungen stellt, Aktionen organisiert. Sie brauchte nur die geeignete Gelegenheit.

«Wie ist Antigoni gestorben?»

Nach der Trennung von ihrem «Manager» kehrte sie zum politischen Aktivismus zurück. Sie war wieder die gute, alte Antigoni, nur ein Merkmal war noch dazu gekommen. Der Trotz, der Menschen kennzeichnet, die eine Sache für eine andere geopfert haben und dann begreifen, dass es nicht der Mühe wert war. Da der «Manager» ihre Liebe offenbar nicht verdient hatte, stürzte sich Antigoni mit aller Kraft auf Protestaktionen für den Ausstieg aus der Kernenergie, für die politischen Gefangenen, für die Flüchtlinge in Ruanda und im Kosovo. Sie schrieb Artikel und leitete Tagungen, schließlich schlug sie vor der alten Universität ein Zelt auf und trat für die Einhaltung der Menschenrechte in den Hungerstreik. Obwohl sie unter ärztlicher Aufsicht stand, war ihr Körper in kürzester Zeit dehydriert und sie erlitt akuten Eiweißmangel. Sie starb einen romantischen Tod, in einem Zelt mitten auf der Panepistimou-Straße, die Kanüle im Handrücken.

Zum Glück hatte sie ihr Haar nicht wieder wachsen lassen. Niemand konnte ihr mehr den betrügerischen Trick mit dem künstlichen Zopf vorwerfen.

Aristomenis verteidigt mich gegen meine erbosten Genossen, die nicht verstehen, warum ich *stante pede* fort will. Er bringt mich in seinem Auto zur Metrostation Kifissia. Am Seitenfenster paradieren Frauen unterschiedlichen Alters mit spitzen Knochen und unruhigem Blick vorbei, die Antigoni ähneln. Sehr große, sehr dünne und verschlossen wirkenden Frauen sieht man in Athen jetzt immer wieder, damals war Antigoni die einzige, ein magersüchtiges Monster. Klar und deutlich taucht sie in meiner Erinnerung auf, wie sie Karotten säubert, ihre Gauloises raucht, uns Ballettunterricht gibt und wie sie sagt: «Wir sollten uns an die erinnern, die für uns Opfer gebracht haben.» Jetzt, da sie sich gewissermaßen selbst geopfert hat, klingen ihre Worte prophetisch. Auf dem Bahnsteig läuft noch eine Antigoni auf und ab. Mit betrübtem, abwesendem Blick und mit einem kurzen Pelz, den sie wie einen Schal um den Hals trägt. Ich hole die Super-Acht-Kamera aus der Tasche und nehme ihre Schritte auf. Sie wiegt sich in ihren teuren Pumps in den Hüften, ein wandelndes Werbeplakat für das Streben nach einer Utopie. Unsere Aufrufe konnte die Albanerin im Metrowagon als Analphabetin nicht lesen. So greife ich wieder zu Bildern, um mich auszudrücken.

Am Abend projiziere ich den kurzen Schwarzweiß-Film mit den aufgenommenen Schritten in Kayos leerem Schlafzimmer an die Wand. Die Frau ist unterwegs zu einer Demonstration, zu ihrer persönlichen Rebellion, aber sie ist von ihrem Weg abgekommen. Jetzt braucht sie nur noch die passende Hintergrundmusik, die Melodie von «Avanti popolo».

Acht

«Schau dir diese Galgenvögel an!»

Papa verfolgt im Fernsehen, wie der Gedenkmarsch zum Aufstand gegen die Junta am Athener Polytechnikum endet: Molotowcocktails, in Brand gesteckte Autos, umgeworfene Straßensperren. Mein Magen revoltiert. Mir brennen selbst vom TV-Tränengas die Augen.

«Ach, wenn ich mir die mal vorknöpfen könnte! Nur einen einzigen Tag!»

Tja, so jemand sitzt direkt vor deiner Nase, Papa. Du knabberst gemeinsam mit Mama Sonnenblumenkerne und ihr brummt euch gegenseitig zu: «Nimm doch den anderen Sender!», «Schon gut!», «Bloß nicht!»

«Ich muss an die armen Eltern denken!», seufzt Mama.

Sie legt es darauf an, mich zu provozieren. Ich stehe auf, trete auf den Balkon hinaus und schmiege mein Knie in das Loch im schmiedeeisernen Gitter, durch das ich meinen Kopf gesteckt hatte und aus dem mich der Mann heraussägen musste. «Du bist ein Trotzkopf, was?» Ja, ich bin ein Trotzkopf. Und mein Trotz wird immer größer.

Wie kommt es, dass du in sternenklarer Nacht manchmal in der Zeit zurückreist und meinst, es sei gestern gewesen, als du den Kopf durch das Gitter gezwängt, als du dich ohnmächtig und zornig gefühlt hast und mit zwei zerborstenen Eiern im Koffer und Gwendolyns Sprichwörtern im Kopf fortreisen wolltest? «Sieht eine reife Frucht einen braven Menschen, fällt sie vom Baum.» Es gibt keine reifen Früchte und keine braven Menschen mehr.

1993. Die PASOK-Partei ist wieder an der Macht, das Salz ist endgültig wurmig geworden. In ein paar Tagen werde ich sechsundzwanzig und ich habe keine Angst mehr vor «State of Emergency», vor Unruhen. Ich provoziere sie.

Ich blute, also bin ich.

«Ach, Maria! Wie schön, dass ihr da seid!»

Ich lasse den Rucksack auf den Boden fallen, drücke mein Gesicht in ihr Haar und atme ihr neues Parfüm ein, Zimt und Bergamotte. Anna handelt wie immer zwiespältig: Sie umarmt mich und gleichzeitig zwickt sie mich in den Arm. Thanos gibt sie auf französische Art vier Küsschen. Er, der nichts von französischer Begrüßung versteht, stimmt begeistert in die Luftküsschen ein. Sie ist am Schluss ihrer ersten kommunistischen Periode umwerfend hübsch. Sie trägt marokkanische Leder-Flip-Flops und ein halb durchsichtiges Kleid mit aufgedruckten Seesternen. Ihr Haar hat sie mit chinesischen Stäbchen hochgesteckt, eine blonde Ausgabe von Antigoni. Thierry, von dem ich viel gehört habe, steht barfuß am Küchentisch und schneidet Tomaten. Er ist groß und charmant, ein arischer Kayo mit lockigem, schulterlangem Haar. Als er mir zuzwinkert, hüpft mein Herz. Wieder hat sie den Besten gefunden, in der schönsten Stadt, im sonnendurchfluteten Apartment mit den halbrunden Balkonen direkt am Parc de Buttes-Chaumont. Die Wohnung gehört ihr jetzt ganz, die Erinnerung an Stamatis geistert nicht mehr durch die Räume. Anstelle von Poulantzas' Porträt hängt nun ein Jugendfoto von ihr an der Wand, aufgenommen bei einer Pariser Feierlichkeit zum Regierungswechsel nach der Juntazeit. Sie steht vor dem Triumphbogen und zeigt das Victory-Zeichen. Offener Mantel, rote Wangen, helle Stelle an der Augenbraue, Grübchen am Kinn und die Schildpatt-Haarspange überm Pony. Ein Wunderkind im Exil.

Ein Werk von Anna hat das Poster über die Wirklichkeit der Sehnsucht abgelöst. Sie hat eine Ausstellung organisiert mit Werken, bei denen sie stets gleich vorging: Sie kauft klassisch-romantische Landschaftsbilder (verschneite Berge, Waldbäche, an Felsen klebende Häuser) und verfärbt sie durch ihre Pinselstriche. Dann fügt sie einzelne Beispiele anarchischer Bebauung ein wie eine Fabrik oder eine Giftmülldeponie, die verschmutzten Wasser eines Sees oder eine durch sauren Regen gepeinigte Landschaft. Sie ist, wie in der Zeit mit Angelos, wieder zur Romantikerin geworden. Sie will die Natur retten wie ein mittelalterlicher Ritter, der eine unbefleckte Prinzessin verteidigt, die nicht den geringsten Wunsch geäußert hat, gerettet zu werden.

Thierry ist Greenpeace-Aktivist. Sie begleitet ihn zu Rettungsaktionen bedrohter Tierarten, folgt ihm auf Protestkundgebungen gegen die Ölteppiche in Kuweit oder Venezuela. Sie schickt mir

Postkarten mit lapidaren Botschaften und «alles Liebe». Ich glaube nicht mehr an Annas Liebe. Sie will mir bloß zeigen, wie gut es ihr gelingt, von der einen Revolution zur nächsten überzugehen, von der sexuellen Befreiung zum Kommunismus und jetzt zur Rettung der Natur.

«Was findest du schlimm daran?», fragt Thanos, als wir die Tür der Dachkammer hinter uns schließen, die als Gästezimmer dient. Anna hat auch ihn in ihren Bann gezogen.

«Keiner von ihnen beschäftigt sich mit den Sklaven, die auf den vergifteten Feldern schuften. Sie kommen einfach daher und spielen die Stars, die offiziellen Naturschützer, die Öko-Aktivisten.»

«Wieso nicht? Das ist doch ihr Job.»

«Genau! Anna und Thierry tun ihren Job. Sie haben viel Geld, verstecken es aber wohlweislich.»

«Was willst du eigentlich? Dass sie es dir geben?»

«Sie sollten es lieber verschenken. Oder ohne schlechtes Gewissen ausgeben.»

Bei jeder Gelegenheit verkünden sie, dass sie die Wände eigenhändig gestrichen haben. Wohl, damit man sie nicht für bürgerlicher hält als erlaubt. Sie erwähnen eine spottbillige Pizzeria, die sie entdeckt haben. Am Nachmittag schleppt mich Anna in einen Second-Hand-Laden.

«Also, erzählst du mir endlich von Thanos?», sagt sie, während sie einen roten, an den Ellenbogen abgeschabten Kimono probiert.

Was soll ich ihr über Thanos erzählen? Er ist Bankangestellter, das personifizierte Mittelmaß. Er geht nur an den Wochenenden aus, lebt bei seinen Eltern und ist das Schutzschild, das ich brauche. Wenn ich ihr von Thanos erzähle, muss ich ihr auch von Camus erzählen und darüber, wer ich in Wirklichkeit bin und was für ein Leben ich führe. Zum ersten Mal nach der Phase, als ich mich im Badezimmer einschloss und meine Vagina erforschte, habe ich wieder

Geheimnisse vor Anna. Damals war es eine Revolution des Privaten. Jetzt kämpfe ich für die anderen. Für eine umfassendere Harmonie der Liebe.

«Er ist ein netter Kerl», sage ich.

«Nettigkeit hat für dich nie den Ausschlag gegeben, Maria. Du warst doch immer hinter denen her, die dich schlecht behandelt oder zurückgewiesen haben.»

«Tja, so ändert sich der Mensch.»

Sie rümpft die Nase. «Du hast doch irgendetwas», sagt sie. «Du verbirgst etwas.»

Ich verberge es vor meinen Eltern, vor meinen ehemaligen Kommilitonen, vor der Polizei. Und du denkst, dass du es ans Licht bringen wirst? Da irrst du dich.

«Mir ist langweilig, Anna. Einfach langweilig. Mein Leben ist nicht so aufregend wie deines.»

Das ist die Lösung, wie wir noch lange gut miteinander auskommen: Wenn sie Verdacht schöpft, beginne ich zu lamentieren. Ein Leben lang hatte ich Angst vor ihr, und dabei ist ihr Verhalten vorhersagbar.

Gwendolyn würde es so ausdrücken: «Der Vogel verliert sein Gefieder nicht, wenn es Winter wird.»

«Senegal ist faszinierend», sagt Thierry.

Ich hebe den Blick von der Pizza. «Wann wart ihr dort?»

Wir sitzen mit ihren französischen Freunden in der spottbilligen Pizzeria. Die sind so farblos, dass man glauben könnte, die beiden hätten sie absichtlich ausgesucht, um ihre eigene Persönlichkeit, ihre sprühende Laune, ihre Genialität noch mehr zur Geltung zu bringen.

«Ich war allein dort, ohne Anna. Zurück bin ich dann mit Seidu gereist, einem Senegalesen, der als Stipendiat zum ersten Mal nach Europa gekommen ist.»

Anna schüttelt sich vor Lachen. «Brauchen wir das? Und das brauchen wir auch?»

Offenbar ist es ein Insiderwitz, denn Thierry lacht auf. Er erzählt uns, Seidu stamme aus einem entlegenen Dorf in Senegal, wo es keinen Supermarkt gab. Als sie zum ersten Mal die wichtigsten Dinge für seinen Pariser Aufenthalt einkaufen gingen, war Seidu völlig aus dem Häuschen. Er konnte die Produkte und ihren Zweck nicht einordnen und wiederholte ständig: «Brauchen wir das? Und das brauchen wir auch?» Aber Seidu, fragten sie ihn, wie willst du zur Toilette gehen ohne Toilettenpapier, wie willst du kochen ohne Fett? Wie hypnotisiert sei Seidu die Regale mit den aufgereihten Produkten entlanggelaufen.

«Echt guter Witz über die Hinterwäldler aus der Dritten Welt», sage ich und beiße wütend in meine Pizza.

Anna wirft mir einen durchdringenden Blick zu. «Maria, das hast du missverstanden. Seidu ist im Vergleich zu uns im Vorteil. Er ist imstande, aus einer Waschtrommel ästhetischen Genuss zu ziehen.» Thierry erläutert, dass Seidu, fasziniert von der gezähmten Fliehkraft, Stunden vor der Waschmaschine verbrachte. Thanos findet die Anekdote ebenfalls köstlich. Am liebsten würde ich ihnen die Pizza Napolitana ins Gesicht schleudern.

Wer sich über Afrika lustig macht, macht sich über mich lustig.

In einem Retro-Café-Theater, das Anna und Thierry irgendwo in Pigalle entdeckt haben, tanzen wir Tango. Draußen gehen betrunkene Huren vorüber und werfen uns Kusshände zu. Thierry winkt sie herein und sie heben ihre Röcke und tanzen einen improvisierten Cancan. Thanos hüpft auf der Stelle, er vollführt eine Kombination aus dem griechischen Kalamatianos-Tanz und Heavy Metal-Beats. Ich lasse alles hinter mir, lache, fühle mich normal. Aber kaum sieht mich jemand einen Moment zu lang an, schlottere ich vor Angst. Sie verfolgen mich. Sie wissen Bescheid!

Camus sagt, ich sei durchgedreht. Fast befiehlt er mir, ein paar Tage nach Paris zu fahren. Manchmal ist meine Angst so groß, dass ich fürchte, nicht mehr weiteratmen zu können. Das passiert mir in relativ ungefährlichen Momenten, sagen wir, beim Plakatieren. Wenn es wirklich ernst wird, vergesse ich, mich zu fürchten. Ich konzentriere mich auf meine Arme, auf meine Beine, werde zu einer Maschine, die läuft oder tritt.

«Gehen wir aufs Klo?», fragt Anna. Sie ist unfrisiert, das Gesicht gerötet vom Tanz, einfach unwiderstehlich. An ihrer Stirn pulsiert ein Äderchen.

Sie sitzt auf der Klomuschel, ich stehe an der Wand. Unsere Lieblingsposition.

«Thierry will, dass wir nach Afrika ziehen», sagt sie träumerisch.

Nein, *merde!* Afrika gehört mir!

«Er sagt, wenn man sich nicht auf die echten Probleme einlässt, bleibt man Tourist.»

«Echte Probleme gibt es auch in Paris: Arbeitslosigkeit, Obdachlosigkeit, Rassismus.»

«Wir wollen auf etwas anderes hinaus, Maria.»

«Oh ja, richtig, dieses Modejahr trägt man Eingeborene und Umweltkatastrophen zur Schau.»

Anna streckt ihre Hand aus und kneift mich kräftig in den Arm. «Ich setze dich auf die Straße! Dann kannst du bei deinen Obdachlosen in der Metro schlafen!»

«Das ist nicht nötig. Ich gehe von ganz allein!»

Ich renne auf die Straße. Der Pariser Wind kneift mir Gesicht und Hände, als würden Dutzende gespenstische Annas in der Dunkelheit über mich herfallen.

«Bist du verrückt geworden, *merde!* Komm zurück!»

Sie läuft hinter mir her, holt mich ein und wirft mir Thierrys Mantel über die Schultern. Die Ökologie hat sie für alle geschützten Arten sensibilisiert, selbst für ihre Jugendfreundinnen, die sich, wenn man sie eine Zeitlang ohne Nahrung und Wasser lässt, in Wildkatzen verwandeln.

Die Versöhnung folgt am Küchentresen, mit Kir Royal und vertrockneten *chouquettes.* Thierry und Thanos sind schlafen gegangen, die Mädels feiern ihre kleine Party. Wir hören alte französische Chansons aus Stamatis' Plattensammlung. Anna gibt einige komische Ballettfiguren unserer kindlichen Choreografien zum Besten. Damals, als wir die Arabesque übten und so taten, als würden wir Nelken auf die Gräber der toten Studenten streuen.

«Komm zur Vernunft, Anna. Wir sind nicht mehr neun.»

«Wenn du das glaubst, dann wirst du frühzeitig alt.»

«In der letzten Zeit fühle ich mich nicht mehr jung.»

«Weil du nicht mehr an unsere Freundschaft glaubst, deshalb!»

Anna umarmt mich und flüstert mir ins Ohr: «Wenn du glaubst, dass jede Entfernung gleich Trennung bedeutet, dann verschwendest du dein ganzes Leben mit dem Versuch, Ersatz zu finden. Ich bin es satt, Ersatz zu suchen. Du bist meine beste Freundin und damit basta!»

«Für immer?»

«Für immer!»

Anna streicht mir übers Haar, drückt mir einen lauten Schmatz aufs Ohr und verschränkt ihre Finger mit meinen. Arm in Arm legen wir uns auf den kalten Küchenboden.

Um uns herum wächst ein ganzer *Parc de Buttes-Chaumont* mit seinen Bäumen und sanften Hängen.

«Mein lieber Kayo, Paris ist immer noch klein ohne dich. Du fehlst mir unendlich, besonders im Regen. Ich breite die Arme aus und tue so, als wärst du bei mir. Aber nur Anna ist hier. Dieses Jahr ist sie wieder anders, voller Zuneigung und Hingabe. Eine schicke, bürgerliche Linke. Sie liest immer noch dieselben Bücher, interpretiert sie aber, wie es ihr in den Kram passt. Aber das ist ihre Sache. Ich kann nicht länger in ihrem Schatten leben. Nichts hat mich mehr zum Sklaven gemacht. Das ist mein persönliches Afrika.» Ich zerreiße die Postkarte. Kleinmädchenkram und idiotische, vertrauliche Geständnisse. Von solchen Schwächen sollte ich mich befreien.

«Komm, wir frisieren dir die Haare!», ruft Anna aus dem Bad.

Wir sind wieder in der Styling-Phase und gehen ganz in unserer weiblichen Natur auf. Sie setzt mich auf einen Stuhl wie eine ihrer Puppen und toupiert mir das Haar mit einem Kamm.

«Na bitte!», sagt sie. «Ein bisschen Volumen tut deiner Frisur gut!» Will sie andeuten, dass ich dünnes Haar habe?

Sie öffnet ihren Kasten und fordert mich auf, mir etwas auszusuchen.

«Ich habe doch jede Menge Anziehsachen dabei.»

«Aber ich will dir etwas schenken!»

Solche Geschenke kenne ich. Sie haben ihren Preis und werden mit emotionalen Gegenleistungen verrechnet. Ich habe ihr nichts mehr zu bieten. Meine innere Welt ist plattgewalzt, sie besteht nur noch aus einer Reihe verstaubter Ruinen. Alles, was ich lese, denke und tue, dient nur noch der *Amesi Drasi*.

«Maria, bitte ...»

Damit sie Ruhe gibt, greife ich nach einem dunklen, gestreiften Herrenhemd.

«Dunkle Kleider machen dich trauriger und ernster», sagt Anna.

Ich bin auch trauriger und ernster als je zuvor.

«Was ist eigentlich mit Kayo los?»

Sie hat sich hingekniet und puzzelt die Überreste meiner Postkarte wieder zusammen.

«Anna, woher nimmst du dir das Recht ...»

Zum Glück fehlt der Teil mit ihrem Namen. Sie denkt, «mein persönliches Afrika» sei Kayo. Unwillig berichte ich das Neueste. Dass er mit einem viel älteren Mann in Manhattan zusammenlebt, andauernd Drogen konsumiert und seine verdrängte Liebe zur Kunst wiederentdeckt hat. Er geht in Galerien, umgibt sich mit Künstlern, aber alles bleibt oberflächlich. Sehen und gesehen werden, als könne er sich nicht auf das wirkliche Leben einlassen.

«Er ist neidisch auf dich, das ist es. Er will das tun, was du auch tust.»

Ich frage mich, ob sie damit nicht auch unsere Beziehung beschreibt.

«Warum sollte er das tun?»

«Kayo ist ein oberflächlicher Narziss, ein Nichts. Du hast ihm den Tiefgang verliehen, der ihm fehlt.»

«Und dann fragst du, warum ich nichts mit dir teile? Du bist brutal. Und autoritär.»

«Ich bin nicht autoritär.»

«Warum wühlst du in meinem Müll herum?»

«Ich weiß nichts über dich, ich bin die ganze Zeit auf veraltete Informationen angewiesen. Ich will wissen, wie du lebst, was du denkst, mit wem du zusammen bist.»

Mit wem ich zusammen bin.

Die Rotoren des Flugzeugs zermahlen mit der Luft auch Annas Worte. «Ich bin die ganze Zeit auf veraltete Informationen angewiesen …» Erleichtert lasse ich Paris hinter mir. Ich erwache aus einem Alptraum mit sehr schönen Menschen, brutalen Worten und übermenschlichen Prüfungen. Thanos ist in Melancholie verfallen. Zurück in den Bankjob, ohne Annas Vierfach-Küsschen, Thierrys Vinaigrette, das Apartment mit den halbrunden Balkonen. Eigentlich ist er geltungssüchtig. Er genießt den Besitz von Wohnungen und Ideen, er hat sich Thierrys Sprechweise angeeignet und ganz bestimmt fantasiert er sich Anna in sein Bett.

«Ich glaube, wir sollten uns eine Weile nicht sehen», sage ich.

«Mhm», sagt Thanos schlafwandlerisch, während er sein Erfrischungsgetränk schüttelt.

Keiner hat je darauf bestanden, mit mir zusammen zu sein, keiner will mich ganz für sich. Anna versuchen alle auf ihr Motorrad zu kriegen, zu küssen, mit nach Afrika zu nehmen. Selbst ich will sie für mich allein, als Nippesfigur für mein Herz. Eine grässlich verformte Nippesfigur, die für immer in der Position verharrt, die ich für sie aussuche. Besser gesagt, ich wollte ich sie für mich allein. Es ist Zeit, sie loszulassen. Zeit, mich still und leise von allen zu verabschieden. Zeit, meine eigenen Entscheidungen zu treffen.

«Sie lassen mich nicht in Frieden! Sie verfolgen mich die ganze Zeit!»

Tante Amalia knabbert an ihren Haarspitzen. Sie blickt durch mich hindurch, als wäre ich Luft. Ich streichle ihr den Handrücken.

«Wer verfolgt dich, Amalia?»

«Der König, wer sonst?»

«Der lebt doch in London, darüber waren wir uns doch einig! Und er ist der Ex-König!»

«Ach, du hast ja keine Ahnung, mein Schatz! Überall hat er seine Spione. Er weiß über alles, was ich tue, Bescheid.»

«Keine Sorge, ich beschütze dich.» Und dabei habe ich Verfolgungswahn wie sie …

«Er hat seine Leute in der Nea Dimokratia, sage ich dir. Sie rufen ihn an und sagen ihm, mit wem ich spreche, was ich täglich einkaufe, bis ins kleinste Detail!»

Dann und wann schaut sie die Nachrichten und bringt die Wirklichkeit und ihre überspannte Fantasie durcheinander. Vor kurzem wurde das Gesetz zur Beschlagnahme des königlichen Eigentums verabschiedet. Die Abgeordneten der Nea Dimokratia enthielten sich dabei ihrer Stimme.

«Na und?»

«Was, na und? Er hat kein Geld mehr, keinen einzigen Landsitz, der Prunk ist dahin. Verstehst du? Er ist arm und will mich aus meiner Wohnung vertreiben und selbst hier wohnen, mit seiner Tussi … Er schickt seine Spione, die klingeln bei mir und bedrohen mich.»

Sie steht auf und schaltet den Fernseher an. Schweigend schauen wir die Werbesendung, während es draußen dunkelt.

«Psst! Hörst du das?»

Was soll ich hören? Eine Blondine hackt Zwiebeln, um zu beweisen, wie gesund Fertigsuppen sind.

«Hörst du nicht, was sie sagt?»

«Nein, Amalia. Was denn?»

«Ich zerhacke dich genauso wie die Zwiebeln, wenn du nicht tust, was wir sagen!»

Ich zünde mir eine Zigarette an. Tante Amalia klatscht in die Hände.

«Spitzenidee, mit dem Rauch blockieren wir ihren Sender!» Sie kennt ihren James Bond.

Ich lege den Arm um sie und blase den Rauch hinter ihrem Rücken zu einem Öllämpchen hin, das wie das Auge Gottes über uns wacht. Ein harter und unnachgiebiger Gott, der seine Dienerin Amalia ganz und gar vergessen hat. Und meine Mutter ebenso.

«Wo warst du die ganze Zeit?»

Mama freut sich nicht wirklich, wenn ich sie besuche. Jedes Mal thematisiert sie stundenlang meine lange Abwesenheit und mein Desinteresse am Familienleben.

«Ich habe etwas für dich.» Sie überreicht mir ein Briefkuvert mit Engelsfiguren und überdimensionalen Rosenblüten.

«Wer heiratet?»

«Die Trauung war schon. Martha, deine alte Freundin aus Ägina. Tagelang habe ich versucht, dich zu erreichen. Bist du eigentlich nie zu Hause?»

«Ich war in Paris, bei Anna.»

«Da haben sich ja zwei gefunden ...»

«Wie war die Hochzeit?» Ich weiß, dass ihr diese Dinge gefallen.

«Schön, mit vielen Gästen. Es gab auch ein großes Essen.»

Während sie mit mir spricht, starrt sie auf den Fernseher. Die Seifenopern haben die ganze nachmittägliche Sendezeit für sich gepachtet. Mama erlebt Hochzeiten mit, Scheidungen und gemeine Racheakte, und trinkt Champagner auf seidener Bettwäsche.

«Wann gibst du mir endlich Grund zur Freude?»

Auf dem Bildschirm erscheint ein küssendes Paar im Profil. Eine Rothaarige mit enormen Wimpern und ein Blonder mit kantigem Kinn, ein schwuler Schauspieler vermutlich. Die Art von Leuten, auf die man mit Bomben schmeißt.

«Du bist sechsundzwanzig, wann gedenkst du zu heiraten? Willst du enden wie Tante Amalia?»

«Nicht wie Tante Amalia, aber auch nicht wie du.»

Mama blickt mich mit waidwundem Blick an. Gekonnt ahmt sie die Frauen in den Seifenopern nach. Sie imitiert zwar weder ihren Schminkstil noch die wallenden Lockenfrisuren, hat sich aber den vorwurfsvollen Blick abgeschaut, den angeblich hilflos zurückgelassene reife Schauspielerinnen ihren davonstolzierenden Töchtern oder Liebhabern hinterherschicken. Am liebsten würde ich den Fernseher kaputtschlagen. Nichts verschafft größere Genugtuung, als Schaufenster voller Fernsehgeräte zu zertrümmern.

«Fahren wir zusammen in die Ferien?», sagt Annas atemlose Stimme am anderen Ende der Leitung.

«Was ist passiert?»

«Wir haben uns getrennt, Thierry und ich. Willst du deine Freundin trösten?»

Thierry interessierte sich mehr für Wale, Schildkröten und Ölteppiche als für sie. «*Merde*, soll er doch mit seinen Schildkröten zusammenleben. Ich bin es satt!» Sie sagt, ich hätte recht behalten. Die Ökologie berge tatsächlich die Gefahr, einen von den echten Problemen der Menschen fernzuhalten. Jetzt helfe sie einer Anwältin, einer alten Freundin aus dem Kollektiv, bei Widersprüchen gegen Räumungsklagen, die kinderreiche Pariser Familien betreffen.

«Also, soll ich kommen? Und wir lassen es krachen?»

«Mal sehen.»

Ferien sind eine sehr bürgerliche Gewohnheit, die nicht zu meinem neuen Leben passt. Ich erzähle Camus davon. «Du übertreibst», antwortet er. «Ständig redest du von deiner Freundin, dieser Anna, aber so unterschiedlich seid ihr gar nicht. Du gehst zu sehr in deinen politischen Ideen auf. Niemand wirft andauernd mit Bomben.»

Er zieht sein Hemd aus, darunter wachsen keine Flügel. Er ist auch nur ein Mensch. Er umarmt mich auf der uralten Matratze, in demselben Raum, wo er mir früher Zeichenunterricht gab. Seine Finger riechen nach Nikotin, sein Atem nach Kaffee. Die Gerüche bringen mich schlagartig auf den Boden der Tatsachen zurück. Camus verkörpert für mich die wandelnde politische Parole «Ich blute, also bin ich.»

Nur folgerichtig, dass ich meine Nägel in seinen Rücken kralle.

«Maria, nur du kannst das verstehen. Sie haben meinen Fernseher verwanzt und sagen ständig ordinäre Dinge zu mir. Sie verachten mich, sie demütigen mich. Wenn ich nicht freiwillig mitgehe, schleifen sie mich nackt auf den Syntagma-Platz zur Guillotine! Wo soll ich nur hin? Es gibt keinen Ort, wohin ich gehen kann!»

Und doch gibt es einen. Sie springt von ihrem Balkon in der dritten Etage, um schließlich in einem Anderswo Zuflucht zu finden. In komatösem Zustand, mit Hirnblutungen und unzähligen Rippenbrüchen kommt sie ins Krankenhaus. Papa fächelt bei meinem Eintreffen den Zettel mit der Diagnose in seiner Hand hin und her. Mama hat viel geweint, ihre Augen sind trüb und verschwollen.

«Unsere Amalia ...», sagt sie.

Papa geht Kaffee holen. Mama hält eine alte, abgegriffene Fotografie in der Hand, die sie in ihrer Geldbörse immer dabeihatte. Amalia und sie sitzen auf dem Mäuerchen vor dem Haus in Kypseli und lachen mit all ihren Zahnlücken übers ganze Gesicht. Ihre Knie sind dreckig, aber ihre Zöpfe glänzen. Stolz hält jede eine Lumpenpuppe in die Kamera. «Wir hatten uns so gern, wir waren wie Schwestern. So wie Anna und du.» Sie beginnt mit dem Geschichtenerzählen, wie sie auf diesem Mäuerchen nach und nach heranwuchsen, wie sie die Puppen erst gegen Autogrammkarten von Hollywoodschauspielern und dann gegen echte Männer eintauschten.

«Wie? Sie hatte tatsächlich jemanden kennengelernt?»

«Ständig stand ein Heiratskandidat auf der Schwelle. Sie ging für ihr Leben gern spazieren und ließ sich Versprechungen machen. Aber nur bis dahin und nicht weiter! Ihren Prinzen hatte sie doch schon gefunden.» Sie schlief mit der Fotografie des Thronfolgers unter ihrem Kopfkissen. Dieser Scherz machte in der Familie die Runde: Amalia heiratet Prinz Konstantin und jeden Sonntag fahren alle zusammen mit der Kutsche im Schlosspark spazieren. Ihre Gedanken schweiften vom Liebesidyll hin zu Akten der Wohltätigkeit: Suppenausschank für die Armen, Spielsachen für die Kinder. Sie war keine Royalistin, sie war Romantikerin. «Eine proletarische Royalistin», wie Anna sagt. Bis zum letzten Moment marschierte ein ganzes Heer frömmelnder Bettler, die Amalia segneten und ihre Pension auffraßen, an ihrer Wohnungstür auf.

«Und was war, als du mit Papa nach Afrika gegangen bist?»

«Sie hat geweint und mich gebeten, es mir noch einmal zu überlegen. Es war ein Drama. ‹Warum kommst du denn nicht mit, Amalia?›, sagte ich. ‹Ach, das geht nicht. Dann schimpft er mit mir.› Am Flughafen klammerte sie sich an mich. ‹Das überlebe ich nicht›, sagte sie. Und, jetzt hat sie's wirklich getan!»

«Hör auf! Sie ist noch nicht tot.» Im Grunde glaube ich aber auch nicht, dass sie es schafft. Was nützt dir das Überleben, nachdem du dich zum Sprung entschlossen hast?

Wir sitzen auf harten Bänken in einem engen Gang, der so brutal beleuchtet ist wie eine Fleischerei. Oder wie ein Gefängnis? Mama und ich sitzen darin in derselben Zelle. In der Zelle derer, die unfähig sind zu trauern. In den Seifenopern kommen die Frauen aufgedonnert ins Krankenhaus und ihre Gefühle – Wut, Schmerz, Trauer, Verzweiflung – brechen sich ungehindert Bahn. Mama zerknüllt bloß eines ihrer in Afrika bestickten Taschentücher.

Schließlich dürfen wir auf die Intensivstation. Mit unseren OP-Masken sehen wir aus wie Außerirdische, die sich über das Bett eines Artgenossen beugen, der sich durch den Kontakt mit Erdenbewohnern infiziert hat. Tante Amalia, verkabelt, mit Infusionskanülen und aufgedunsenem Gesicht, sieht aus wie eine Heilige, die sich nach dem erlittenen Martyrium ausruht. Ganz ohne ihre Kleider mit den kleinen, dunklen Mustern, ohne Dutt und auch ohne Lockenwickler im Haar. Soll ich «Leck mich am Arsch» zu ihr sagen, um zu sehen, ob sie schockiert wieder aufwacht?

Ich beuge mich zu ihr hinunter und flüstere ihr eine freie Assoziation von Obszönitäten mit allen ordinären Sprüchen, die mir nur einfallen, ins Ohr.

«Was hast du ihr gesagt?», fragt Papa.

«Ein Gebet.»

«Heilige Jungfrau Maria, Amen.» Mama bekreuzigt sich.

Tante Amalia liegt immer noch reglos da, die Augen geschlossen und die Arme von Kanülen durchlöchert, fünf Tage ist es jetzt her. Papas Geschwister haben sie schon besucht, dazu ein paar alte Freundinnen, Frau Pavlina mit Fotini und Martha. Auch Antigoni ist gekommen. Sie umarmt mich, bewegt und tiefernst. Sie trägt ein Kostüm und Schmuck. Der Zopf ist weg, stattdessen trägt sie eine rötlich getönte Kurzhaarfrisur.

«Was ist los?», frage ich.

«Ich habe jemanden kennengelernt.» All die Jahre habe ich Antigoni nie mit einem Mann gesehen. «Ich erzähl's dir ein andermal», flüstert sie, während sie hinter der Glasscheibe der Intensivstation Tante Amalia betrachtet. «Sie sieht aus wie eine Schmetterlingspuppe. Oder wie ein Neugeborenes.» Vielleicht, weil man sie so fest in die Bettdecke gewickelt hat und der Kopf nur ein Stück herausragt. Nur, Schmetterling wird sie wohl keiner mehr. Und wachsen wird sie auch nicht.

Antigoni hat Rosen mitgebracht. Ich nehme sie mit in die Stournari-Straße und wechsle jeden Tag das Blumenwasser. Solange sie nicht verwelken, denke ich, kehrt Tante Amalia vielleicht zu uns zurück. Vorläufig befindet sie sich in dem Zwischenreich, wo sie immer schon lebte. In einem dunklen, von Stimmen erfüllten Tunnel, der unsere Welt mit ihrer verbindet.

«Ich nehme das nächste Flugzeug», sagt Anna.

Es hat keine Eile.

Anna zieht sich die weiße Maske über und beugt sich übers Bett.

«Aufwachen, Amalia, wir gehen auf Männerfang ...», sagt sie mit brüchiger Stimme. Sie wischt sich eine Träne weg und weicht zur Tür zurück.

«Wir müssen etwas dagegen unternehmen. Bücher schreiben, was weiß ich? Die Prinzen in den Kindermärchen abschaffen. Gegen die

Monarchie revoltieren, gegen das stumpfe Konsumieren von Träumen. Wir müssen Feuer legen, *merde*, Feuer!»

Anna versetzt dem Abfalleimer einen Tritt. Die Oberschwester wirft ihr einen strengen Blick zu. Ich zupfe die Haut von meinen zerbissenen Lippen. Das ist die einzige aggressive Handlung, die ich mir erlaube, sobald ich die Maske ablege.

«Du willst Feuer legen?», frage ich.

«Mehr als alles auf der Welt!»

«Schön, dann komm mit.»

Ich nehme sie an der Hand und zerre sie wortwörtlich hinter mir her.

«Wo führst du mich hin?»

Dorthin, wonach sie gefragt hat. Dorthin, wo man Feuer legt.

Camus' Augen blitzen.

«Wie kannst du es wagen? Dummes Ding!»

«Ich will es dir erklären …»

«Was willst du mir erklären? Dass du jemanden ohne Absprache mitbringst, weil du gerade Bock darauf hast? Nächstes Mal kommst du noch mit deinem Vater an!»

«Und ihr dürft eure Miezen mitbringen, he? Habt ihr mich gefragt? Ich aber muss eure phallokratischen Gespräche dulden!»

Wir brüllen uns an. Anna steht daneben. Zum ersten Mal lehnt jemand sie ab und ich kämpfe darum, ihn zu überzeugen.

«Probeweise», lenkt Camus ein. «Für ein Treffen. Ist das klar?»

Anna blickt ihn ehrfürchtig an. Camus scheucht uns barsch fort.

«Maria, erzähl mir alles der Reihe nach.»

Wir laufen Steinchen kickend durch den Ares-Park. Fortwährend blicke ich mich um, mein Verfolgungswahn ist schuld daran.

Wo soll ich beginnen? Unsere Gruppe heißt *Amesi Drasi*. Unser Zeichen basiert auf dem von einem O eingekreisten A, das sich auf Proudhons «Anarchie ist Herrschaft ohne Ordnung» beruft, nur ist das A von einem D umschlossen. Unsere Parole heißt «Ich blute, also bin ich.» Der Satz stammt aus einer bizarren Beschreibung von Polizeigewalt, die Camus irgendwann vorgelesen hat: «Der Schlagstock des Polizisten fungiert wie ein Zauberstab. Durch seine brutale Liebkosung erwacht die gemäßigte Seele zum Leben und die Namenlosen finden ihre Glaubwürdigkeit wieder: Ich blute, also bin ich.»

Keine Theorie ist hieb- und stichfest. Als ich vorschlage, wir sollten die Geschlechterfrage thematisieren, lautet die Antwort: «Emma Goldman, du solltest nicht so dumm sein, nur auf den Finger zu schauen, wenn der Weise auf den Mond zeigt.» Es sind alles Männer in Camus' Alter, daher verkörpern sie den Weisen. Und ich bin die Dumme, die nur auf den Finger schaut. Den abgeschnittenen Finger. Ab und zu bringen sie auch Bewunderinnen mit. Ich frage mich, ob die nichts ausplaudern. Natürlich treffen wir unsere Vorkehrungen: Wir sprechen nur von öffentlichen Telefonzellen aus, wir haben keinen fixen Treffpunkt, wir geben uns auf der Straße nicht zu erkennen und wir verwenden Decknamen.

Zu uns gehört Antonis alias Bertrand Russell, der glaubt, das Glück liege darin, nicht zu arbeiten. Dann Paris alias Altol, eine Kombination aus Aldous Huxley und Tolstoi. Wir haben auch unseren Chomsky, nämlich Tilemachos. Sakis nennen wir Debord, da er Vandalismus zur Kunst erklärt. Und für Terzis passt Camus wie angegossen. Er bietet uns eine solide philosophische Grundlage, wenn wir uns in nihilistischen Diskussionen verlieren. Er sagt, wer alles zerstöre, zerstöre sich am Schluss selbst. Ich schlafe immer noch dann und wann mit ihm, um mich nicht völlig selbst zu zerstören. Er hat mich zur *Amesi Drasi* gebracht, nachdem er mich einigen Prüfungen unterworfen hatte, wie eine Märchenhexe, die neu angeworbene Prinzessinnen erst ein wenig quält.

Anfangs dachte ich, ich sei an einem Verschwörer-Treffpunkt mit lauter Außerirdischen gelandet. Sie wollten mit riesigen Spiegeln gegen die Polizisten aufmarschieren, die ihnen ihr Ebenbild zurückwerfen sollten. Gegenüber wollten sie ihre Freundinnen, tanzende Mänaden, als menschliches Schutzschild positionieren.

«Seid ihr verrückt geworden?», sagte ich. «Wie naiv ist das denn! Glaubt ihr, dass es sensible Bullen gibt, die durch die Widerspiegelung von Gewalt zu schockieren sind? Wollt ihr Frauen als Fantasieobjekte uniformierter Männer einsetzen?»

Jeder hat einen völlig anderen Hintergrund und wir kriegen uns ständig in die Haare. Wenn es zu viel des Guten wird, ruft einer – üblicherweise Altol – uns in Erinnerung, dass wir einen gemeinsamen Feind haben: den Staat und den Kapitalismus. Chomsky schreit, das Wort «Feind» sei eine emotionale Zuschreibung und wir sollten besser das Wort «Gegner» verwenden. Debord ruft: «Ja, macht sie fertig!». Und Camus versucht, die Ordnung wiederherzustellen.

«Daher also: Ich blute, also bin ich …», wispert Anna verschwörerisch. «Ein kleiner Widerspruch ist es schon, wenn du kein Blut sehen kannst, aber an diese Parole glaubst.»

Wie wohlbehütete Mädchen spazieren wir Arm in Arm auf dem Pfad mit den Revolutionsstandbildern weiter. Dort, wo mich Tante Amalia maßregelte, wenn ich Schimpfwörter gebrauchte.

Beim ersten Treffen serviert Anna den Kaffee. Beim zweiten versucht sie, mit Chomsky eine gemeinsame Front zu bilden, aber er ist ihr zu anarchistisch. Beim dritten stemmt sie die Hände in die Hüften und ruft: «Ich verstehe nicht, was ihr alle gegen die Sowjetunion habt. Zeigt mir eine andere revolutionäre Gesellschaft!»

«Es gibt nicht eine einzige Utopie für alle», sagt Debord. «Was für den Ostblock gilt, muss nicht für den Westen gelten, auch nicht für Afrika. Die einen brauchen was zu essen, die anderen …»

«Richtig, die Proletarier brauchen Almosen, die Intellektuellen brauchen Kunst», unterbricht Anna ihn. «Was soll man auch mit

Malerei und Literatur anfangen, wenn eine apolitische Kunstgeschichte schließlich alles vereinnahmt? Dadaismus, Surrealismus, sogar den Situationismus?»

«Darin sind wir uns einig. Die Frage ist, auf welche Weise die Kunst den Bewegungen, die den gesellschaftlichen Wandel vorantreiben, Fantasie und Kreativität verleihen kann!»

«*Merde, merde,* das wird nie geschehen! Die Künstler bleiben in ihrem Glashaus hocken.» In dieser Periode malt sie vermutlich nicht.

«Bist du irgendwie mit Rosa Luxemburg verwandt?», fragt Altol schelmisch.

So kommt sie zu ihrem Decknamen. Sie wird Rosa und beschließt, uns zu organisieren. Wir würden uns nicht oft genug treffen, sagt sie, wir hätten keine Disziplin, wir könnten nicht mal ordentlich Kaffee kochen. Sie gebraucht verstörende Wörter wie «Opfer», «Zorn» und «Schuld». Sie fordert Unterordnung unter ein gemeinsames Ziel. Was für ein gemeinsames Ziel? Wir sind doch Federn im Wind.

«Nein», sagt Anna. «Das könnt ihr vergessen. Die Revolution führt zum politischen Wandel, andernfalls dient sie nur zum Dampfablassen. Dafür könnt ihr auch auf den Fußballplatz gehen!» Ich habe den Verdacht, sie hat uns ausgewählt und nicht wir sie, und sie sieht in unseren Gesichtern, die hinter Masken verborgen sind, einen anderen Maskierten, der sie enttäuscht hat.

Ihren Vater.

«Es ist vorbei.»

Sie muss nicht weiterreden, ich weiß Bescheid. Mama meint, dass Tante Amalia – oder das, was von Tante Amalia übrig war – nicht mehr ist. Ich haue mit der Faust auf den Tisch. Früher gehörte er zu meinem Malatelier, heute ist er übersät mit Unterlagen: Flugblätter, Bücher, Fotokopien, Literatur zu den Zapatistas. Mit zwei Handbewegungen ist alles vom Tisch. Telefonapparat, Bleistifte und Papiere landen auf dem Boden. Schlagartig ist der Tisch saubergefegt und leer. Nur noch die von meinem Cutter stammenden Ritzen sind zu sehen.

«Was war das?», ruft Mama. Ihre Stimme dringt aus dem Lautsprecher des Telefonhörers, der auf dem Boden liegt.

«Mir ist etwas runtergefallen», sage ich und lege mich neben den Apparat aufs Parkett. Tante Amalia ist runtergefallen. Da, in Zeitlupe fällt sie vom Balkon, um den Spionen mit den glühenden Augen zu entkommen. In meiner Vorstellung trägt sie ein langes Baumwollnachthemd, obwohl sie in einem schwarzweiß gemusterten Kleid gefunden wurde. In meinem Drehbuch ist sie eine Comic-Heldin. Sie schnellt zurück in den Himmel, als sei der Gehsteig ein Trampolin, und schüttet sich aus vor Lachen. Ich habe keine Tränen. Meine Gefühle liegen unbestimmbar auf dem Boden, begraben unter dem Papierberg, das Innerste nach Außen gekehrt.

Auf dem Begräbnis wischt sich Papa mit der Hand den Staub von den Schuhen. Mama schnäuzt sich in ihr besticktes Taschentuch. Antigoni trägt riesige schwarze Jackie-Kennedy-Brillen. Anna weint für uns zwei. Wenn es ein Leben nach dem Tod gibt, dann schwebt Stamatis bestimmt mit der Pfeife im Mund in seinem Samtsessel über unseren Köpfen. Camus steht ein Stück entfernt, an einem anderen Grab. Er tut, als würden wir uns nicht kennen, und raucht wie ein Schlot.

«Er hat dich gern», sagt Anna und wischt sich über die Augen.

Merde, den kann ich abschreiben. Sie wird ihn sich unter den Nagel reißen.

«Antigoni ist völlig durchgedreht. Sie macht Ferien auf einer Jacht!»

«Freust du dich nicht, dass sie glücklich ist?»

«Im Ernst? *Merde!* Glücklich mit dem Manager?»

Anna verzieht den Mund. Glück hat keine Bedeutung, wenn es nicht ihren eigenen Vorgaben entspricht. Antigoni hat sich in den Geschäftsführer eines multinationalen Konzerns verliebt. Anna will, dass wir ihn einfach «Manager» nennen. Die beiden sind in Zeitschriften mit Regierungsmitgliedern abgebildet. Antigoni blickt auf diesen Aufnahmen nie in die Kamera. «Schlechtes Gewissen», wie Anna erläutert. Der «Manager» trägt Krawatte und hat ein jugendliches Gesicht, aber schlohweißes Haar. Man könnte meinen, das Leben hätte ihn direkt am Schultor ergrauen lassen. Ich habe ihn zwar nie kennengelernt, aber sein Einfluss ist überall spürbar. Die Bibliothek ist besser geordnet. Eine Immigrantin aus dem albanischen Nordepirus macht das Haus in der Plaka zweimal die Woche sauber. Der Holzschnitt von Tassos ist durch ein Werk von Kostas Tsoklis ersetzt. Antigoni und der «Manager» reisen nach Mexiko, Buenos Aires und Marokko. Sie kehren mit Teppichen, Kupferkesseln und Matetee-Kalebassen zurück und seltsamen Geschichten über Kinder, die in Höhlen geopfert werden.

«Früher hätte sie sich die Füße wundgelaufen, um Subcomandante Marcos zu treffen. Jetzt zieht sie Schicki-Micki-Stöckelschuhe an und genießt ihr Frühstück im Hotel Intercontinental.»

«Du bist hart zu ihr, Anna.»

«Bin ich hart oder ist sie unsensibel? Wer hätte das gedacht! Sie wird wie deine Mutter.»

«Wie meinst du das? Meine Mutter hat keinen Freund. Und Kleider kauft sie sich auch nicht.»

«Es kümmert sie, was die anderen über sie sagen. Das meine ich.»

Aber sie hatte doch ein falsches Haarteil! War das keine Art von Betrug? Nur zu gern würde ich den Mund aufmachen. Nur zu gern würde ich sie auch irgendwie verletzen.

Die Zikaden zirpen ohrenbetäubend.

«Hör dir das an», sagt Anna. «Man wird auch sagen, dass man die Politik von der Tyrannei der Geschichte befreien muss, um sie dem Ereignis zu überantworten.»

Auf den Felsen von Amorgos liest sie erneut Alain Badiou. Mit ihrem Wanderstock sieht sie aus wie eine moderne Eremitin. Dieses Jahr trägt sie ein blaues Tuch im Haar und neue Espadrillos wie eine fröhliche, in Pastellfarben gekleidete Arbeiterin.

«Was soll das heißen?»

«Die proletarisch politische Fähigkeit, die kommunistisch heißt, ist absolut beweglich, nicht staatlich, unfixierbar.» Sie fragt und antwortet mit Zitaten. Ich schäle den Pfirsich mit meinem Taschenmesser weiter.

«Willst du? Schön saftig!» Ich hoffe, dass sich Annas Persönlichkeit schließlich als etwas so Einfaches und Wiedererkennbares wie diese Frucht entpuppt.

«Wieso weichst du einer Diskussion aus?»

«Ich weiche überhaupt nicht aus. Ich genieße eben gern verwerfliche Dinge wie die Sonne oder Pfirsiche. In deiner ökologischen Phase hat dir das auch gefallen.»

Annas Blick durchbohrt mich. «In meiner ökologischen Phase?» Sie springt auf und ich befürchte schon, dass sie mich kneift, aber sie nimmt nur an mir vorbei Anlauf für einen ihrer spektakulären Kopfsprünge. Ihr Körper durchpflügt das Wasser, kurz darauf taucht weit draußen ihr Schopf auf, winzig wie ein Stecknadelkopf. Ich greife nach ihrem Buch und überfliege die unterstrichenen Teile: *«der expatriierte Sieg», «das Waisenhaus des Realen», «die Geschichtlichkeit des Unmöglichen»*. Wonach sucht sie genau?

Anna erscheint mir unergründlich. Es ist, als wäre sie immer noch neun und glaubte, griechische Widerstandskämpfer seien nach Afrika gegangen, um die Revolution zu organisieren. Dass es die Männer sind, die sie der Revolution in die Arme treiben, und nicht die Revolution, die sie in die Arme der Männer treibt, beunruhigt mich. Mir geht der Gedanke durch den Kopf, dass sie die Männer aussaugt und Ideen aus ihnen herauspresst, weil sie keine eigenen Ideen hat.

Ihr Haar ist lose geflochten, ihre Schultern duften nach dem Vanillearoma einer Hautlotion. Sie dreht mir im Bett den Rücken zu, als wären wir ein zerstrittenes Ehepaar. Mit dem Leintuch begrenzt sie ihr Territorium wie früher ihre Hälfte der Schulbank. Dieses Jahr haben wir ein Zimmer gemietet, Campieren ist nicht mehr unser Ding. Wir brauchen unsere eigene Toilette.

Hinter der Wand hört man eine Frau und einen Mann beim Sex stöhnen. Wenn man unbeteiligt ist, wirkt das rhythmische Quietschen des Bettes komisch. Wir spitzen die Ohren. Was uns fehlt, ist eine feste Beziehung. Die Treffen mit Camus sind spärlicher geworden, Kayo bleibt ein unerfüllter Traum. Kurz stelle ich mir vor, die Schreie stammten von Camus und Anna. Ich kann mir die beiden problemlos auf seiner ausgeleierten Matratze in allerlei revolutionären Positionen vorstellen. Ist wirklich etwas zwischen ihnen? Das werde ich nie erfahren. Anna ist vorsichtig geworden.

Ich ziehe sie am Zopf. Sie wirft mit dem Kissen nach mir. Kratzer, Ellenbogenrempler, Kitzeln. Wir rollen auf den Boden hinunter, hochrot im Gesicht, und das Gegacker findet kein Ende. Als Anna das Gestöhne des Paares nachahmt, überkommt uns ein Lachkrampf. Unsere Freundschaft ähnelt einem Luftballon, den wir so lange aufblasen, bis er platzt. Dann sind wir enttäuscht, flicken die Löcher und es geht wieder von vorne los.

«Gehen wir was essen?», sage ich.

Jedes Mal, wenn wir sehr traurig oder sehr fröhlich sind, öffnen wir den Kühlschrank. Wir versöhnen uns nicht mehr beim Pieseln, sondern beim Essen. In den Inseltavernen bestellen wir doppelte Portionen. Für die Wirte stellen wir eine Art live Werbespot dar:

Zwei Bohnenstangen, die für fünf essen. Wohlig seufzend tunken wir unser Weißbrot ins Rindsgulasch.

«Niemand kennt mich so gut wie du», sagt Anna und wischt sich mit der Papierserviette die Lippen sauber.

Wir haben unsere klassische Versöhnungspose eingenommen: Wir liegen rücklings auf unseren Badetüchern, Annas Kopf auf meinem Bauch. Mein Kopf ist den Felsen zugewandt, die Augen sind geschlossen, die Lider glühen im Sonnenlicht. Als ich Schritte höre, blinzele ich. Oben auf dem Felsen steht ein Mann, die Hände in die Hüften gestemmt. Er ruft «Psst! Psst!», als wären wir Katzen.

«Verschwinde, du Trottel!», schreit Anna. Sie richtet sich auf und stützt, kämpferisch wie immer, ebenfalls die Hände in den Hüften.

Der Mann klettert zu uns herunter, auf dem abschüssigen Weg werden seine Schritte immer schneller. Das Gegenlicht hindert uns, ihn deutlich zu erkennen. Erst als er bis auf fünf Meter herangekommen ist, sehen wir, dass es ein Ausländer, vermutlich ein Albaner ist. Sein Alter ist schwer einzuschätzen, wie andere Wirtschaftsflüchtlinge verrichtet er harte Arbeit im Freien. Seine Stirn ist gerötet, die Augen strahlend grün, der Blick empört. Er denkt, ich hätte ihm den Spruch zugerufen, und stürzt sich auf mich. Er packt mich an den Handgelenken wie früher meine Mutter.

«Wer ist hier ein Trottel?»

«Lass mich los!» Meine Handgelenke schmerzen.

«Sofort loslassen, du Schwein!», schreit Anna.

Der Mann ist außer sich vor Wut. Er packt mich am Arm und schleift mich zum Felsenrand. Anna springt ihn von hinten an, umklammert ihn und krallt sich an seinem Hemd fest. Der Mann rammt ihr den Ellenbogen in die Rippen. Sie wird auf mein Badetuch geschleudert, als wäre sie eine Eidechse, die auf seinen Rücken hochgekrochen ist. Jetzt kommt er wieder drohend auf mich zu. Seine sandigen Schuhe sind voller Teer.

«Zu wem sagst du Trottel?»

Er ballt die Fäuste, die Haut seiner plumpen Finger ist rot und rissig. Ich schließe die Augen. Drei kräftige Männer stehen am Eingang der Höhle. Sie tragen Strumpfmasken. Hinter ihnen erstreckt sich ein afrikanischer Strand mit verrosteten Suya-Grills. Die Luft ist feucht und stickig. Es muss Regenzeit sein. Die Männer reden laut, sie gestikulieren. Ich beobachte sie aus dem Inneren der Höhle. Wo sind Mama und Gwendolyn? Warum bin ich allein?

Ich kassiere einen Faustschlag, warmes Blut strömt aus meiner Nase. Doch ich werde nicht ohnmächtig, sondern reiße die Augen auf. Der Mann steht über mir und überlegt noch, ob er mich bespucken oder mir in die Rippen treten soll. Seine Nasenflügel beben vor Zorn. In der Zwischenzeit geht Anna, diesmal mit dem Wanderstock, erneut zum Angriff über. Sie visiert ihn damit an, als nähme sie Anlauf zum Hochsprung, und rammt ihm den Stock in den Bauch. Der Mann verliert das Gleichgewicht und stürzt ins Wasser. Schnaubend schluckt er Wasser, ein lautes Gurgeln ist zu vernehmen. Mit den Wellen kämpfend ruft er etwas Unverständliches. «Schnell weg!», schreit Anna.

Wie verrückt rennen wir den Abhang hinauf. Auf der Anhöhe bleiben wir stehen und ringen neben einem Fahrrad mit verrosteter Kette nach Atem, vermutlich ist es seines. Dann erst blicke ich wieder aufs Meer. Mein Herz klopft zum Zerspringen.

«Anna, schau doch!»

Meine Stimme klingt dumpf, denn ich halte mir die Hand an die Nase, um die Blutung zu stillen. Instinktiv blickt sie in die von mir andeutete Richtung: Der Körper des Albaners treibt bäuchlings auf dem Wasser. Sein Hawaiihemd bläht sich am Rücken wie ein Fallschirm.

Obwohl die Sonne sticht, ist unser Herz eiskalt.

«Bist du sicher, dass er ertrunken ist?» Alle fünf Minuten stellt sie dieselbe Frage, als könnte er jeden Moment wieder zum Leben erwachen und wie ein rachedurstiger Held aus einem Horrorfilm die Küste erreichen. Im Grunde würden wir gern in einem solchen Film mitspielen, in dem er aus dem Wasser kommt, sich auf uns stürzt und uns eine zweite Chance gibt.

Wir sitzen auf dem Bett, versorgen unsere Wunden und brechen abwechselnd in Tränen aus. Annas Rücken ist blutig geschürft, aus meiner Nase läuft immer noch frisches Blut. Das Schlimmste war, dass wir noch einmal dort hinunter mussten, um unsere Sachen zu holen, die Blutspuren von den Steinen zu entfernen und den Wanderstock verschwinden zu lassen. Aus den Augenwinkeln sahen wir, dass der Albaner die ganze Zeit im Meer trieb. Reglos, das Hemd vollgesogen, wie eine Luftmatratze, der die Luft ausgegangen ist. Irgendwoher quoll Blut und verteilte sich im Meereswasser. Vermutlich war er gegen die Felsen geprallt.

«Wir haben einen Mord begangen! Einen Mord!», wispert Anna.

Ihre Augen sind so groß und blau wie nie zuvor.

«Es war Notwehr! Er hat uns angegriffen!»

«Ich konnte doch nicht ahnen, dass er nicht schwimmen kann!»

«Die Frage ist: Was machen wir jetzt?»

Wir tun die ganze Nacht kein Auge zu. Beim leisesten Knarren im Vorzimmer befürchten wir, man hätte unsere Fingerabdrücke identifiziert und sie kämen, um uns festzunehmen.

«Ich hatte eine Halluzination», flüstere ich ihr mitten in der Nacht zu, während ich meinen Kopf an ihre Schulter bette. Anna ist verschwitzt, ihr Haar völlig durchnässt. Der Mond erhellt ihre gebogenen Wimpern, ihre Wangenknochen, ihr Grübchen mit einem makabren, blassgelben Licht. «Bevor er mir den Faustschlag versetzt hat, habe ich Männer in einer Höhle gesehen. Die hielten mich gefangen. Wie seltsam … Es war, als ob …»

Anna setzt sich auf und zieht sich das Leintuch um die Schultern. «Und dann?»

«Nichts dann. Nur diese Szene. Drei Männer mit Strumpfmasken.»

«Und dann?» Anna umarmt mich, ich zittere unmerklich.

«Nichts dann, habe ich doch gesagt!»

«Denk nach, denk nach!», flüstert Anna und streicht mir sanft übers Haar, als wäre ich sieben.

«Gwendolyn bügelt», sage ich. Da, ich sehe sie ganz deutlich. Die Regenzeit hat eingesetzt, deshalb stellt sie das Bügelbrett nicht auf die Veranda. Ihr Körper schwingt hin und her, als würde sie nicht bügeln, sondern tanzen. Dort, im großen Abstellraum mit den Putzmitteln, neben dem Storage Room. Ja, es ist Gwendolyn: Ihr schwerer, bulliger Körper riecht nach Salz und Feuchtigkeit. Ihr Haarknoten ist gar kein wirklicher Haarknoten, denn ihre vorwitzigen Locken stehlen sich mit ihren Spitzen, den sanftesten Dornen, die ich kenne, überall hervor. Wenn sie den Blick zu mir hebt, blitzt jedes Mal das Weiße in ihrem Auge auf. Auf dem Boden liegend zeichne ich mit Buntstiften unser Haus. Ringsum füge ich Bananenstauden hinzu, hoch wie Platanen, die hier in Wirklichkeit gar nicht stehen, aber ihr Gelb verleiht der Zeichnung eine fröhliche Note. Dann und wann fallen mir die Augen zu und ich döse über dem Zeichenpapier sanft ein, während Gwendolyn das Bügeleisen mit tröstlicher Regelmäßigkeit auf dem Bügelbrett hin und her gleiten lässt. Das Zimmer duftet wie Papas Hemden, wie Mamas Umarmung. Nach und nach versinke ich in einem Traum, der meiner Zeichnung ähnelt. Plötzlich zerbirst eine Fensterscheibe im Erdgeschoß. Ich schrecke hoch. Gwendolyn erstarrt mit dem Bügeleisen in der Hand.

«Das war bestimmt der Wind», sage ich auf Englisch.

«Psst!», zischt Gwendolyn.

Über unseren Köpfen poltern Schritte, Möbel werden verrückt. Ist Mama vielleicht schon zurück von Mrs. Steedworthy? Aber sie würde nie durchs Fenster klettern. Papa arbeitet bis spät abends in der Ölfirma. Und die Geister aus den Märchen, die in Häuser eindringen, um sich aufzuwärmen, zerbrechen keine Fensterscheiben und haben außerdem einen viel leichteren Schritt. Gwendolyn packt mich an der Hand und schubst mich in den Storage Room hinter Papas Weinvorräte. «Keinen Mucks!», sagt sie. Aber vor lauter Aufregung stößt sie an die übereinandergestapelten Getränkekisten, die mit lautem Krachen umfallen. Die Geräusche aus dem Erdgeschoß ersterben. Gwendolyn will zum Telefon laufen. Zwei Männer erwischen sie am Treppenabsatz. Sie haben sich Damenstrümpfe über den Kopf gezogen und halten Messer in der Hand. Nicht besonders scharfe Messer, aber Gwendolyn beginnt zu schreien. Ich verlasse mein Versteck, um ihr zu Hilfe zu kommen. Niemand wird einem Kind etwas tun.

Ein dritter Mann packt mich und wirft mich über seine Schulter wie einen Sack Mehl. Seine Nase und Lippen unter dem Strumpf sind plattgedrückt, wie gruselig! Seine Augen sind zu Schlitzen verengt, seine Wangenknochen treten kantig hervor. Es folgt ein heftiger, afrikanischer Wortwechsel, vermutlich soll Gwendolyn den Hörer aus der Hand legen. Sie weint. Zum ersten Mal sehe ich Gwendolyn weinen. Die Männer schnauzen sie an, durch den Strumpf klingen ihre Stimmen verzerrt. Der eine hält Mamas hölzerne Schmuckschatulle in der Hand, der andere Reissäcke aus dem Storage Room, der dritte hält mich fest. Wir besteigen einen Kleintransporter. Gwendolyn läuft uns im strömenden Regen hinterher. Der Mann, der mich über der Schulter trägt, versetzt ihr einen Stoß, so dass sie in den Schlamm stürzt. Durchs Rückfenster sehe ich sie kleiner und kleiner werden, bis sie zusammen mit dem Hoftor von Ikeja schließlich ganz verschwindet. Ich solle mich, sagen sie, auf den Rücksitz legen, damit ich nicht zu sehen sei. Der zerbeulte Kleintransporter, der nach verbranntem Gummi und Schweiß riecht, poltert eine Weile über die morastige Straße. Mit der Zeit vergesse ich darauf, dass ich mit drei unbekannten Männern im Auto sitze, die Strümpfe überm Gesicht tragen. Ich betrachte den rissigen Stoff des Autohimmels und lausche dem Rauschen des Regens. Dann muss ich sogar lachen. Ich denke an Gwendolyn, die böse wird, wenn ich sage: «Gwendolyn, so hör doch, es regnet! Der liebe Gott pieselt!» Irgendwann erstirbt das Keuchen des Motors. Ich hebe den Kopf. Wir sind an einem einsamen Strand, an dessen Ende eine Höhle liegt. Sie sagen, ich solle in die Höhle gehen und dort ruhig sitzen bleiben. Ihr Englisch ist schlecht. Sie sagen: «Here, girl, sit here.»

«Bist du ganz allein dort?», fragt Anna.

«Nein, ich bin nicht allein. Es gibt noch ein anderes kleines Mädchen.»

«Ein kleines Mädchen?»

«Ja, ganz klein. Sie will von mir gerettet werden. Aber ich kann sie nicht retten. Sie reißen ihr die Hand und den Kopf ab und werfen sie ins Meer …» Eine Woge schlägt über mir zusammen, dann noch eine. Meine Augen füllen sich mit Tränen.

«Das ist kein kleines Mädchen, Maria! Das ist deine Puppe!»

Meine Puppe! Bambi! Sie hat silbernes Haar und trägt eine Kette um den Hals. Dieser bronzefarbene Ring hat Gwendolyn zum Märchen von den beiden Freundinnen inspiriert. Bambi ist keine gewöhnliche Puppe, sie kann sprechen. Aber sobald meine Eltern, Gwendolyn oder Unto Punto ins Zimmer treten, stellt sie sich taubstumm. Wenn wir zu zweit sind, kräuselt sie ihren kleinen roten Mund und wispert mir zu, dass ich ihre Rettung bin, dass ich sie durch meine Liebe vom Zauberbann eines langweiligen Puppenlebens erlöst habe. Dann decke ich sie mit der Bettdecke zu, die ihr Mama aus ihrem alten Wollschal genäht hat. Ich küsse ihre pfirsichroten Wangen und sage: «Mach dir keine Sorgen. Ich werde dich immer beschützen!» Bambi geht mit mir zusammen zum Storage Room hinunter, schmiegt sich beim Essen in meinen Arm und schläft auf meinem Kopfkissen. Sie hat glattes Haar wie Anna, blaue Augen und schwarz glänzende Wimpern. Aber sie ist ungezogen. Ständig stiftet sie mich zu kleinen Schandtaten an, mal soll ich mit ihr aufs Dach klettern, mal auf die Bäume im Garten, mal sollen wir uns im Abstellraum bei den Putzmitteln verstecken und Gwendolyn erschrecken. Manchmal geht sie zu weit. Sie sagt: «Kipp deine Milch ins Abwaschbecken, sie ist verdorben, bäh, wie grausig!» Oder: «Hol einen Goldfisch am Schwanz aus dem Wasser und schau, wie lange er durchhält!» Der Goldfisch zappelt und Bambi bittet: «Ach, nur ein bisschen noch!» Aber ich behandle die Fische und überhaupt alle Geschöpfe Gottes gut, werfe den Goldfisch zurück ins Becken und wische mir die Hände an meinem Kittel trocken. Bambi hat auch einen Kittel. Den hat ihr Mama aus dem Saum der weißen, sommerlichen Schuluniform genäht. Anders als ich macht sie sich ständig schmutzig. «Ach, was hast du jetzt wieder angestellt, Bambi?», sage ich. «Komm, ich mach dich sauber.» Sie wälzt sich gern im Gras und im Staub und manchmal taucht sie in den Springbrunnen mit den Goldfischen und ich muss ihr den Kittel trockenföhnen. Danach küsse ich sie auf die Stirn und verzeihe ihr. Ich verzeihe ihr immer.

Ja, Bambi ist auch bei mir, als ich zeichne, als Gwendolyn mich in den Storage Room schiebt und als die Männer mit den Strumpfmasken mich in den Kleintransporter setzen. Auch in der Höhle ist sie bei mir. Ganz deutlich sagt sie zu mir: «Komm, wir laufen davon. Das sind böse Männer! Schnell, lass uns verschwinden!» Wir ziehen unsere Schuhe aus (Bambi trägt rote, lederne Riemchenschuhe, meine sind schwarz und voller Sand). Über den schlammigen Strand rennen wir durch den Regen der Freiheit entgegen. «Na, hab ich's doch gesagt!», sagt Bambi. «Wir haben es geschafft!»

Keine von uns beiden hat bemerkt, dass die Männer uns hinterherrennen und uns, hopp, zu packen kriegen. Ein Kinderspiel für sie, die Bösen sind immer schneller als die Guten. Der Böse, der mich über die Schulter geworfen hatte, packt Bambi, reißt ihr die Hand aus und schmeißt sie ins Meer. «Nein, nicht!», schreie ich. Dann reißt er ihr den Kopf ab. Ich stürze mich auf ihn und beiße ihn in die Hand, doch anstatt zur Vernunft zu kommen, schleudert er Bambis Kopf ganz weit hinaus in die Gischt. Dann gibt er sie mir zurück, ohne Kopf und ohne Arm, als wäre er der böse Richter aus Gwendolyns Geschichte und als wäre ich die neidische Freundin, die die Halskette haben will. «Genau das passiert mit dir auch, wenn du das nochmal machst!», sagt er. Um mir noch mehr Angst einzujagen, zieht er sich den Strumpf vom Kopf. Ein Weißer! DerBöseste von allen ist ein Weißer! Ein Schwarzer wäre mir lieber gewesen. Das hätte zu Mamas Geschichten gepasst, in denen die Schwarzen vor lauter Armut verrückt werden und die Hand beißen, die ihnen zu essen gibt.

Sie bringen mich in die Höhle. Ich vergrabe mein Gesicht in den Händen, ich weine und weine. Es regnet und ganz Ikeja, ganz Afrika scheint zu trauern. Ach, Bambi, Bambi! Redest du nicht mehr? Haben sie dich umgebracht? Bist du wieder eine normale Puppe? Ich scharre eine tiefe Mulde in den Sand und begrabe sie, ganz wie wir damals unser Baby.

«Euer Baby?», fragt Anna, nachdem ich ihr alles erzählt habe. Die ganze Zeit streicht sie mir übers Haar.

«Mein Geschwisterchen.»

Es war ein Baby, winzig wie ein Wurm. Bevor es zur Welt kam, wirkte es riesig. Wenn es in Mamas Bauch strampelte, legte sie die Hand auf ihren Nabel und sagte: «Kannst du seine Fußtritte fühlen?» Und ich fragte: «Warum tritt es mit den Füßen?» Papa erklärte, Babys seien kleine Racker, aber ich würde ja bestimmt mit gutem

Beispiel vorangehen. Ungeduldig wartete ich darauf, dass es endlich zur Welt kam, damit wir zusammen im Garten spielen und Häuser, Bananenstauden und Götter, die pieseln, malen konnten. Es war eine Frühgeburt. «Unser Baby hatte es eilig, uns kennenzulernen», sagte Papa. Vor dem Krankenzimmer in der Intensivstation stellte ich mich auf die Zehenspitzen, um es besser zu sehen. Es sah aus wie ein schlafendes Kätzchen. Es war ein Mädchen! Ich malte mir verschiedene Szenen aus: Wir spielen mit Unto Punto Verstecken; wir verbergen uns im Storage Room; wir binden uns gegenseitig das Haar zu Pferdeschwänzen. Doch das Baby wollte für immer schlafen. Mama sagte, es sei jetzt ein Engel im Himmel. Gwendolyn sagte, sie hätten es mit Fotos von uns, Lutscher, Bonbons und Teddybären in ein hübsches, weißes Haus gelegt und tief in der Erde versenkt. «Wieso denn?», fragte ich. «Weil ihm die Augen vom afrikanischen Licht wehtaten. Es war die Dunkelheit im Bauch deiner Mama gewöhnt.»

So kam es, dass Mama immer stärker an Gott glaubte, ständig weinte und immer dicker wurde. Papa arbeitete bis spät in die Nacht. Gwendolyn griff immer öfter zum Sprichwort mit dem Salz. Mrs. Steedworthy kaufte mir Bambi, damit ich Gesellschaft hatte. Unser Baby hatte ich nicht retten können, aber ich konnte Bambi zum Sprechen bringen. Sie sagte mir gerade heraus, ich hätte sie gerettet.

«Es ist nicht deine Schuld», sagt Anna und umarmt mich so fest, dass ich fürchte, in tausend Stücke zu zerspringen.

Aber ich achte nicht weiter auf sie. Nach all den Jahren bin ich zurück, in der Höhle. Die Nacht fällt herein, Bambi liegt begraben im Sand, die Männer gestikulieren, streiten und rauchen. Ich bin klein, denke ich, im Dunkeln können sie mich nicht sehen. Ich werde zur Straße hinaufklettern, bestimmt kommt ein Lastwagen mit guten Menschen vorbei, die mich auf der Ladefläche mitnehmen und mir eine Decke geben, damit ich nicht friere. Dann fahren wir weit weg an einen anderen Strand und machen dort Feuer, um meine Kleider zu trocknen. Diese Leute könnten Zigeuner sein, die mir Geschichten erzählen, während ich ihnen meine Abenteuer mit den Einbrechern und dem Baby anvertraue. Zigeuner haben viele Kinder und schenken mir ein kleines Geschwisterchen. Zum Frühstück essen wir Bananen und dann bringen sie mich nach Ikeja und Mama und Papa weinen vor Glück. Alle zusammen waschen wir das kleine Zigeunerkind und bringen ihm Griechisch und Englisch bei und das Salz wird nie wieder wurmig. Wie sehr mir diese Geschichte gefällt!

Und so stehe ich auf und gehe – ohne wie vorhin zu rennen – einfach los zu den Zigeunern. Aber der böse Weiße kommt mir zuvor. «Habe ich dir nicht gesagt, was passiert, wenn du nicht auf mich hörst?», brüllt er dicht vor meinem Gesicht und schüttelt mich. Er zieht sein Messer heraus und bevor ich einen Ton sagen kann, hat er mir schon den kleinen Finger abgeschnitten. Eigentlich nur ein Fingerglied, trotzdem fließt das Blut in Strömen. Die anderen beiden, die Schwarzen, sind bessere Böse und schlagen ihm mit der Faust ins Gesicht. Der eine zieht sein Hemd aus und wickelt es mir um den Finger. Wie feucht seine Augen glänzen! «Sorry, girl, sorry!» Danach verschwinden sie in der Dunkelheit.

Das Hemd des guten schwarzen Bösen ist von meinem Blut durchtränkt und riecht unangenehm. Ich weine vor Schmerzen. Dann habe ich keine Tränen mehr, auch meine Stimme ist weg und ich lausche nur noch dem Heulen des Windes. Der Sand ist nach dem Unwetter eiskalt und sieht aus wie der Kristallzucker aus unserem Storage Room. Überhaupt ist es kalt, Mama wird schimpfen, dass ich meine Jacke nicht mitgenommen habe. Über den Boden der Höhle kriecht etwas. Eine Schlange? Gar ein Drache? Oder ein Kobold? Es stellt sich heraus, dass es eine kleine Heuschrecke ist, die auf mein Knie hochkrabbelt. Während ich mit ihr herumspiele, zerknittere ich ihre Flügel. Ich habe großen Hunger. Was ist, wenn ich sie esse? Ich beiße hinein und zerkaue sie rasch. Sie schmeckt wie Knabbergebäck. Das Knirschen der Heuschrecke in meinem Mund klingt tröstlich und ich fühle mich nicht mehr so allein.

Sie finden mich am nächsten Morgen. Als Erste treffen die Polizisten aus Ikeja ein und wickeln mich in eine Decke, da ich vor Kälte mit den Zähnen klappere. Sie fragen mich nach dem Weißen und erzählen, er sei ein verrückt gewordener Angehöriger der US-Militärbasis. Danach kommen meine Eltern mit dem Mercedes. Mama rennt mit ausgebreiteten Armen auf mich zu und küsst mich überall, sogar auf Augen und Ohren. «Ich hatte solche Angst, dass ich noch ein Kind verliere!», wispert sie. Als sie meine Hand sieht, schreit sie gellend auf! Papa boxt mit der geballten Faust in die andere Handfläche, als würde er sich selber verprügeln. Die Polizei sagt, die Einbrecher seien von unserer Anwesenheit im Haus überrascht worden und hätten mich spontan mitgenommen, wohl um Lösegeld zu fordern, seien aber durch meinen Fluchtversuch in Panik geraten. Sie wussten nicht mehr, was tun. «Aber ich weiß, was zu tun ist!», ruft Papa. Er verflucht alle Schwarzen auf der Welt und sagt, dass wir aus Afrika weggehen. «Papa, nein! Nicht alle Schwarzen sind böse! Und auch nicht alle Bösen sind schwarz! Der Mörder war ein Weißer!»

«Der Mörder?»

«Ja, er hat Bambi umgebracht.»

Ich zeige ihnen, wo sie begraben liegt. Mama schluchzt. Papa fragt: «Was ist das hier?»

«Eine zerkaute Heuschrecke, damit sie im Grab etwas zu essen hat. Ich hatte keine Lutscher oder Bonbons.»

Aber wieder einmal lag ich falsch. Bambis Kopf schwimmt im Meer. Sie hat gar keinen Mund mehr zum Kauen.

Der Walkman ist in Mode gekommen. Junge Frauen trommeln mit den Fingern auf ihren Knien, während sie am Strand liegen und der Musik aus dem Kopfhörer lauschen. Dazu wippen sie rhythmisch mit den Füßen, pfeifen oder singen falsch mit, tauchen ein in ihre eigene Welt. Wenn sie den Kopfhörer abnehmen und die Wirklichkeit über sie hereinbricht, wirken sie verwirrt und benommen. Jahrelang habe ich so gelebt: mit Kopfhörern. Und jetzt kommt Anna, die immer besser Bescheid weiß und die mir immer einen Schritt voraus ist, nimmt mir den Kopfhörer ab und ruft: «Das ist kein kleines Mädchen, Maria! Das ist deine Puppe!»

«Wie konntest du das wissen?», frage ich, als es langsam tagt. Wir liegen immer noch, fest in unser Leintuch gewickelt, im Bett wie erschöpfte Mumien.

«Deine Mutter hat es Antigoni erzählt, als wir dich am Strand auf Ägina gefunden haben. Du weißt schon, wegen Angelos … Sie hat geweint, weil du Heuschrecken gegessen und wie damals mit den Zähnen geklappert hast.»

«Das hat sie euch auch erzählt?»

«Wie kannst du nur Heuschrecken essen, Maria!»

«Ich stimme mich aufs Gefängnis ein.»

«Glaubst du, wir kommen hinter Gitter?» Sie zieht ihr Leintuch noch enger, kauert sich in ihre imäginäre Kerkerzelle und blickt mich verzweifelt an. Die Luft im Zimmer riecht abgestanden. Ich stelle mir vor, dass meine Zelle genauso riecht. Dass Antigoni und Mama im Besucherraum Rotz und Wasser heulen. Anna und ich in Lumpen, mit trocken Brot und voller Gewissensbisse. Sie haben die *Amesi Drasi* ausgehoben und unser ideologisches Konzept verdreht. Sie behaupten, wir seien eine anarchistische Gruppierung, unter die sich fanatische Nationalisten gemischt hätten, und legen uns alle Angriffe auf Albaner zur Last. «Junge Leute mit wirren Ideen und ohne jede Perspektive», heißt es dazu in den Nachrichten.

«Wir müssen uns trennen», sagt Anna. Sie läuft im Zimmer auf und ab und nagt dabei an ihrem Daumen.

«Was?»

«Wir müssen sofort hier weg und dürfen nie wieder miteinander sprechen.»

«Wie? Nie wieder miteinander sprechen?»

«Ja, wir sollten Abschied nehmen für immer. Und die *Amesi Drasi* hinter uns lassen. Alles vergessen. Das ist der einzige Weg.»

Wir sollten also, wie Tante Amalia sagen würde, ein Loch in unserem Kopf graben und den Albaner, der nicht schwimmen konnte, dort begraben. Und dann sollten wir uns gegenseitig begraben – ich Anna in ihrer *marinière,* die sie als Kind trug, und mit ihrer Zeichnung von Patricia Hearst, und sie mich in meinem Mao-Kittel und mit meinem Preis zum Weltspartag.

Anna geht als Erste. Wortlos packt sie ihre Sachen und stopft sie wie Schmutzwäsche achtlos in ihren Rucksack. Sie macht eine vage Handbewegung, kein Kuss, keine Umarmung, keine dramatischen Gesten. An der Tür hält sie noch einmal inne: «Weißt du, was Majakowki gesagt hat? Der wahre Revolutionär brennt alle Brücken hinter sich nieder.» Dann schließt sie die Tür. Die Brücke ist niedergebrannt. Mein Kopf glüht, als hätte sie wirklich Feuer gelegt.

Ich bleibe auf dem Bett sitzen, keine Ahnung, wie lang. Ich sehe Anna in allen Altersstufen vor mir, in all ihren Posen, mit ihren Grimassen, der hellen Stelle an der Augenbraue, ihrem Grübchen und den großen, blauen Augen, die irreführend gelassen dreinblicken. Ich werfe wahllos Bücher und Gewand in meinen Koffer und wirke bestimmt nicht wie eine Frau, die jemals zum Weltspartag einen Preis gewonnen hat. Ich begreife, was sie vorhat. Sie geht nach Paris und bricht jeden Kontakt zu ihrer Vergangenheit ab. Auch ich muss irgendwohin, wo mich keiner aus der *Amesi Drasi* aufspürt. Irgendwohin, wo es einen Sandstrand, tropischen Regen und Hitze gibt.

Fürs erste tut's auch Ägina.

«Ich will dich etwas fragen. Aber erst eine Pommes, hm?»

Martha stemmt sich auf komische Weise – zuerst den Bauch, dann alles andere – von der Couch hoch. Sie sucht sich eine Pommes aus, am liebsten sind ihr die halbgaren, und knabbert genüsslich mit den Vorderzähnen daran, wie ein Biber. Ein kugelrunder Biber, der sich brummend über den Bauch streicht. Sie trägt ein weites, graues Flanellkleid und ausgeleierte Baumwollstrümpfe. Es ist genauso gekommen, wie ich erwartet habe. Sie wohnt mit ihrem Mann im Landhaus der Familie in Perdika, in dem zweistöckigen Haus von damals mit den grob verputzten Wänden, den Glasschiebetüren und den Aquarellen, die Meeresszenen bei Unwetter zeigen. Nur der Fliegenfänger ist weg. Und die Ziege ist an Altersschwäche gestorben.

Er ist ein schüchterner junger Mann, der rot wird, sobald man ihn anspricht. Er arbeitet als Notar in Piräus, Martha war in einem Reisebüro am Hafen angestellt. Sie war ja vorher schon dick, aber hochschwanger schafft sie nur noch eine Sache wirklich gut: aufstehen und wieder hinsetzen. Sie hat niemanden, der ihr zur Hand geht. Ihre Schwester Fotini lebt mit einem arbeitslosen Schauspieler in Thessaloniki zusammen – im völligen Widerspruch zu all den Groschenromanen, die beide Schwestern früher gelesen haben. Frau Pavlina ist aufgrund wiederholter Nierenkoliken bettlägrig. Und was Angelos betrifft, so hat er Romina, eine Italienerin geheiratet und sie bewirtschaften deren Familienbesitz irgendwo in der Nähe von Siena. Die beiden lächeln uns Tag für Tag aus einer goldgerahmten Fotografie zu, auf der sie morastige Schaufeln wie Dreizacke schwingen.

Den ganzen Tag lang brate ich Pommes. Martha hat eine Schwäche für Pommes. Der Bratfettgeruch verursacht mir Übelkeit, aber er passt zur vertrauten Melancholie dieses Hauses, wo der Fernseher mittags schon läuft und sich die Hausfrau auf die Couch drapiert.

«Du bleibst doch bei uns, oder?» Jeden Mittag stellt mir Martha diese Frage, während ich meinen Kaffee trinke und sie ihre Pommes kaut. Kinderfrau und Gouvernante, nicht wirklich meine Traumjobs. Je älter ich werde, desto näher komme ich Gwendolyn.

«Du bekommst ein eigenes Zimmer, kannst zeichnen und spielst mit dem Baby, nicht wahr?» Von Kind auf enden Marthas Sätze immer mit einem Fragezeichen. Dabei blickt sie einen mit Glubschaugen an, als stünde der Weltuntergang bevor.

«Mal sehen.»

Ich wohne in Angelos' altem Zimmer. Auf dem Schreibtisch liegen noch die Bleistifte und Radiergummis aus seiner Jugendzeit. Stundenlang saß er eingeschlossen in diesem Zimmer, bevor er begann, Mädchenherzen zu brechen. Etwas Männliches, ein Hauch von längst verwehtem Aftershave durchzieht den Raum. Es nützt wenig, dass Martha Rosen aus dem Garten und kleine Basilikumtöpfe bringt. Erst als es langsam Winter wird und sich anstelle von Blumen und Kräutern Stellas Spielsachen im Zimmer häufen, vergesse ich darauf, dass ich in Angelos' altem Bett schlafe. Genau dort, wo ich mir erträumte, die Harmonie der Liebe zu entdecken.

Anfangs halte ich mich von der Wiege fern. Ich habe Angst vor ihren kleinen Fingern, die sich zu Fäusten ballen, vor ihrer runzeligen Haut, vor ihrer Zunge, die voller Spucke am Gaumen klebt. Dann beginnt sie, spannend klingende Laute hervorzubringen, tiefe Vokale voller existenzieller Fragen, Ch-Laute, die einem versuchten Lachen ähneln. Stundenlang beobachte ich sie. Jetzt, da sich das Loch im Kopf geöffnet hat, wo die Höhle und die Einbrecher begraben waren, tröstet mich die kleine Stella über verlorene Geschwister, Puppen und Jugendfreundinnen hinweg.

Martha ahnt, was in mir vorgeht, und fragt nicht weiter.

«Du bleibst», sagt sie.

Ich stricke Söckchen und Häubchen für Stella. Die einzige Kunst, die ich noch beherrsche, ist diese Form innerlicher Fechtkunst – Stäbchen, Spitzenbordüren, Abketten. Ich stricke, bis die Nadeln Funken schlagen und verbrannt riechen. Neben mir auf der Couch stillt Martha ihr Baby, während sie zerstreut die mittäglichen Serien verfolgt. Die Kleine saugt die Milch bei geschlossenen Augen mit kräftigen Zügen ein wie ein Kätzchen. Bin ich zurück in meinem Elternhaus und Mama stillt meine kleine Schwester? Langsam, fürchte ich, drehe ich durch. Es fehlt nicht mehr viel. Es reicht, wenn sich im Kopf plötzlich ein paar Löcher auftun.

Ich vermisse Anna. Dann und wann besucht sie mich in meinen Träumen und küsst mich kräftig auf beide Wangen. So kräftig, dass meine Wangenknochen Risse bekommen und bersten wie Glas. Wahrscheinlich haben wir uns nicht richtig verabschiedet. In aller Eile haben wir einander begraben, uns dann den Staub von den Kleidern geklopft und uns von dem einander vorbestimmten Grab erhoben. Wie gut würde ihr das orangefarbene, gezackte Aztekenmuster stehen, an dem ich gerade stricke! Ich könnte ihr per Post eine Mütze schicken. Oder sie anrufen.

In der Pariser Wohnung geht keiner ans Telefon. Ich probiere es halbstündlich, es wird zu einer fixen Idee. Ich habe den Eindruck, das Telefon läutet direkt in Annas Eingeweiden, mitten in ihrem Herzen, und absichtlich nimmt sie den Hörer nicht ab, weil ich ihr egal bin. Sie will nichts mehr von mir wissen. Ich erinnere sie an den schwächsten und dunkelsten Anteil ihrer selbst. Umgekehrt gilt dasselbe: Wenn ich mich schüttle wie einen Baum, bleibt nur das übrig, was mit Anna zu tun hat. Das Schwerste und Traurigste. Das Schlimmste ist der tote Albaner, die Reliquie unserer Freundschaft. Er war in der Tat Albaner, die Zeitungen notierten im Kleingedruckten, dass es sich höchstwahrscheinlich um ein Verbrechen der albanischen Mafia handelte. Regelmäßig taucht er in meinen Alpträumen auf, bäuchlings im stehenden Gewässer treibend. Sein aufgeblähtes Hemd platzt wie ein Luftballon und riesige Heuschrecken kriechen darunter hervor.

Ich widme mich Stella von ganzem Herzen. Wir lallen Vokale um die Wette, ich stemme sie hoch und spiele mit ihr Flugzeug über der Couch, wir zählen die Schritte des Häschens, das zu ihrem Hals hochhoppelt, um dort Wasser zu trinken. Zu Sommerbeginn kehrt Martha in ihr Reisebüro zurück und Stella hält mich langsam für ihre Mama, so wie ich früher Gwendolyn für meine Mama gehalten habe. Ein weiteres Mal in meinem Leben besitze ich etwas – und auch wieder nicht. Ich hatte eine Schwester, eine Puppe, eine Freundin – und auch wieder nicht. Ich erlebte eine Revolution des Privaten – und auch wieder nicht. Ich hatte Angelos, Kayo, Camus – und auch wieder nicht. Camus pafft bestimmt noch eine Zigarette nach der anderen. Kayo tut so, als würde er in New York leben. Und was Angelos betrifft, so gehört er einer klassischen Italienerin, kompromisslos katholisch und eifersüchtig.

Solche Gedanken kommen mir, wenn ich Stellas Kinderwagen zur betonierten Mole schiebe. Dort bleiben wir stehen, brabbeln ein wenig und die Kleine streckt die Ärmchen nach oben, um die Sonne, «n-n-e», zu fangen. Meine Ohren werden von der Hitze ganz fühllos und mein Herz vom geborgten Glück. Ich habe alles verloren, aber Stella schenkt mir die Illusion eines neuen Lebens.

So lange, bis mir auf unserem gewohnten Spaziergang eines Tages ein Widerhaken im Hals steckenbleibt. Mein Herz verkrampft sich, als hätte man mich erneut gewaltsam in die Höhle gesperrt. Die Sonne, das rhythmische Plätschern der Wellen, das heitere Gesicht der Kleinen, nichts kann mich mehr besänftigen. Ich wende den Kopf und tue so, als suchte ich nach etwas, das mir runtergefallen ist. Zwanzig Meter hinter mir geht ein rauchender Mann, die Zeitung unterm Arm. Ich muss kein zweites Mal hinschauen, um den gelassenen Zorn in seinem Blick und die imaginären Flügel des Revolutionärs an seinen Schultern zu erkennen. Und die Finger sind mit Sicherheit ganz gelb. Sie bluten, also sind sie.

Er hat mich gefunden.

Ich frage mich, wie man am schnellsten ein Flugticket nach New York bucht.

Neun

GEGEN DAS SYSTEM
Parolen und Wäscheleinen: Hunderte protestieren an der Attika-Ringstraße

«Das hier ist keine Protestveranstaltung. Ich wiederhole: Das hier ist keine Protestveranstaltung, sondern eine Initiative von Künstlern und Studenten, over.» Der Hinweis, der gestern auf dem Höhepunkt der Aktionen an der Attika-Ringstraße über den Polizeifunk verbreitet wurde, war nicht ganz zutreffend. Künstler, Studenten und Arbeitnehmer haben die Baustelle der Attika-Ringstraße an der Ausfahrt von Soros in Maroussi besetzt und hielten künstlerisch gestaltete Transparente mit Parolen hoch wie «Die Straßen gehören uns, nicht den Autos» oder «Widerstand ist das Geheimnis des Glücks». An ihrer Seite stehen die «krawalligsten» Aktionsgruppen wie die stadtbekannten «Bären», die den Protesten mit zotteligen Masken und einem Topfdeckelkonzert eine karnevaleske Note verliehen. Ziel war, die Baggerbrigade am Abriss der letzten noch vorhandenen, größtenteils illegal errichteten Häuser an der Attika-Ringstraße zu hindern.

Für die Demonstranten steht, wie sie sagen, weniger das Gesetz als dessen symbolische Bedeutung im Brennpunkt. Was symbolisiert die Attika-Ringstraße? Dass man den Durchschnittsgriechen im Namen von Fortschritt, Modernisierung und der Olympischen Idee glauben ließ, die wachsende Normierung des Alltagslebens nach west- und mitteleuropäischem Vorbild und das überhandnehmende Profitdenken seien die einzig denkbare Lösung. Diese Definition stammt von Irini Mantoglou, einer zwanzigjährigen Publizistikstudentin, die sich im Verlauf unseres Gesprächs aktiv daran beteiligt, die Trennwände der Häuser zu durchbrechen, um sie miteinander zu verbinden und die Kommunikation der Teilnehmer zu erleichtern.

Auf die Frage, warum sie selbst nun die Häuser zerstören, obwohl sie sich gegen den Enteignungsbeschluss wenden, antwortet sie: «Wir zerstören sie nicht, sondern wir kehren zu älteren Formen des nachbarschaftlichen Miteinander und Füreinander zurück, die wir durch die parlamentarische und repräsentative Demokratie aus unserem Leben verbannt haben. Wir weigern uns, unser Schicksal länger in die Hände von Politikern zu legen, die genauso gut Immobilienmakler, Industrielle oder Anwälte von Industriellen sein könnten.»

Bislang haben sich einige hundert Demonstranten und Schaulustige vor Ort versammelt. Abends werden spontane, laute Partys gefeiert, morgens verwandelt sich die Straße in ein «Nachbarschaftsviertel» mit vollen Wäscheleinen. Die Hausbesetzung bringt die Regierung in die Bredouille – vor allem aufgrund der wachsenden Aufmerksamkeit, die die Proteste in den letzten achtundvierzig Stunden sowohl bei den Bürgern als auch bei den Medien hervorgerufen haben.

Dimos Chatzidis, Tageszeitung «Ta Nea»

Die Schande der Attika-Ringstraße

Es ist eine Schande! Schon wieder ist einer Handvoll Anarchisten gelungen, gesetzestreue Bürger aufzuwiegeln. Wo bleibt der Staat? Wo bleibt die Polizei? Aus früheren Zeiten übriggebliebene Hippies, die auf dem Exarchia-Platz mit leerem Blick abhängen, stellen unser Leben auf den Kopf, indem sie ihre Schmutzwäsche zwischen den Häusern an der geplanten Attika-Ringstraße aufhängen und die Leute mit lächerlichen Spruchbändern aufrufen, sich an einem «Fest gegen die Macht» zu beteiligen. Hier stellt sich die Frage: Haben diese jungen Leute keine verantwortungsbewussten Eltern? Falls ja, haben wir keine Polizei, die imstande ist, sie auseinanderzutreiben? Sehen wir uns auf den Fernsehkanälen einem zivilisierten Land gegenüber? Wie kann es sein, dass eine ganze Brigade von Bulldozern und Baggern zum Stillstand kommt, nur weil junge Leute in exaltiertem Zustand zu Rave-Musik und zum Rhythmus von aufeinanderschlagenden Topfdeckeln tanzen?

Es heißt doch immer, man wolle den Terrorismus mit Stumpf und Stiel ausrotten. Warum toleriert unsere Gesellschaft, die doch eindeutig in Wohlstand lebt, dann eine derart pseudorevolutionäre Rhetorik? Schürt sie nicht auf diese Weise einen allgemeineren Terrorismus, der aus dem kollektiven, weit verbreiteten sozialen Hass auf die Reichen, die Mächtigen, die Amerikaner, die Polizisten und das System erwächst, um den Verirrten ein «ideologisches Asyl» zu bieten?

Aus der Kolumne «In Athen», von Emilios Laspas, Tageszeitung «Eleftheros Typos»

Verwaiste Kulisse

Die Szenerie an der Attika-Ringstraße verwandelt sich immer mehr zu einer utopischen Theaterbühne und zum Mikrokosmos einer befreiten Ökokultur, die zum aufsehenerregenden Aufmacher in den Hauptnachrichten wird, obwohl sie nichts Gefälliges bietet. Was haben wir in der Tat getan, um ein einfaches und anständiges Leben zu verdienen? Was ist der Grundwert, den wir bewahrt haben?

Die Hausbesetzer an der Attika-Ringstraße erschaffen jeden Tag ein Umwelt-Kunstwerk, indem sie Möbel vor die Häuser stellen, indem sie Oma-Decken auf den Wäschedrähten auslüften, indem sie Kaffee kochen und Trauben in Sirup einlegen für die letzten Anwohner, die unvermeidlich zusehen müssen, wie man ihre Häuser im Namen des Fortschritts niederreißt. Es ist eine lebende Installation – so, wie sie die Maschinenstürmer im 19. Jahrhundert in Frauenkleidern durchgeführt haben, oder so, wie sie sich später die Pariser Kommune und die 68er-Bewegung angeeignet haben, oder so, wie wir sie auf den großen Kunstbiennalen bewundern, jedoch gleichzeitig befürchten, dass sie aufgrund ihrer quasi einbalsamierten, heutzutage unverständlichen «theatralischen» Botschaft unwirksam bleibt.

Was die Kunstgeschichte betrifft, so kreierte Gordon Matta Clark im Jahr 1970 ein Loch in einem Haus und Walter de la Maria füllte ein Zimmer mit Erde an, während Rachel Whiteread die Replika eines verlassenen Abrisshauses in East London an Ort und Stelle kurzfristig wieder aufbaute. Die jungen Leute an der Attika-Ringstraße bohren einen Zylinder in die Trennwände der Abrisshäuser, um sie miteinander zu verbinden. Unserer Meinung nach ein großartiger Ansatz! Er erinnert uns daran, was wir verloren haben und auch weiterhin verlieren – im Namen des Fortschritts, des Konsums und der heißersehnten «Privatsphäre», die als Luxusgut gehandelt wird, uns aber daran hindert, harmonisch zusammenzuleben.

«Die Straße ist ein Ort, wo man lebt, isst, diskutiert und schläft», sagen die jungen Menschen. «Die Straße hat ihre eigene Geschichte» sangen wir früher gegen die Junta. Wer erinnert sich noch daran? Die Straße ist nur noch eine verwaiste Kulisse und wir gehen sie entlang, ohne etwas zu fühlen, irgendwohin unterwegs, entfremdet von unseren eigenen Schritten und von der Dringlichkeit der Gegenwart. Die Plätze sind zu Orten verkommen, auf denen Bürgermeister – anstelle richtiger Politik – ohrenbetäubende Feste und Karnevalsparaden «fürs gemeine Volk» veranstalten. Wenn der Karneval jedoch improvisiert, spontan, nicht zentral geregelt und somit unvorhersehbar ist, dann wird er zu einer Störung, sogar zu einer Gefahr. Die angetretenen Sicherheitskräfte und die furchterregenden Bagger, die den Graffiti, den Lagerfeuern, dem ausgelassenen Feiern der jungen Leute gegenüberstehen, erinnern uns an Zeiten, die wir in diesem Land nicht wieder erleben wollten.

Feuilletonartikel von Gerassimos Pantazis, Professor für Soziologie an der Panteion-Universität Athen, Sonntagsausgabe der Tageszeitung «Kathimerini»

Tragödie an der Attika-Ringstraße
35-jährige Mutter nach Kopfschuss in Lebensgefahr

Es sah aus wie im Krieg, Tränengas überall, ein richtiges Schlachtfeld. Um ein Uhr nachts, auf dem Höhepunkt der Auseinandersetzungen an der Attika-Ringstraße, gab die Polizei Warnschüsse in die Luft ab. Eine offenbar verirrte Kugel traf die unglückliche Anna Horn – Aktivistin, Malerin und Mutter einer 6-jährigen Tochter – dabei in die Schläfe. Die Verletzte wurde mit der Ambulanz ins

KAT-Krankenhaus gebracht, wo die Ärzte bis heute morgen um ihr Leben kämpften. Die kommenden vierundzwanzig Stunden sind für das Schicksal der Patientin entscheidend. Sie ist mit dem erfolgreichen Architekten Aristomenis Malouchos verheiratet, bekannt für seine Bürokomplexe am Kifissias-Boulevard, ihr Vater ist der prominente Philosoph Stamatis Horn, der während der Diktatur und nach dem Fall der Junta in Paris lebte und wirkte.

Nach dem tragischen Vorfall löste sich die Kundgebung auf. Die Abrissarbeiten werden ab morgen wieder regulär aufgenommen. Die beauftragten Unternehmen müssen nicht nur den Bauschutt wegschaffen, sondern auch den hinterlassenen Müll der sogenannten «Ökologen», die mit Bierflaschen und Papiertüten für eine bessere Zukunft streiten …

Bela Psaraki, Tageszeitung «Apojevmatini»

Abschied von Anna

Wer war Anna Horn? Eine bis gestern noch anonyme Heilige des Alltagslebens? Eine unheilbare Romantikerin, die für eine bessere Zukunft kämpfte? Die vergangenen Tage war in allen TV-Nachrichtensendungen ihr einziges, endlos wiederholtes öffentliches Statement zu sehen, das sich die Kamerateams zu ihrem Glück sichern konnten. So erweckten sie die durch eine Polizeikugel kaltblütig ermordete Frau zumindest bildhaft zum Leben: «Wir alle müssen mutig sein und offen zeigen, dass wir an unsere Werte glauben. Wir müssen unsere Gefühle im wahrsten Sinn des Wortes körperlich ausdrücken. Wir müssen politisch handeln. Die neuen Technologien haben den Körper marginalisiert. Nichts ist gefährlicher. Wir werden unseren Körper für den Kampf einsetzen. Das ist das einzige Mittel, das uns bleibt.»

Die junge Frau hat in der Tat den Körper für ihren Kampf eingesetzt. Ihre Schönheit, ihr Kampfgeist, ihre Rolle als Mutter und als Intellektuelle mussten für die stereotype Beschreibung ihrer schillernden Persönlichkeit herhalten. Dafür wurden Fotografien aus ihren Studienjahren in Paris, Aussagen von Freunden und Bekannten bis hin zu Artikeln ihres Vaters über die anarchistische Bewegung in Europa herangezogen. Die Frage ist, was wir von Anna lernen können. Was hat sie, abgesehen von ihrer Tochter im Volksschulalter und ihrem Ehemann, der sie über alles geliebt hat, hinterlassen?

Sie hat ein tiefes Misstrauen gegen die griechische Polizei und folglich auch den Staatsapparat hinterlassen. Folgende Formulierung des Innenministers macht einen sprachlos: «Wir müssen aus diesem Fehler lernen. Es nützt der Allgemeinheit mehr, wenn wir nicht bei einem Einzelfall stehenbleiben, sondern die umfassenden Bestrebungen betrachten und beurteilen.» (!) Mit den «umfassenden Bestrebungen» meint er offenbar den Versuch, tausenden Demonstranten einen Maulkorb zu verpassen. (In der Nacht, in der es zu Ausschreitungen kam, hatten sich circa zweieinhalbtausend Menschen versammelt.) Sie waren gekommen, um ihre Verbitterung über das Vorgehen des Staatsapparats und über die Ineffizienz des politischen Lebens zu äußern, aber auch ihre Sehnsucht nach einer Lebensweise, von der sie sich nun radikal verabschieden sollen, um sich stattdessen den Kräften von Fortschritt und Wohlstand anzuschließen, welche die großen Baumaßnahmen für die Olympischen Spiele vorantreiben.

Was hat uns Anna noch gelehrt? Dass wir immer noch unseren Körper haben, den wir politisch einsetzen können. Und dass die mediale Überfütterung kontraproduktiv ist: Wir schauen nur noch passiv zu, anstatt aktiv teilzunehmen. Und dass keine Ideologie mehr von einem einzigen Revolutionär, von einer einzigen Idee zehrt. Trotz der Tücher vor ihren Mündern haben uns die jungen (und älteren) Leute an der Attika-Ringstraße die postmoderne politische

Sprache der Vielen, das Denken in Paradoxen, das Ende der politischen Führerfiguren gelehrt. Schluss mit den linearen Aufmärschen der linken Gewerkschafter, Schluss mit der Dogmatik, mit dem Ersetzen der einen Macht durch eine andere, noch schlimmere! Das größte Problem der Antiglobalisierungsbewegung ist hausgemacht: Wenn sich die reformistische Linke gegen systemkritische Strömungen durchsetzt, dann werden wir weiterhin lasche Gewerkschafter heranzüchten, die keine Lust haben, sich dem vorherrschenden institutionellen Rahmen der repräsentativen «Demokratie» entgegenzustellen. So verpufft jeder radikale Erneuerungsversuch. Was uns in einer solchen Kräftehierarchie übrigbleibt, sind harmlose Demos der Mittelschicht (die das Geld hat, zu Gipfeltreffen der Weltbank zu reisen) und ein paar kuriose Zeitungsartikel …

Aber Anna hat uns noch etwas gelehrt: Der Entschluss, im konkreten historischen Moment auf die Barrikaden zu gehen, erfüllt mehrere Funktionen. Es hat, wie Kunsthistoriker und Kunsttheoretiker in den vergangenen Tagen fasziniert anmerkten, etwas von darstellender Kunst, etwas Theatralisches, aber auch etwas Pragmatisches. Der pragmatische Aspekt war, die Bautrupps für ein paar Tage aufzuhalten und dem System Schwierigkeiten zu bereiten.

Wenn wir alle zu romantischen Unruhestiftern werden, fühlt sich Anna nicht mehr so allein.

Despina Arvaniti, aus dem Feuilletonteil der Tageszeitung «Eleftherotypia»

Der wahre Aufstand der Anna Horn

Anna Horn kannte ich bereits als Kind. In der Volksschule spielten wir in den Pausen zusammen. Das waren Zeiten, damals im Jahr 1977! Wir tauschten Haarspangen und Sternzeichen-Salzkekse und trugen die dunklen Schulkittel von Tseklenis. Keiner von uns konnte dem Charme unserer neuen Mitschülerin widerstehen, die gerade aus Paris gekommen war und uns von oben herab vom Café de Flore und von den uns völlig unbekannten Buttercroissants erzählte. Petros (Misiakos), heute Leiter einer großen Software-Firma, wollte sie heiraten. Maria (Papamavrou), die in den letzten zehn Jahren durch ihre revolutionären Werke die Frage nach einer politischen Kunst kurzzeitig wieder belebt hat, war damit zufrieden, in ihrem Schatten zu stehen. Und ich? Anna erteilte mir Unterricht in unübertrefflicher, radikaler Eleganz, so dass ich meine Mutter anbettelte, mir Schildpatt-Haarspangen zu kaufen, die man damals nur in den westeuropäischen Hauptstädten finden konnte.

Die Zeitungen haben Anna zur großen Revolutionärin erklärt und in meinen Augen dadurch ihre Persönlichkeit verfälscht. Sie hatte nämlich den heiteren Charakter einer Ästhetin, die sich selbst, sogar wenn sie Jeans trug, wie ein kostbares Juwel zu präsentieren wusste. Kürzlich sind wir uns zweimal begegnet, einmal auf einem Empfang in der Residenz des Premierministers und dann bei einer Modenschau zu wohltätigen Zwecken. Anna Horn äußerte damals kein Wort über Politik. Sie war eine strahlende Künstlernatur und gerade auf der Suche nach einer französisch sprechenden Gouvernante für ihr reizendes Töchterchen. Ich bin mir sicher, sie ging mit derselben Begeisterung zur Hausbesetzung an der Attika-Ringstraße wie zu den Empfängen von Wohltätigkeitsorganisationen. Ihr Motiv war, dass sie helfen und etwas zurückgeben wollte. Ich werde mich an sie erinnern als eine Frau, die das Leben genoss und Arm in Arm mit ihrem Mann Aristomenis Malouchos auf die einzigen Barrikaden ging, die es noch gibt: auf die Barrikaden gegen die Armseligkeit unseres Lebens …

In diesem Heft finden Sie die schönsten Beispiele für den Military Look, der in der kommenden Wintersaison die Laufstege beherrschen wird. Meine Empfehlung? Geben Sie den Kampf um die Army-Sporttasche im meisterhaften Design von Christian Lacroix nicht auf. Long live revolution!

Gely Kotaki, Notiz der Chefredakteurin, Zeitschrift «Vogue»

Allein zu Hause, Brot mit Brombeeren essend

Es dunkelt, es ist schön zu spüren, dass du nichts verpasst, wenn du nicht draußen bist – weder den Fluss noch den Berg oder die Stadt, die dich ruft.

Du gehst in dich hinein, kauerst dich auf einen Ast in deinem Inneren,

draußen ist es mindestens so dunkel wie drinnen.
Eine Frau stöckelt in der oberen Wohnung auf und ab,
ein Mann schlägt einen Nagel in die Trennwand.
Es wird Nacht – ein Stück Brot noch, zusammen mit dem Obst.
Ja, sie nageln dich fest und laufen über dich hinweg,
du kannst dich fremden Armen überlassen.
Eingesperrt, du mit dir, Schwarzbrot mit Brombeeren.
Du isst und wirst gegessen, blickst und wirst angeblickt.
Du faltest das, was du bist, auseinander und betrachtest es.
Es tagt wieder, die Umrisse verhärten sich.
Der Baum ist Baum, das Brot ist Brot und die Brombeeren
liegen klein und verschimmelt am Tellerrand.
Die Frau ist zur Arbeit gegangen,
bei dem Mann hängt jetzt wohl ein Seestück an der Wand.
Abstoßend nackt sind sie, die Äste in deinem Inneren,
und wieder ruft der Tag.

Anna Horn, Paris, April 1981

Turnschuhe

Für Michel

Zurück von meinem Nachmittagsspaziergang
  kam ich an deinem Haus vorbei,
die Lichter waren an, die Fenster halb geöffnet,
aus dem Dachgeschoß drangen die Laute deines Lebens
  – das Schleifen von Stuhlbeinen,
  das Lachen einer Frau,
  oder hast du wieder vergessen, den Fernseher auszuschalten?
Damit kann ich leben, ich gewöhne mich an deine Abwesenheit.
Was ich nicht ertragen kann,
sind deine Turnschuhe vor der Tür,
ausgetreten und mit schmutzigen Schuhbändern,
aber so sorgfältig nebeneinander gestellt,
als würde deine Mutter noch leben und flehen:
«Mein Lieber, ein bisschen Ordnung!»
Deine Schuhe rufen mir in Erinnerung, was wir
niemals haben werden –
Haus, Kinder, Doppelbett und einen laufenden Fernseher.
Lektion in Paar-Geografie:
im Osten die Erinnerungen, im Westen die Langeweile.
Deine Schuhe sagen:
«Er ist nicht dein Mann, akzeptiere es endlich.»
Ich stehe vor deiner verschlossenen Tür und akzeptiere es:
Die weiße, zerknitterte Haut
ist das letzte Zeichen deiner Existenz,
während dein Körper, dein luftiges Herz,
das schwarze T-Shirt, das du trägst,
aus dem Dachgeschoß zum Himmel reisen.
Dann, an der Hausecke,

sind deine Schuhe plötzlich verschwunden,
alles ist verschwunden.
So soll es sein.
Hast du nichts, weißt du genau, was du willst.
Anna Horn, Sommer 1981

Landbau

Grabe ich in der Erde oder gräbt sie in mir?
Reiße ich Unkraut aus oder wird etwas in mir ausgerissen?
Ordne ich Schaufeln und Gießkannen
im kleinen Gartenhäuschen
oder sagt jemand, ich solle endlich schweigen und einschlafen?
Ich habe keine Ahnung, was in der Natur vor sich geht,
wer was tut.
Gewöhnlich geschieht nichts.
Die Erde ist Schweigen.
Sobald es tagt, wieder Unkrautzupfen,
während die Fliegen über meinen Handlungen summen
und sie für sinnvoll und schwierig erklären.
Ich reiße die Samensäckchen auf,
um sicherzugehen, dass mich der Händler nicht hereingelegt hat.
Am Nachmittag gieße ich und lausche.
Die Feuchtigkeit ist Schweigen.
«Und wenn sie vertrocknen will?», denke ich.
«Wenn sie genug hat und sterben will?»
Ich werde es nie erfahren.
Das Schweigen ist Schweigen.

Anna Horn, Sommer 1984

Pizza Napolitana

Für Maria

Eine große gesellige Runde – wie viele sind wir, zwölf?
Du sitzt, missgelaunt, am anderen Ende des Tisches,
nur selten blickst du mich an.
Ich blicke zu dir, wenn du nicht herschaust,
aber ich blicke auch zu dir, wenn du herschaust.
Ich hoffe, du springst auf und küsst mich plötzlich,
unter all diesen Fremden.
Doch deine spitzen Zähne beschäftigen sich
mit etwas anderem:
Sie zerbeißen ein Stück Pizza Napolitana.
An deiner Oberlippe klebt ein Stück Tomate
oder ist es eine alte Wunde, die aufgebrochen ist?
Soll ich mich darum kümmern oder ist das nicht ratsam?
Deine Wangen sagen nein.
Sie sind erfüllt von Härte,
die du fortwährend ersetzt durch etwas anderes,
noch Härteres.
Aber ich will dein Bissen sein
und dein nächster Bissen
und dein nächster auch.
Lass mich dein Stoffwechsel sein
und dein erneuter Hunger.
Schau: Auch meine Lippen sind von einer Tomate befleckt.
Du beißt mich und lässt mich bluten, jetzt.

Anna Horn, Paris 1989

Drei Tage nach der Trauerfeier herrscht im Büro der Wohnung in Ekali noch immer dieselbe elektrisierte Stille. Ich habe die Fensterläden geschlossen, um das Licht, die Bäume und die Natur, die sie in ihren Jugendgedichten beschreibt, nach draußen zu verbannen. So bestrafe ich mich dafür, dass ich nicht bei ihr war, dass ich sie nicht gerettet habe. Auf dem Boden sitzend ordne ich ihr Archiv unter dem weißen, kalten Licht von Malouchos' Lampe, ab und zu kommen mir dabei die Tränen. Seltsamerweise weine ich nicht an den erwartbaren Stellen wie beim Lesen des Gedichts, das sie mir nach der heftigen Diskussion über Seidu in dieser miserablen Pizzeria gewidmet hat. Ich weine über die Bemerkung «die mit Bierflaschen und Papiertüten für eine bessere Zukunft streiten». Oder beim Satz «Das hier ist keine Protestveranstaltung, over.»

Die Briefe, die sie nie an mich abgeschickt hat, liegen unter Stapeln anderer nie zugestellter Briefe in diversen Schuhkartons. Alle beginnen mit der knappen Anrede «Maria» und enden mit der Aufforderung «Schreib mir». Ich spüre den Drang, ihr tatsächlich einen dieser zwanzigseitigen Gedankenfluss-Briefe zu schreiben, die wir in unseren Jugendjahren austauschten.

«Anna», so würde ich beginnen, «du hast mich und ich habe dich unzählige Male verraten. Heute habe ich zahllose Briefe an Michel gefunden, in denen du ihn die einzige Liebe deines Lebens nennst. Mir gegenüber hast du von Mutproben, von kleinbürgerlicher Haltung gesprochen, eigentlich aber versucht, das Wort ‹Liebe› auszusprechen. Was für eine Sorte von Freundinnen waren wir? Als ich dir Jahre später erzählte, dass ich Michel in Berlin wiedergetroffen habe, hast du mich gefragt, wie er wirkte, was er machte und ob er mit einer Frau zusammen war. Du warst nicht imstande, die Wahrheit anzudeuten.

Du hast jeden geliebt, den ich liebte: Michel, Angelos, Camus. Wahrscheinlich, weil du mich geliebt hast. Diese Möglichkeit war mir nie in den Sinn gekommen. Mit einer aufrichtigen, leidenschaftlichen und erdrückenden Liebe. *Odiosamato.* War es das? Warum hast du es nie ausgesprochen? Vielleicht hast du es auch auf deine Weise ausgesprochen, nur wollte ich es nicht hören. Wer allzu leidenschaftlich liebt, so glaubte ich, lügt im Grunde ganz bewusst. Das hast du an mir nie verstanden. Meine zurückhaltende Natur war kein Misstrauensbeweis gegen dich, sondern gegen das Leben.

Jedes Mal, wenn du zornig weggegangen bist, bist du wieder zurückgekommen. Ich dachte, mein verzweifeltes Hinterherlaufen hätte dich umgestimmt. Dabei wärst du auch ohne mein Zutun zurückgekommen. Du hast diesen emotionalen Kreislauf – Begeisterung, Verrat, Zorn, Verzweiflung, Vergebung und wieder Begeisterung – gebraucht, um zu existieren. Nur dann, nur so warst du Anna. Du hattest Angst vor Erdbeben, du hattest Angst vor dem Ende der Ideologien. Und, wovor noch? Vor deiner eigenen Hand, die – um mich zu schützen – imstande war, einen Menschen ins Wasser zu stoßen, das Ende der Ideologien und ein Erdbeben heraufzubeschwören, das die Sicherheit der Welt aufkündigte?

Nach einem weiteren emotionalen Kreislauf bist du wie neugeboren, mit frischer Energie, neuer Widerstandskraft, Kind und Ehemann, also perfekt gerüstet zurückgekommen. Jetzt sehe ich es ganz klar: Du hattest einen Plan. Du wolltest, dass wir zusammen die Revolution organisieren, die wir so abrupt abgebrochen hatten. Als dir klar wurde, dass ich auf Distanz ging und mich nicht weiter mit den Vorbereitungen zur Hausbesetzung an der Attika-Ringstraße beschäftigte, dass ich ein ‹Schaf› geworden war, wie du es bei unserem letzten Telefongespräch nanntest, als du einfach aufgelegt hast, wolltest du mir eine Lektion erteilen. Du bist im Fernsehen aufgetreten und hast dich äußerlich an die Allgemeinheit gewendet, im Grunde aber mich gemeint. Ich kann, wie die Journalistin in ihrem Artikel, die Worte frei zitieren: ‹Wir alle müssen mutig sein und offen zeigen, dass wir an unsere Werte glauben. Wir müssen unsere Gefühle im wahrsten Sinn des Wortes körperlich ausdrücken. Wir müssen politisch handeln. Die neuen Technologien haben den Körper marginalisiert. Nichts ist gefährlicher. Wir werden unseren Körper für den Kampf einsetzen. Das ist das einzige Mittel, das uns bleibt.› Im Grunde war es eine Warnung an mich. Wenn ich nicht mutig genug bin, wirst du mich lehren, wie man seinen Körper als ultimative Waffe einsetzt. Jahrelang habe ich geglaubt, du würdest mich durch deine Haltung jeden Tag ein bisschen mehr töten. Und dabei habe auch ich dich jeden Tag ein bisschen mehr getötet. Ohne dich wäre ich endlich der Mensch, der ich in meinen Träumen immer sein wollte.

Und jetzt, da du nicht mehr bist, treibe auch ich neben dir im absoluten Nichts. Oder besser gesagt spiele ich die undankbarste Rolle: dein Geist zu sein. Malouchos schiebt die Aufarbeitung deines Archivs vor – das könne nur ein Mensch tun, der dich so gut kannte wie ich – und lässt mich nicht gehen. Dafni hängt an mir wie eine Klette und ihre Arme klammern sich um meine Hüften – zur Strafe, dass ich dich nicht gerettet habe. Es war ein Zusammentreffen unglücklicher Umstände: Ich versuchte bloß, mich selbst zu retten. Teil dieses Rettungsversuchs war die Entscheidung, auf Abstand zu dir zu gehen, die Videos mit den Antigoni gleichenden Frauen fertig zu schneiden, sie mit Marschmusik zu unterlegen und mir endlich eine Galerie zu suchen.

Jetzt fehlst mir entsetzlich und ich bereue. Manchmal packt mich der krankhafte Wunsch, deine Kästen aufzumachen und deine zuletzt getragenen Kleider aus raschelndem Stoff zu berühren und in deinem Duft Trost zu finden, in dem schweren Parfüm, das du seit Antigonis Tod getragen hast. War es ein Versuch, ihre Stelle einzunehmen? Eigentlich bist du genau in ihre Fußstapfen getreten. Du hast so getan, als wärst du ein Papakind, und dabei hingst du krampfhaft am Rockzipfel deiner Mutter.

Wir haben uns also ständig gegenseitig belogen. Mit lächerlichen, heldenhaften Lügen. Auch dir habe ich nichts von meinem kleinen Finger erzählt. Aber habe ich es denn irgendjemand anderem erzählt? Habe ich mir selbst davon erzählt? Das ist vielleicht das Schlimmste von allem: Du wusstest mehr über mich als ich selbst und hast mich damals im Morgengrauen auf Amorgos dazu gebracht, alles nach und nach auszuspucken wie zerkaute Insekten. Und nachdem ich verstanden hatte, wer ich bin und wie ich so geworden bin, hast du die Tür aufgemacht und bist gegangen, weil es laut Majakowski die wahren Revolutionäre so tun. Nie wirst du begreifen, was es heißt, wenn du endlich dein Geheimnis lüftest und der einzige Zeuge einfach weggeht und du dir selbst ausgeliefert zurückbleibst.

‹Nie wirst du begreifen› – ich spreche mit dir, als gäbe es dich noch, als wärst du nur kurz in die Küche gegangen, um einen Martini zu mixen. Den Schock über deinen Tod habe ich noch nicht an mich herangelassen und ich weiß nicht, wie es sich anfühlen sollte. Ich war weder beim Begräbnis noch bei der Trauerfeier. Während der Sarg in die Erde gesenkt wurde, verhielt ich mich ganz unmöglich und malte. Schwarze, tiefschwarze Grotten. Danach kam Malouchos bei mir vorbei, weinte wie ein Kind und packte mich an den Schultern. «Ich will dich umarmen», sagt er. «Du trägst mehr von Anna in dir als ich.» Fast mit Gewalt brachte er mich hierher. Kayo stand mitten im Wohnzimmer, stumm und ausdruckslos. Dafni hatte sich in ihre Höhle verkrochen. Deine Zigarettenstummel noch im Aschenbecher im Bad und dein Satinpyjama auf dem Bett, obwohl du seit einer Woche nicht mehr zu Hause geschlafen hattest. Ich male mir aus, wie es in der intensivsten Phase der Hausbesetzung war, wie du in deinen Kleidern geschlafen hast, Weintrauben in Sirup und Kaffee zubereitet hast und über mich, den Feigling, geschimpft hast, der deine Pläne durchkreuzt hat. Ob du wenigstens zufrieden bist? Ob du eine tiefe, existenzielle Erfüllung gefunden hast? Das werde ich nie erfahren. Ich begann erst langsam dich zu verstehen, nachdem du von uns gegangen warst, und je weiter du dich entfernst, desto weniger bestätigen sich meine Theorien. Wenn ich so weitermache, erschaffe ich womöglich eine vollkommen falsche Anna.

Trotzdem schulde ich dir eine echte Maria. Nachdem du unser Telefonat abrupt abgebrochen hattest, bin ich zur Frau des Rektors gegangen und habe ihr etwas versprochen, was ich mir genauso gut hätte selbst versprechen können. Ich brauchte bloß ein Publikum, damit der feierliche Schwur auch wirklich gilt: Ich will malen, ich will fotografieren, ich will mit meiner Super-Acht-Kamera über die Bahnsteige streifen. Weißt du, wovor ich am meisten Angst habe? Ich habe Angst, dass alle Babys dieser Welt sterben und im Herzen ihrer Mütter eine tiefe Wunde reißen. Ich habe Angst vor Blut, immer noch habe ich Alpträume von abgeschnittenen Fingern. Ich habe Angst, die Mutige zu spielen, denn nur die Malerei macht mir Mut. Das ist meine eigene Revolution, das ist der körperliche Ausdruck meiner Gefühle. Es wird den Lauf der Geschichte nicht verändern, ich weiß, aber nicht alle Menschen sind für große Taten geschaffen. Sogar deine großen Taten wurden verdreht. Unsere frühere Mitschülerin (Angeliki, die inzwischen zu Gely wurde) schrieb, dass du eine Ästhetin warst, die ständig auf Wohltätigkeitsveranstaltungen ging. Wieso bist du nicht aus dem Grab gestiegen und hast ihr ein blaues Auge verpasst? Die linken Feuilletonisten schrieben, dass du sie «die postmoderne politische Sprache der Vielen, das Denken in Paradoxen, das Ende der politischen Führerfiguren» gelehrt hast. Ausgerechnet du, das größte Alphatier überhaupt!

Und, was tue ich mit dir? Zuerst will ich mit dir abrechnen. Ich habe dich nicht, wie im Film, aus dem offenen Fenster gestoßen, aber ich habe dich genauso getötet wie du mich. Darüber hinaus lebst du weiter, undefinierbar und ungreifbar, die ewige Anna. Wenn mich der Drang nach Erklärungen überkommt, dann lese ich deine Gedichte. Dort kannst du dich nicht verstecken, dort bekennst du dich zu deinen Fehlern, dort liebst und vergibst du ohne Furcht. Vielleicht hättest du dich der Poesie widmen sollen anstatt meinen Träumen nachzujagen, wie der Malerei und ähnlichem Unsinn. Vielleicht hätte ich dir von Anfang an klar machen sollen, dass ich nur, wenn ich mit Farben kleckse, glücklich bin.

Schreib mir, Maria»

Ein Vogel flattert durch den Garten. Lieber will ich glauben, dass ein guter Geist durchs Zimmer flattert. Eine befreite Hexe.

Dafni tritt ins Arbeitszimmer und reibt sich die Augen. Es ist, als gehörten sie nicht mehr zum übrigen Gesicht. Sie sind erwachsen und ernst, ganz rot, von Fältchen und Runzeln umgeben.

«Tu das nicht, Schatz.»

«Warum nicht? So sehe ich schöne, farbige Kreise. Gibt es irgendein Märchen mit farbigen Kreisen?»

Ich improvisiere etwas. Die farbigen Kreise seien Seifenblasen und träten aus dem Mund der Hexe, weil das Hexenkind ungezogen war und ihr Zauberseife zu essen gab.

Dafni sperrt den Mund auf. Wenn sie überrascht dreinblickt, sieht sie ihrer Mutter noch ähnlicher. «Seife? Aber dieses Hexenkind ist ja noch schlimmer als ich!»

Ja, das Hexenkind ist auf alle Hexen dieser Welt böse und will, dass sie ihre Zauberkraft verlieren und alle Magier wieder zu Menschen werden.

«Auch das Hexenkind?»

Auch das Hexenkind. Es hat genug davon, in Höhlen zu leben und auf einem Besenstiel durch die Luft zu fliegen. Es will ein ganz gewöhnliches Leben, ein Haus mit einem Hof, es will im Gras sitzen und mit den Goldfischen im Springbrunnen reden, es will den Alltagszauber erleben, pfeifen zum Beispiel.

«Und die Höhlen?»

Also, die Höhlen können Hexenmuseen werden, darin werden dann Hexenbesen ausgestellt und man zeigt, wie Seifenblasenlauge gemacht wird. Und wenn eine ehemalige Hexe eine Eintrittskarte kauft, dann kribbeln ihr die Schläfen, aber nur für einen kurzen Augenblick, da sie sich nicht mehr an die Zeit erinnern kann, als die Hexen allmächtig waren.

«Und wie endet das Märchen?»

Das Märchen endet nicht. Zeig mir auch nur einen einzigen, dem es gelingt, im Lauf seines Lebens alle existierenden Höhlen zu besuchen.

Akademie Schloss Solitude, Stuttgart
Juli 2001 bis Juli 2002

Kleiner, verspäteter Nachtrag

Genre démocratique par choix et animé d'un esprit totalitaire qui le porte à briser entraves et frontières, le roman est libre, libre jusqu'à l'arbitraire et au dernier degré de l'anarchie.
Marthe Robert, *Roman des origines et origines du roman,* 1972

Das ist das Motto, das ich mir für meinen Roman erträumt habe. Diese Aussage von Marthe Robert wollte ich unbedingt unterbringen. Also, warum nicht hier? Dieses Buch begann Mitte der Neunziger-Jahre auf experimentelle und interaktive Weise, als zweifache Dokumentation sowohl der anarchistischen Ideologie als auch der skandalösen Freiheit, die der Roman als Genre genießt. Damals habe ich beschlossen, Anna Horn als tatsächlich existierende Heldin zu entwerfen, und nahm unter ihrem Namen an einer Reihe von Kunstausstellungen teil. Für die «Pornografie»-Schau der Athener Zeitschrift Babel hat Anna – also ich – eine Reihe von Polaroid-Aufnahmen gemacht. Für die Ausstellung «Loops» in der alten Athener Seifensiederei hat sie eine Installation aus getrockneten, mit fluoreszierender grüner Farbe überzogenen Kräutern geschaffen. Ich selbst habe ein paar theoretische Texte über Anna verfasst und plante, auch ihren Tod medial zu thematisieren. Dieses Buch hat während seines Entstehens jedoch alle programmatischen Manifeste, alle postmodernen Intrigen und meinen geheimen Ehrgeiz, bildende Künstlerin zu werden, mit sich fortgerissen.

Der Roman an sich ist innerhalb eines Jahres in Deutschland, also auf emotional fremdem Terrain entstanden. Und das war gut so. Ich widme ihn in aufsteigender Chronologie meinen Jugendfreundinnen, den beiden Violas, Sandy und Ivana der Schrecklichen. Und den Mädchen mit der schwarzen Seele, den sadistischen, engelsgleichen «Angelikas», die uns in früheren Zeiten zum Weinen brachten.

A. M.

Michaela Prinzinger, geboren 1963 in Wien, lebt als Autorin, Dolmetscherin und Übersetzerin in Berlin.

Amanda Michalopoulou, geboren 1966 in Athen, ist eine vielfach ausgezeichnete und in viele Sprachen übersetzte Schriftstellerin und Kolumnistin.